Wilhelm Karl Joseph Killing

Die nicht-euklidischen Raumformen in analytischer Behandlung

Wilhelm Karl Joseph Killing

Die nicht-euklidischen Raumformen in analytischer Behandlung

ISBN/EAN: 9783743342804

Hergestellt in Europa, USA, Kanada, Australien, Japan

Cover: Foto ©Andreas Hilbeck / pixelio.de

Manufactured and distributed by brebook publishing software (www.brebook.com)

Wilhelm Karl Joseph Killing

Die nicht-euklidischen Raumformen in analytischer Behandlung

DIE

NICHT-EUKLIDISCHEN RAUMFORMEN

IN

ANALYTISCHER BEHANDLUNG

VON

Dr. WILHELM KILLING,

ORD. PROFESSOR AM KÖNIGL. LYCEUM HOSIANUM ZU BRAUNSBERG.

MIT EINER LITHOGRAPHIERTEN TAFEL.

LEIPZIG,

VERLAG VON B. G. TEUBNER.

1885.

Vorwort.

Die Untersuchungen über den Raum von mehr als drei Dimensionen verdienen ausser um des Interesses willen, welches sie an sich bieten, auch deshalb gepflegt zu werden, weil sie vielfach im stande sind, die für den Erfahrungsraum geltenden Sätze zu erweitern und zu vertiefen. Nun sind für den Euklidischen Raum von einer beliebigen Zahl von Dimensionen (die ebenen Mannigfaltigkeiten Riemanns) bereits zahlreiche Resultate gewonnen, und diese lassen sich mit Leichtigkeit auf die Nicht-Euklidischen Raumformen übertragen. Aber abgesehen davon, dass dieselben in Zeitschriften zerstreut sind, bietet ihr Studium dem Anfänger deshalb einige Schwierigkeit, weil die Verfasser in Bezug auf den Raum von *n* Dimensionen den verschiedensten Standpunkt einnehmen, indem sie bald die Sprache der Geometrie nur als Gewand für analytische Sätze benutzen, bald mehr oder weniger geometrische Anschauungen vertreten, zuweilen gar die Existenz eines mehrdimensionalen Raumes behaupten. Hauptsächlich aber wird das Eindringen in diese Theorie dadurch erschwert, dass manche, sonst recht verdienstliche Abhandlung gerade auf diesem Gebiete Ungenauigkeiten oder wirkliche Fehler enthält; wenn auch in den meisten Fällen nachträglich eine Berichtigung erfolgt ist, so wird doch dabei der Inhalt der betreffenden Arbeit als bekannt vorausgesetzt, so dass für den Anfänger die Schwierigkeit bestehen bleibt.

So sehr ich demnach wünschte, es möchten die hauptsächlichsten bisher gefundenen Resultate unter Weglassung alles Unrichtigen oder Problematischen einheitlich zusammengestellt werden, dachte ich nicht daran, selbst ein solches Werk zu verfassen, da meine eigenen Untersuchungen auf diesem Gebiete hauptsächlich den Zweck hatten, Vorstudien

für allgemeinere Raumformen zu bilden. Nachdem aber Herr
Frischauf, der verdienstvolle Herausgeber der „Elemente der
absoluten Geometrie", mich wiederholt und dringend aufgefor-
dert, die Nicht-Euklidischen Raumformen analytisch zu behandeln, und meine anfänglich noch bestehenden Bedenken
zerstreut hat, drängt es mich, demselben jetzt, wo meine
Arbeit fertig ist, meinen Dank auch öffentlich auszusprechen.

Die Versuche, eine naturgemässe Grundlage für die
Geometrie zu schaffen, sind von dem gewünschten Erfolg bisher nicht begleitet worden. Der Grund hierfür liegt meines
Erachtens darin, dass die Geometrie, gleichwie sie den Begriff
der Richtung in dem vom Parallelaxiom geforderten Sinne hat
aufgeben müssen, so auch den Begriff des Abstandes als
Grundbegriff nicht wird festhalten können und somit weit
über die Nicht-Euklidischen Raumformen im engeren Sinne
hinausgehen muss. Demnach habe ich keinen Versuch, auf
den Begriff des Abstandes die Geometrie aufzubauen, in das
Buch aufgenommen, habe mich vielmehr für die Grundlagen
möglichst eng an Euklid angeschlossen. Für den dreidimensionalen Raum gehe ich geradezu von denjenigen Voraussetzungen aus, welche Euklid durch die ersten Definitionen im-
plizite macht. Daraus leite ich die Formeln der Trigonometrie
ab und gründe darauf jene Abänderung des vierrechtwinkligen
Koordinatensystems, welche Herr Weierstrass zuerst angegeben hat. Bei der Behandlung des dreidimensionalen Raumes
und speziell der Ebene glaubte ich nicht einfach genug voran-
gehen zu können, selbst auf die Gefahr hin, durch Breite
lästig zu werden. Auch beim n-dimensionalen Raume habe
ich eine recht elementare Behandlung angestrebt, dabei aber
geglaubt, die Durchführung mancher Zwischenrechnung und
dergl. dem Leser überlassen zu sollen.

Für mehr als drei Dimensionen ist der Euklidische
Raum vielleicht mehr berücksichtigt, als man nach dem Titel
erwarten sollte. Gleichwie das fast ausschliesslich benutzte
Weierstrasssche Koordinatensystem es möglich macht, die
bisher für den Euklidischen Raum gefundenen Resultate auf
die Nicht-Euklidischen zu übertragen, so gestattet es andererseits, die kleinen Änderungen sofort zu übersehen, welche

eine für die letzteren durchgeführte Untersuchung bei Übertragung auf den Euklidischen Raum erleidet. Bei der Begründung der eigentlichen Grössensätze, der Ausmessung der Linien, Flächen und der verschiedenen Volumina musste der Euklidische Raum schon deshalb an die Spitze gestellt werden, weil die Herleitung der Sätze für die Nicht-Euklidischen Raumformen die Kenntnis derselben im Euklidischen Raume voraussetzt.

Aber zwischen den eigentlichen Grössensätzen und den projektivischen Eigenschaften, welche für alle Raumformen in gleicher Weise gelten, giebt es ein weites Gebiet von Sätzen, welche metrischen Charakters sind, ohne sich bloss auf Grössenverhältnisse zu beziehen. Solche Sätze vereinigen sich für die endlichen Raumformen in grosser Zahl an derselben Figur und verleihen denselben dadurch bei der vollen Dualität eine schöne Harmonie, welche man in den übrigen Raumformen vergebens suchen würde. Indem sich aber die entsprechenden Eigenschaften in den übrigen Arten des Raumes auf mehrere Gebilde verteilen und dann noch Übergänge stattfinden, erlangt man hier, wenigstens scheinbar, eine grössere Zahl von verschiedenen Figuren. Aus diesem Grunde erachte ich es für notwendig, auf diesem Gebiete den Riemannschen Raum voranzustellen und für diesen alle derartigen Untersuchungen zunächst durchzuführen, so dass derselbe denjenigen Platz erhält, welcher ihm wegen der grösseren Einfachheit der analytischen Entwickelungen gebührt. Die Lobatschewskysche Raumform wird hierbei keineswegs vernachlässigt, vielmehr tritt der Charakter der einzelnen Sätze klarer hervor, indem jeder Figur ihre richtige Stelle angewiesen und um scheinbar verschiedenartige Sätze ein naturgemässes Band geschlungen wird.

Wenn ich auch bestrebt war, den gegenwärtigen Stand der Forschung zum Ausdruck zu bringen, so lag mir doch die Absicht fern, den Inhalt einer jeden bis jetzt erschienenen Abhandlung aufzunehmen. Ganz abgesehen davon, dass ich in der Mitteilung des ganzen vorhandenen Stoffes, wenigstens auf diesem Gebiete, keinen Vorteil erblicke, würde es mir, da ich hier am Orte auf eine kleine Bibliothek angewiesen

bin, unmöglich gewesen sein, Kenntnis von allen bisherigen
Arbeiten zu erlangen; ich muss sogar befürchten, dass trotz
eigenen Bemühens und fremder Unterstützung die Litteratur-
nachweise recht lückenhaft sind. Aber auch da, wo mir die
Originalarbeiten zugänglich waren, habe ich weder deren ganzen
Inhalt aufgenommen, noch im Beweise mich denselben eng
angeschlossen, vielmehr dahin gestrebt, meinem Buche einen
recht einheitlichen Charakter zu geben und vielfach über das
bisher Gefundene hinauszugehen. Wo mir der erste Entdecker
eines Satzes bekannt geworden ist, habe ich ihn im Litteraturnachweis angegeben; dagegen habe ich es nicht für nötig ge-
halten, diejenigen Sätze, welche ich als mein Eigentum betrachten muss, ausdrücklich als solche zu bezeichnen.

Von meiner ursprünglichen Absicht, einen Abriss über
die Riemannschen Mannigfaltigkeiten beizufügen, bin ich ab-
gegangen, da ein solcher Abriss zu viel Raum beansprucht
hätte, wenn er von wirklichem Nutzen hätte werden sollen.
Demnach mussten auch alle allgemeinen Untersuchungen, welche
nicht unbedingt für die Mannigfaltigkeiten konstanter Krümmung notwendig waren, unberücksichtigt bleiben.

Da von den wenigen Figuren, deren Beifügung mir notwendig schien, eine im Texte nicht Platz fand, wurde es für
passend erachtet, dieselben sämtlich auf einer Tafel zu vereinigen.

Dem Herrn Verleger sage ich für die Bereitwilligkeit,
mit welcher er meinen Wünschen entgegenkam, meinen ver-
bindlichsten Dank.

Braunsberg, im August 1885.

W. Killing.

Inhaltsverzeichnis.

Die angehängten Zahlen beziehen sich auf den Litteraturnachweis.

Erster Abschnitt.

Der Raum von drei Dimensionen.

§ 1. Gemeinschaftliche Grundlage der verschiedenen Raumformen.

§ 4. Zusammenhang zwischen Projektivität und Metrik.

§ 5. Selbständige Begründung der projektivischen Geometrie.

§ 6. Gebilde zweiter Ordnung im Riemannschen Raume.

§ 7. Die quadratischen Gebilde im Lobatschewskyschen Raume.

Erster Abschnitt.

Der Raum von drei Dimensionen.

§ 1. Gemeinschaftliche Grundlage der verschiedenen Raumformen.

1. Was die Voraussetzungen betrifft, auf denen Euklid die Geometrie aufbaut, so werden wir an einer späteren Stelle (Art. 27—30) zeigen, dass die Grössensätze ($\varkappa o\iota\nu\alpha\grave{\iota}$ $\check{\varepsilon}\nu\nu o\iota\alpha\iota$, $\alpha'-\eta'$ in der Ausgabe von Heiberg) Folgerungen aus seinen sonstigen Voraussetzungen sind. Sehen wir noch von der Unendlichkeit der geraden Linie (welche von Euklid selbst gar nicht erwähnt und erst später als $\varkappa o\iota\nu\grave{\eta}$ $\check{\varepsilon}\nu\nu o\iota\alpha$ ϑ' hinzugefügt wird) und vom Parallelaxiom ab ($\alpha\check{\iota}\tau\eta\mu\alpha$ ε') und beachten, dass auch die Gleichheit der rechten Winkel ($\alpha\check{\iota}\tau\eta\mu\alpha$ δ') leicht bewiesen werden kann, so bleiben nur diejenigen Voraussetzungen übrig, welche in den ersten Definitionen ($\check{o}\varrho o\iota$ $\alpha'-\zeta'$) implicite enthalten sind. Diese Axiome fordern die Existenz von Flächen, Linien und Punkten, die damit gegebene Stetigkeit, sowie die Möglichkeit einer starren Bewegung, ausserdem noch die Existenz der Geraden, der Ebene und des Kreises. Auf die ersten von diesen Axiomen will ich an dieser Stelle nicht näher eingehen; wegen der starren Beweglichkeit, welche nach Ansicht der Alten und mancher Neueren entbehrt werden kann, hebe ich nur hervor, dass es an sich gleichgiltig ist, ob man von Bewegung oder von Vergleichung der Raumgebilde redet, dass aber nur solche Vergleichungen gestattet sind, bei denen die Gesetze der starren Bewegung gelten. Demnach haben wir noch die drei letzten Voraussetzungen (Gerade, Ebene, Kreis) zu besprechen. Von den mancherlei Formen, in welchen man dieselben aussprechen kann, wählen wir folgende:

Es giebt eine Fläche (die Ebene), welche durch die drei Eigenschaften charakterisiert ist:

1. Bei der Ruhe eines jeden ihrer Punkte kann die Fläche noch in sich bewegt werden; jeder bewegte Punkt beschreibt eine (durch den ruhenden Punkt und die Anfangslage des bewegten Punktes) bestimmte Linie und kehrt auf derselben bei fortschreitender Bewegung in die Anfangslage zurück (Kreislinie);

2. in der Fläche giebt es in sich verschiebbare Linien, welche umkehrbar sind (gerade Linie), oder mit andern Worten: bei einer gewissen Bewegung der Ebene kann eine solche Linie in sich verschoben werden, bei einer andern, nämlich bei der Drehung um einen Punkt der Linie, kann die Linie als Ganzes wieder in ihre Anfangslage gelangen, während die einzelnen Punkte ihre Lage vertauschen;

3. die Fläche selbst ist umkehrbar, d. h. man kann sie so um eine in ihr liegende Gerade drehen, dass sie als Ganzes die Anfangslage wieder einnimmt, während ihre Punkte nicht in die frühere Lage zurückgelangen.

Dass diese Voraussetzungen in Euklids ersten Definitionen enthalten sind, bedarf keines Nachweises. Man hat vielfach versucht, diese Voraussetzungen auf eine geringere Zahl zurückzuführen. Namentlich hat man versucht, vom Begriff der Kugel auszugehen und daraus die obigen Begriffe herzuleiten. Aber diese Versuche können keinen Anspruch auf unbedingte Strenge machen und sollen deshalb hier nicht näher ausgeführt werden. Wie umgekehrt aus den gemachten Annahmen die Existenz der Kugel folgt, ist unmittelbar klar.

Nun giebt es eine Reihe von Fragen, welche nicht unmittelbar beantwortet werden können, namentlich die Fragen, ob die gerade Linie unendlich oder geschlossen ist; ob zwei gerade Linien höchstens einen Punkt gemeinschaftlich haben oder sich in mehreren Punkten schneiden können; ob jede Ebene den Raum zerlegt oder nicht. Zwar hat Euklid, ohne es ausdrücklich hervorzuheben, auf jede dieser Frage eine bestimmte Antwort erteilt. Aber da hierdurch vielleicht die Zahl der Voraussetzungen noch vergrössert wird, so erscheint es angemessen, diese Fragen vorläufig unentschieden zu lassen und unsere Untersuchung ganz unabhängig von den Antworten zu machen, welche auf jene Fragen erteilt werden müssen.

Zu dem Zwecke grenzen wir ein Gebiet ab, für welches zwei gerade Linien, soweit sie in demselben liegen, höchstens einen Punkt gemeinschaftlich haben, und welches durch jedes in ihr enthaltene Stück einer Ebene zerlegt wird. Als ein solches Gebiet können wir speziell das Innere einer Kugel wählen, und es ist klar, dass entweder alle Kugeln oder doch die Kugeln bis zu einer gewissen Grenze hin diese Eigenschaften haben. Auf dieses Gebiet beschränken wir alle unsere Untersuchungen und gehen erst darüber hinaus, wenn wir die Art der Fortsetzung unmittelbar übersehen können.

2. In dem abgegrenzten Gebiete gelten alle Lehrsätze **Euklids**, welche vom Parallelaxiom unabhängig sind. Der Nachweis, dass für die gerade Strecke und den Winkel die Grössensätze giltig sind und dass beide der Messung unterzogen werden können, soll später (Art. 27) nachgeliefert werden. Welches Mass wir zu Grunde legen, ist an sich gleichgiltig; wir lassen in der That die Einheit für die gerade Strecke ganz willkürlich und können etwa den Winkel in bekannter Weise nach Graden, Minuten und Sekunden messen; nur bemerke ich, dass wir bald (Art. 5) ein anderes Mass festsetzen werden. Um jetzt die in derselben Figur vorkommenden Linien und Winkel vergleichen zu können, nehmen wir an gewissen einfachen Figuren stetige Veränderungen vor und wenden darauf das Prinzip der Stetigkeit an. Der allgemeine Nachweis desselben ist um so weniger notwendig, da die beiden Anwendungen sich sehr leicht beweisen lassen.

3. *In jedem Dreieck, dessen Seiten sämtlich unendlich klein sind, ist die Summe der Winkel gleich zwei Rechten, oder:*

Leitet man aus einem gegebenen Dreieck in irgend einer Weise neue Dreiecke her, deren Seiten unbeschränkt abnehmen, so kann man bei hinlänglicher Verkleinerung der Seiten zu einem Dreieck gelangen, dessen Winkelsumme entweder zwei Rechte beträgt oder sich von zwei Rechten um eine beliebig kleine Grösse unterscheidet.

Zum Beweise lege man drei Winkel α, β, γ, deren Summe zwei Rechte beträgt, so neben einander, dass die Schenkel des einen (β) je mit einem Schenkel der andern zusammenfallen (s. Taf. Fig. 1). Den Schenkel, welchen die Winkel β und γ

1*

gemeinschaftlich haben, bewege man so, dass er mit dem
freien Schenkel von α den Winkel γ bildet. Das Dreieck
ABC, aus zwei Schenkeln des Winkels α und aus der bewegten Seite BC gebildet, hat die Winkel $A = \alpha$, $C = \gamma$,
und der Winkel ABC fällt bei Beginn der Bewegung mit
dem Scheitelwinkel von β zusammen; er ist also entweder
gleich β oder von β um eine beliebig kleine Grösse verschieden,
solange nur AC hinlänglich klein angenommen wird. Wenn
also zwei Winkel eines Dreiecks zusammen kleiner sind als
zwei Rechte, so kann man durch Verkleinerung der eingeschlossenen Seite bewirken, dass auch die andern Seiten beliebig klein werden und dass der dritte Winkel sich vom
Nebenwinkel der Summe aus den beiden konstanten Winkeln
(entweder gar nicht oder doch) um weniger unterscheidet, als
ein beliebig kleiner Winkel beträgt.

Um jetzt den angegebenen Satz für jeden andern Grenzübergang zu beweisen, hat man zu zeigen, dass, solange keine
der drei Seiten eines Dreiecks eine gewisse Grenze übersteigt,
die Summe aus zwei seiner Winkel stets kleiner ist als zwei
Rechte. Halbiert man die Seite BC des Dreiecks ABC in
M, zieht die gerade Strecke AM und verlängert AM über M
hinaus um sich selbst bis N (Euklid, Prop. 16), und liegen
die Punkte $ABCN$ in dem angegebenen Gebiete, so ist die
Summe der Winkel B und C gleich ABN, also kleiner als
zwei Rechte. Jetzt vergleiche man das bei irgend einem
Grenzübergange erhaltene Dreieck ABC mit einem Dreieck
$A'B'C'$, welches mit ihm in einer Seite und den beiden an-
liegenden Winkeln übereinstimmt und welches durch die obige
Bewegung erhalten ist, so muss auch für ABC derselbe Satz
gelten.

4. *Lassen wir in einem Dreieck* ABC *eine Seite* AB *und*
den Winkel B *ungeändert, aber den Winkel* A *unendlich klein*
werden, so wird auch dessen Gegenseite BC *unendlich klein; zu-*
gleich kommt das Verhältnis der den unendlich kleinen Winkel
einschliessenden Seiten der Einheit beliebig nahe und die Winkel-
summe unterscheidet sich beliebig wenig von zwei Rechten.

Die feste Strecke AB treffe die feste Linie MN in B; man
lasse AC sich so bewegen, dass C auf MN bleibt (s. Taf. Fig. 2).

Wenn der Winkel BAC gleich Null ist, so ist auch BC
gleich Null, und der Winkel $ACN = ABN$; wenn also der
Winkel BAC unendlich klein ist, so ist auch BC unendlich
klein und der Winkel ACB vom Nebenwinkel von ABC
unendlich wenig verschieden.

5. Diese beiden Sätze ermöglichen es zu zeigen, dass die
Berechnungen, welche in der Euklidischen Ebene allgemeine
Gültigkeit haben, noch auf ein unendlich kleines Gebiet an-
gewandt werden dürfen, wenn man vom Parallelaxiom absieht.

In einem unendlich kleinen Gebiet ist die Winkelsumme
eines jeden Dreiecks gleich zwei Rechten. Gehört ein Punkt
P und eine Gerade g diesem Gebiete an, so mache man die
bekannte Konstruktion, vermittelst deren man durch P die
Parallele h zu g zieht; man ziehe durch P eine Gerade k,
welche g (in dem Gebiete) schneidet, und lege den Winkel
(gk) passend in P an k an. Der zweite Schenkel sei h. Infolge des erwähnten Satzes über die Winkelsumme eines Dreiecks wird für jede andere durch P gelegte und g in dem Gebiete schneidende Gerade dieselbe Beziehung zwischen den
Winkeln bestehen, unter denen sie g und h trifft. Legt man
durch die Mitte von k (wenn sie in den beiden Schnittpunkten
begrenzt gedacht wird) irgend eine schneidende Gerade, so
wird dieselbe beide Linien g und h unter gleichen Winkeln
treffen. Daraus schliesst man, dass jede Gerade, von welcher
die Linien g und h in dem unendlich kleinen Gebiet getroffen
werden, mit ihnen gleiche Winkel bildet. Die Gerade h vertritt also die Parallele zu g; denn bei allen Beweisen, wo
parallele Linien angewandt werden, kommt es nicht auf das
Nicht-Schneiden, sondern auf die Gleichheit der Winkel an.
Demnach gelten für ein unendlich kleines Gebiet alle Sätze,
welche Euklid für die Ebene beweist.

Speziell behält in diesem Gebiete die Archimedische Kreismessung ihre Gültigkeit bei, und der Umfang eines Kreises
mit dem unendlich kleinen Radius r ist gleich $2\pi r$. Um somit das passendste Mass für einen Winkel zu erhalten, beschreiben wir um seinen Scheitel einen Kreis mit einem unendlich kleinen Radius; das Verhältnis, in welchem der innerhalb des Winkelfeldes liegende Bogen zum Radius steht, soll

die Masszahl des Winkels sein. Diese Messung kommt darauf
hinaus, das Verhältnis des zu messenden Winkels zu einem
gestreckten zu bestimmen und dies mit der Zahl π zu multiplizieren.

Wir definieren den Sinus eines spitzen Winkels als das
Verhältnis der in einem unendlich kleinen rechtwinkligen
Dreieck, welches den Winkel enthält, demselben gegenüberliegenden Kathete zur Hypotenuse, und setzen die Definitionen
der übrigen cyklometrischen Funktionen entsprechend fest.
Dadurch gelangt man zu den bekannten Funktionen, welche
durch die gleichfalls bekannten Reihen dargestellt werden,
wenn man den Winkel in der angegebenen Weise misst. Sind
also α, β, γ die Winkel und a, b, c die gegenüberliegenden
Seiten eines Dreiecks, und. letztere unendlich klein, so gelten
die Gleichungen:

$$a : b : c = \sin \alpha : \sin \beta : \sin \gamma,$$
$$a^2 = b^2 + c^2 - 2bc \cos \gamma,$$

u. s. w.

6. Es erscheint mir angebracht, den Beweis des vorigen
Artikels in einer strengeren Form zu wiederholen.

Der Beweis von 4. ändert sich nicht, wenn AB unendlich klein angenommen wird, und wir können daher allgemein
den Satz aufstellen:

Lässt man in einem Dreieck einen Winkel unendlich
klein werden, während die beiden andern endlich bleiben, so
nähert sich das Verhältnis der einschliessenden Seiten unbegrenzt der Einheit.

Jetzt betrachte ich zwei Vierecke $ABCD$ und $ABC'D$,
welche drei Eckpunkte gemeinschaftlich haben. Zudem seien
in dem ersten die Winkel B und D Supplemente von A; in
dem zweiten sollen die Gegenseiten und infolge dessen auch
die Gegenwinkel einander gleich sein. Diese Figur lassen
wir unter Konstanz des Winkels A nach irgend einem Gesetze
unendlich klein werden. Wenn der Punkt C' nicht mit dem
Punkte C zusammenfällt, so muss doch nach Art. 3 die Differenz der Winkel an B (resp. an D), also der Winkel CBC'
unendlich klein werden. Somit wird das Verhältnis $BC : BC'$

entweder gleich Eins sein oder sich doch der Einheit unbegrenzt nähern; ebenso das Verhältnis $DC : DC'$.

Hieraus folgt das Analogon zu dem Satze: Hat ein Viereck ein Paar parallele Seiten und zieht man zu diesen durch
die Mitte einer konvergenten Seite die Parallele, so trifft sie
die Mitte der andern konvergenten Seite; nämlich der Satz:

Wenn in einem Viereck zwei Winkel, welche an einer
Seite anliegen, sich zu zwei Rechten ergänzen, so halbiere
man diese Seite und lege durch die Mitte eine Gerade unter
denselben Winkeln an; lässt man die Figur unendlich klein
werden, so nähert sich das Verhältnis, in welchem die gegenüberliegende Seite geteilt wird, unbegrenzt der Einheit.

Im Viereck $ABCD$ sei $A + D = 2R$, M die Mitte von
AD, $\angle DMN = A$; N liege auf BC; so lege man in N eine
Gerade EF (wo E in AB, F in DC liegt) so an, dass
$\angle MNE = A$ und infolge dessen MNF gleich D ist. Jetzt
konstruiere man die Vierecke $AMNE'$ und $DMNF'$ so,
dass die Gegenseiten gleich sind; dann ist:

$$\lim \frac{NE}{AM} = 1, \quad \lim \frac{NF}{MD} = 1, \quad \text{also:} \quad \lim \frac{BN}{NC} = 1.$$

Wie sich auf den genannten, unter Voraussetzung des
Parallelaxioms giltigen Satz die Ähnlichkeitslehre stützt, so
kann man jetzt weiter folgern:

„Wenn zwei Dreiecke in zwei Winkeln übereinstimmen
und sich beide so verändern, dass diese Winkel konstant bleiben,
so nähert sich das Verhältnis zweier homologer Seiten um so
mehr derselben Grösse, je kleiner die Seiten selbst werden."

Man kann hierbei das Verhältnis derjenigen beiden Seiten,
an denen die konstanten Winkel liegen, ungeändert lassen.

Demnach führen die Grenzwerte, denen sich in einem
rechtwinkligen Dreiecke, in welchem ein spitzer Winkel konstant bleibt, die Verhältnisse je zweier Seiten bei unbeschränkter
Abnahme ihrer Grösse nähern, in bekannter Weise zu den
cyklometrischen Funktionen.

Auch nähert sich das Verhältnis vom Umfange eines
Kreises zum Radius um so mehr einer festen Zahl, je kleiner
der Radius wird.

7. Wir kehren jetzt zu der in 4. betrachteten Grenzlage zurück und lassen $AC = b$ und $\sphericalangle ACB = \gamma$ ungeändert; dann wissen wir, dass $BC = a$ und $\sphericalangle BAC = \alpha$ gleichzeitig unendlich klein werden (s. Taf. Fig. 3). Halbieren wir den Winkel BAC durch AD, machen auf AB eine Strecke $AC' = AC$, so ist $DC' = DC$ und $\sphericalangle AC'D = ACD$, und da $\lim \dfrac{\sin ACD}{\sin ABD} = 1$ ist und für das unendlich kleine Dreieck $BC'D$ die Formeln der gewöhnlichen Trigonometrie gelten, so ist $\lim \dfrac{BD}{DC'} = 1$, also auch $\lim \dfrac{CD}{DB} = 1$. Das Verhältnis $a : \alpha$ ändert sich also nicht, wenn der Winkel α halbiert wird. Auf dieselbe Weise zeigt man, dass die Linien, welche den Winkel CAB in n gleiche Teile teilen, auch BC in n gleiche Teile zerlegen. Somit ist das Verhältnis $a : \alpha$ für unendlich kleine Werte von α nicht vom Winkel α, sondern nur von b und γ abhängig. Bezeichne ich den Grenzwert dieses Verhältnisses für $\gamma = \dfrac{\pi}{2}$ mit $f(b)$, so ist derselbe für irgend einen andern Wert von γ gleich $\dfrac{f(b)}{\sin \gamma}$. Trifft nämlich die in C auf AC errichtete Senkrechte die AB in E, so ist $CE = f(b) \cdot \alpha$, und in dem Dreieck BCE nähert sich $\sphericalangle CEB$ unbegrenzt einem Rechten und $\sphericalangle BCE = \pm \left(\dfrac{\pi}{2} - \gamma \right)$, also $BC = \dfrac{CE}{\sin \gamma}$.

Wie wir oben bewiesen haben, ist der Grenzwert von $\dfrac{f(b)}{b}$ für ein unendlich kleines b gleich der Einheit.

Die Archimedische Kreismessung führt auf lauter unendlich kleine Dreiecke von der bezeichneten Art, worin b gleich dem Radius, $\gamma = \dfrac{\pi}{2}$ ist. Also ist der Umfang eines Kreises vom Radius r gleich $2\pi f(r)$.

In dem obigen Dreieck ABC, worin a und α unendlich klein sind, ist $\dfrac{a}{\alpha} = \dfrac{f(b)}{\sin \gamma}$ (s. Taf. Fig. 4). Verlängert man AC um eine unendlich kleine Grösse $CC' = h$, legt in C' den Winkel γ an AC' an und verlängert AB, bis es den einen Schenkel dieses Winkels in B' trifft, so ist:

$$B'C' = \frac{\alpha \cdot f(b+h)}{\sin \gamma};$$

macht man $C'D = CB$, so ist:

$$\frac{B'C' - BC}{CC'} = \frac{B'D}{CC'}.$$

Dieses Verhältnis ändert sich nicht, wenn man CC' beliebig ändert, wofern man es nur unendlich klein bleiben lässt. Folglich nähert sich auch

$$\frac{f(b+h) - f(b)}{h} = \frac{B'D}{CC'} \cdot \frac{\sin \gamma}{\alpha}$$

für $h = 0$ einer festen Grenze $f'(b)$.

Nun ist $\sphericalangle B'BD = \pi - \beta - \gamma$ ein unendlich kleiner Winkel und gleich seinem Sinus; folglich:

$$\frac{\alpha \cdot f'(b)}{\sin \gamma} = \frac{\pi - \beta - \gamma}{\sin \gamma}.$$

8. Ein Dreieck ABC lassen wir dadurch entstehen, dass $AB = c$ und $\sphericalangle ABC = \beta$ konstant bleiben, aber der Winkel CAB von Null an bis zu einer gewissen Grösse wächst (s. Taf. Fig. 5). Für jede Grösse $C'AB = \alpha$ sind dann $BC' = a$, $C'A = b$ und $\sphericalangle AC'B = \gamma$ Funktionen von α. Mache ich $C''AC' = d\alpha$, so ist $AC'' = b + db$, $\sphericalangle AC''C' = \gamma + d\gamma$. Auf das Dreieck $C'AC''$ wende ich die Resultate des vorigen Artikels an, indem ich α durch $d\alpha$, a durch da, γ durch $\pi - \gamma$, β durch $\gamma + d\gamma$ ersetze. Dadurch erhalte ich die Gleichungen:

$$1) \quad \frac{da}{d\alpha} = \frac{f(b)}{\sin \gamma}, \quad \frac{d\gamma}{d\alpha} = -f'(b), \quad \frac{db}{da} = \cos \gamma.$$

Die beiden ersten sind im vorigen Artikel entwickelt; die dritte ergiebt sich, wenn ich von C' auf AC'' die Senkrechte $C'D$ fälle und berücksichtige, dass $\lim \frac{AC'}{AD} = 1$, also $C''D = db$ ist.

Multipliziere ich die erste und dritte Gleichung und dividiere durch die zweite, so folgt:

$$\frac{db}{d\gamma} = -\frac{f(b) \cos \gamma}{f'(b) \sin \gamma}, \quad \text{oder:} \quad \frac{f'(b)\, db}{f(b)} = -\frac{\cos \gamma\, d\gamma}{\sin \gamma}.$$

Das Integral derselben liefert:

oder:
$$\log f(b) = \log \text{const} - \log \sin \gamma,$$
$$f(b) \sin \gamma = \text{const.}$$

Für $\alpha = 0$ geht b in c und γ in $(\pi - \beta)$ über, also ist:

2) $f(b) \sin \gamma = f(c) \sin \beta.$

Hätte ich dasselbe Dreieck ABC dadurch entstehen lassen, dass ich a und γ ungeändert und β von Null an hätte wachsen lassen, so würde ich zu der Gleichung gekommen sein:

$$f(c) \sin \alpha = f(a) \sin \gamma,$$

welche Gleichung aus 2) durch Erhöhung der Buchstaben erhalten wird.

Diese Gleichung gilt für die Dreiecke ABC' und ABC''; sie darf also auch bei unveränderten Werten von c und β differentiiert werden. Dann folgt:

$$f(c) \cdot \cos \alpha \cdot d\alpha = f'(a) \cdot \sin \gamma \cdot da + f(a) \cdot \cos \gamma \cdot d\gamma,$$

oder, wenn ich die Werte aus 1) einsetze:

3) $f(c) \cos \alpha = f'(a) f(b) - f(a) f'(b) \cos \gamma.$

Durch Vertauschung von α und γ, a und c (oder durch einen andern Grenzübergang) wird diese Gleichung:

$$f(a) \cos \gamma = f'(c) f(b) - f(c) f'(b) \cos \alpha.$$

Aus diesen beiden Gleichungen folgt:

4) $f(c)\{1 - [f'(b)]^2\} \cos \alpha = f(b) [f'(a) - f'(b) f'(c)],$

mit welcher Gleichung wir folgende verbinden:

$$f(b)\{1 - [f'(c)]^2\} \cos \alpha = f(c) [f'(a) - f'(b) f'(c)].$$

Durch Division der beiden letzten Gleichungen folgt:

$$\frac{[f(b)]^2}{1 - [f'(b)]^2} = \frac{[f(c)]^2}{1 - [f'(c)]^2}.$$

Diese Gleichung muss für irgend zwei Strecken b und c gelten, welche Seiten eines Dreiecks sein können; das Verhältnis muss also für alle Strecken denselben Wert annehmen. Setzen wir also:

5) $$\frac{[f(c)]^2}{1 - [f'(c)]^2} = k^2,$$

so muss k^2 entweder positiv oder unendlich gross oder negativ sein; aber es muss ungeändert bleiben, wenn

man c beliebig wachsen oder abnehmen lässt. Nun folgt
aus 5):

$$\frac{df}{\sqrt{1 + \dfrac{f^2}{k^2}}} = dc,$$

deren Integration unter Berücksichtigung des Umstandes, dass
f und c gleichzeitig verschwinden, liefert:

$$\text{arc sin} \frac{f}{k} = \frac{c}{k},$$

oder:

6) $\qquad f(c) = k \sin \dfrac{c}{k}, \quad f'(c) = \cos \dfrac{c}{k}.$

Indem wir diese Werte in die Gleichungen 2) bis 4) einsetzen, erhalten wir die Formeln der Trigonometrie:

7) $\sin \dfrac{b}{k} \cdot \sin \gamma = \sin \dfrac{c}{k} \cdot \sin \beta$ (Sinussatz),

8) $\sin \dfrac{c}{k} \cos \alpha + \sin \dfrac{a}{k} \cos \dfrac{b}{k} \cos \gamma = \sin \dfrac{b}{k} \cos \dfrac{a}{k},$

9) $\cos \dfrac{a}{k} = \cos \dfrac{b}{k} \cos \dfrac{c}{k} + \sin \dfrac{b}{k} \sin \dfrac{c}{k} \cos \alpha$ (Cosinussatz),

wo in der Gleichung 4) beide Seiten durch $\sin \dfrac{b}{k}$ dividiert
worden sind.

Zu diesen Formeln fügen wir einige hinzu, deren Analoga
in der sphärischen Trigonometrie gewöhnlich vermittelst des
reziproken Dreiecks hergeleitet werden. Ich dividiere in 8)
beide Seiten durch $\sin \dfrac{c}{k}$ und wende den Sinussatz an; dadurch
erhalte ich:

$$\sin \gamma \cdot \cos \alpha + \sin \alpha \cdot \cos \frac{b}{k} \cos \gamma = \sin \beta \cdot \cos \frac{a}{k};$$

hierin vertausche ich a mit b, α mit β, multipliziere die neue
Gleichung mit $\cos \gamma$ und addiere sie zu der ersten; dann folgt
durch Division durch $\sin \gamma$:

10) $\qquad \cos \alpha + \cos \beta \cos \gamma = \sin \beta \sin \gamma \cdot \cos \dfrac{a}{k}.$

Auch in dieser Gleichung vertausche ich a und b, α und
β, multipliziere die so erhaltene Gleichung mit $\cos \gamma$ und subtrahiere das Produkt von 10); indem ich dann wieder durch
$\sin \gamma$ dividiere, erhalte ich:

11) $\sin \gamma \cos \alpha = \sin \beta \cdot \cos \dfrac{a}{k} - \cos \gamma \cdot \sin \alpha \cdot \cos \dfrac{b}{k}.$

Die speziellen Formen, in welche die Gleichungen 7) bis 11) übergehen, wenn ein Winkel gleich $\dfrac{\pi}{2}$ wird, bedürfen keiner Erwähnung.

9. Die absolute Grösse von k^2 hängt freilich von dem gewählten Längenmasse ab, aber es zeigt sich ein wesentlicher Unterschied, je nachdem k^2 positiv, unendlich gross oder negativ ist. Wenn k^2 unendlich gross ist, so geht $k \sin \dfrac{a}{k}$ in a und (ein alleinstehendes) $\cos \dfrac{a}{k}$ in 1 über. Demnach gehen die Formeln 7) bis 11) in bekannte Gleichungen der gewöhnlichen Trigonometrie über; nur in der Gleichung 9) muss bekanntlich ein weiteres Glied in der Entwickelung von $\cos \dfrac{a}{k}$ etc. berücksichtigt werden. Speziell lehrt die Gleichung 10), dass für $k = \infty$ in jedem Dreieck die Winkelsumme zwei Rechte beträgt. Wenn k^2 positiv ist, so sind die Formeln identisch mit denen für ein sphärisches Dreieck, wenn der Radius der Kugel gleich k gesetzt wird. Wenn endlich k^2 negativ ist, so wird $k \sin \dfrac{a}{k}$ für ein reelles a selbst reell und durch die Reihe gegeben:

$$k \sin \frac{a}{k} = a - \frac{a^3}{3! \, k^2} + \frac{a^5}{5! \, k^4} - \cdots;$$

ebenso ist:

$$\cos \frac{a}{k} = 1 - \frac{a^2}{2! \, k^2} + \frac{a^4}{4! \, k^4} - \cdots$$

In beiden Reihen sind für ein negatives k^2 und ein positives a sämtliche Glieder positiv. [Will man den Gebrauch imaginärer Grössen vollständig vermeiden, so benutze man die Hyperbelfunktionen (früher meistens hyperbolische Funktionen genannt). Man definiere den Hyperbelsinus (Sh) durch die Formel:

$$Sh \, x = \frac{1}{i} \sin xi = \frac{e^x - e^{-x}}{2},$$

und den Hyperbelcosinus (Ch) durch

$$Ch \, x = \cos xi = \frac{e^x + e^{-x}}{2}.$$

Diese Funktionen haben eine sehr eingehende Behandlung gefunden in dem vortrefflichen Werke: Günther, Die Lehre von den gewöhnlichen und verallgemeinerten Hyperbelfunktionen.]

Demnach sind die Beziehungen zwischen den Seiten und Winkeln eines Dreiecks wesentlich verschieden, je nachdem k^2 positiv, unendlich gross oder negativ ist. Es giebt also verschiedene Möglichkeiten, welche den genannten Voraussetzungen Euklids genügen. Jedes solche System soll als *Raumform* bezeichnet werden. Alle diese Raumformen werden für ein unendlich kleines Gebiet identisch. Da alle unsere Messungen nur ein kleines Gebiet umfassen und mit Ungenauigkeiten verbunden sind, auch keine Thatsache, welche zwischen den verschiedenen Möglichkeiten eine Entscheidung träfe, bekannt ist, so muss es zweifelhaft bleiben, welchem Werte von k^2 unsere Erfahrung mit vollkommener Genauigkeit entspricht. Da aber andererseits keine Erfahrung vorliegt, für welche die einfachste Annahme $k = \infty$ nicht genügt, so ist es am natürlichsten, für die Praxis diesen Wert festzuhalten; das theoretische Interesse für die anderen Raumformen bleibt daneben bestehen.

10. Die Grösse $\frac{1}{k^2}$ wird als das *Riemannsche Krümmungsmass* der Raumform bezeichnet, ein Name, welcher leicht Missverständnisse veranlassen könnte, aber allgemein angenommen ist und in Ermangelung eines passenderen beibehalten werden muss. Die Definition desselben kann einmal durch den Lehrsatz gegeben werden:

Zwischen den cyklometrischen Funktionen der Winkel und der durch eine Konstante dividirten Seiten eines Dreiecks besteht ein Gleichungssystem 7) bis 11), welches gestattet, die drei (durch die erwähnte Konstante dividirten) Seiten je mit dem Supplement des Gegenwinkels zu vertauschen; das umgekehrte Quadrat dieser Konstante wird als das Riemannsche Krümmungsmass der Raumform bezeichnet.

Zu einer zweiten Definition des Krümmungsmasses gelangt man, indem man aus den Gleichungen 1) die Werte von $f(b)$ und $f'(b)$ in die Gleichung 5) einsetzt. Dadurch erhält man:

$$\frac{1}{k^2} = \frac{d\alpha^2 - d\gamma^2}{d\alpha^2 . \sin^2\gamma}.$$

Diese Gleichung lehrt:

Ist in einem Dreieck eine Seite b *und der eine anliegende Winkel* $\pi - \gamma$ *konstant, wird aber der andere anliegende Winkel unendlich klein* $= d\alpha$, *dessen Gegenseite* $= d\alpha$ *und der dritte Winkel gleich* $\gamma + d\gamma$, *so ist unabhängig von dem gewählten Werte von* b *und* γ *die rechte Seite von 12) konstant und gleich dem Krümmungsmasse.*

Nach einer Bemerkung in Art. 3 ist mindestens, solange b eine gewisse Grenze nicht überschreitet, die Summe der beiden an $d\alpha$ liegenden Winkel kleiner als π, also $d\gamma$ negativ $= - d\gamma'$. Bei verschwindendem Krümmungsmass ist die Winkelsumme eines Dreiecks gleich zwei Rechten, und das stimmt mit der Gleichung 12) überein, nach welcher $d\alpha = d\gamma'$ ist. Für ein positives k^2 ist $d\alpha^2 - d\gamma'^2$ positiv, also $d\alpha > d\gamma'$ und $d\alpha + (\pi - \gamma) + (\gamma - d\gamma') > \pi$; die Winkelsumme eines solchen Dreiecks (und da jedes Dreieck in Dreiecke der betrachteten Art zerlegt werden kann, die eines jeden Dreiecks) ist grösser als zwei Rechte. Für ein negatives k^2 ist $d\alpha^2 - d\gamma'^2$ negativ, $d\alpha < d\gamma'$, also die Winkelsumme eines jeden Dreiecks kleiner als zwei Rechte.

11. Bei der Herleitung der Gleichungen 7) bis 11) war vorausgesetzt worden, dass das Dreieck einem gewissen Bereich angehörte. Nun lässt sich aber sehr leicht zeigen, dass, wenn diese Formeln für zwei Dreiecke gelten, welche ein neues Dreieck zusammensetzen, sie auch für das zusammengesetzte gültig sind. Am einfachsten wird dieser Nachweis, wenn die Teildreiecke rechtwinklig sind. Demnach gelten die Gleichungen 7) bis 11) für jedes Dreieck.

Da die gerade Linie unbegrenzt verlängert werden kann, ist sie entweder eine unendliche oder eine geschlossene Linie. Ist die gerade Linie geschlossen, so müssen zwei gerade Linien, welche von demselben Punkte ausgehen, auch in denselben Punkt zurückkehren. Mag nun schon vorher ein weiterer Punkt beiden Linien gemeinschaftlich sein, jedenfalls schliessen

zwei gerade Linien einen Teil der Ebene ein. Eine solche
Figur kann betrachtet werden als ein Dreieck, in welchem
ein Winkel $= \pi$ ist. Setzen wir in 7) $\gamma = \pi$, während β von
Null verschieden ist, so muss c ein Vielfaches von $k\pi$ sein.
Daher kann die gerade Linie nur für ein positives Krümmungsmass in sich zurückkehren; für ein unendlich grosses
und ein negatives k^2 ist die gerade Linie unendlich.

Demgemäss genügt für $k = \infty$ unsern Voraussetzungen
nur eine Möglichkeit, welche durch die Eigenschaften charakterisiert ist:

1. *die gerade Linie ist unendlich,*

2. *die Winkelsumme eines jeden Dreiecks beträgt zwei Rechte,*

3. *in den Formeln 7) und 8) hat man* $k \sin \dfrac{a}{k} \cdots$ *durch*
a *und* $\cos \dfrac{a}{k}$ *durch 1 zu ersetzen.*

Schon durch die beiden ersten Forderungen ist eine
einzige Möglichkeit charakterisiert, nämlich dasjenige System,
welches Euklid entwickelt hat. Demnach heisst diejenige
Raumform, für welche das Riemannsche Krümmungsmass
verschwindet, die *Euklidische*. Herr Klein bezeichnet sie als
die *parabolische;* der von Riemann vorgeschlagene Name einer
ebenen Raumform bringt viele Unzuträglichkeiten mit sich und
wird besser aufgegeben.

Auch für $k^2 < 0$ giebt es nur eine einzige Möglichkeit,
welcher die charakteristischen Eigenschaften zukommen:

1. *die gerade Linie ist unendlich,*

2. *die Winkelsumme eines jeden Dreiecks ist kleiner als zwei
Rechte,*

3. *in den Gleichungen 7) bis 11) muss der Grösse* k *ein
rein imaginärer Wert beigelegt werden.*

Diese Raumform wird als *Lobatschewskysche* bezeichnet,
weil Lobatschewsky die ersten Untersuchungen über dieselbe veröffentlicht hat. Sie wird auch wohl nach Gauss
benannt, weil derselbe sich seit 1792 mit derselben beschäftigt hat. Herr Klein nennt sie die *hyperbolische* Raumform.

Für ein positives k^2 sahen wir, dass zwei gerade Linien,
welche von demselben Punkte ausgehen, frühestens in der
Entfernung $k\pi$ wieder zusammen treffen. Nehmen wir aber

umgekehrt eine Seite c eines Dreiecks gleich $k\pi$, den dritten Eckpunkt ausserhalb dieser Linie ganz willkürlich an, so folgt aus 7), dass $\gamma = \pi$ ist, oder die beiden andern Seiten des Dreiecks fallen in dieselbe gerade Linie. Demnach treffen alle geraden Linien, welche von einem Punkte ausgehen, wieder in der Entfernung $k\pi$ zusammen. Machen wir jetzt in einem Dreieck zwei Seiten a und b je gleich $\frac{1}{2}k\pi$ und den eingeschlossenen Winkel γ beliebig gross, so folgt aus 8) und 9) sofort, dass die den gleichen Seiten gegenüber liegenden Winkel α und β je gleich einem Rechten und die dritte Seite c ihrem Gegenwinkel proportional $= k\gamma$ ist. Demnach geht der Kreis mit dem Radius $\frac{1}{2}k\pi$ in eine gerade Linie über. Drehen wir um den Mittelpunkt, so entspricht einer Drehung um den Winkel φ eine Verschiebung längs der Geraden um die Länge $k\varphi$. Demnach führt eine Drehung um 2π, durch welche die Ebene ihre Anfangslage wiedererhält, auch jeden Punkt der Geraden in seine ursprüngliche Lage, oder:

Bewegt man sich auf einer geraden Linie um die Länge $2k\pi$ *voran, so gelangt man zum Ausgangspunkte zurück.*

Somit giebt es zwei Möglichkeiten: entweder führt erst die Entfernung $2k\pi$ oder bereits die Entfernung $k\pi$ auf den Ausgangspunkt zurück. Berücksichtigen wir, dass die Entfernung $k\pi$ wieder zu einem Schnittpunkt zweier geraden Linien führt, so können wir die erste Möglichkeit in folgender Weise charakterisieren:

-    *1. die gerade Linie ist geschlossen,*

2. die Winkelsumme eines jeden Dreiecks ist grösser als zwei Rechte,

3. in den Gleichungen 7) bis 11) erhält k einen reellen Wert,

4. zwei gerade Linien, welche einen Punkt gemeinschaftlich haben, schneiden sich noch in einem zweiten.

Diese Raumform wird als die *Riemannsche* bezeichnet, da Riemann zuerst ihre Berechtigung bewiesen und ihre wichtigsten Eigenschaften mitgeteilt hat. Im Sinne des Herrn Klein heisst sie der *doppelte elliptische* Raum.

Die zweite Möglichkeit unterscheidet sich von der eben genannten nur dadurch, dass zwei gerade Linien höchstens einen Punkt gemeinschaftlich haben. Aus einem später (Art. 16) anzugebenden Grunde heisst sie die *Polarform des Riemannschen Raumes*, nach Herrn Klein der *einfache elliptische Raum*.

Somit sind wir zu dem Resultate gelangt, dass den angegebenen Voraussetzungen Euklids vier Möglichkeiten entsprechen, von denen zwei nahe mit einander verwandt sind.

§ 2. Koordinaten in der Ebene.

12. Wie schon bemerkt, sind die Formeln 7) bis 11) des Art. 8 identisch mit den Grundformeln der sphärischen Trigonometrie, wenn der Radius der Kugel gleich k gesetzt wird. In der That sind bei der Herleitung von den in Art. 1 für die Ebene gemachten Voraussetzungen nur die beiden ersten benutzt worden, und diese sind auch auf der Kugelfläche gültig, wenn man die gerade Linie durch den Hauptkreis (grössten Kreis) ersetzt; somit musste unsere Entwickelung auch zu den Formeln der sphärischen Trigonometrie führen. Andererseits lehrt der Art. 11, dass die Ebene des Riemannschen Raumes (die Riemannsche Ebene), solange sie nur in sich betrachtet und ihre Lage zum Raume ausser acht gelassen wird, mit der Geometrie auf der Kugel übereinstimmt. Für die Kugelfläche, deren Radius gleich Eins ist, hat sich als besonders praktisch erwiesen das dreirechtwinklige Koordinatensystem, wo man die Lage eines Punktes durch die Cosinus der Abstände von den Ecken eines dreirechtwinkligen Dreiecks bestimmt. Ein solches ganz allgemein zu Grunde zu legen, geht nicht an, da die Formeln auch für ein negatives k^2 gelten sollen und die Vergleichung mit der Euklidischen Geometrie es wünschenswert macht, dass das System für $k = \infty$ in das rechtwinklige Cartesische Koordinatensystem übergeht. Diese Rücksichten lassen sich vereinigen, wenn man berücksichtigt, dass auf der Kugel vom Radius Eins der Abstand eines Punktes von einem zweiten Punkte und von dessen absoluter Polare sich zu $\frac{\pi}{2}$ ergänzen, der Cosinus des ersteren also gleich dem Sinus des letzteren ist.

Wir ziehen demnach nach dem Vorgange des Herrn Weierstrass durch einen Punkt O zwei zu einander senkrechte Gerade OX und OY, und wählen zu Koordinaten eines Punktes P folgende Grössen: Ist $OP = r$, bildet OP mit der positiven Richtung von OX den Winkel φ, so setze man:

1) $\quad p = \cos \dfrac{r}{k}, \quad x = k \sin \dfrac{r}{k} \sin \varphi, \quad y = k \sin \dfrac{r}{k} \cos \varphi.$

Setzt man die Senkrechte von P auf OX gleich a, die auf OY gleich b, so ist:

2) $\qquad\qquad x = k \sin \dfrac{a}{k}, \quad y = k \sin \dfrac{b}{k}.$

Infolge der Gleichungen 1) besteht zwischen den Grössen p, x, y die Relation:

3) $\qquad\qquad k^2 p^2 + x^2 + y^2 = k^2.$

Für ein unendlich kleines, um den Nullpunkt gelegenes Gebiet wird $p = 1$, und x und y werden mit den Senkrechten a und b identisch. Dasselbe gilt allgemein für ein verschwindendes Krümmungsmass.

Das angegebene Koordinatensystem wird als ein Weierstrasssches bezeichnet; der Punkt O ist der Anfangspunkt, die Geraden OX und OY die Achsen.

13. Der Punkt P, dessen Koordinaten p, x, y sind, habe vom Anfangspunkte O den Abstand r und OP bilde mit OX den Winkel φ; ebenso sei für einen zweiten Punkt $P'(= p', x', y')$ die Strecke $OP' = r'$, $\sphericalangle XOP' = \varphi'$. Dann gilt für den Abstand $PP' = e$ nach dem Cosinussatz die Relation:

$$\cos \frac{e}{k} = \cos \frac{r}{k} \cos \frac{r'}{k} + \sin \frac{r}{k} \sin \frac{r'}{k} \cos (\varphi - \varphi')$$

$$= \cos \frac{r}{k} \cos \frac{r'}{k} + \sin \frac{r}{k} \sin \frac{r'}{k} \cos \varphi \cos \varphi' + \sin \frac{r}{k} \sin \frac{r'}{k} \sin \varphi \sin \varphi'$$

Indem man hierin nach 1) die Koordinaten einsetzt, folgt:

4) $\qquad\qquad k^2 \cos \dfrac{e}{k} = k^2 p p' + x x' + y y',$

wo e den Abstand der Punkte (p, x, y) und (p', x', y') bezeichnet.

Wird $e = 2 k \pi$, so muss sein:

$$k^2 = k^2 p p' + x x' + y y'.$$

Subtrahiert man das Doppelte dieser Gleichung von den für (p, x, y) und (p', x', y') geltenden Gleichungen 3), so folgt:

$$k^2(p - p')^2 + (x - x')^2 + (y - y')^2 = 0.$$

Diese Gleichung kann nur erfüllt werden, wenn $p = p'$, $x = x'$, $y = y'$ ist. Nach 11. fallen zwei Punkte zusammen, welche die Entfernung $2k\pi$ haben. Gelangt man daher zu denselben Koordinatenwerten zurück, so kommt man auch wieder zu demselben Punkte.

Soll $e = k\pi$ sein, so muss

$$- k^2 = k^2 p p' + x x' + y y'$$

und somit

$$k^2(p + p')^2 + (x + x')^2 + (y + y')^2 = 0$$

sein. Diese Gleichung erfordert: $p = -p'$, $x = -x'$, $y = -y'$. Zwei Punkte, deren Entfernung $k\pi$ beträgt, mögen als *Gegenpunkte* bezeichnet werden; ihre Koordinaten sind entgegengesetzt gleich.

In der Riemannschen Ebene gehört zu jedem Punkte ein einziges Tripel p, x, y und umgekehrt. Sind die Verhältnisse der Koordinaten $x_0 : x_1 : x_2 = p : x : y$ gegeben, so setze man $x_0 = \mu p$, $x_1 = \mu x$, $x_2 = \mu y$, und dann liefert die Gleichung 3) zwei reelle, entgegengesetzt gleiche Werte von μ; also wird in der Riemannschen Ebene durch das Verhältnis der Koordinaten ein Punkt und sein Gegenpunkt angegeben.

Da in der Polarform der Riemannschen Ebene die Entfernung $k\pi$ wieder zum Ausgangspunkte zurückführt, so entspricht den beiden entgegengesetzt gleichen Wertsystemen (p, x, y) und $(-p, -x, -y)$ derselbe Punkt. Durch das Verhältnis der Koordinaten ist ein einziger Punkt bestimmt.

In der Lobatschewskyschen Ebene besteht zwischen den Koordinaten die Gleichung:

$$(- k^2 p^2) = (- k^2) + x^2 + y^2,$$

wo beide Seiten nur positive Glieder enthalten. Demnach muss $p^2 \geqq 1$ sein, und da p im Endlichen weder Null noch unendlich wird, so muss es stets positiv sein. Ist das Verhältnis der Koordinaten $x_0 : x_1 : x_2$ gegeben, so muss durch Multiplikation mit einer Konstanten erreicht werden können, dass die Gleichung 3) erfüllt wird. Demnach muss sein:

$$k^2 x_0{}^2 + x_1{}^2 + x_2{}^2 < 0;$$

umgekehrt stellt, wenn diese Bedingung erfüllt ist, das Verhältnis $x_0 : x_1 : x_2$ einen einzigen Punkt dar, da p positiv sein muss.

§ 3. Die gerade Linie in der Ebene.

14. Der geometrische Ort eines Punktes, welcher von zwei Punkten gleichen Abstand hat, ist eine gerade Linie. Soll ein Punkt (p, x, y) von zwei Punkten (p', x', y') und (p'', x'', y'') gleichen Abstand haben, so muss nach 4) in Art. 13 die Gleichung bestehen:

$$k^2 pp' + xx' + yy' = k^2 pp'' + xx'' + yy'',$$

oder:

1) $\qquad k^2 p(p' - p'') + x(x' - x'') + y(y' - y'') = 0.$

Die Gleichung der geraden Linie ist homogen linear in den Koordinaten. Um die der Hesseschen Normalform (Hesse, Vorlesungen über die gerade Linie und den Kreis) entsprechende Form zu finden, lasse man den zweiten gegebenen Punkt mit dem Punkte $(1, 0, 0)$ zusammenfallen. Dann wird die Gleichung:

$$- k^2 p(1 - p') + xx' + yy' = 0.$$

Bezeichnet man mit ϱ den Abstand der Geraden vom Anfangspunkte und mit δ den Winkel, welchen die Senkrechte mit der Richtung OX bildet, so ist:

$$p' = \cos\frac{2\varrho}{k}, \quad x' = k\sin\frac{2\varrho}{k}\sin\delta, \quad y' = k\sin\frac{2\varrho}{k}\cos\delta.$$

Die Einsetzung dieser Werte ergiebt nach Division durch $2k\sin\frac{\varrho}{k}$:

2) $\qquad - k\sin\frac{\varrho}{k}\cdot p + x\cos\frac{\varrho}{k}\sin\delta + y\cdot\cos\frac{\varrho}{k}\cos\delta = 0.$

Schreiben wir diese in der Form:

3) $\qquad\qquad ep + ax + by = 0,$

so besteht die Relation:

4) $\qquad\qquad \dfrac{e^2}{k^2} + a^2 + b^2 = 1.$

Umgekehrt sollen e, a, b die Koordinaten der Geraden 3) heissen, wenn die Relation 4) besteht. Die geometrische Bedeutung ergiebt sich aus 2) und wenn man die Gleichung 10) in Art. 8 für $\gamma = \dfrac{\pi}{2}$ berücksichtigt, so sieht man, dass auch ist:

5) $\qquad a = \cos(x, l), \quad b = \cos(y, l),$

wo (x, l) den Winkel zwischen der positiven x-Achse und der Geraden $l = (e, a, b)$ bezeichnet.

Soll eine gerade Linie durch zwei Punkte (p_1, x_1, y_1) und (p_2, x_2, y_2) gehen, so muss ihre Gleichung sein:

$$\begin{vmatrix} p & x & y \\ p_1 & x_1 & y_1 \\ p_2 & x_2 & y_2 \end{vmatrix} = 0.$$

Demnach können wir setzen: $p = \varkappa p_1 + \lambda p_2$, $x = \varkappa x_1 + \lambda x_2$, $y = \varkappa y_1 + \lambda y_2$.

Infolge von 3), Art. 12 muss zwischen $\varkappa$ und λ die Relation bestehen:

$$\varkappa^2 + \lambda^2 + 2\varkappa\lambda \cos \frac{r}{k} = 1,$$

wo r den Abstand der Punkte 1 und 2 bezeichnet. Da offenbar $p x_2 - p_2 x = \varkappa (p_1 x_2 - p_2 x_1)$ ist u. s. w., so folgt aus der Gleichung 4), Art. 13, wenn der Punkt $(\varkappa \lambda)$ mit 3 und der Abstand mit (13) etc. bezeichnet wird:

$$\varkappa = \frac{\sin \dfrac{32}{k}}{\sin \dfrac{12}{k}}, \quad \lambda = \frac{\sin \dfrac{31}{k}}{\sin \dfrac{12}{k}}.$$

Gehört ein anderer Punkt 4 zu $(\varkappa', \lambda')$, so ist das Doppelverhältnis der vier Punkte:

$$\frac{\varkappa}{\lambda} : \frac{\varkappa'}{\lambda'}, \quad \text{oder:} \quad \frac{\sin \dfrac{31}{k}}{\sin \dfrac{32}{k}} : \frac{\sin \dfrac{41}{k}}{\sin \dfrac{42}{k}}.$$

Dieses wird zu einem harmonischen, wenn es den Wert -1 erhält.

Sind zwei gerade Linien (c, a, b) und (c', a', b') gegeben, so sind die Koordinaten des Schnittpunktes proportional den Grössen $ab' - a'b$, $be' - b'c$, $ea' - c'a$. Demnach haben in der Riemannschen Ebene zwei gerade Linien stets einen Punkt und seinen Gegenpunkt gemeinschaftlich.

Die Koordinaten (c, a, b) einer jeden Geraden, welche durch den Schnittpunkt zweier Linien (c_1, a_1, b_1) und (c_2, a_2, b_2) hindurchgeht, sind:

$$c = \varkappa c_1 + \lambda c_2, \quad x = \varkappa x_1 + \lambda x_2, \quad y = \varkappa y_1 + \lambda y_2,$$

wo ist:

$$\varkappa = \frac{\sin(32)}{\sin(12)}, \quad \lambda = \frac{\sin(31)}{\sin(12)},$$

wenn (12) etc. die Winkel bezeichnen, unter welchem die Geraden einander schneiden. [Der Nachweis wird sich aus der Gleichung 7) des folgenden Artikels ergeben.]

Hiernach bietet es keine Schwierigkeit, die in Hesses „Vorlesungen über die gerade Linie und den Kreis" für den Schnitt mehrerer Geraden bewiesenen Sätze auf die Nicht-Euklidischen Ebenen zu übertragen.

15. Die sämtlichen Punkte (p, x, y), welche von einem festen Punkte (p', x', y') den Abstand $\frac{1}{2}k\pi$ haben, liegen nach Art. 13, 4) auf der geraden Linie:

$$k^2 pp' + xx' + yy' = 0.$$

Diese gerade Linie heisst die absolute Polare des Punktes und letzterer ihr absoluter Pol. Für die gegenseitige Beziehung gelten die sofort ersichtlichen Sätze:

Bewegt sich ein Punkt in einer geraden Linie, so dreht sich die Polare um ein Paar von Gegenpunkten, und umgekehrt.

Indem wir die Gleichung 3), Art. 12 mit der Gleichung 4), Art. 14 vergleichen, sehen wir, dass die absolute Polare des Punktes (p, x, y) die Koordinaten hat $\left(kp, \frac{x}{k}, \frac{y}{k}\right)$.

Indem wir dies festhalten und die geometrische Bedeutung der Koordinaten eines Punktes und einer geraden Linie berücksichtigen, erhalten wir die Sätze:

Der Abstand eines Punktes von einem zweiten Punkte und von dessen absoluter Polare ergänzen sich zu $\frac{1}{2}k\pi$.

Der Winkel zweier Geraden ist gleich dem durch k dividierten Abstand ihrer Pole.

Zu diesen beiden Sätzen, deren geometrischer Beweis keiner Erwähnung bedarf, fügen wir noch folgenden hinzu, der sich ebenfalls sofort ergiebt:

Zu zwei Geraden giebt es eine gemeinschaftliche Senkrechte; dieselbe ist die Polare des Schnittpunktes und ihre Länge ist gleich dem mit k multiplizierten Winkel.

Daraus ergeben sich folgende Gleichungen:

Der Abstand d eines Punktes (p, x, y) von einer Geraden (e, a, b) wird durch die Gleichung bestimmt:

6)
$$k \sin \frac{d}{k} = ep + ax + by.$$

Der Cosinus des Winkels ε, den zwei Gerade (e, a, b) und (e', a', b') mit einander bilden, ist gleich:

7)
$$\cos \varepsilon = \frac{ee'}{k^2} + aa' + bb'.$$

Die gemeinschaftliche Senkrechte e der beiden Geraden wird durch die Gleichung angegeben:

8)
$$\cos \frac{e}{k} = \cos \varepsilon = \frac{ee'}{k^2} + aa' + bb'.$$

Alle diese Gleichungen müssen in einer Weise verifiziert werden, welche für jeden Wert von k gültig bleibt.

Die Gerade (e, a, b) habe vom Anfangspunkte O der Koordinaten den Abstand $OA = \varrho$ und es sei $\sphericalangle\, AOX = \delta$; für den Punkt P sei $OP = r$, $\sphericalangle\, POX = \varphi$; ferner der Abstand des Punktes P von der Geraden $PB = d$ (s. Taf. Fig. 6). Man setze noch $AP = m$ und $\sphericalangle\, OAP = \mu$. Dann ist nach Art. 8, Gleichung 8):

$$\sin \frac{m}{k} \cos \mu = \sin \frac{\varrho}{k} \cos \frac{r}{k} - \sin \frac{r}{k} \cos \frac{\varrho}{k} \cos (\delta - \varphi);$$

ferner ist:

$$\sin \frac{m}{k} \cdot \cos \mu = \sin \frac{d}{k},$$

so dass die Einsetzung der Koordinaten sofort die gewünschte Gleichung 6) liefert.

Um die Gleichung 7) zu verifizieren, mögen ϱ und δ für die eine, ϱ' und δ' für die andere Gerade die bei der Gleichung 2) angegebene Bedeutung haben. In Figur 7 (s. Taf.) ist $\pi - \varepsilon = \beta + \beta'$, $\delta' - \delta = \alpha + \alpha'$. Indem ich noch $OP = m$ setze, erhalte ich:

$$- \cos \varepsilon = \cos(\beta + \beta') = \cos \frac{\varrho}{k} \cos \frac{\varrho'}{k} \sin \alpha \sin \alpha' - \frac{\sin \frac{\varrho}{k} \sin \frac{\varrho'}{k}}{\sin^2 \frac{m}{k}}.$$

Indem ich rechts $\cos \frac{\varrho}{k} \cos \frac{\varrho'}{k} \cos \alpha \cos \alpha'$ addiere und subtrahiere, folgt:

$$\cos \varepsilon = \frac{\sin \frac{\varrho}{k} \sin \frac{\varrho'}{k}}{\sin^2 \frac{m}{k}} + \cos \frac{\varrho}{k} \cos \frac{\varrho'}{k} \cos(\delta - \delta') - \frac{\sin \frac{\varrho}{k} \sin \frac{\varrho'}{k}}{\tan^2 \frac{m}{k}}$$

$$= \sin \frac{\varrho}{k} \sin \frac{\varrho'}{k} + \cos \frac{\varrho}{k} \cos \frac{\varrho'}{k} \cos(\delta - \delta'),$$

woraus sich 7) unmittelbar ergiebt.

Um die Gleichung 8) direkt zu beweisen, nehme man auf jeder der beiden Geraden einen Punkt an und suche das Maximum ihres Abstandes nach der bekannten Methode; dadurch kommt man zu dem durch 8) angegebenen Resultate (s. auch Art. 17).

16. Während die in den beiden letzten Artikeln zusammengestellten Formeln ganz allgemein gelten, erleiden die Resultate für die einzelnen Raumformen einige Änderungen. Für die Riemannsche Ebene gelten folgende Sätze:

Das Maximum der absoluten Entfernung zweier Punkte beträgt kπ; dasselbe wird von einem einzigen Punkte erreicht.

Zwei beliebige Gerade schneiden einander und zwar in einem Paare von Gegenpunkten.

Die Gerade, sowie überhaupt jede geschlossene Linie zerlegt die Ebene.

Zu zwei beliebigen Geraden giebt es immer eine gemeinschaftliche Senkrechte.

In ihrer Polarform fällt jeder Punkt mit seinem Gegenpunkte zusammen; also ist die grösste (absolute) Entfernung $\frac{1}{2}k\pi$, und diese wird erreicht von allen Punkten einer Geraden,

der absoluten Polare des Punktes. Zwei gerade Linien haben
stets einen, aber nur einen einzigen Punkt gemeinschaftlich.
Demnach wird die Ebene durch die gerade Linie nicht zerlegt. Sind nämlich A und B zwei beliebige Punkte, so lege
man durch dieselben eine Gerade; da dieselbe mit der gegebenen Geraden nur einen Punkt gemeinschaftlich hat und
geschlossen ist, so kann dieser Schnittpunkt nur auf einer
von den beiden in A und B begrenzten Strecken liegen; die
andere Strecke AB vermittelt eine Verbindung, welche nicht
durch die gegebene Gerade hindurchführt. Auch jede Kurve
ungerader Ordnung, welche nur aus einem Zweige besteht
und keinen Doppelpunkt hat, zerlegt die Ebene nicht. Ist
$f(p, x, y)$ eine homogene Funktion der Koordinaten von un-
paarigem Grade, so wird dieselbe das Zeichen ändern, wenn
man (p, x, y) mit $(-p, -x, -y)$ vertauscht. Für zwei beliebige Punkte kann man demnach annehmen, dass $f(p, x, y)$
dasselbe Zeichen habe; es muss daher im allgemeinen zwischen
den beiden Werten von $f(p, x, y)$ ein Übergang möglich sein,
der nicht durch Null hindurchgeht.

Die Beziehung einer Riemannschen Ebene zu ihrer
Polarform wird durch folgende Betrachtung ermittelt. Wir
sehen in der Riemannschen Ebene die Gerade als Element
an. Bewegen wir die Ebene so, dass eine Gerade in Deckung
mit ihrer Anfangslage bleibt (in sich verschoben wird), so
behält jede Gerade den Winkel bei, den sie bei Beginn der
Bewegung mit ihr bildet; das Analogon des Kreises ist also
wieder ein Kreis als Gesamtheit derjenigen Geraden, welche
mit einer festen Geraden denselben Winkel bilden. Ver-
schieben wir die Raumform längs einer Geraden, bis ein
Punkt in die Lage seines Gegenpunktes gelangt, so wird
nach der Bewegung jede Gerade, welche vor der Bewegung
durch dieses Punktepaar hindurchgeht, auch nach der Bewegung durch dasselbe hindurchgehen; aber von den Geraden
dieses Büschels wird nur diejenige Gerade, längs welcher die
Verschiebung erfolgt ist, und die darauf senkrechte Gerade
die Anfangslage decken. Da zudem der Büschel in sich ver-
schiebbar ist, so vertritt er die Gerade. Dem Winkel zweier
Geraden entspricht für zwei Büschel der Abstand ihrer Centren;

wir können für Büschel auch Scheitel- und Nebenwinkel definieren. Damit das Mass des Winkels mit dem des Abstandes zusammenfällt, muss letzteres (welches bisher willkürlich war) so gewählt werden, dass $k = 1$ wird. Dem Abstand eines Punktes von einer Geraden entspricht das Minimum des Winkels, welchen eine Gerade mit den Geraden eines Büschels bildet. Nach diesen Definitionen gelten dieselben Gleichungen, mag man die Gerade oder den Punkt als Element auffassen.

Betrachtet man (p, x, y) einmal als Koordinaten eines Punktes und dann als die einer Geraden, so besteht nach Art. 12, Gleichung 3) und Art. 14, Gleichung 4) beide Mal die Gleichung:

$$p^2 + x^2 + y^2 = 1.$$

Ebenso folgt für den Abstand r zweier Elemente (p, x, y) und (p', x', y') beide Mal die Gleichung [s. Art. 13, Gleichung 4) und Art. 15, Gleichung 7)]:

$$pp' + xx' + yy' = \cos r.$$

Entsprechend kann man e, a, b einmal als Koordinaten einer Geraden und dann als die eines Büschels betrachten und erhält für entsprechende Grössen jedes Mal dieselben Gleichungen. Der einzige Unterschied besteht in folgendem: Werden p, x, y als Koordinaten eines Punktes betrachtet, so stellt das entgegengesetzt gleiche Wertetripel $-p, -x, -y$ einen davon verschiedenen Punkt dar; werden sie aber als Koordinaten einer Geraden betrachtet, so gehört zu zwei solchen Tripeln dieselbe Gerade. Demnach erhalten wir den Satz:

Betrachtet man in der Riemannschen Ebene die Gerade als Element, so gelangt man zu einer Raumform, welche mit der Polarform der Riemannschen Ebene identisch ist.

Dadurch ist für die letztere Raumform ihr Name gerechtfertigt.

17. In der Lobatschewskyschen Ebene erleiden die gefundenen Resultate einige Veränderungen, da die Grösse $\frac{1}{2}k\pi$ imaginär ist. Infolge dessen müssen die beiden Eigenschaften, dass zwei gerade Linien einander schneiden und eine gemeinschaftliche Senkrechte besitzen, nur getrennt vorkommen, und zwischen beiden Fällen muss ein Übergang stattfinden. Wir greifen daher die bereits oben gelöste Aufgabe noch von anderer Seite an, indem wir auf einer Geraden (c, a, b) denjenigen Punkt (p, x, y) suchen, welcher von einer zweiten Geraden (e', a', b') den gegebenen Abstand d hat.

Wir setzen $k \sin \dfrac{d}{k} = m$, und erhalten zur Bestimmung von (p, x, y) die Gleichungen:

$$e'p + a'x + b'y = m,$$
$$cp + ax + by = 0,$$
$$k^2 p^2 + x^2 + y^2 = k^2.$$

Indem noch gesetzt wird: $ab' - a'b = (ab')$ u. s. w., führt die Elimination von x und y zu der Gleichung:

$$[k^2 (ab')^2 \mid (be')^2 \mid (ea')^2] p^2 \quad 2 [b(eb') \quad a(ea')] mp$$
$$+ m^2 (a^2 + b^2) - k^2 (ab')^2 = 0.$$

Wenn zunächst

$$k^2 (ab')^2 + (bc')^2 + (ea')^2 = 0$$

ist, so ist die Gleichung linear in p; also gehört zu jedem Werte von m, nach gehöriger Bestimmung des Vorzeichens von m, ein einziges reelles System p, x, y. Die Werte $m = 0$ und $m = \infty$ können nicht erreicht werden; also nähern sich die Geraden nach der einen Richtung unbegrenzt und entfernen sich nach der andern Richtung ebenfalls unbegrenzt.

Ist

$$k^2 (ab')^2 + (be')^2 + (ca')^2 < 0$$

und damit

$$-1 < \frac{ee'}{k^2} + aa' + bb' < +1,$$

so liefert die Gleichung zwei reelle Werte von p, von denen der eine positiv, der andere negativ ist. Da für einen reellen Punkt p positiv sein muss, so entspricht jedem Abstande ein einziger Punkt.

Die Diskriminante der Gleichung ist:

$$- k^2 (ab')^2 \{ m^2 - [k^2 (ab')^2 + (be')^2 + (ea')^2] \}.$$

Wenn also

$$k^2 (ab')^2 + (be')^2 + (ea')^2 > 0$$

ist, so muss m^2 grösser oder höchstens diesem Ausdruck gleich sein. Es giebt also auf der einen Linie einen kürzesten

Abstand, und da dieser Wert sich nicht ändert, wenn die Geraden vertauscht werden, so haben die gegebenen Geraden eine gemeinschaftliche Senkrechte, und diese giebt den kürzesten Abstand derselben an.

Demnach giebt es drei verschiedene Fälle:

a) $k^2(ab')^2 + (be')^2 + (ea')^2 < 0$: die Geraden schneiden einander und entfernen sich vom Schnittpunkte aus nach beiden Richtungen unbegrenzt;

b) $k^2(ab')^2 + (be')^2 + (ea')^2 = 0$: nach der einen Richtung nähern und nach der andern entfernen sich die Geraden unbegrenzt (parallel);

c) $k^2(ab')^2 + (be')^2 + (ea')^2 > 0$: die Geraden haben einen kürzesten Abstand in ihrer gemeinschaftlichen Senkrechten und entfernen sich von derselben aus nach beiden Richtungen unbegrenzt von einander (nicht schneidende Gerade).

Die beiden Geraden (e, a, b) und (e', a', b') bestimmen einen Büschel $(\varkappa e + \varkappa e', \varkappa a + \varkappa' a', \varkappa b + \varkappa' b')$. Gehört eine Gerade des Büschels zu dem Parameterpaare $\varkappa, \varkappa'$, eine andere zu dem Paare $\lambda \lambda'$, so sind auch die letzteren Gerade parallel, wenn die ersteren es sind; haben die Geraden (e, a, b) und (e', a', b') einen reellen Schnittpunkt, so gehen auch die Geraden des Büschels durch denselben hindurch; haben die gegebenen Geraden eine gemeinschaftliche Senkrechte, so steht diese auch auf allen Geraden des Büschels senkrecht.

18. Ein Punkt habe für ein Weierstrasssches Koordinatensystem die Koordinaten p, x, y, für ein zweites p', x', y'. Der Anfangspunkt des letzteren habe, auf das erste bezogen, die Koordinaten w, w', w'' und die Achsen des letzteren für das erste die Koordinaten a, a', a'' resp. b, b', b''. Dann gelten nach § 2, Gleichung 3) und nach § 3, Gleichung 4) die Gleichungen:

$$9) \qquad \begin{cases} k^2 w^2 + w'^2 + w''^2 = k^2, \\ \dfrac{a^2}{k^2} + a'^2 + a''^2 = 1, \\ \dfrac{b^2}{k^2} + b'^2 + b''^2 = 1. \end{cases}$$

Der Punkt (w, w', w'') liegt auf der Geraden (a, a', a'') und auf der Geraden (b, b', b''), und die beiden Geraden stehen auf einander senkrecht; folglich ist:

10)
$$\begin{cases} aw + a'w' + a''w'' = 0, \\ bw + b'w' + b''w'' = 0, \\ \dfrac{ab}{k^2} + a'b' + a''b'' = 0. \end{cases}$$

Ferner bedeutet p' den Cosinus des (durch k dividierten) Abstandes der Punkte (p, x, y) und (w, w', w''); ebenso ist x' der (mit k multiplizierte) Sinus des (durch k dividierten) Abstandes des Punktes (p, x, y) von der Geraden (a, a', a'') und entsprechend ist die Bedeutung von y'; folglich liefern die Gleichungen 4), Art. 13 und 6), Art. 15 die Relationen:

11)
$$\begin{cases} k^2 p' = k^2 wp + w'x + w''y, \\ x' = ap + a'x + a''y, \\ y' = bp + b'x + b''y. \end{cases}$$

Daraus folgt der Satz:

Werden die Punkte einer Ebene durch zwei verschiedene Weierstrasssche Systeme dargestellt, so lassen sich die Koordinaten des einen homogen linear durch die des andern ausdrücken und zwischen den Koeffizienten bestehen die sechs Gleichungen 9) und 10).

Berücksichtigen wir die Bedeutung der Koordinaten eines Punktes und einer Geraden, so erkennen wir unmittelbar, dass, auf das zweite System bezogen, der Anfangspunkt $(p = 1, x = 0, y = 0)$ des ersten die Koordinaten hat: $p' = w$, $x' = a$, $y' = b$, und dass die Gerade $x = 0$ oder $(0, 1, 0)$ für das zweite System die Koordinaten w', a', b' hat, und dass ebenso die Gerade, welche im ersten System die Koordinaten $(0, 0, 1)$ hat, im zweiten durch w'', a'', b'' dargestellt wird. Demnach gelten die Gleichungen:

12)
$$\begin{cases} k^2 p = k^2 wp' + ax' + by', \\ x = w'p' + a'x' + b'y', \\ y = w''p' + a''x' + b''y', \end{cases}$$

und die zweite Bedeutung der Koeffizienten führt zu den Gleichungen:

13)
$$\begin{cases} k^2 w^2 + a^2 + b^2 = k^2, \\ \dfrac{w'^2}{k^2} + a'^2 + b'^2 = 1, \\ \dfrac{w''^2}{k^2} + a''^2 + b''^2 = 1, \end{cases}$$

und auf dieselbe Weise, wie oben die Gleichungen 11) folgen noch die weiteren:

14)
$$\begin{cases} ww' + aa' + bb' = 0, \quad ww'' + aa'' + bb'' = 0, \\ \dfrac{w'w''}{k^2} + a'a'' + b'b'' = 0. \end{cases}$$

Es versteht sich von selbst, dass die Gleichungen 13) und 14) blosse Folgerungen aus den Gleichungen 9) und 10) sind. Auch weitere Beziehungen zwischen den 9 Koeffizienten lassen sich leicht geometrisch herleiten; wir gehen jedoch darauf nicht ein. Zum Schluss soll nur bemerkt werden, dass alle Relationen zwischen den Koeffizienten sich leicht analytisch aus der Gleichung

$$k^2 p^2 + x^2 + y^2 = k^2 p'^2 + x'^2 + y'^2$$

in derselben Weise herleiten lassen, wie es im Euklidischen Raume von drei Dimensionen von Hesse in seiner Geometrie des Raumes für rechtwinklige Koordinatensysteme geschieht.

§ 4. Der Kreis.

19. Nach Art. 13, Gleichung 4) ist die Gleichung eines Kreises:

1)
$$ep + ax + by = m,$$

wenn $\dfrac{\mu e}{k^2}$, μa, μb die Koordinaten des Mittelpunktes, $\dfrac{\mu m}{k^2}$ der Cosinus des durch k dividierten Radius ist. Ebenso darf man $\dfrac{\mu e}{k}$, $\dfrac{\mu a}{k}$, $\dfrac{\mu b}{k}$ als die Koordinaten einer geraden Linie betrachten, wenn $\dfrac{\mu m}{k^2}$ den Sinus des durch k dividierten Abstandes des Punktes (p, x, y) von dieser Geraden angiebt.

Bedeuten p', x', y' die Koordinaten eines beliebigen Punktes auf der Tangente des Punktes p, x, y, so besteht die Gleichung:

2)
$$ep' + ax' + by' = \frac{m}{k^2}(k^2 pp' + xx' + yy');$$

denn erstens ist diese Gleichung homogen linear in p', x', y', stellt also eine Gerade dar; sie wird erfüllt, wenn $p' = p$, $x' = x$, $y' = y$ gesetzt wird, und genügt endlich für keinen andern Punkt des Kreises. Soll nämlich für p', x', y' die Gleichung 1) erfüllt werden, so muss $k^2 pp' + xx' + yy' = k^2$ sein, oder die Entfernung der Punkte (p, x, y) und (p', x', y') muss gleich Null sein. Bezeichnet man die Länge der Tangente zwischen den beiden Punkten $(p\ldots)$ und $(p'\ldots)$ mit T, so geht die Gleichung 2) über in:

3)
$$ep' + ax' + by' = m \cos \frac{T}{k},$$

und sagt aus:

Setzt man in die linke Seite der Gleichung 1) eines Kreises die Koordinaten eines beliebigen Punktes ein, so muss man die rechte Seite mit dem Cosinus der Tangente multiplizieren, welche von dem Punkte an den Kreis gezogen werden kann.

Beiläufig ergiebt sich hieraus, dass die Tangenten, welche von einem Punkte an einen Kreis gezogen werden können, einander gleich sind. Umgekehrt folgt die Gleichung 3) [und dann hieraus die Gleichung 2)] geometrisch aus dem Cosinussatze für das rechtwinklige Dreieck.

Sind
$$ep + ax + by = m,$$
$$e'p + a'x + b'y = m'$$

die Gleichungen zweier Kreise, so stellt

4)
$$\frac{ep + ax + by}{m} = \frac{e'p + a'x + b'y}{m'}$$

eine gerade Linie dar, welche durch die Schnittpunkte der beiden Kreise hindurchgeht. Die Gleichung 3) zeigt, dass die Tangenten, welche von irgend einem Punkte der Geraden an die beiden Kreise gelegt werden, gleich sind, und dass umgekehrt die Tangenten an beide Kreise nur dann gleich werden können, wenn ihr Schnittpunkt auf dieser Geraden liegt. Diese Gerade heisst die Potenzlinie der beiden Kreise.

Man sieht auch sehr leicht, dass die Potenzlinien dreier Kreise durch denselben Punkt gehen.

Bezeichnen wir die Koordinaten einer Geraden mit t, u, v, zwischen denen entsprechend der Gleichung 4) in Art. 14 die Relation besteht:

$$\frac{t^2}{k^2} + u^2 + v^2 = 1,$$

so wird (t, u, v) Tangente des Kreises 1) sein, wenn die Gleichung besteht:

5) $$\frac{et}{k^2} + au + bv = n,$$

wo ist $n^2 = \frac{e^2}{k^2} + a^2 + b^2 - \frac{m^2}{k^2}$.

Man folgert dies entweder aus Gleichung 6), Art. 15 oder leitet es aus der Gleichung 2) her. Nach dieser Gleichung kann man setzen:

$$nt = e - mp, \quad nu = a - \frac{mx}{k^2}, \quad nv = b - \frac{my}{k^2},$$

und damit ist die Gleichung zu verbinden:

$$tp + ux + vy = 0.$$

Jede Gerade (t', u', v'), welche durch den Berührungspunkt der Geraden (t, u, v) geht, genügt, entsprechend der Gleichung 2) der folgenden:

6) $$\frac{et}{k^2} + au + bv = n\left(\frac{tt'}{k^2} + uu' + vv'\right),$$

oder:

7) $$\frac{et}{k^2} + au + bv = n \cos W,$$

wenn W den Winkel bezeichnet, unter welchem die Gerade den Kreis schneidet. Beiläufig ergiebt sich hieraus, dass jede Gerade den Kreis in beiden Schnittpunkten unter gleichen Winkeln schneidet, und dass die Normalen der Kurve durch denselben Punkt gehen.

Sind

$$\frac{et}{k^2} + au + bv = n \quad \text{und} \quad \frac{e't}{k^2} + au + bv = n'$$

die Gleichungen zweier Kreise, so stellt die Gleichung:

8) $\quad n'\left(\dfrac{et}{k^2} + au + bv\right) = n\left(\dfrac{e't}{k^2} + a'u + b'v\right)$

einen Punkt dar, in welchem sich zwei gemeinschaftliche Tangenten der beiden Kreise schneiden. Die Gleichung 7) lehrt, dass jede gerade Linie, welche durch diesen Punkt hindurchgeht, beide Kreise unter gleichen Winkeln schneidet (Ähnlichkeitspunkt der beiden Kreise).

Diejenige gerade Linie, welche durch die Werte (t, u, v) dargestellt wird, wird auch durch die Werte $(-t, -u, -v)$ dargestellt. Demnach wird derselbe Kreis dargestellt, wenn man in der Gleichung 5) das Zeichen von n in das entgegengesetzte verwandelt. Somit stellt die Gleichung:

$$n'\left(\frac{et}{k^2} + au + bv\right) = -n\left(\frac{e't}{k^2} + a'u + b'v\right)$$

einen zweiten Ähnlichkeitspunkt der beiden Kreise dar. Da die Mittelpunkte der Kreise die Gleichungen haben:·

$$\frac{et}{k^2} + au + bv = 0 \quad \text{und} \quad \frac{e't}{k^2} + a'u + b'v = 0,$$

so liegen die Ähnlichkeitspunkte auf der Centrale und zu den Mittelpunkten harmonisch.

20. In der Riemannschen Ebene hat jeder Kreis zwei Mittelpunkte, welche Gegenpunkte von einander sind; der Radius, welcher dem einen Mittelpunkte entspricht, ergänzt den zu dem andern Mittelpunkt gehörigen Radius zu $k\pi$. Alle Punkte des Kreises haben von der absoluten Polare des Mittelpunktes gleichen Abstand. Wie auch immer e, a, b in der Gleichung 1) gewählt sind, wird das dargestellte Gebilde zwei Mittelpunkte und eine Gerade gleichen Abstandes besitzen. Zwei Kreise haben höchstens zwei Punkte mit einander gemeinschaftlich.

In der Polarform der Riemannschen Ebene hat jeder Kreis nur einen Mittelpunkt. Aber weil hier die Entfernung r mit der Entfernung $k\pi - r$ zusammenfällt, so wird der durch die Gleichung 1) dargestellte Kreis auch erhalten, wenn man m durch $-m$ ersetzt. Demnach haben zwei Kreise zwei Potenzlinien und vier Schnittpunkte, welche paarweise gegen die Centrale symmetrisch liegen. Die Potenzlinien liegen

harmonisch zu den absoluten Polaren der Mittelpunkte. Die
übrigen im vorigen Artikel entwickelten Sätze behalten ihre
Gültigkeit. Auch verdient bemerkt zu werden, dass, solange
die Radien der Kreise und der Abstand ihrer Mittelpunkte
eine gewisse Grenze nicht überschreiten, höchstens zwei
Schnittpunkte reell sind, da alsdann eine Potenzlinie die
Kreise nicht schneidet.

21. Die in Art. 19 zusammengestellten Resultate sind rein
analytisch aus der Gleichung 1) gewonnen, gelten also auch
unabhängig von der geometrischen Eigenschaft, von welcher
wir ausgegangen sind. Soll nun in der Lobatschewskyschen Ebene die Gleichung 1) die Gesamtheit der Punkte
darstellen, welche von einem festen Punkte gleichen Abstand
haben, so muss $\frac{e^2}{k^2} + a^2 + b^2 < 0$ sein; dann wird die absolute Polare dieses Punktes imaginär, und es giebt keine reelle
Gerade, von welcher die Punkte gleichen Abstand haben.
Wenn dagegen

$$\frac{e^2}{k^2} + a^2 + b^2 > 0$$

ist, so hat die Linie die Eigenschaft, dass alle ihre Punkte
von einer Geraden gleichen Abstand haben; die Koordinaten
dieser Geraden sind proportional e, a, b. Dieser Kurve, der
„Linie gleichen Abstandes", kommen nach Art. 19 noch
folgende Eigenschaften zu:

1. Alle Normalen (Achsen) der Kurve stehen auf der
festen Geraden senkrecht, und umgekehrt;

2. jede Gerade, welche die Kurve in zwei Punkten
schneidet, bildet mit ihr in den beiden Punkten gleiche
Winkel, bildet also auch gleiche Winkel mit den durch die
Schnittpunkte gelegten Achsen;

3. die beiden Tangenten, welche von irgend einem Punkte
an die Kurve gezogen werden können, sind gleich gross.

Wenn $\frac{e^2}{k^2} + a^2 + b^2 = 0$ ist, so bleiben die beiden letzten
der drei genannten Sätze ungeändert, der erste aber wird
durch den folgenden ersetzt:

Die Normalen (Achsen) der Kurve sind einander parallel.

Jede solche Linie nennt Lobatschewsky eine Grenzlinie. Sie kann durch die zuletzt genannte Eigenschaft als
diejenige Linie definiert werden, welche die zu einer gegebenen
Richtung parallelen Geraden rechtwinklig schneidet.

Da zwei eigentliche Kreise in ihrer Centrale eine gemeinschaftliche Achse haben, so untersuchen wir, ob diese Eigenschaft auch zwei beliebigen Grenzlinien zukommt. Wenn die
Gleichungen derselben sind:

$$\frac{et}{k^2} + au + bv = 1, \quad \frac{e't}{k^2} + a'u + b'v = 1,$$

so werden die Achsen erhalten, wenn man die linken Seiten
gleich Null setzt. Die Gerade, deren Koordinaten proportional
$k^2(ab')$, (be'), (ea') sind, ist eine gemeinschaftliche Achse.
Diese Gerade ist aber reell, da

$$k^2(ab')^2 + (be')^2 + (ea')^2 = k^2 \left[\left(\frac{e^2}{k^2} + a^2 + b^2 \right) \left(\frac{e'^2}{k^2} + a'^2 + b'^2 \right) \right.$$

$$\left. - \left(\frac{ee'}{k^2} + aa' + bb' \right)^2 \right],$$

und infolge der Bedingung für die Grenzlinie auch gleich:

$$- k^2 \left(\frac{ee'}{k^2} + aa' + bb' \right)^2,$$

also für ein negatives k^2 positiv ist. Daraus folgt:

Zu zwei Richtungen, welche einander nicht entgegengesetzt sind, giebt es stets eine, und zwar eine einzige, gemeinschaftliche Parallele.

22. Bezeichnen wir den Ausdruck $ep + ax + by - 1$ kurz
mit K, den Ausdruck $e_1 p + a_1 x + b_1 y - 1$ mit K_1, entsprechend $ep' + ax' + \cdots$ mit K'. Dann ist $K = 0$ für veränderliche Werte von p, x, y die Gleichung eines Kreises im
allgemeinen Sinne; in der Lobatschewskyschen Ebene wird
ein Punkt p', x', y' ausserhalb des Kreises liegen, wenn
$K < 0$ ist, dagegen im Innern für $K > 0$. Ferner stellt
$\lambda K + \lambda_1 K_1 = 0$ einen Büschel von Kreisen dar. Die sämtlichen Kreise gehen durch dieselben Punkte und haben dieselbe Potenzlinie $K - K_1 = 0$. Durch jeden Punkt (p', x', y')
geht eine einzige Kreislinie des Büschels, deren Gleichung ist:

9) $$K'_1 K - K' K_1 = 0.$$

Die Bedingung für die Grenzlinie lässt leicht erkennen, dass, wenn $K = 0$ und $K_1 = 0$ zwei eigentliche Kreise darstellen, dem Büschel zwei Grenzlinien angehören. Nimmt man jetzt an, $K = 0$ und $K_1 = 0$ stellten zwei Grenzlinien dar, so wird die Gleichung 9) einen eigentlichen Kreis darstellen, wenn K' und K'_1 verschiedenes Zeichen haben, dagegen eine Linie gleichen Abstandes, wenn die Zeichen von K' und K'_1 gleich sind. Daraus folgt:

Durch jeden Punkt der Ebene geht eine Kurve des Kreisbüschels; dieselbe wird ein eigentlicher Kreis sein, falls der Punkt innerhalb der einen, aber ausserhalb der andern Grenzlinie liegt; liegt aber dieser Punkt gleichmässig zu den beiden Grenzlinien, so ist die hindurchgelegte Kurve eine Linie gleichen Abstandes.

Speziell folgen aus diesem Satze die weiteren:

Um zu erkennen, ob sich durch drei Punkte ein eigentlicher Kreis mit reellem Mittelpunkt legen lässt, konstruiere man durch zwei von ihnen die beiden Grenzlinien; liegt dann der dritte Punkt innerhalb der einen, aber ausserhalb der andern, so lässt sich ein solcher Kreis hindurchlegen; wenn aber der dritte Punkt entweder im Innern beider oder im Äussern beider liegt, so ist es nicht möglich.

Es giebt zwei Grenzlinien, welche eine festliegende Gerade in einem gegebenen Punkte berühren; dagegen giebt es unendlich viele eigentliche Kreise und unendlich viele Linien gleichen Abstandes, denen diese Eigenschaft zukommt. Die Kreise liegen im Innern einer der beiden Grenzlinien, die Linien gleichen Abstandes im Äussern beider; je grösser der Radius des Kreises gewählt wird, um so mehr nähert sich der Kreis der Grenzlinie in der Umgebung des gemeinschaftlichen Berührungspunktes.

Um die Annäherung zu messen, beschreibe man um den gemeinschaftlichen Berührungspunkt einen Kreis mit beliebigem Radius r; derselbe trifft die Grenzlinie in einem Punkte A, den Kreis auf derselben Seite der gemeinschaftlichen Achse in B; dann sagt der Satz aus: Man kann nach beliebiger Annahme von r die Strecke AB so klein machen, als man nur will, wofern man den Radius des Kreises nur hinlänglich gross macht.

Wegen der letzten Eigenschaft wird die Grenzlinie auch als Kreis mit unendlich grossem Radius bezeichnet.

Zusatz. Bereits in der Einleitung wurde bewiesen, dass für den Radius r die Peripherie eines Kreises gleich ist $2\pi k \sin\dfrac{r}{k}$, und demnach ist der zum Winkel φ gehörige Bogen gleich $\varphi k \sin\dfrac{r}{k}$. Wenn also ein Bogen $2c$ von einer Sehne $2a$ bespannt wird, so ist:

$$10)\qquad \sin\frac{a}{k} = \sin\frac{r}{k} \cdot \sin\left(\frac{c}{k\sin\dfrac{r}{k}}\right).$$

Diese Formel gilt nicht nur für einen eigentlichen Kreis, sondern auch für die Grenzlinie und die Linie gleichen Abstandes. Dieselbe geht für $r = \infty$ über in

$$c = k \sin\frac{a}{k}$$

und für $r = m + \frac{1}{2}k\pi$ in:

$$\sin\frac{a}{k} = \cos\frac{m}{k} \cdot \sin\left(\frac{c}{k\cos\dfrac{m}{k}}\right).$$

Der Beweis der ersteren (für $r = \infty$) folgt aus der soeben durchgeführten Grenzbetrachtung; für die zweite nehme man die Gerade hinzu, von welcher die Punkte des Bogens gleichen Abstand haben. Entspricht auf dieser den Grössen $2a$, $2c$ die Strecke $2e$, so ist:

$$\sin\frac{a}{k} = \sin\frac{e}{k} \cos\frac{m}{k},$$

und indem man diese Formel auf unendlich kleine Teile von e und a anwendet:

$$c = e \cdot \cos\frac{m}{k},$$

woraus sich die obige Formel ergiebt.

[Man kann auch den Beweis durch einfache Integration führen, indem man Gleichung 2), Art. 31 anwendet.]

§ 5. Die Kegelschnitte.

23. Um die Theorie der Kegelschnitte ganz elementar zu begründen, kann man vom geraden Kegel ausgehen und denselben durch irgend eine Ebene schneiden. Man bewegt im (dreifach ausgedehnten) Raume eine gerade Linie so, dass sie immer durch einen festen Punkt geht und mit einer durch denselben Punkt gehenden festen Geraden einen konstanten Winkel bildet. Schneidet man die so entstandene Fläche durch irgend eine Ebene, so kann man zwei (resp. vier) Kugeln konstruieren, welche den Kegelmantel und die Schnittebene berühren. Für die Berührungspunkte mit der Ebene gilt die charakteristische Eigenschaft der Brennpunkte: die Summe oder Differenz der Abstände eines jeden Punktes der Kurve von den beiden Berührungspunkten ist konstant. Der bekannte Beweis dieses Satzes gründet sich auf die Gleichheit der Tangenten, welche von einem Punkte aus an eine Kugel gelegt werden können; er erleidet also in den Nicht-Euklidischen Raumformen keine Änderung.

Demnach kann der Kegelschnitt als ebene Kurve definiert werden durch die Eigenschaft, dass für jeden seiner Punkte die Summe oder Differenz der Abstände von zwei festen Punkten konstant ist.

Wenn in der Riemannschen Ebene der Abstand eines Punktes der Kurve von einem Brennpunkte F gleich r, von einem zweiten F' gleich r' ist, so ist der Abstand desselben Punktes vom Gegenpunkt F_1 des ersten Brennpunktes gleich $k\pi - r$ und vom Gegenpunkte F'_1 des zweiten gleich $k\pi - r'$. Wenn die Summe der Abstände von F und F' gleich $2a$ ist, so ist demnach die Summe der Abstände von F_1 und F'_1 gleich $2k\pi - 2a$. Schon daraus, dass ein Abstand $2a$ auf den Abstand $2k\pi - 2a$ hinauskommt, ergiebt sich die Notwendigkeit, demjenigen Zweige, für welchen die Summe der Abstände gleich $2a$ ist, einen Zweig zuzuordnen, für welchen diese Summe gleich $2k\pi - 2a$ ist, und beide Zweige als Bestandteile derselben Kurve zu betrachten; dasselbe ergiebt sich aus dem Schnitt des geraden Kegels durch eine Ebene und aus der unten zu entwickelnden Gleichung des Kegelschnittes. In der Polarform der Riemannschen Ebene wird, da jeder Punkt mit seinem Gegenpunkt zusammenfällt, diese Betrachtung zu keinem zweiten Zweige führen. Daraus folgt:

In der Riemannschen Ebene besteht der Kegelschnitt aus zwei getrennten Zweigen; im Innern eines jeden Zweiges liegen

*zwei Brennpunkte; ordnet man zwei im Innern desselben Zweiges
liegende Brennpunkte einander zu, und wird die Summe der
Abstände für diesen Zweig gleich 2a gesetzt, so ist sie für den
andern Zweig gleich 2kπ — 2a. In der Polarform der Riemannschen Ebene besteht jeder Kegelschnitt aus einem Zweige und besitzt zwei Brennpunkte, welche in seinem Innern liegen.*

Wir bezeichnen den Abstand irgend eines Punktes der
Kurve von F und F' wieder mit r und r', und den vom
Gegenpunkte F_1 von F mit r_1. Dann ist $r_1 + r = k\pi$ und
aus der Relation $r + r' = 2a$ folgt die neue: $r_1 - r' = k\pi - 2a$.
Dadurch erhalten wir den Satz:

*Ordnet man in der Riemannschen Ebene einem Kegel-
schnitt zwei Brennpunkte zu, welche innerhalb verschiedener
Zweige liegen, so ist die Differenz der Brennstrahlen konstant;
für die Polarform ist für dieselben Brennpunkte sowohl die
Summe als die Differenz der Brennstrahlen als konstant an-
zusehen.*

Daraus, dass die Entfernung von einem Punkte und von
dessen absoluter Polare sich für jeden Punkt auf $\frac{1}{2}k\pi$ ergänzt,
folgen die Sätze:

*Für alle Punkte eines Kegelschnittes ist die Summe oder
Differenz der Abstände von zwei festen Geraden eine konstante
Grösse.*

*Die Summe oder Differenz der Abstände von einem festen
Punkte und von einer festen Geraden ist für alle Punkte eines
Kegelschnittes konstant.*

Daran schliesst sich eine andere Form, in welcher die
obige Definition des Kegelschnittes gegeben werden kann:

*Jeder Punkt eines Kegelschnittes hat von einem Punkte und
einem Kreise gleiche Entfernung.*

Obwohl die geometrische Behandlung der Kegelschnitte
nicht in unserer Absicht liegt, erwähnen wir folgenden leicht
geometrisch zu erweisenden Satz samt seinem reziproken
Gegenbilde:

*Jede Tangente eines Kegelschnittes bildet mit den zum Be-
rührungspunkte gezogenen Brennstrahlen gleiche (oder supplemen-
täre) Winkel.*

Für jede Tangente eines Kegelschnittes liegt der Berührungspunkt in der Mitte zwischen zwei Punkten, in denen dieselbe die absoluten Polaren der Brennpunkte trifft.

24. Um die Gleichung eines Kegelschnittes zu finden, bezeichne man den Abstand der beiden Brennpunkte mit $2c$, die Summe der Brennstrahlen mit $2a$. Man lege den Anfangspunkt mitten zwischen die beiden Brennpunkte und lasse die Achse $y = 0$ durch dieselben hindurchgehen. Ist der Abstand eines Punktes der Kurve von dem einen Brennpunkt gleich r, so ist der vom andern gleich $2a - r$. Dann ist:

$$1) \qquad k^2 \cos \frac{r}{k} = k^2 p \cos \frac{e}{k} + kx \sin \frac{c}{k},$$

$$2) \qquad k^2 \cos \frac{2a - r}{k} = k^2 p \cos \frac{e}{k} - kx \sin \frac{e}{k}.$$

Es ist aber: $\cos \dfrac{2a - r}{k} = \cos \dfrac{2a}{k} \cos \dfrac{r}{k} + \sin \dfrac{2a}{k} \sin \dfrac{r}{k}$.

Indem wir hierin aus 1) den Wert für $\cos \dfrac{r}{k}$ einsetzen, geht die Gleichung 2) in folgende über:

$$3) \quad k^2 \sin \frac{r}{k} = k^2 . p . \cos \frac{e}{k} . \tan \frac{a}{k} - kx \sin \frac{c}{k} \cot \frac{a}{k}.$$

Die rechte Seite dieser Gleichung ist eine homogene lineare Funktion der Koordinaten; sie drückt also bis auf einen konstanten Faktor den Sinus des (durch k dividierten) Abstandes des Punktes von einer Geraden aus; somit lehrt diese Gleichung:

Für alle Punkte eines Kegelschnittes stehen die Sinus der (durch k dividierten) Abstände von einem Punkte und einer Geraden in konstantem Verhältnis.

Aus den Gleichungen 1) und 3) und der Gleichung:

$$k^2 p^2 + x^2 + y^2 = k^2 \left(\sin^2 \frac{r}{k} + \cos^2 \frac{r}{k} \right)$$

folgt:

$$k^2 p^2 + x^2 + y^2 = k^2 p^2 \frac{\cos^2 \dfrac{e}{k}}{\cos^2 \dfrac{a}{k}} + x^2 \frac{\sin^2 \dfrac{e}{k}}{\sin^2 \dfrac{a}{k}}.$$

Führt man noch die Grösse b ein durch die Bedingung:

4) $$\cos\frac{e}{k} \cdot \cos\frac{b}{k} = \cos\frac{a}{k},$$

woraus sich ergiebt:

$$\sin^2\frac{c}{k} = \frac{\sin^2\frac{a}{k} - \sin^2\frac{b}{k}}{\cos^2\frac{b}{k}},$$

so nimmt die Gleichung der Kurve die Gestalt an:

5) $$\frac{x^2}{\alpha} + \frac{y^2}{\beta} = p^2,$$

wo

6) $$\alpha = k^2\tan^2\frac{a}{k}, \quad \beta = k^2\tan^2\frac{b}{k}$$

ist. Ob β positiv ist, ergiebt sich aus 4); man sieht aber leicht, dass man in den endlichen Raumformen das Koordinatensystem immer so wählen kann, dass dieser Fall eintritt. (Sollte nämlich der absolute Betrag von $\cos\frac{e}{k}$ grösser sein, als der von $\cos\frac{a}{k}$, so ersetze man $2a$ durch $k\pi - 2a$ und $2e$ durch $k\pi - 2e$.)

25. Sind (p, x, y) und (p', x', y') zwei beliebige Punkte der Ebene, so hat jeder Punkt ihrer Verbindungslinie die Koordinaten $\lambda p + \mu p'$, $\lambda x + \mu x'$, $\lambda y + \mu y'$. Setzt man diese Werte in die Gleichung 5) ein und löst die Gleichung nach dem Verhältnis $\lambda : \mu$ auf, so erhält man bis auf einen Faktor die Koordinaten der Schnittpunkte der Kurve mit der geraden Linie; also schneidet die Gerade die Kurve in zwei Paaren von Gegenpunkten, resp. in zwei Punkten. Entwickelt man die Gleichung, so nimmt sie die Gestalt an:

7) $$\lambda^2\left(\frac{x^2}{\alpha} + \frac{y^2}{\beta} - p^2\right) + 2\lambda\mu\left(\frac{xx'}{\alpha} + \frac{yy'}{\beta} - pp'\right) + \mu^2\left(\frac{x'^2}{\alpha} + \frac{y'^2}{\beta} - p'^2\right) = 0.$$

Wenn hierin der Koeffizient von $\lambda\mu$ verschwindet, wenn also:

8) $$\frac{xx'}{\alpha} + \frac{yy'}{\beta} - pp' = 0$$

ist, so sind die beiden der vorangehenden Gleichung genügenden Werte von $\lambda : \mu$ entgegengesetzt gleich. Das ist aber nach Art. 14 die Bedingung dafür, dass die vier Punkte harmonisch liegen. Betrachten wir den Punkt (p', x', y') als fest, (p, x, y) als veränderlich, aber so, dass die Gleichung 8) erfüllt wird, so nennen wir die durch 8) dargestellte Gerade die *Polare* des Punktes $(p'\ldots)$ in Bezug auf die Kurve 5), und bezeichnen den Punkt als Pol der Geraden 8); das giebt den Satz:

Die Verbindungsgerade eines festen Punktes mit irgend einem Punkte seiner Polare trifft die Kurve in zwei Punkten, welche zu den beiden ersten harmonisch liegen.

Liegt der Punkt $(p'\ldots)$ auf der Kurve selbst, und wird die Gleichung 8) erfüllt, so wird in 7) der Koeffizient von μ^2 und von $\lambda\mu$ gleich Null; folglich geht die Polare in die Tangente über und die Gleichung 8) stellt die Tangente dar, welche im Punkte $(p'\ldots)$ der Kurve an dieselbe gelegt ist.

Will man die Gleichung 8) auf die Normalform bringen, so hat man dieselbe durch $\sqrt{\dfrac{x'^2}{\alpha^2} + \dfrac{y'^2}{\beta^2} + p'^2}$ zu dividieren; folglich gilt für den Abstand m eines beliebigen Punktes $(p\ldots)$ von der Polare des Punktes $(p'\ldots)$ die Relation:

$$9) \qquad k \sin\frac{m}{k} = \frac{\dfrac{xx'}{\alpha} + \dfrac{yy'}{\beta} - pp'}{\sqrt{\dfrac{x'^2}{\alpha^2} + \dfrac{y'^2}{\beta^2} + p'^2}}.$$

Sind t, u, v die Koordinaten der Tangente, welche im Punkte $(p'\ldots)$ an die Kurve gelegt ist, so müssen dieselben nach 8) proportional den Grössen $-p'$, $\dfrac{x'}{\alpha}$, $\dfrac{y'}{\beta}$ sein. Nun müssen p', x', y' der Gleichung 5) genügen; ersetzt man dieselben aber durch $-\varkappa t$, $\varkappa\alpha u$, $\varkappa\beta v$, so erhält man die Gleichung:

$$10) \qquad \alpha u^2 + \beta v^2 = t^2.$$

Von vier harmonischen Punkten liegt der eine in der Mitte der beiden nicht zugeordneten, wenn die Entfernung vom zugeordneten gleich $\frac{1}{2}k\pi$ ist. Soll also ein Punkt $(p'\ldots)$ in der Mitte zwischen den beiden Punkten liegen, in denen die Verbindungsgerade desselben mit dem Punkte $(p\ldots)$ die Kurve schneidet, so muss ausser der Gleichung 8) auch noch die Gleichung erfüllt sein:

$$11) \qquad k^2 pp' + xx' + yy' = 0.$$

Aus diesen beiden Gleichungen können nach beliebiger Wahl von $(p' \ldots)$ die Verhältnisse von p, x, y eindeutig bestimmt werden; nur wenn zwei von den Koordinaten p', x', y' Null sind, werden die Verhältnisse unbestimmt. Daraus folgt der Satz:

Jeder Kegelschnitt hat drei Paare von Mittelpunkten; durch jeden andern Punkt geht nur eine einzige Sehne, welche in demselben halbiert wird.

Aus den Gleichungen 8) und 11) folgt:

$$12) \qquad \left(\frac{k^2}{\alpha} + 1\right) x x' + \left(\frac{k^2}{\beta} + 1\right) y y' = 0.$$

Dieselbe ist von p und p' unabhängig und liefert das Verhältnis von x zu y, wenn das von x' zu y' gegeben ist. Demnach ordnen wir dem Durchmesser $x - \lambda y = 0$ den Durchmesser $\lambda \left(\frac{k^2}{\alpha} + 1\right) x + \left(\frac{k^2}{\beta} + 1\right) y = 0$ zu und bezeichnen dieselben als konjugiert; solche können für jeden Mittelpunkt gefunden werden. Ihre geometrische Bedeutung ergiebt sich aus 8) und 11) und kann in folgender Weise formuliert werden:

Verbindet man einen Punkt eines Durchmessers mit demjenigen Punkte, in welchem die absolute Polare desselben den konjugierten Durchmesser schneidet, durch eine Gerade, so wird die auf dieser Geraden enthaltene Sehne durch den gegebenen Punkt halbiert, oder:

Die Senkrechte, welche von irgend einem Punkte eines Durchmessers auf den konjugierten Durchmesser gefällt wird, steht auch auf derjenigen Sehne senkrecht, welche in dem gegebenen Punkte halbiert wird.

Von den reziproken Sätzen erwähne ich nur folgende:

Die drei Achsen des Kegelschnittes sind die einzigen Geraden, für welche die von irgend einem Punkte der Geraden an ihn gezogenen Tangenten mit ihr gleiche Winkel bilden. Auf jeder andern Geraden giebt es nur einen einzigen solchen Punkt. Bezeichnet man die beiden Punkte:

$$u - \lambda v = 0 \quad und \quad \lambda (k^2 + \alpha) u + (k^2 + \beta) v = 0$$

als konjugierte Achsenpunkte, so trifft die Senkrechte, welche von einem Achsenpunkte auf irgend eine durch den konjugierten gelegte

Gerade gefällt wird, diese Gerade in demjenigen Punkte, von welchem aus die Tangenten gleiche Winkel mit der Geraden bilden.

26. Die Gleichung 5) ist in p, x, y homogen vom zweiten Grade und bleibt es auch bei jeder Koordinatentransformation. Die Kegelschnitte sind deshalb Kurven zweiter Ordnung, und dieselbe Methode, welche im Euklidischen Raume für eine centrische Fläche zweiter Ordnung das Achsensystem bestimmt, lehrt auch, dass im endlichen Raume jede Kurve zweiten Grades auf die Form 5) gebracht werden kann. Dagegen ist diese Form im Lobatschewsky schen Raume nicht immer möglich. Der analytische Weg, die verschiedenen Formen anzugeben, in welche die allgemeine Gleichung zweiten Grades von p, x, y durch die Substitutionen des Art. 18 gebracht werden kann, ist nicht wesentlich von dem für mehr Variabele zu benutzenden und in Art. 81 anzugebenden verschieden. Daher wollen wir denselben hier nicht verfolgen, sondern die verschiedenen Arten der Kegelschnitte aus der in Art. 23 angegebenen Definition herleiten, indem wir berücksichtigen, dass, wenn ein Brennpunkt in das ideale Gebiet fällt, die absolute Polare desselben dem reellen Gebiet angehört. Hiernach ergeben sich folgende Arten:

1. **Die Ellipse.** Die Summe der Abstände von zwei Punkten ist konstant. Dann müssen in der Gleichung 5) α und β positiv und kleiner als $-k^2$ sein. Die Kurve besteht aus einem geschlossenen Zweige.

2. **Die Hyperbel erster Art.** Die Differenz der Abstände von zwei festen Punkten ist konstant. In der Gleichung 5) ist etwa α positiv und $< -k^2$, β negativ. Die Kurve besteht aus zwei unendlichen Zweigen.

3. **Die Hyperbel zweiter Art.** Wenn die beiden Brennpunkte in das ideale Gebiet fallen, so werden ihre absoluten Polaren reell; für die Punkte der Kurve haben die Abstände von zwei Geraden gleiche Summe oder Differenz. Unter dieser Bedingung werden in 5) α und β positiv, aber das eine grösser, das andere kleiner als $-k^2$. Wenn umgekehrt in der Gleichung 5) $\alpha > -k^2$, $\beta < -k^2$ ist, so lassen sich drei Paare von Geraden angeben, denen die genannte Eigenschaft zukommt; die Geraden der ersten beiden Paare stehen auf

derselben Achse senkrecht und haben vom Mittelpunkt gleiche Entfernung. Ein drittes Paar schneidet sich im Mittelpunkte und sein Winkel wird durch die Achsen halbiert. Wird der halbe Abstand der Geraden für das erste Paar mit c, für das zweite mit e' und der halbe Winkel für die Geraden des dritten Paares mit φ bezeichnet, so gelten die Gleichungen:

$$k^2 \sin^2 \frac{c}{k} = (-k^2) \frac{(-k^2) - \beta}{\alpha - (-k^2)},$$

$$k^2 \sin^2 \frac{c'}{k} = (-k^2) \frac{\alpha - (-k^2)}{(-k^2) - \beta},$$

$$\operatorname{tang}^2 \varphi = \frac{\alpha - (-k^2)}{(-k^2) - \beta},$$

an deren Form man bei negativem k^2 und unter der angegebenen Bedingung $\alpha^2 > -k^2 > \beta > 0$ die Realität von e, e', φ unmittelbar erkennt.

4. **Die eigentliche Parabel.** Die Punkte der Kurve haben gleichen Abstand von einem Punkte und einer Geraden. Die Gleichung ist:
$$y^2 = 4 a p x;$$
wo $a = k \sin \dfrac{m}{k}$ wird, wenn m die Entfernung des Brennpunktes von der Direktrix angiebt.

5. **Die uneigentliche Parabel.** Die Entfernungen von einem Punkte und von einer Geraden haben gleiche Differenz, oder die Entfernung eines jeden Kurvenpunktes von einem festen Punkte ist gleich der Entfernung von einer festen „Linie gleichen Abstandes". Die Gleichung ist:
$$y^2 = 4 a p x + b x^2,$$
wenn $\dfrac{b^2}{16 a^2} < -\dfrac{1}{k^2}$ ist.

6. **Die Berührungskurve des Unendlichfernen.** Wenn die Entfernung von einem Punkte und von einer „Grenzlinie" gleich gross ist, so hat die Kurvé die Gleichung:
$$y^2 = 4 a p x + \frac{4 a x^2}{\sqrt{-k^2}}.$$

Man könnte schliesslich noch diejenige Kurve bestimmen, deren Punkte von zwei Grenzlinien gleichen Abstand haben; aber eine solche ist eine Grenzlinie oder eine Gerade. Somit

sind die sechs Formen die einzigen, welche aus der gegebenen
Definition hervorgehen. Auch die analytische Darstellung
führt nur auf diese Arten. Lässt sich die Gleichung durch
drei Quadrate von p, x, y darstellen, so muss eine der unter
1, 2, 3 angegebenen Bedingungen erfüllt sein, wofern die
Kurve reell sein soll. Wenn aber eine solche Darstellung
nicht möglich ist, so ergiebt sich eine der drei letzten Formen.

Die Modifikationen, welche die im Art. 25 angegebenen
Eigenschaften der Kegelschnitte für die einzelnen Arten erleiden, bedürfen keiner näheren Ausführung.

§ 6. Die Raumgebilde als Grössen.

27. Obwohl die folgenden Untersuchungen, namentlich
soweit sie die gerade Linie und den Winkel betreffen, bereits
in der Einleitung hätten ihre Stelle finden müssen, so glaubten
wir sie hier zusammenstellen zu sollen, um verwandte Betrachtungen nicht zu trennen und um die Formeln anknüpfen
zu können.

Wir wollen beweisen, dass die Grössensätze Euklids
($\varkappa o\iota\nu\alpha i$ $\check{\epsilon}\nu\nu o\iota\alpha\iota$) Folgerungen aus den durch seine ersten Definitionen gemachten Voraussetzungen sind. Dieser Nachweis
gründet sich für gerade Strecken auf den Satz:

Zwei Strecken lassen sich entweder zur Deckung bringen
oder die erste ist einem Teil der zweiten, oder die zweite
einem Teile der ersten kongruent; diese drei Fälle schliessen
sich vollständig aus; wenn also durch irgend eine Bewegung
die eine Strecke mit der andern zur Deckung gebracht werden
kann, so ist es nicht möglich, sie durch eine andere Bewegung
in Deckung zu bringen mit einem Teile der zweiten.

Dieser Satz, dessen Nachweis sich, wie beiläufig bemerkt
werden soll, auf das Axiom des Kreises stützt, gestattet,
Strecken nach gleich, grösser und kleiner zu vergleichen.
Ehe wir nun die Möglichkeit und Eindeutigkeit der Messung
beweisen, schicken wir zwei Sätze voraus, von denen jeder
eine unmittelbare Folge des andern ist und welche also
lauten (Axiom des Archimedes, nach der Bezeichnung des
Herrn Stolz):

Liegen die Punkte B und C von A aus in derselben Richtung und gehört C der Strecke AB nicht an, so lässt sich aus einer endlichen Anzahl von Teilen, deren jeder gleich AB ist, eine Strecke AD zusammensetzen, welche den Punkt C enthält, und umgekehrt kann man unter derselben Voraussetzung die Strecke AC derartig in eine endliche Zahl gleicher Teile zerlegen, so dass mindestens ein Teilpunkt zwischen A und B liegt.

Angenommen, der erste Teil des Satzes sei nicht richtig und man könne nicht durch fortgesetzte Bildung einer neuen Strecke aus Teilen, welche sämtlich einer gegebenen Strecke AB gleich sind, zu einer neuen Strecke gelangen, welche grösser ist als eine zweite gegebene Strecke, so müsste sich auf der Richtung AB ein Punkt R finden, so dass Vielfache von AB in endlicher Zahl genommen, nicht über R hinausführen, während sie über jeden zwischen A und R gelegenen Punkt führen. Nun wähle man auf AR eine Strecke $SR = AB$; da man nach der Voraussetzung durch Addition der Strecke AB zu sich selbst zu einem Punkte gelangt, welcher zwischen S und R liegt, so führt derselbe Prozess auch über R hinaus, und die Annahme einer Grenze ist nicht gestattet, wodurch der Beweis erbracht ist.

Hiernach bietet die Messung der geraden Strecke keine Schwierigkeit; dieselbe kommt auf denjenigen Prozess hinaus, welcher in der Analysis aus der Eins zu den sämtlichen reellen Zahlen führt. Wiederholte Addition der Einheit zu sich selbst führt zu den ganzen Zahlen; ersetzen wir die gegebene Einheit durch eine andere, welche, ν-mal zu sich selbst addiert, die gegebene Einheit liefert, so gelangen wir zu den rationalen Zahlen; für beide Zahlgruppen ist der Begriff gleich, grösser, kleiner sofort zu definieren; schliesslich müssen wir auch eine Zahl σ als bestimmt ansehen, wenn für jeden Teil $\dfrac{1}{\mu}$ der Einheit eine ganze Zahl α sich angeben lässt, so dass $\dfrac{\alpha}{\mu} < \sigma < \dfrac{\alpha+1}{\mu}$ ist. [Im letzten Falle muss die Bestimmung der α in Übereinstimmung mit den allgemeinen Gesetzen über rationale Zahlen stehen; dies kommt darauf hinaus, dass, wenn für irgend einen Teil $\frac{1}{\mu}$ der Wert α und für $\frac{1}{\nu}$ der Wert β in der obigen Weise bestimmt ist, dann eine Zahl γ gefunden werden kann, für welche die Gleichungen bestehen:

$$\alpha\nu \leqq \gamma \leqq (\alpha+1)\nu, \quad \beta\mu \leqq \gamma \leqq (\beta+1)\mu.]$$

Wenn demnach eine Strecke aus ν Teilen besteht, von denen jeder gleich a ist, so muss sie gleich νa gesetzt werden. Umgekehrt wird eine Strecke, welche μ-mal als Summand gesetzt, die Strecke a liefert, gleich $\frac{1}{\mu}a$ zu setzen sein. Wenn $\varkappa$ irgend eine rationale Zahl ist, so kann man eine Strecke $\varkappa a$ finden, und es bedarf keines Nachweises, dass, wenn von zwei rationalen Zahlen $\varkappa$ und λ etwa $\lambda > \varkappa$ ist, dann auch die entsprechenden Strecken in derselben Weise ungleich sind, also $\lambda a > \varkappa a$.

Wenn aber σ eine irrationale Zahl ist, welche dadurch bestimmt ist, dass für jedes $\frac{1}{\mu}$ die nach der obigen Regel entsprechende Zahl α angegeben werden kann, so trage man die Strecken $AB = \frac{\alpha}{\mu}a$ und $AC = \frac{\alpha+1}{\mu}a$ von demselben Punkte A aus in derselben Richtung ab und setze fest, dass der zweite Endpunkt S der Strecke AS zwischen B und C liegen soll. Hierdurch ist der Punkt S eindeutig bestimmt. Zunächst gestattet die obige Bedingung, welche für die zu verschiedenen Werten von μ gehörigen α angegeben ist, mindestens einen Punkt S zu finden, welcher der Forderung genügt; es kann aber keinen zweiten Punkt T geben, welcher für alle μ zu denselben Werten von α gehört; denn alsdann müsste die Strecke ST kleiner sein als jede Strecke $\frac{1}{\nu}a$, wo ν beliebig gross genommen werden kann; und das ist nach dem bewiesenen Hülfssatz unmöglich.

Umgekehrt kann jede Strecke b durch eine beliebig gewählte Strecke a gemessen werden. Denn man kann für jede Strecke $\frac{1}{\nu}a$ eine Zahl β angeben, so dass $\frac{\beta}{\nu}a \leqq b < \frac{\beta+1}{\nu}a$ ist. Es folgt dies wiederum aus dem oben bewiesenen Hülfssatze.

Dieselbe Betrachtung kann für Winkel angestellt werden; über „gleich, grösser, kleiner" entscheidet man, indem man sie mit dem Scheitel und dem einen Schenkel zusammenlegt, und dann bietet die Messung keinerlei Schwierigkeit.

28. Für einen begrenzten Teil F der Euklidischen Ebene kann man vom Quadrate ausgehen, dessen Seite a gleich der Längeneinheit ist. Man konstruiere für jede ganze Zahl μ neue Quadrate, deren Seiten gleich $\dfrac{1}{\mu} a$ sind, und sehe zu, wie viele von diesen Quadraten sich innerhalb F legen lassen, und wie viele neben einander gelegt im stande sind, die ganze Fläche einzuschliessen; ist die erstere Zahl gleich α, die zweite gleich β, so werde festgesetzt, dass die Masszahl von F zwischen $\dfrac{\alpha}{\mu^2}$ und $\dfrac{\beta}{\mu^2}$ liegen soll. Auf diese Weise wird eine einzige Zahl σ, die Masszahl der gegebenen Fläche bestimmt.

Um dies in der einfachsten Weise zu übersehen, nehme man im Innern der Figur einen Punkt an und ziehe durch denselben zwei zu einander senkrechte Gerade. Zu jeder von diesen beiden Geraden ziehe man eine Schar von Parallelen, von denen je zwei auf einander folgende den Abstand $\dfrac{1}{\mu} a$ haben. Von den so entstandenen Quadraten mit der Seite $\dfrac{1}{\mu} a$ mögen α innerhalb F liegen, und der von β unter ihnen bedeckten Fläche möge die gegebene Fläche als Teil angehören; α sei die grösste, β die kleinste Zahl von der geforderten Eigenschaft.

Wenn μ und μ' beliebig gewählt und auf die angegebene Weise α, β für μ und α', β' für μ' bestimmt sind, und wenn dann $\alpha < \beta$, $\alpha' < \beta'$ ist, so giebt es Zahlen, welche sowohl zwischen $\dfrac{\alpha}{\mu^2}$ und $\dfrac{\beta}{\mu^2}$ als auch zwischen $\dfrac{\alpha'}{\mu'^2}$ und $\dfrac{\beta'}{\mu'^2}$ liegen. Zum Beweise nehmen wir an, die Systeme von Parallelen gingen von demselben Punkte und von denselben Richtungen aus und in gleicher Weise seien die Zahlen α'' und β'' für die Entfernung $\dfrac{1}{\mu\mu'} a$ bestimmt. Dann ist:

also: $\alpha'' \geqq \alpha \mu', \quad \alpha'' \geqq \alpha' \mu, \quad \beta'' \leqq \beta \mu', \quad \beta'' \leqq \beta' \mu,$

$$\frac{\alpha''}{\mu \mu'} \geqq \frac{\alpha}{\mu}, \quad \frac{\alpha''}{\mu \mu'} \geqq \frac{\alpha'}{\mu'}, \quad \frac{\beta''}{\mu \mu'} < \frac{\beta}{\mu}, \quad \frac{\beta''}{\mu \mu'} \leqq \frac{\beta'}{\mu'},$$

so dass jede zwischen $\dfrac{\alpha''}{\mu \mu'}$ und $\dfrac{\beta''}{\mu \mu'}$ liegende Zahl sowohl

zwischen $\dfrac{\alpha}{\mu}$ und $\dfrac{\beta}{\mu}$ als zwischen $\dfrac{\alpha'}{\mu'}$ und $\dfrac{\beta'}{\mu'}$ liegt.

Die Zahl $\beta - \alpha$ giebt an, wie viele von den Quadraten mit der Seite $\dfrac{1}{\mu} a$ die Begrenzung von F treffen. Diese Zahl wird zwar bei Vergrösserung von μ immer grösser, aber, wie eine genauere Zerlegung des Begriffs der Linie zeigt, sinkt $\dfrac{\beta - \alpha}{\mu^2}$ bei wachsendem Werte von μ unter jede Grösse herab. Daher kann bei beliebiger Wahl von ν stets eine Zahl μ so bestimmt werden, dass $\dfrac{\beta - \alpha}{\mu^2} < \dfrac{1}{\nu}$ ist. Die angegebene Operation liefert also eine einzige Zahl als Masszahl der gegebenen Fläche.

Daraus folgt dann auch, dass die Masszahl von der Richtung der Parallelen unabhängig ist. Somit gelten die Grössensätze für ebene Flächen.

Dass die Zahl $\dfrac{\beta - \alpha}{\mu^2}$ für wachsende Werte von μ unbegrenzt abnimmt, kann man häufig sehr einfach sehen, nämlich wenn die beiden Bedingungen im allgemeinen erfüllt sind, dass

1. alle Parallelen zu einer gewissen Richtung die Begrenzung in einer endlichen Zahl von Punkten schneiden, und dass

2. die Zahl der von einem Schnittpunkte ausgehenden und an derselben Parallelen liegenden Quadrate nicht über eine bestimmte Grenze wächst.

Das Wort „im allgemeinen" soll besagen, dass Ausnahmen höchstens in endlicher Zahl vorhanden sind. Dann wächst $\dfrac{\beta - \alpha}{\mu}$ nicht über eine gewisse endliche Zahl und dadurch ist für $\dfrac{\beta - \alpha}{\mu^2}$ eine Grenze festgesetzt, über welche es nicht steigen und welche selbst immer weiter herabgedrückt werden kann.

29. Um eine krumme Linie zu messen, ziehen wir in derselben ein System zusammenhängender Sehnen und machen deren Zahl immer grösser; wenn dann deren Summe einen Grenzwert hat, welcher von der Wahl der Sehnen unabhängig ist und durch die Kurve selbst bestimmt wird, so bezeichnet man denselben als die Länge der Kurve.

Um Stücke der Kurve abzutrennen und schon vor der Messung in etwa vergleichen zu können, beschreiben wir um irgend einen Punkt der Kurve einen Kreis; das innerhalb. des Kreises bis zum jedesmaligen ersten Schnittpunkte gelegene Stück ist durch den angenommenen Punkt und den Kreis bestimmt, und wenn wir von einem beliebig kleinen Stücke einer Kurve sprechen, so soll darunter der in einem beliebig kleinen Kreise enthaltene Teil derselben verstanden werden.

Um zu der im Punkte A die Kurve berührenden Geraden zu gelangen, beschreibt man um A wiederum einen Kreis und bestimmt die beiden (ersten) Schnittpunkte B und C desselben mit der Kurve; wenn dann der Nebenwinkel von BAC bloss dadurch, dass man den Radius hinlänglich klein macht, unterhalb einer jeden Grenze gebracht werden kann, so nähern sich die Geraden AB und AC derselben Grenzlage, und diese wird als die Tangente des Punktes bezeichnet.

Jetzt unterwerfen wir die Kurve den beiden Bedingungen:

1. sie soll innerhalb eines jeden noch so kleinen Stückes Tangenten haben;

2. sind A und B zwei Punkte der Kurve, α und β die Winkel, welche die Sehne AB mit den Tangenten in A und in B macht, C ein weiterer Punkt zwischen A und B, in welchem sich eine Tangente an die Kurve legen lässt, α' der Winkel, welchen die Tangente in A mit AC, β'' der Winkel, welchen die Tangente in B mit BC bildet, und endlich γ' und γ'' die Winkel, welche die Tangente in C mit CA und CB bildet, so soll, wie eng auch immer das Gebiet für AB und zwischen A und B das Gebiet für C begrenzt ist, es möglich sein, die Punkte so zu wählen, dass $\gamma' < \alpha$ und $\gamma'' < \beta$ ist.

Die letzte Bedingung ist von selbst erfüllt, wenn die Kurve überall Tangenten hat.

4*

Wir denken uns jetzt ν Punkte auf der Kurve angenommen und entsprechend ihrer Folge auf der Kurve als $A_1 \ldots A_\nu$ bezeichnet. Es werden die Sehnen $A_1 A_2$, $A_2 A_3 \ldots A_{\nu-1} A_\nu$ gezogen und deren Summe mit s bezeichnet. Es sei α_ι der Winkel, den die Tangente in A_ι mit der Sehne $A_\iota A_{\iota-1}$ bildet, und β_ι der Winkel, den sie mit $A_\iota A_{\iota+1}$ bildet. Nehmen wir zwischen A_ι und $A_{\iota+1}$ einen Punkt B an, welcher der zweiten Voraussetzung genügt, so ist:

$$A_\iota B + B A_{\iota+1} < \frac{A_\iota A_{\iota+1}}{\cos \dfrac{\beta_\iota + \alpha_{\iota+1}}{2}}.$$

Schiebt man also entsprechend einen Punkt zwischen je zwei Punkte A_ι und $A_{\iota+1}$ ein und bezeichnet die Summe der jetzt folgenden Sehnen mit s', so ist:

$$\frac{s}{\cos \dfrac{\beta_\iota + \alpha_{\iota+1}}{2}} > s' > s,$$

wenn unter den $\nu - 1$ Summen $\beta_1 + \alpha_2$, $\beta_2 + \alpha_3 \ldots \beta_{\nu-1} + \alpha_\nu$ die Summe $\beta_\iota + \alpha_{\iota+1}$ die grösste ist. Schieben wir also noch neue Punkte ein und bezeichnen die Summe der jetzt auf einander folgenden Sehnen mit s'', die entsprechenden Winkel mit β' und α', so gilt wieder die Relation:

$$\frac{s'}{\cos \dfrac{\beta'_\varkappa + \alpha'_{\varkappa+1}}{2}} > s'' > s' \quad \text{u. s. w.}$$

Nach der zweiten Voraussetzung ist es aber möglich, die Punkte so zu wählen, dass $\beta'_\varkappa + \alpha'_{\varkappa+1} < \beta_\iota + \alpha_{\iota+1}$ ist. Diese Bestimmung setzt sich fort, und wir erhalten eine unbegrenzte Reihe s, s', $s'' \ldots s^{(\nu)}$, $s^{(\nu+1)} \ldots$, deren Glieder fortwährend wachsen, aber in der Weise, dass $\dfrac{s^{(\nu)}}{\cos \gamma_\nu} > s^{(\nu+1)}$ ist, wo γ_ν kleiner als eine beliebig klein gewählte Grösse gemacht werden kann. Demnach ist durch die Reihe der s eine einzige Grösse bestimmt.

Diese Grenze ist aber von der Wahl der einzelnen Punkte unabhängig. Wenn nämlich s_1, $s'_1 \ldots$ eine zweite Reihe von Sehnensummen darstellt, so lassen sich ν und μ so wählen, dass $s^{(\nu)}$ und $s_1^{(\mu)}$ beliebig nahe kommen. Die betreffende

Grösse ist demnach unter den gemachten Voraussetzungen durch die Kurve vollständig bestimmt; es ist die Länge derselben.

Auch ohne Anwendung der Trigonometrie kann durch die in den ersten Artikeln benutzten Methoden bewiesen werden, dass in der Formel:

$$\varrho_\nu . s^{(\nu)} > s^{(\nu+1)} > s^{(\nu)}$$

das ϱ_ν beliebig nahe an Eins gebracht werden kann.

30. Demnach fällt die Länge eines Bogens bei steter Verkleinerung mit der Sehne zusammen. Nun gilt für den Abstand r zweier Punkte $(p\ldots)$ und $(p'\ldots)$ die Formel:

$$k^4 \sin^2 \frac{r}{k} = k^4 - k^4 \cos^2 \frac{r}{k} = \begin{vmatrix} k^2 p^2 + x^2 + y^2, & k^2 pp' + xx' + yy' \\ k^2 pp' + xx' + yy', & k^2 p'^2 + x'^2 + y'^2 \end{vmatrix}.$$

Ersetzt man hierin p' durch $p + dp$ u. s. w. und r durch ds, so folgt wegen:

1) $$k^2 p\, dp + x\, dx + y\, dy = 0$$

die Relation:

$$k^2\, ds^2 = \begin{vmatrix} k^2 & k^2 \\ k^2 & k^2 + k^2 dp^2 + dx^2 + dy^2 \end{vmatrix},$$

oder:

2) $$ds^2 = k^2 dp^2 + dx^2 + dy^2.$$

Hat der Punkt $(p\ldots)$ vom Anfangspunkte der Koordinaten die Entfernung e, der Punkt $(p+dp\ldots)$ die Entfernung $e + de$, so ist $dp = -\frac{1}{k} \sin \frac{e}{k} \cdot de$ oder wenn man im Punkte $(p\ldots)$ auf ds eine Senkrechte errichtet und deren Abstand vom Nullpunkte mit m bezeichnet, so ist:

3) $$dp = -\frac{1}{k} \sin \frac{m}{k} \cdot ds,$$

da die beiden rechtwinkligen Dreiecke, in deren einem die Seiten de und ds, und in deren anderem die Seiten m und e vorkommen, in einem spitzen Winkel übereinstimmen. Ebenso ist, wenn a die von $(p\ldots)$ und $a + da$ die von $(p+dp\ldots)$ auf die Achse $x = 0$ gefällte Senkrechte bedeutet: $x = k \sin \frac{a}{k}$, $dx = \cos \frac{a}{k} \cdot da$. Schneidet nun die in $(p\ldots)$ auf ds errichtete

Senkrechte die Gerade $x = 0$ unter dem Winkel α und die von $(p \ldots)$ gezogene Gerade unter dem Winkel φ, so ist:

$$\sin \varphi = \frac{da}{ds} \quad \text{und} \quad \cos \alpha = \cos \frac{a}{k} \cdot \sin \varphi,$$

folglich:

4) $$dx = ds \cdot \cos \alpha.$$

Ebenso ist $dy = ds \cdot \cos \beta$, wenn die in $(p \ldots)$ auf ds errichtete Senkrechte mit der Geraden $y = 0$ den Winkel β bildet. Hat diese Senkrechte selbst die Koordinaten t, u, v, so ist demnach:

5) $$t = k^2 \frac{dp}{ds}, \quad u = \frac{dx}{ds}, \quad v = \frac{dy}{ds}.$$

Gehen jetzt von einem Punkte $(p \ldots)$ zwei unendlich kleine Linien ds und ds' aus, welche den Winkel μ mit einander bilden, und sind $p + dp$, $x + dx$, $y + dy$ die Koordinaten des Endpunktes für die eine, $p + dp' \ldots$ für die andere Strecke, so errichte man auf beiden die Senkrechten und bezeichne die Koordinaten derselben mit (t, u, v) und (t', u', v'); wendet man nun die Gleichung 7), Art. 15 für den von zwei Geraden gebildeten Winkel an und ersetzt die $t \ldots t' \ldots$ durch die in 5) angegebenen Werte, so folgt die Relation:

6) $$ds \cdot ds' \cdot \cos \mu = k^2 dp \cdot dp' + dx \cdot dx' + dy \cdot dy'.$$

31. Um die oben durchgeführte Messung einer Euklidischen ebenen Fläche auf eine Nicht-Euklidische Ebene zu übertragen, kann man etwa die Systeme von Parallelen durch Linien gleichen Abstandes ersetzen. Letztere kann man so nahe bei einander annehmen, dass auf die von zwei Paaren auf einander folgender Linien begrenzte Fläche die Euklidische Geometrie angewandt werden kann. Dann bleiben die obigen Darlegungen bestehen, nur wird man die Figuren des Netzes nicht mehr als gleich annehmen dürfen, aber man kann jede einzeln messen. Man kann auch direkt zeigen, dass sich hier ein Viereck mit zwei gleichen Seiten und einem rechten Winkel genau so verwenden lässt, wie das Quadrat für die Euklidische Ebene, und dass man dadurch zu einer Masszahl kommt.

Unendlich kleine Rechtecke verhalten sich wie die Produkte aus den Seiten. Um ein solches Viereck geradezu gleich diesem Produkte setzen zu können, gehen wir von einem Viereck aus, welches einen rechten Winkel hat und dessen zwei, den rechten Winkel einschliessende Seiten gleich einem μ^{tel} der Längeneinheit sind; wenn dann dieses Viereck sich v mal in eine Fläche hineinlegen lässt und wenn die Zahl $\dfrac{v}{\mu^2}$ sich bei unbegrenzter Vergrösserung von μ unbeschränkt der Einheit nähert, so legen wir dieser Fläche die Einheit des Flächenmasses bei.

Wenn von einem Punkte $(p \ldots)$ zwei unendlich kleine Strecken ds und ds' ausgehen, deren Endpunkte sind $(p + dp \ldots)$ und $(p + dp' \ldots)$, so ist der Inhalt des unendlich kleinen aus ds und ds' gebildeten Dreiecks:

$$F = \tfrac{1}{2} ds . ds' . \sin \varphi.$$

Wendet man hierauf die Formel 6) an, so folgt:

$$4 F^2 = \begin{vmatrix} ds^2 & ds . ds' . \cos \varphi \\ ds . ds' . \cos \varphi & ds'^2 \end{vmatrix}$$

$$= \begin{vmatrix} k^2 dp^2 + dx^2 + dy^2 & k^2 dp\,dp' + dx\,dx' + dy\,dy' \\ k^2 dp\,dp' + dx\,dx' + dy\,dy' & k^2 dp'^2 + dx'^2 + dy'^2 \end{vmatrix}$$

Berücksichtigt man noch die Gleichung 1), so folgt:

$$4 k^2 F^2 =$$

$$\begin{vmatrix} k^2 p^2 + x^2 + y^2 & k^2 p\,dp + x\,dx + y\,dy & k^2 p\,dp' + x\,dx' + y\,dy' \\ k^2 p\,dp + x\,dx + y\,dy & k^2 dp^2 + dx^2 + dy^2 & k^2 dp\,dp' + dx\,dx' + dy\,dy' \\ k^2 p\,dp' + x\,dx' + y\,dy' & k^2 dp\,dp' + dx\,dx' + dy\,dy' & k^2 dp'^2 + dx'^2 + dy'^2 \end{vmatrix}$$

$$= \begin{vmatrix} kp & x & y \\ k\,dp & dx & dy \\ k\,dp' & dx' & dy' \end{vmatrix}^2 ,$$

also:

7) $$\qquad 2 F = \begin{vmatrix} p & x & y \\ dp & dx & dy \\ dp' & dx' & dy' \end{vmatrix} .$$

Bei Anwendungen wird man je nach dem gerade vorliegenden Problem die Beziehung zwischen $(dp \ldots)$ und $(dp' \ldots)$ spezialisieren müssen.

§ 7. Die Ebenen und die Geraden im Raume.

32. Wenn im (dreifach ausgedehnten) Raume eine Kugelfläche gegeben ist, so genügt dieselbe den im Art. 1 aufgestellten Voraussetzungen; sie ist also eine zweifach ausgedehnte
Raumform und hat, da für den Radius r der Umfang eines
Hauptkreises gleich $2k\pi \sin\dfrac{r}{k}$ ist, das Riemannsche Krümmungsmass $k^2 \sin^2\dfrac{r}{k}$. Ebenso genügt der Strahlenbündel den
für die Ebene aufgestellten Voraussetzungen, wenn man den
Abstand durch den von zwei Strahlen gebildeten Winkel ersetzt. Wird dann das gebräuchliche Winkelmass zu Grunde
gelegt, so ist das Riemannsche Krümmungsmass gleich Eins.
An die Stelle der Koordinaten p, x, y treten die Cosinus der
Winkel, welche der Strahl mit drei auf einander senkrecht
stehenden Geraden des Büschels bildet. Wenn λ, μ, ν diese
Winkel für einen Strahl sind, und λ', μ', ν' die Winkel für
einen zweiten Strahl bezeichnen, so gilt für jedes Tripel die
Relation:

$$1)\qquad \cos^2\lambda + \cos^2\mu + \cos^2\nu = 1,$$

und für den Winkel η, den die Strahlen mit einander bilden,
gilt die Gleichung:

$$2)\qquad \cos\eta = \cos\lambda \cos\lambda' + \cos\mu \cos\mu' + \cos\nu \cos\nu'.$$

Ist aber P ein beliebiger Punkt des Raumes und soll die
Lage desselben bestimmt werden, nachdem in einem Punkte
O drei auf einander senkrecht stehende Ebenen errichtet sind,
so bezeichne man OP mit e und die Winkel, welche OP mit
den drei Achsen bildet, mit λ, μ, ν und setze:

$$3)\quad p = \cos\frac{e}{k}, \quad x = k\sin\frac{e}{k}\cos\lambda, \quad y = k\sin\frac{e}{k}\cos\mu, \quad z = k\sin\frac{e}{k}\cos\nu.$$

Sind a, b, c die von P auf die drei Ebenen gefällten
Senkrechten, so ist auch:

$$4)\qquad x = k\sin\frac{a}{k}, \quad y = k\sin\frac{b}{k}, \quad z = k\sin\frac{c}{k}.$$

Aus den Gleichungen 1) und 3) folgt:

$$5)\qquad k^2 p^2 + x^2 + y^2 + z^2 = k^2.$$

Ebenso wenn p', x', y', z' die Koordinaten eines zweiten Punktes sind, so kommt man infolge der Gleichung 2) unter Benutzung des Cosinussatzes für die Entfernung r der Punkte zu der Gleichung:

6) $$k^2 \cos \frac{r}{k} = k^2 pp' + xx' + yy' + zz'.$$

Geht eine Ebene nicht durch den Anfangspunkt des Koordinatensystems, so fälle man von demselben eine Senkrechte darauf; die Länge dieser Senkrechten sei m, und die Winkel, welche dieselbe mit den Achsen bildet, seien λ, μ, ν. Die Koordinaten des Fusspunktes P' werden aus 3) erhalten, wenn man e durch m ersetzt. Soll nun $P(p, x, y, z)$ auf der Ebene liegen, so muss $OP'P$ ein rechtwinkliges Dreieck sein und deshalb:

$$\cos \frac{OP}{k} = \cos \frac{OP'}{k} \cdot \cos \frac{PP'}{k}.$$

Wendet man die Gleichung 6) an, so folgt:

$$p = \cos \frac{m}{k} \left(k^2 p \cos \frac{m}{k} + kx \sin \frac{m}{k} \cos \lambda + ky \sin \frac{m}{k} \cos \mu + kz \sin \frac{m}{k} \cos \nu \right),$$

oder nach Division durch $k \sin \frac{m}{k}$:

7) $$-kp \sin \frac{m}{k} + x \cos \frac{m}{k} \cos \lambda + y \cos \frac{m}{k} \cos \mu + z \cos \frac{m}{k} \cos \nu = 0.$$

Konstruiert man den Neigungswinkel α, den die gegebene Ebene mit der Ebene $x = 0$ bildet, in der Weise, dass der eine Schenkel durch O, der andere durch P' geht, so sieht man sofort, dass der Koeffizient von x gleich $\cos \alpha$ ist; entsprechendes gilt für die Koeffizienten von y und z. Genügen also p, x, y, z bei gegebenen Werten von t, u, v, w der Gleichung:

8) $$tp + ux + vy + wz = 0,$$

so liegt der Punkt (p, x, y, z) auf einer gewissen Ebene, und wenn dann die Bedingung erfüllt ist:

9) $$\frac{t^2}{k^2} + u^2 + v^2 + w^2 = 1,$$

so sollen t, u, v, w als die Koordinaten der Ebene bezeichnet werden, und es ist, wie die Vergleichung mit 7) zeigt:

10) $t = -k \sin \dfrac{m}{k}, \quad u = \cos \alpha, \quad v = \cos \beta, \quad w = \cos \gamma,$

wo m den Abstand der Ebene vom Anfangspunkte und α, β, γ die Winkel bezeichnen, welche dieselbe mit den Koordinatenebenen bildet.

In derselben Weise, wie die Gleichung 6), Art. 15 abgeleitet worden ist, ergiebt sich die Gleichung 11):

11) $\qquad k \sin \dfrac{\varrho}{k} = tp + ux + vy + wz,$

wo p, x, y, z einen beliebigen Punkt, t, u, v, w eine beliebige Ebene und ϱ den Abstand beider bezeichnet.

Ebenso entsprechen den Gleichungen 7) und 8), Art. 15 die folgenden:

12) $\qquad \cos \varphi = \dfrac{tt'}{k^2} + uu' + vv' + ww',$

13) $\qquad \cos \dfrac{e}{k} = \dfrac{tt'}{k^2} + uu' + vv' + ww',$

wo φ den Winkel der beiden Ebenen und e ihren grössten (kleinsten) Abstand bezeichnet.

Daraus ergeben sich die Sätze:

„Im endlichen Raume schneiden sich zwei Ebenen immer in einer Geraden und zugleich giebt es eine gerade Linie, welche auf beiden senkrecht steht; es ist dies die grösste Senkrechte, welche man von Punkten der einen Ebene auf die andere fällen kann; die Länge dieser Senkrechten ist gleich dem mit k multiplizierten Winkel der beiden Ebenen."

„Im Lobatschewskyschen Raume sind drei Fälle möglich:

a) $-1 < \dfrac{tt'}{k^2} + uu' + vv' + ww' < 1$; die Ebenen schneiden sich in einer Geraden und entfernen sich längs jeder auf der Schnittgeraden senkrecht stehenden Geraden immer weiter von einander;

b) $\left(\dfrac{tt'}{k^2} + uu' + vv' + ww' \right)^2 > 1$; es giebt eine Gerade, welche auf beiden Ebenen senkrecht steht; diese gemeinschaftliche Senkrechte ist die kürzeste Linie, welche zwischen den

beiden Ebenen gezogen werden kann; von den Fusspunkten
derselben an entfernen sich ·die Ebenen unbegrenzt von einander;

c) $\dfrac{tt'}{k^2} + uu' + vv' + ww' = \pm 1$; die Ebenen schneiden

sich weder, noch haben sie eine gemeinschaftliche Senkrechte;
aber durch jeden Punkt einer jeden unter ihnen lässt sich
eine Gerade so legen, dass sich deren Punkte in der einen
Richtung der zweiten Ebene unbegrenzt nähern, in der andern
sich über alle Grenzen hinaus von derselben entfernen."

33. Um die Punkte einer Geraden zu bestimmen, gehe
man etwa von den 8 Grössen: p_0, x_0, y_0, z_0 und p_1, x_1, y_1, z_1
aus, zwischen denen die drei Gleichungen bestehen:

14) $\quad \begin{cases} k^2 p_0{}^2 + x_0{}^2 + y_0{}^2 + z_0{}^2 = k^2, \\ k^2 p_1{}^2 + x_1{}^2 + y_1{}^2 + z_1{}^2 = 1, \\ k^2 p_0 p_1 + x_0 x_1 + y_0 y_1 + z_0 z_1 = 0. \end{cases}$

Dann hat ein beliebiger Punkt der Geraden die Koordinaten:

$$\lambda p_0 + \mu p_1, \quad \lambda x_0 + \mu x_1, \quad \lambda y_0 + \mu y_1, \quad \lambda z_0 + \mu z_1,$$

wo zwischen λ und μ die Gleichung besteht:

15) $\qquad\qquad k^2 \lambda^2 + \mu^2 = k^2.$

Zugleich ist der Abstand a zweier Punkte λ, μ und λ_1,
μ_1 der Geraden:

16) $\qquad\qquad k^2 \cos \dfrac{a}{k} = k^2 \lambda \lambda_1 + \mu \mu_1.$

Hier sind p_0, x_0, y_0, z_0 die Koordinaten eines Punktes
der Geraden, $k^2 p_1$, x_1, y_1, z_1 die Koordinaten derjenigen Ebene,
welche im genannten Punkte auf der Geraden senkrecht steht.

Für eine zweite Gerade mögen dieselben Zeichen mit
einer oberen Marke versehen sein. Wenn dann folgende Bezeichnung eingeführt wird:

$$A_{00} = k^2 p_0 p'_0 + x_0 x'_0 + \cdots, \quad A_{10} = k^2 p_1 p'_0 + x_1 x'_0 + \cdots,$$
$$A_{01} = k^2 p_0 p'_1 + x_0 x'_1 + \cdots, \quad A_{11} = k^2 p_1 p'_1 + x_1 x'_1 + \cdots,$$

so gilt für den Abstand r eines Punktes (λ, μ) der einen und
eines Punktes (λ', μ') der andern Geraden die Gleichung:

17) $\quad k^2 \cos \dfrac{r}{k} = A_{00} \lambda \lambda' + A_{01} \lambda \mu' + A_{10} \lambda' \mu + A_{11} \mu \mu'.$

Soll derselbe ein Maximum oder Minimum werden, so muss sein:

$$18)\quad\begin{cases} A_{00}\,\lambda' + A_{01}\,\mu' - Mk^2\,\lambda = 0,\\ A_{10}\,\lambda' + A_{11}\,\mu' - M\mu = 0,\\ A_{00}\,\lambda + \lambda_{10}\,\mu - Nk^2\,\lambda' = 0,\\ A_{01}\,\lambda + A_{11}\,\mu - N\mu' = 0. \end{cases}$$

Multipliziert man die erste Gleichung mit λ und die zweite mit μ und addiert, so folgt: $M = \cos\dfrac{r}{k}$; denselben Wert findet man aus den beiden letzten Gleichungen für N; wir ersetzen also N durch M. Damit die Gleichungen 18) zusammenstehen, muss die Bedingung erfüllt sein:

$$19)\quad \begin{vmatrix} -Mk^2 & 0 & A_{00} & A_{01}\\ 0 & -M & A_{10} & A_{11}\\ A_{00} & A_{10} & -Mk^2 & 0\\ A_{01} & A_{11} & 0 & -M \end{vmatrix} = 0.$$

Dass diese Gleichung in M^2 vom zweiten Grade ist, zeigt man dadurch, dass man zuerst die beiden ersten Horizontal- und dann die beiden letzten Vertikalreihen mit -1 multipliziert, wodurch keine weitere Änderung eintritt, als dass M in $-M$ verwandelt wird. Für $M = \pm 1$ ist die linke Seite von 19) gleich:

$$20)\quad k^2\begin{vmatrix} p_0 & x_0 & y_0 & z_0\\ p_1 & x_1 & y_1 & z_1\\ p'_0 & x'_0 & y'_0 & z'_0\\ p'_1 & x'_1 & y'_1 & z'_1 \end{vmatrix}^2.$$

Der Fall, dass diese Determinante gleich Null ist, wird ausgeschlossen, da alsdann die beiden Geraden in derselben Ebene liegen. Sind die beiden Wurzeln M^2 von 19) verschieden, M^2 und M_1^2, so mögen zu dem zweiten Werte die Parameter λ_1, μ_1, λ'_1, μ'_1 gehören. Indem man auch für diese die Gleichungen 18) bildet, leitet man durch deren Verbindung leicht her:

$$M(k^2\,\lambda\,\lambda_1 + \mu\,\mu_1) = M_1(k^2\,\lambda'\,\lambda'_1 + \mu'\,\mu'_1),$$
$$M_1(k^2\,\lambda\,\lambda_1 + \mu\,\mu_1) = M(k^2\,\lambda'\,\lambda'_1 + \mu'\,\mu'_1),$$

deren Division bei ungleichem Werte von M^2 und M_1^2 zeigt, dass sein muss:

21) $k^2 \lambda \lambda_1 + \mu \mu_1 = 0, \quad k^2 \lambda' \lambda'_1 + \mu' \mu'_1 = 0.$

Sollen bei positivem Werte von k^2 die Wurzeln von 19) einander gleich sein, so müssen die Bedingungen erfüllt sein:

22) $A_{00} = k^2 A_{11}, \quad A_{01} = -A_{10}$ oder: $A_{00} = -k^2 A_{11}, \quad A_{01} = A_{10}.$

Setzt man aber diese Bedingungen in 18) ein, so werden zwei Gleichungen mit den beiden andern identisch. Man kann also λ, μ willkürlich wählen und dann λ', μ' entsprechend bestimmen. Sind aber bei positivem k^2 die Wurzeln M^2 und M_1^2 verschieden, so müssen sie reell sein; denn bei imaginären Werten derselben müssten auch $\lambda : \mu$ und $\lambda_1 : \mu_1$ konjugiert komplexe Werte erhalten, also:

$$\frac{\lambda}{\mu} = a + bi, \quad \frac{\lambda_1}{\mu_1} = a - bi, \quad \frac{\lambda \lambda_1}{\mu \mu_1} = a^2 + b^2$$

sein, was infolge der Gleichung 21) nicht möglich ist. Die Vergleichung von 21) und 16) lehrt noch, dass die Punkte (λ, μ) und (λ_1, μ_1) die Entfernung $\frac{1}{2} k \pi$ haben.

Lässt man in 17) λ', μ' konstant und sucht dann das dem Minimum entsprechende Wertepaar (λ, μ), so gelangt man nur zu den beiden ersten Gleichungen 18); es stellt dann (λ, μ) denjenigen Punkt dar, in welchem die vom Punkte (λ', μ') auf die erste Gerade gefällte Senkrechte dieselbe trifft; entsprechendes gilt für die beiden letzten Gleichungen 18); die Verbindungsgerade zweier Punkte, welche den vier Gleichungen genügen, steht also auf beiden Geraden senkrecht. Demnach ergiebt sich aus der Untersuchung das Resultat:

„Im endlichen Raume giebt es im allgemeinen zwei gerade Linien, welche zwei beliebige windschiefe Gerade senkrecht schneiden; jede solche Senkrechte ist Maximum oder Minimum für die Entfernungen, welche die Punkte der einen Geraden von der andern haben. Die beiden gemeinschaftlichen Senkrechten sind absolute Polaren von einander, d. h. der Abstand von irgend zwei Punkten der beiden Geraden beträgt $\frac{1}{2} k \pi$ und jede Gerade, welche beide trifft, steht auf beiden senkrecht.

Wenn zwei gemeinschaftliche Senkrechte der beiden gegebenen Geraden einander gleich sind, so haben die Geraden unendlich viele gemeinschaftliche Senkrechte, welche sämtlich

einander gleich sind. Jede Gerade nämlich, welche von einem
Punkte der einen Geraden senkrecht zur zweiten gezogen wird,
steht auch auf der ersten senkrecht. Jede Gerade, welche die
beiden gegebenen trifft, durchschneidet sie unter gleichen
Winkeln. Sind a und b die gegebenen und g und h zwei
jene so schneidende Gerade, dass $\sphericalangle\,(ga) = \sphericalangle\,(ha)$ ist, so
hat das (windschiefe) Viereck $ag\,bh$ die Eigenschaft, dass
seine Gegenseiten einander gleich sind."

Clifford bezeichnet zwei Gerade, welche überall denselben Abstand haben, als parallel. Wenn eine Gerade gegeben ist, so gehen durch jeden Punkt des Raumes zwei Geraden von der verlangten Eigenschaft, welche Clifford als
rechts- und links parallel unterscheidet.

Bei negativem Werte von k^2 nimmt die linke Seite von
19) für $M = \infty$ und ebenso für $M = 0$ einen positiven Wert
an, dagegen wird sie, wie 20) zeigt, für $M = \pm 1$ negativ.
Also hat die Gleichung für zwei windschiefe Gerade immer
zwei ungleiche reelle Wurzeln in M^2. Von diesen entspricht
aber nur einer, wie Gleichung 21) zeigt (und zwar derjenige,
welcher > 1 ist), einem reellen Punkte auf jeder Geraden.
Legen wir die Punkte $\lambda = 1$, $\mu = 0$ und $\lambda' = 1$, $\mu' = 0$ in
diese beiden Punkte hinein, so muss in 18) $A_{01} = A_{10} = 0$
und der eine Wert von M gleich A_{00}, der andere gleich A_{11}
sein. Dieser zweite Wert entspricht also dem Winkel derjenigen beiden Ebenen, welche im Fusspunkte der gemeinschaftlichen Senkrechten auf den Geraden errichtet sind, oder
auch dem Winkel, welchen die durch die gemeinschaftliche
Senkrechte und je eine der gegebenen Geraden gelegten Ebenen
mit einander bilden. Eine Untersuchung der zweiten Differen-
tialquotienten zeigt, dass die gemeinschaftliche Senkrechte
ein Minimum, der genannte Winkel ein Maximum darstellt.
Daraus folgt der Satz:

*Im Lobatschewskyschen Raume giebt es zu zwei wind-
schiefen Geraden eine einzige gemeinschaftliche Senkrechte; dieselbe liefert die kürzeste Entfernung, bis zu welcher sich die
Punkte der beiden Geraden einander nähern; die durch diese
gemeinschaftliche Senkrechte und je eine der Geraden gelegten*

Ebenen bilden den grössten (spitzen) Winkel, unter dem sich irgend zwei durch die Geraden gelegte Ebenen schneiden.

Die gerade Linie ist, wie durch zwei ihrer Punkte, so auch durch zwei hindurchgehende Ebenen bestimmt. Um dann alle Ebenen des Büschels darzustellen, gehen wir von zwei zu einander senkrechten Ebenen aus (t, u, v, w), (t_1, u_1, v_1, w_1), so dass die Gleichungen bestehen:

$$\frac{t^2}{k^2} + u^2 + v^2 + w^2 = 1, \quad \frac{t_1{}^2}{k^2} + u_1{}^2 + v_1{}^2 + w_1{}^2 = 1,$$

$$\frac{t t_1}{k^2} + u u_1 + v v_1 + w w_1 = 0.$$

Jede andere Ebene des Büschels hat die Koordinaten: $\lambda t + \mu t_1$, $\lambda u + \mu u_1$, $\lambda v + \mu v_1$, $\lambda w + \mu w_1$, wenn ist $\lambda^2 + \mu^2 = 1$. Man kann also in entsprechender Weise die Aufgabe behandeln: Durch zwei gegebene Geraden diejenigen Ebenen zu legen, deren Winkel ein Maximum oder ein Minimum wird. Führt man diese Gleichung entsprechend durch, so findet man, dass die gesuchten Ebenen sich in einer gemeinschaftlichen Senkrechten schneiden.

Die Untersuchung der dreifach ausgedehnten Raumformen brechen wir hier ab; wo es irgend nötig erscheint, sollen die speziellen Gesetze, welche für drei Dimensionen gelten, jedesmal hervorgehoben werden, nachdem für eine beliebige Zahl von Dimensionen die betreffende Entwicklung durchgeführt ist.

Zweiter Abschnitt.

Der n-fach ausgedehnte Raum.

§ 1. Koordinaten.

34. In unserm Raume ist die Grenze eines Raumteiles die Fläche, die Grenze eines Flächenteiles die Linie, die Grenze eines Linienteiles der Punkt, und der Punkt ist unteilbar. Man drückt dies kürzer durch die Worte aus: der Raum hat drei Dimensionen. So sehr die Frage nach der Dreizahl der Dimensionen die Philosophen beschäftigt hat, ist es bisher nicht gelungen, einen von unserer Erfahrung unabhängigen tiefern Grund dafür anzugeben, dass man durch einen dreimaligen Grenzübergang zu dem unteilbaren Gebilde gelangt. Wir verfolgen daher von jetzt an die Annahme, dass erst eine n-mal wiederholte Teilung, jedesmal mit einem Grenzübergange verbunden, zum Punkte führt. Dann legen wir dem Raume n Dimensionen bei; die Grenze eines Raumteiles (eines n-dimensionalen Körpers) ist ein erstes Grenzgebilde oder ein Grenzgebilde von $n - 1$ Dimensionen; dasselbe ist teilbar und die Grenze ist ein $(n - 2)$-fach ausgedehntes Gebilde; indem wir in gleicher Weise fortfahren, stellt sich das n^{te} Grenzgebilde als unteilbar heraus. Wenn wir diese Voraussetzung weiter verfolgen, können wir nur zu Sätzen gelangen, welche der Erfahrung nicht entsprechen; wir können uns im allgemeinen nicht einmal eine Vorstellung von den erhaltenen Resultaten machen. Aber dieselben Begriffsbildungen und Schlüsse, welche im dreifach ausgedehnten Raume zur Erforschung benutzt werden und welche hier von der Anschauung unterstützt werden und zu derselben zurückführen, erleiden bei der gemachten Annahme keine wesentliche Veränderung.

Gleichwie aber Euklid neben den allgemeinen Axiomen noch speziell die Gerade, die Ebene und den Kreis voraussetzt, so müssen wir auch, um die dem Erfahrungsraume entsprechenden mehrdimensionalen Räume zu erhalten, weitere Voraussetzungen machen, welche wir im Anschluss an Art. 1 in folgender Weise formulieren.

Durch jeden Punkt gehen $(n-1)$-dimensionale Gebilde (Ebenen oder Hauptgebilde), denen folgende Eigenschaften zukommen:

1. Durch jeden Punkt der $(n-1)$-dimensionalen Ebene giebt es $(n-2)$-fach ausgedehnte Gebilde, $(n-2)$-fach ausgedehnte Ebenen, bei deren Ruhe noch Bewegung des Raumes möglich ist;

2. bei dieser Bewegung wird eine Lage erreicht, bei welcher die $(n-1)$-dimensionale Ebene als Ganzes in Deckung mit der Anfangslage kommt, während die einzelnen Punkte ihre Lage vertauschen;

3. in jeder $(n-2)$-dimensionalen Ebene giebt es Gebilde von $(n-3)$ Dimensionen, bei deren Ruhe die $(n-1)$-fach ausgedehnte Ebene in sich bewegt werden kann, und zwar beschreibt jeder Punkt eine geschlossene Linie;

4. dieselbe Voraussetzung muss jetzt für jede kleinere Zahl von Dimensionen gemacht werden; in jeder ν-dimensionalen Ebene giebt es $(\nu-1)$-fach ausgedehnte und $(\nu-2)$-fach ausgedehnte Ebenen, und bei der Ruhe der $(\nu-2)$-dimensionalen Ebene ist noch Bewegung der ν-dimensionalen in sich möglich, und jede durch das ruhende Gebilde gelegte $(\nu-1)$-dimensionale Ebene gelangt bei der Bewegung so in Deckung mit der Anfangslage, dass zwischen den beiden Lagen der einzelnen Punkte Vertauschbarkeit besteht. (Statt „einfach ausgedehnte Ebene" ist der Ausdruck „gerade Linie" im Gebrauch.)

35. Aus diesen Voraussetzungen müssen zunächst einige Folgerungen gezogen werden, welche die Aufstellung eines Koordinatensystems und die Herleitung der ersten Formeln gestatten. Der Kürze wegen soll eine ν-dimensionale Ebene kurz mit E_ν bezeichnet werden, und wenn mehrere Ebenen von gleicher Ausdehnungszahl gegeben sind, so sollen die-dieselben durch obere Marken (Exponenten) unterschieden werden.

Bis zu einer gewissen Grenze haben zwei Gerade höchstens einen Punkt gemeinschaftlich. Es erscheint also angebracht, die Untersuchung auf ein solches Gebiet zu beschränken; man kann dasselbe von einem Gebilde begrenzt denken, dessen Punkte von einem festen Punkte gleichen Abstand haben (von einer $(n-1)$-dimensionalen Kugelfläche). Darin haben auch zwei Ebenen höchstens eine einzige Ebene von weniger Dimensionen gemeinschaftlich. Für ein solches Gebiet gelten folgende Sätze, deren Beweis immer sehr leicht ist, mehrfach nicht einmal einer Andeutung bedarf.

a) Wenn eine Gerade zwei Punkte mit einer Ebene gemeinschaftlich hat, so fällt sie ganz in dieselbe.

b) Wenn eine ν-dimensionale Ebene mit einer μ-dimensionalen $(\mu \geq \nu)$ eine $(\nu-1)$-fach ausgedehnte Ebene und noch einen Punkt gemeinschaftlich hat, so fällt ·sie ganz in dieselbe hinein. (Wenn eine E_ν mit einer E_μ eine $E_{\nu-1}$ und einen Punkt gemeinschaftlich hat, so fällt sie ganz in die E_μ.)

c) Durch eine ν-dimensionale Ebene und einen ausserhalb derselben gelegenen Punkt lässt sich eine $(\nu+1)$-dimensionale Ebene legen.

d) Gegeben seien $\varkappa$ Geraden, welche in einem Punkte zusammentreffen; durch zwei derselben lässt sich eine zweifach ausgedehnte Ebene legen; liegt keine dritte von den gegebenen Geraden in dieser Ebene, so lässt sich durch drei eine dreifach ausgedehnte Ebene legen, und so lässt sich, wenn die $\varkappa$ Geraden nicht in einer $(\varkappa-1)$-dimensionalen Ebene liegen, durch dieselben eine einzige $\varkappa$-dimensionale Ebene hindurchlegen.

e) Wenn eine ν-fach ausgedehnte und eine zweifach ausgedehnte Ebene beide in einer $(\nu+1)$-dimensionalen Ebene liegen und einen·Punkt gemeinschaftlich haben, so schneiden sie sich in einer Geraden.

Der Beweis ist analog dem für $\nu = 2$ von v. Staudt gelieferten 'und auch in Baltzers Elemente aufgenommenen.

f) Liegen in einer E_ν zwei Ebenen E_λ und E_μ und ist $\lambda + \mu > \nu$ und, haben die E_λ und E_μ einen Punkt gemeinschaftlich, so schneiden sie sich in einer $E_{\lambda+\mu-\nu}$.

Dieser Satz wird leicht auf den vorhergehenden zurückgeführt.

g) Wenn eine Gerade in demselben Punkte auf $\varkappa$ Geraden senkrecht steht, durch welche sich keine $(\varkappa - 1)$-dimensionale Ebene legen lässt, so steht sie auf jeder Geraden senkrecht, welche in der durch die $\varkappa$ Geraden bestimmten $E_\varkappa$ durch den Fusspunkt gezogen wird.

Für $\varkappa = 2$ ist der Beweis bekannt. Angenommen, der Satz sei für λ Geraden und die Ebene E_λ bewiesen. Dann lege man durch E_λ und eine weitere von den gegebenen Geraden $g_{\lambda+1}$ eine Ebene $E_{\lambda+1}$. Ist h eine beliebige Gerade, welche in derselben durch den Fusspunkt geht, so lege man durch $g_{\lambda+1}$ und h eine zweifach ausgedehnte Ebene; diese trifft die E_λ in einer Geraden g'. Da nun die gegebene Gerade auf $g_{\lambda+1}$ und g' senkrecht steht, steht sie auch auf der mit derselben in einer E_2 gelegenen Geraden h senkrecht.

h) Stehen $\varkappa$ Geraden $g_1 \ldots g_\varkappa$ in demselben Punkte A auf λ Geraden $h_1 \ldots h_\lambda$ senkrecht und bestimmen die Geraden $g_1 \ldots g_\varkappa$ eine einzige Ebene $E_\varkappa$ von $\varkappa$ und die Geraden $h_1 \ldots h_\lambda$ eine einzige Ebene E_λ von λ Dimensionen, so steht jede durch A gelegte Gerade g der ersten Ebene auf jeder durch denselben Punkt gezogenen Geraden h der zweiten Ebene senkrecht. (Die Ebenen $E_\varkappa$ und E_λ stehen auf einander senkrecht.)

Nach dem vorangehenden Satze stehen die Geraden $g_1 \ldots g_\varkappa$ auf h und demnach auch h auf g senkrecht.

i) In jeder ν-dimensionalen Ebene E_ν giebt es eine einzige Gerade, welche in einem gegebenen Punkte einer in E_ν liegenden $E_{\nu-1}$ auf letzterer senkrecht steht.

Gäbe es zwei Geraden, so stände eine in E_ν liegende E_2 auf $E_{\nu-1}$ senkrecht, was nicht möglich ist, da die E_ν mit $E_{\nu-1}$ eine Gerade gemeinschaftlich hat.

k) In jeder E_ν giebt es nur eine einzige $E_{\nu-\lambda}$, welche in einem gegebenen Punkte einer in E_ν enthaltenen E_λ auf letzterer senkrecht steht.

Gäbe es zwei, so müsste eine E_μ auf E_λ senkrecht stehen, wo $\mu > \nu - \lambda$ ist, was nicht möglich ist, da E_μ und E_λ mindestens eine Gerade gemeinschaftlich haben.

l) Liegen eine E_ν und zwei Geraden g und h in einer $E_{\nu+1}$ und stehen g und h auf E_ν senkrecht, so liegen sie in einer E_2.

Mögen g und h in derselben E_2 liegen oder nicht, jedenfalls kann man durch dieselben eine (oder mehrere) E_3 legen, welche ganz in $E_{\nu+1}$ hineinfällt. Dann muss E_3 mit E_ν eine E'_2 gemeinschaftlich haben, auf welcher g und h senkrecht stehen. Jeder vom Parallelaxiom unabhängige Beweis der Schulbücher zeigt also die Richtigkeit der Behauptung.

m) Schneiden zwei Ebenen E_ν und E'_ν einander in einer $E_{\nu-1}$, und errichtet man in einem Punkte von $E_{\nu-1}$ auf ihr zwei Senkrechte, die eine in E_ν, die andere in E'_ν, so ist der von diesen gebildete Winkel unabhängig von der Wahl des Fusspunktes.

A und B seien zwei beliebige Punkte von $E_{\nu-1}$; durch A mögen die Geraden g, g' gehen, welche beide auf $E_{\nu-1}$ senkrecht stehen, und von denen die erste in E_ν, die letzte in E'_ν liegt. Entsprechend seien durch B die Geraden h und h' gezogen. Da g und h beide in E_ν liegen und auf $E_{\nu-1}$ senkrecht stehen, so liegen sie (nach l) in derselben E_2; ebenso liegen g' und h' in einer E'_2. Da E_2 und E'_2 die Gerade AB gemeinschaftlich haben, so liegen sie in einer E_3; folglich gilt für die Gleichheit der Winkel (gg') und (hh') der bekannte von Lobatschewsky und Bolyai gelieferte Beweis (cfr. Frischauf, Elemente, Art. 18).

n) Steht die Gerade PA auf der Ebene E_ν in A senkrecht und PB auf der in E_ν gelegenen $E_{\nu-1}$, so steht AB auf $E_{\nu-1}$ senkrecht.

Die ganze Figur liegt in einer $E_{\nu+1}$. In der zweidimensionalen Ebene PAB liegt die in B auf E_ν errichtete Senkrechte; folglich steht (nach h) $E_{\nu-1}$ auf PAB senkrecht, also auch auf BP.

o) Hat eine E_ν mit einer E_2 eine Gerade g gemeinschaftlich und errichtet man in E_2 auf g zwei gleich lange Senkrechte, so sind die von den Endpunkten derselben auf E_ν gefällten Senkrechten an Länge gleich.

Die ganze Figur liegt in einer $E_{\nu+1}$, also liegen die beiden letzten Senkrechten in einer E'_2, und da E_2 und E'_2

sich in einer Geraden schneiden, so liegen dieselben in einer E_3, welche die vier Senkrechten, die Gerade g und eine in E_r enthaltene und durch g gehende E''_2 enthält.

36. Diese Sätze genügen, um die analytische Geometrie dieser Raumformen aufzubauen. Für jede zweidimensionale Ebene gelten die Entwicklungen der Einleitung und für den weiteren Fortschritt bieten sich mehrere Wege dar.

Die Gesamtheit der Punkte, welche in einem n-dimensionalen Raume von einem festen Punkte gleichen Abstand haben, bildet eine $(n-1)$-dimensionale Kugelfläche. Betrachtet man nur solche Bewegungen, bei denen das Centrum in Ruhe bleibt, so genügt das Gebilde den für eine $(n-1)$-dimensionale Raumform gemachten Voraussetzungen; das Krümmungsmass ist für den Radius r gleich $1 : \left(k^2 \sin^2 \dfrac{r}{k} \right)$, wenn das im n-dimensionalen Raume gebrauchte Längenmass zu Grunde gelegt wird, aber gleich Eins, wenn die Entfernungen auf der Kugelfläche durch den Centriwinkel gemessen werden. Demnach kann man in derselben Weise, wie Art. 32 von zwei zu drei Dimensionen übergeht, von den für $n-1$ Dimensionen bewiesenen Gleichungen auf die für n Dimensionen gültigen schliessen.

Wir schlagen aber folgenden direkten Weg ein. P und P' seien zwei beliebige Punkte des Raumes. Durch einen festen Punkt O seien n auf einander senkrecht stehende $(n-1)$-dimensionale Ebenen gelegt und der Reihe nach mit $E^1, E^2 \ldots E^n$ bezeichnet. Auf diese Ebenen seien von P und P' Senkrechte gefällt; die vom ersten Punkte gefällten seien $a_1, a_2 \ldots a_n$, die andern $a'_1, a'_2 \ldots a'_n$. Endlich mögen die Längen OP und OP' mit l und l', und der Winkel (ll') mit φ bezeichnet werden.

Die letzten $n-1$ Ebenen haben eine Gerade g gemeinschaftlich und die Geraden g, l, l' bestimmen ein sphärisches Dreieck, worin die Ebenen (gl) und (gl') den Winkel φ_1 bilden mögen, während die Senkrechten von P und P' auf die Geraden g mit l_1 und l'_1 bezeichnet werden mögen. Dann ist:

$$\cos \varphi = \cos (lg)\, \cos (l'g) + \sin (lg)\, \sin (l'g)\, \cos \varphi_1,$$

oder:

$$\sin \frac{l}{k} \sin \frac{l'}{k} \cos \varphi = \sin \frac{a_1}{k} \sin \frac{a'_1}{k} + \sin \frac{l_1}{k} \sin \frac{l'_1}{k} \cos \varphi_1.$$

Man lege durch l_1 und g eine zweifach ausgedehnte Ebene; dieselbe trifft die E^1 in einer Geraden, welche ebenfalls auf der Geraden g senkrecht steht. Auf derselben begrenze man ein Stück $OP_1 = l_1$; dann sind die von P_1 auf die durch g gehenden Ebenen E_2, $E_3 \ldots E_n$ gefällten Senkrechten gleich den von P gefällten Senkrechten, also gleich a_2, $a_3 \ldots a_n$. Ebenso bestimme man durch g und l'_1 auf E^1 einen Punkt P'_1, dessen Abstände von den Ebenen E^2, $E^3 \ldots E^n$ gleich a'_2, $a'_3 \ldots a'_n$ sind; die Geraden OP_1 und OP'_1 bilden den Winkel φ_1. Jetzt kann man die soeben für die Punkte P und P' durchgeführte Betrachtung auf die Punkte P_1 und P'_1 übertragen, wobei man auf die Ebene E^1 beschränkt ist. In derselben, schneiden sich die Ebenen E^3, $E^4 \ldots E^n$ in einer Geraden g_1, und wenn dann auf das sphärische Dreieck (g_1, l_1, l'_1) der Cosinussatz angewandt wird, so liefert er bei leicht erkennbarer Bezeichnung:

$$\sin \frac{l_1}{k} \sin \frac{l'_1}{k} \cos \varphi_1 = \sin \frac{a_2}{k} \sin \frac{a'_2}{k} + \sin \frac{l_2}{k} \sin \frac{l'_2}{k} \cos \varphi_2.$$

Nun lassen sich in der Schnittebene von E^1 und E^2 von O aus zwei Gerade gleich l_2 und l'_2 finden, welche mit einander den Winkel φ_2 bilden und deren Abstände von $E^3 \ldots E^n$ die Abstände $a_3 \ldots a_n$ resp. $a'_3 \ldots a'_n$ haben. Indem wir in derselben Weise fortfahren, gelangen wir zu der wichtigen Gleichung:

1) $\quad \sin \dfrac{l}{k} \sin \dfrac{l'}{k} \cos \varphi = \sin \dfrac{a_1}{k} \sin \dfrac{a'_2}{k} + \sin \dfrac{a_2}{k} \sin \dfrac{a'_2}{k} + \cdots + \sin \dfrac{a_n}{k} \sin$

37. Von dieser Formel machen wir zunächst zwei einfache Anwendungen.

Lassen wir die Punkte P und P' zusammenfallen, behalten aber die obige Bezeichnung bei, so folgt:

2) $\quad \sin^2 \dfrac{l}{k} = \sin^2 \dfrac{a_1}{k} + \sin^2 \dfrac{a_2}{k} + \cdots + \sin^2 \dfrac{a_n}{k}.$

Bilden zwei sich in O schneidende Strahlen mit einander den Winkel φ und mit den n Achsen die Winkel $\mu_1 \ldots \mu_n$, resp. $\mu'_1 \ldots \mu'_n$, so ergiebt sich aus 1) die neue Gleichung:

3) $\quad \cos \varphi = \cos \mu_1 \cos \mu'_1 + \cos \mu_2 \cos \mu'_2 + \cdots + \cos \mu_n \cos \mu'_n.$

Um jetzt die Koordinaten eines Punktes P zu bestimmen, gehe man wieder von n Ebenen aus, welche in demselben Punkte O auf einander senkrecht stehen, bezeichne die auf die Ebene E^ι gefällte Senkrechte mit a_ι und setze:

4) $\qquad \cos \dfrac{OP}{k} = x_0, \quad k \sin \dfrac{a_\iota}{k} = x_\iota. \qquad (\iota = 1 \ldots n)$

Wenn man den Winkel, welchen OP mit der auf $E^{(\iota)}$ senkrechten Achse bildet, mit φ_ι bezeichnet, so ist:

5) $\qquad x_\iota = k \sin \dfrac{OP}{k} \cdot \cos \varphi_\iota.$

Die Gleichung 2) führt auf die Relation:

6) $\qquad k^2 x_0^2 + x_1^2 + \cdots + x_n^2 = k^2,$

und die Anwendung des Cosinussatzes in Verbindung mit der Gleichung 1) liefert für die Entfernung r der beiden Punkte x und x':

7) $\qquad k^2 \cos \dfrac{r}{k} = k^2 x_0 x'_0 + x_1 x'_1 + \cdots + x_n x'_n.$

Wir bezeichnen dies Koordinatensystem als das Weierstrasssche.

§ 2. Die einfachsten Gebilde des n-dimensionalen Raumes.

38. Zur Gleichung der $(n-1)$-dimensionalen Ebene gelangen wir durch die Betrachtung derjenigen Senkrechten, welche vom Anfangspunkte der Koordinaten auf dieselbe gefällt wird. Es seien $c_0, c_1 \ldots c_n$ die Koordinaten des Fusspunktes F dieser Senkrechten, $x_0, x_1 \ldots x_n$ die Koordinaten eines beliebigen Punktes X der Ebene; dann ist OFX ein rechtwinkliges Dreieck, also:

$$\cos \frac{OX}{k} = \cos \frac{OF}{k} \cdot \cos \frac{FX}{k},$$

oder unter Berücksichtigung der Gleichung 4) und 7), Art. 37:

$$k^2 x_0 = c_0 (k^2 c_0 x_0 + c_1 x_1 + \cdots + c_n x_n);$$

drückt man die $c_0 \ldots c_n$ durch die Länge ϱ von OF und durch die Winkel $\varphi_1 \ldots \varphi_n$ aus, welche OF mit den Achsen bildet, so folgt nach Division durch $k \sin \frac{\varrho}{k}$ als Gleichung der Ebene:

$$- x_0 . k \sin \frac{\varrho}{k} + x_1 . \cos \frac{\varrho}{k} . \cos \varphi_1 + \cdots + x_n . \cos \frac{\varrho}{k} \cos \varphi_n = 0.$$

Wenn wir die Koeffizienten dieser Gleichung mit u_0, $u_1 \ldots u_n$ bezeichnen, so dass zwischen den Koeffizienten der Gleichung:

1) $$u_0 x_0 + u_1 x_1 + \cdots + u_n x_n = 0$$

die Relation besteht:

2) $$\frac{u_0^2}{k^2} + u_1^2 + \cdots + u_n^2 = 1,$$

so stellt bei konstanten Werten von $u_0 \ldots u_n$ die Gleichung 1) eine Ebene dar, und es haben die Koeffizienten die Bedeutung:

3) $$u_0 = - k \sin \frac{\varrho}{k}, \quad u_\iota = \cos \frac{\varrho}{k} \cos \varphi_\iota, . \quad (\iota = 1 \ldots n)$$

wenn ϱ die Länge der vom Anfangspunkte auf die Ebene gefällten Senkrechten und φ_ι den Winkel dieser Senkrechten mit der auf $x_\iota = 0$ senkrechten Achse bezeichnet, oder auch:

4) $$u_\iota = \cos \varepsilon_\iota, \qquad \text{(für } \iota = 1 \ldots n)$$

wenn man den Winkel der gegebenen Ebene mit der Ebene $x_\iota = 0$ mit ε_ι bezeichnet, wobei zu beachten ist, dass zur Bestimmung des Vorzeichens die Gleichungen 3) geeigneter sind als 4). Die Grössen $u_0, u_1 \ldots u_n$ werden, wofern zwischen ihnen die Gleichung 2) besteht, als die Koordinaten der Ebene bezeichnet.

Bedeutet m die Entfernung eines Punktes x von einer Ebene u, ε den Winkel zweier Ebenen u und u', c ihren grössten (oder kleinsten) Abstand, so gelten die Gleichungen:

5) $$k \sin \frac{m}{k} = u_0 x_0 + u_1 x_1 + \cdots + u_n x_n,$$

6) $$\cos \varepsilon = \frac{u_0 u'_0}{k^2} + u_1 u'_1 + \cdots + u_n u'_n,$$

7) $$\cos \frac{c}{k} = \frac{u_0 u'_0}{k^2} + u_1 u'_1 + \cdots + u_n u'_n.$$

Will man dieselben nicht auf dem in Art. 15 angegebenen Wege beweisen, der hier ungeändert bleibt, so beachte man, dass infolge der Gleichung 6) des vorangehenden Artikels die rechten Seiten Invarianten sind und ermittle die auf der linken Seite angegebene Bedeutung, indem man etwa die Ebene u mit der Ebene $x_1 = 0$ zusammenfallen lässt.

Nun lehren die Darlegungen des Art. 11, auf n-dimensionale Räume angewandt, dass es unter den in Art. 34 angegebenen Bedingungen nur vier Raumformen giebt: die Riemannsche, deren Polarform, die Euklidische und die Lobatschewskysche. Für die beiden ersten ist k^2 positiv, die Winkelsumme eines jeden Dreiecks grösser als zwei Rechte und in der ersteren haben zwei sich schneidende Gerade zwei Punkte, in der anderen einen Punkt gemeinschaftlich. In der Euklidischen Raumform ist k^2 unendlich und die Winkelsumme eines Dreiecks gleich zwei Rechten; in der Lobatschewskyschen Raumform ist k^2 negativ und die Summe der Winkel eines Dreiecks kleiner als zwei Rechte. In den verschiedenen Raumformen gelten für $(n-1)$-dimensionale Ebenen dieselben Gesetze, welche am Schluss von Art. 32 für (zweifach ausgedehnte) Ebenen des Raumes von drei Dimensionen ausgesprochen sind. Im Euklidischen Raume schneiden sich zwei $(n-1)$-dimensionale Ebenen entweder in einer $(n-2)$-fach ausgedehnten Ebene oder sie haben überall denselben Abstand.

39. Es seien $x_0, x_1 \ldots x_n$ die Koordinaten eines Punktes, wie sie in Art. 37 angegeben sind (Weierstrasssche Koordinaten); ferner seien $\xi_0, \xi_1 \ldots \xi_n$ die Koordinaten desselben Punktes für ein zweites Weierstrasssches Koordinatensystem. Will man die Beziehungen zwischen den Grössen x und ξ nicht daraus herleiten, dass für beide Systeme die Gleichung 6), Art. 37, besteht, so beachte man die durch die Gleichungen 4), Art. 37 angegebene Bedeutung der Koordinaten und vergleiche damit Gleichung 7), Art. 37, und Gleichung 5), Art. 38. Danach müssen die Gleichungen bestehen:

$$8) \quad \begin{cases} k^2\,\xi_0 = k^2\,a_{00}\,x_0 + a_{01}\,x_1 + \cdots + a_{0n}\,x_n, \\ \xi_\varkappa = a_{\varkappa 0}\,x_0 + a_{\varkappa 1}\,x_1 + \cdots + a_{\varkappa n}\,x_n. \end{cases}$$

Verbindet man damit Gleichung 6), Art. 37, so folgt:

9)
$$\begin{cases} k^2\,a_{00}{}^2 + a_{10}{}^2 + \cdots + a_{n0}{}^2 = k^2, \\[4pt] a_{00}\,a_{0\varkappa} + a_{10}\,a_{1\varkappa} + \cdots + a_{n0}\,a_{n\varkappa} = 0, \\[4pt] \dfrac{a_{0\iota}\,a_{0\varkappa}}{k^2} + a_{0\iota}\,a_{1\varkappa} + \cdots + a_{n\iota}\,a_{n\varkappa} = \delta_{\iota\varkappa} = 1 \text{ oder } 0, \end{cases}$$

je nachdem ι und $\varkappa$ gleich oder ungleich sind.

Die Auflösung des Systems 8) wird durch die Gleichungen gegeben:

10)
$$\begin{cases} k^2\,x_0 = a_{00}\,k^2\,\xi_0 + a_{10}\,\xi_1 + \cdots + a_{n0}\,\xi_n, \\[4pt] x_\varkappa = a_{0\varkappa}\,\xi_0 + a_{1\varkappa}\,\xi_1 + \cdots + a_{n\varkappa}\,\xi_n, \end{cases}$$

und daraus folgen wieder neue Relationen zwischen den Koeffizienten, welche den in 9) angegebenen entsprechen.

Wenn man aus $r+1$ Reihen von $n+1$ Grössen

$$k\,a_{00},\quad a_{01}\ldots a_{0n},$$
$$\cdot\quad\cdot\quad\cdot\quad\cdot\quad\cdot\quad\cdot$$
$$k\,a_{r0},\quad a_{r1}\ldots a_{rn}$$

die Determinanten $(r+1)^{\text{ten}}$ Grades bildet, indem man aus diesem System je $r+1$ Vertikalreihen herausnimmt, dieselben zu einer Determinante vereinigt und dieselben in irgend einer Reihenfolge mit $A_1 \ldots A_\nu$ bezeichnet, wo $\nu = \dbinom{n+1}{r+1}$ ist, so ist:

$$A_1{}^2 + A_2{}^2 + \cdots + A_\nu{}^2 = k^2.$$

Denn nach dem Satze über die Multiplikation der Determinante (Baltzer, Determinanten § 5, 1) lässt sich die Summe dieser Quadrate als eine einzige Determinante darstellen, in welcher nach 9) das erste Glied der Diagonale gleich k^2, die andern Glieder der Diagonale gleich Eins und alle Glieder ausserhalb derselben gleich Null sind.

Es sei noch bemerkt, dass der in Art. 18 für $n=2$ eingeschlagene rein geometrische Weg bei beliebigem n sich nicht ändert und dass die geometrische Bedeutung der Koeffizienten ganz der dort angegebenen entspricht.

40. Eine ν-dimensionale Ebene lässt sich in verschiedener Weise darstellen, indem man sie einmal durch $\nu+1$ Punkte bestimmt, welche der Ebene angehören und welche so liegen, dass keine Ebene von weniger Dimensionen hindurchgeht, oder indem man sie durch $n-\nu$ Ebenen von $n-1$ Dimensionen

bestimmt, welche keine mehrdimensionale Ebene gemeinschaftlich haben. Sind x^0, $x^1 \ldots x^n$ (die oberen Indices sind blosse
Marken) die Punkte, durch welche die Ebene bestimmt ist,
so wird jeder Punkt derselben die Koordinaten haben
$\lambda_0 x^0 + \lambda_1 x^1 + \cdots + \lambda_\nu x^\nu$ und zwischen den Grössen λ muss
die Gleichung bestehen: $\varphi(\lambda) = 1$, wo φ in den Grössen
$\lambda_0 \ldots \lambda_\nu$ homogen vom zweiten Grade ist. Um diese Gleichung
auf die einfachste Form zu bringen, ersetze man die angegebene Bestimmung durch eine nicht wesentlich verschiedene.
Man wähle $\nu + 1$ Systeme von $n + 1$ Grössen:

$$x_0^0 x_1^0 \ldots x_n^0; \quad \xi_0^1 \ldots \xi_n^1; \quad \ldots \xi_0^\nu, \xi_1^\nu \ldots \xi_n^\nu,$$

und setze fest, dass zwischen ihnen die Gleichungen bestehen:

$$11) \quad \begin{cases} k^2 x_0^0 x_0^0 + x_1^0 x_1^0 + \cdots + x_n^0 x_n^0 = k^2, \\ x_0^0 \xi_0^\iota + x_1^0 \xi_1^\iota + \cdots + x_n^0 \xi_n^\iota = 0, \\ \dfrac{\xi_0^\iota \xi_0^\varkappa}{k^2} + \xi_1^\iota \xi_1^\varkappa + \cdots + \xi_n^\iota \xi_n^\varkappa = \delta_{\iota\varkappa}. \end{cases}$$

Jetzt gehört ein Punkt x der Ebene an, wenn ist:

$$12) \quad x_0 = \alpha_0 x_0^0 + \alpha_1 x'_0 + \cdots + \alpha_\nu x_0^\nu, \quad \ldots x_n = \alpha_0 x_n^0 + \alpha_1 x'_n + \cdots + \alpha_\nu x_n^\nu.$$

Dann besteht zwischen den Grössen α die Relation:

$$13) \quad k^2 \alpha_0^2 + \alpha_1^2 + \cdots + \alpha_\nu^2 = k^2$$

und für den Abstand r zweier Punkte α und α' gilt die
Gleichung:

$$14) \quad k^2 \alpha_0 \alpha'_0 + \alpha_1 \alpha'_1 + \cdots + \alpha_\nu \alpha'_\nu = k^2 \cos \frac{r}{k}.$$

Es sind $x_0^0 \ldots x_n^0$ die Koordinaten eines Punktes der
Ebene, $k^2 \xi_0^\iota \ldots \xi_n^\iota$ die Koordinaten einer $(n-1)$-dimensionalen
Ebene, welche durch den Punkt x^0 geht und auf der zu bestimmenden Ebene senkrecht steht (d. h. jedes in einem Schnittpunkte der beiden Ebenen auf der $(n-1)$-dimensionalen errichtete Lot liegt in der ν-dimensionalen). Die $(\nu-1)$-dimensionalen Ebenen, in denen die zu bestimmende Ebene durch
die Ebenen ξ^ι geschnitten wird, bilden die Grundebenen eines
Weierstrass'schen Koordinatensystems, und $\alpha_0 \ldots \alpha_n$ stellen
die Koordinaten selbst dar.

Wenn man von $n - \nu$ $(n-1)$-dimensionalen Ebenen ausgeht, welche sich in der ν-dimensionalen Ebene schneiden, so ist es angebracht, dieselben so zu wählen, dass sie auf einander senkrecht stehen. Es seien also $u' \ldots u^{n-\nu}$ die $(n-1)$-dimensionalen Ebenen, und es mögen die Gleichungen bestehen:

15) $\quad \dfrac{u_0{}^\iota u_0{}^\varkappa}{k^2} + u_1{}^\iota u_1{}^\varkappa + \cdots + u_n{}^\iota u_n{}^\varkappa = \delta_{\iota\varkappa} = (1 \text{ oder } 0)$.

Dann wird irgend eine andere $(n-1)$-dimensionale Ebene u durch die ν-dimensionale hindurchgehen, wenn ist:

16) $u_0 = \beta_0 u_0{}^0 + \cdots + \beta_{n-\nu} u_0{}^{n-\nu}, \quad \ldots u_n = \beta_\nu u_n{}^0 + \cdots + \beta_{n-\nu} u_n{}^{n-\nu},$

und wenn die Bedingung erfüllt ist:

17) $\qquad \beta_0{}^2 + \beta_1{}^2 + \cdots + \beta_{n-\nu}{}^2 = 1$.

41. Von der gegebenen Darstellung machen wir eine interessante Anwendung, welche Herr V. Schlegel für Euklidische Raumformen angegeben hat. Sind $x^0, x^1 \ldots x^\nu$ die Koordinaten von $\nu + 1$ Punkten, so soll derjenige Punkt, dessen Koordinaten sind:

$x_0 = \varrho, (x_0{}^0 + x^1{}_0 + \cdots + x_0{}^\nu) \ldots x_n = \varrho, (x_n{}^0 + x_n{}^1 + \cdots + x_n{}^\nu),$

als die *Mitte* derselben bezeichnet werden. (Es ist hier ϱ durch eine gewisse quadratische Gleichung bestimmt und zwar soll der positive Wert genommen werden.) Für $\nu = 1$ stimmt diese Definition mit der gebräuchlichen überein. Für $\nu = 2$ beachte man die drei Punkte:

$y = \varrho (x^1 + x^2), \quad y' = \varrho' (x^2 + x^0), \quad y'' = \varrho'' (x^0 + x^1);$

dann liegt x auf derjenigen geraden Linie, welche den Punkt y^0 mit dem Punkte x^0 verbindet, ebenso auf der Verbindungsgeraden von y' mit x^1 und von y'' mit x^2, ist also derjenige Punkt, in welchem sich die Verbindungslinien der Ecken eines Dreiecks mit der Mitte der Gegenseiten schneiden. Entsprechend können wir für vier Punkte die Mitte bestimmen: durch dieselbe geht jede Gerade, welche die Mitte zweier mit der Mitte der andern beiden verbindet, und durch dieselbe geht jede Gerade, welche einen der gegebenen Punkte mit der „Mitte" der drei andern verbindet. In derselben Weise lässt sich die „Mitte" für jede grössere Zahl von Punkten bestimmen. Ist nun die Zahl $\nu + 1$ in irgend einer Weise in zwei Zahlen α und β zerlegt, so dass $\alpha + \beta = \nu + 1$

ist und ordnet man die $\nu + 1$ Punkte x^0, $x^1 \ldots x^n$ in zwei Gruppen, eine Gruppe $x^{m_1} \ldots x^{m_\alpha}$ von α Punkten und eine Gruppe $x^{n_1} \ldots x^{n_\beta}$ von β Punkten, so ist offenbar:

$$x = \varrho_\nu (x^{m_1} + \cdots + x^{m_\alpha} + x^{n_1} + \cdots + x^{n_\beta}),$$

also auch:

$$x = \lambda \varrho_\alpha (x^{m_1} + \cdots + x^{m_\alpha}) + \mu \varrho_\beta (x^{n_1} + \cdots + x^{n_\beta}).$$

Dadurch ist der Satz bewiesen:

Die „Mitte“ von $\nu + 1$ Punkten liegt auf der geraden Linie, welche die „Mitte“ von irgend α unter ihnen mit der Mitte der übrigen verbindet.

42. Dasjenige Gebilde, dessen Punkte von einem festen Punkte gleichen Abstand haben, das $(n-1)$-dimensionale Kugelgebilde, wird, wie Art. 37, Gleichung 7) zeigt, durch eine lineare Gleichung zwischen den Koordinaten mit einem konstanten Gliede dargestellt. Wenn der Abstand $\frac{1}{2} k \pi$ beträgt, so wird das konstante Glied Null und die Kugel geht in eine Ebene über. Diese Ebene heisst die *absolute Polarebene* des Punktes und dieser ihr *absoluter Pol*. Wenn x'_0, $x'_1 \ldots x'_n$ die Koordinaten eines Punktes sind, so sind $k x'_0$, $\dfrac{x'_1}{k} \ldots \dfrac{x'_n}{k}$ die Koordinaten seiner absoluten Polarebene. Sind $u_0 \ldots u_n$ die Koordinaten irgend einer Ebene, welche durch den Punkt x' geht, so muss die Gleichung erfüllt sein:

$$u_0 x'_0 + u_1 x'_1 + \cdots + u_n x'_n = 0.$$

Sind nun $u'_0 \ldots u'_n$ die Koordinaten der absoluten Polarebene von x', so kann man wegen der zwischen u' und x' bestehenden Beziehungen die vorangehende Gleichung durch folgende ersetzen:

$$\frac{u_0 u'_0}{k^2} + u_1 u'_1 + \cdots + u_n u'_n = 0.$$

Somit steht jede Ebene (und damit auch jede Gerade), welche durch den Pol einer $(n-1)$-fach ausgedehnten Ebene geht, auf derselben senkrecht, und umgekehrt muss jede Ebene und jede Gerade, welche auf einer $(n-1)$-dimensionalen Ebene senkrecht steht, durch ihren absoluten Pol hindurchgehen.

Wenn $\nu + 1$ Punkte x^0, $x^1 \ldots x^\nu$ eine ν-dimensionale Ebene E_ν bestimmen, so schneiden sich ihre absoluten Polarebenen u^0, $u^1 \ldots u^\nu$ in einer $(n - \nu - 1)$-dimensionalen Ebene $E_{n-\nu-1}$; die absolute Polarebene irgend eines Punktes $\lambda_0 x^0 + \lambda_1 x^1 + \cdots + \lambda_\nu x^\nu$ von E_ν hat die Koordinaten $\lambda_0 u^0 + \lambda_1 u^1 + \cdots + \lambda_\nu u^\nu$ und die Abstände dieses Punktes von den gegebenen Punkten x^0, $x^1 \ldots x^\nu$ sind gleich den mit k multiplizierten Winkeln, welche die Polarebene mit den gegebenen Ebenen u^0, $u^1 \ldots u^\nu$ bildet. Gehört ein Punkt x den sämtlichen Ebenen u^0, $u^1 \ldots u^\nu$ an, so enthält seine absolute Polarebene u die Punkte x^0, $x^1 \ldots x^\nu$. Alles dies folgt aus den Beziehungen, welche zwischen den Koordinaten eines Punktes und seiner absoluten Polarebene bestehen, und liefert folgenden Satz:

In einer endlichen Raumform von n *Dimensionen kann einer jeden* ν-*dimensionalen Ebene eine* (n $- \nu - 1$)-*dimensionale Ebene in der Weise als absolutes Polargebilde zugeordnet werden, dass jeder Punkt der einen Ebene von jedem Punkte der andern die Entfernung* $\frac{1}{2} k \pi$ *hat, und dass jede Gerade, welche durch beide Ebenen hindurchgeht, auch auf beiden senkrecht steht. Die absolute Polarebene zu irgend einem Punkte der einen Ebene geht durch die andere hindurch, und umgekehrt liegt der Pol zu irgend einer* (n $- 1$)-*dimensionalen Ebene, in welcher die eine Ebene enthalten ist, in der andern Ebene. Eine starre Bewegung des Raumes, bei welcher jeder Punkt der einen Ebene in Ruhe bleibt, verschiebt die andere Ebene in sich.*

Dazu fügen wir noch folgenden Satz:

Der Abstand zweier Punkte ist gleich dem mit k *multiplizierten Winkel ihrer Polarebenen.*

43. Die Kugelgebilde lassen sich analytisch in derselben Weise behandeln, wie es Art. 19—22 mit dem Kreise geschehen ist. Dann ergeben sich die Gleichheit der Tangenten, welche von demselben Punkte an eine Kugel ausgehen, die Potenzebene zweier $(n - 1)$-dimensionaler Kugeln (resp. in der Polarform des Riemannschen Raumes die beiden Potenzebenen), die zwei Ähnlichkeitspunkte und damit zusammenhängende Sätze in der einfachsten Weise. Auch die Einteilung ist dieselbe. In einer endlichen Raumform haben die Punkte

eines $(n-1)$-dimensionalen Kugelgebildes von einem Punkte
und zugleich von einer $(n-1)$-dimensionalen Ebene gleichen
Abstand; wenn sie in einem Riemannschen Raume liegen,
so schneiden sie sich in einer einzigen $(n-2)$-dimensionalen
Kugel, wenn sie aber in dessen Polarform liegen, in zwei
solchen Gebilden. In der Lobatschewskyschen Ebene giebt
es drei Arten von Kugelgebilden: a) eigentliche Kugelgebilde
mit reellem Mittelpunkte und reellem endlichen Radius,
b) Kugelgebilde mit unendlich grossem Radius und unendlich
entferntem Mittelpunkte, c) Kugelgebilde mit imaginärem
Radius und idealem Centrum, deren Punkte von einer festen
$(n-1)$-dimensionalen Ebene gleichen Abstand haben. Hierauf
näher einzugehen, halten wir nicht für notwendig; um so ein-
gehender wollen wir uns mit dem folgenden Satze beschäftigen, dessen Hauptteil bereits Herr Beltrami aufgestellt hat:
Jedes Kugelgebilde von ν Dimensionen (ν < n) kann als
Raumform betrachtet werden. Bestimmen wir für alle nicht
kongruenten Gebilde dieser Art das Riemannsche Krümmungs-
mass, indem wir die Längeneinheit auf der Kugel gleich der
Längeneinheit in der Raumform selbst setzen, so bilden diese
Krümmungsmasse eine stetige Mannigfaltigkeit, welche kein Maxi-
mum, aber ein Minimum besitzt, und zwar ist das Minimum
gleich dem Krümmungsmasse der gegebenen Raumform, und das-
jenige Gebilde, dem dieses Minimum des Krümmungsmasses zu-
kommt, ist die ν-dimensionale Ebene. So enthält jede Lobat-
schewskysche Raumform von n Dimensionen in sich Riemann-
sche, Euklidische und Lobatschewskysche Raumformen von
weniger Dimensionen; das Krümmungsmass für eine Riemann-
sche Raumform kann jede beliebige (positive) Grösse annehmen,
dagegen muss das Krümmungsmass für eine Lobatschewskysche
Raumform zwischen Null und dem Krümmungsmass der gegebenen
Raumform liegen; das Krümmungsmass Null kommt dem Kugel-
gebilde mit unendlich grossem Radius zu. In einer Euklidischen
Raumform giebt es nur Riemannsche und Euklidische Raum-
formen. Jedes in einer Riemannschen Raumform enthaltene
Kugelgebilde ist wiederum eine Riemannsche Raumform; dagegen
sind alle in einer Polarform des Riemannschen Raumes ent-
haltene Raumformen niedrigerer Dimension Riemannsche Räume

*mit Ausnahme der Ebenen, denen die Eigenschaften der Polar-
formen zukommen.*

Der Beweis dieses Satzes ist recht einfach. Dass man
die Kugel als Raumform betrachten könne, ergiebt sich unmittelbar; als Hauptgebilde auf derselben sind die Schnitte
mit solchen Ebenen aufzufassen, welche auf der Kugel senkrecht stehen. Das Krümmungsmass wird am leichtesten bei
einer eigentlichen Kugelfläche mit dem Radius r gefunden,
wo sich ein zweirechtwinkliges Dreieck angeben lässt, von
dem zwei Seiten je gleich $\frac{1}{2}k\sin\frac{r}{k}$ sind, während die dritte
Seite aus ihrem Gegenwinkel durch Multiplikation mit $k\sin\frac{r}{k}$
gefunden wird. Wenden wir dies für den Fall an, dass die
dritte Seite und ihr Gegenwinkel unendlich klein sind, so
folgt aus Gleichung 12, Art. 11, dass das Krümmungsmass
gleich $\dfrac{1}{k^2\sin^2\frac{r}{k}}$ ist.

Diese Grösse des Krümmungsmasses ergiebt sich auch
aus dem Zusatze zu Art. 22, wonach bei einem Kreise mit
dem Radius r für einen Bogen $2a'$, dessen Sehne gleich $2a$
ist, die Gleichung besteht:

$$k\sin\frac{r}{k}\cdot\sin\frac{a'}{k\sin\frac{r}{k}} = k\sin\frac{a}{k},$$

mag r reell, unendlich gross oder imaginär sein. Setzt man
$k\sin\frac{r}{k} \doteq k'$, so lautet die Gleichung:

$$18)\qquad\qquad k'\sin\frac{a'}{k'} = k\sin\frac{a}{k}.$$

Nun lässt sich durch drei beliebige Punkte der Kugel
eine dreidimensionale Ebene legen, welche auf der Kugel
senkrecht steht. Diese enthält die Hauptlinien, welche je
zwei der gegebenen Punkte verbinden. Diese Hauptlinien
seien a', b', c' und die Winkel, welche je zwei von ihnen
mit einander bilden, seien α, β, γ. Zu dem Bogen $2a'$, $2b'$,
$2c'$ mögen die Sehnen $2a$, $2b$, $2c$ gehören. Dann zeigt eine
einfache stereometrische Betrachtung:

$$\sin\frac{a}{k} : \sin\alpha = \sin\frac{b}{k} : \sin\beta;$$

demnach folgt aus der Gleichung 18):

$$\sin\frac{a'}{k'} : \sin\alpha = \sin\frac{b'}{k'} : \sin\beta.$$

Hieraus leitet man aber mit Leichtigkeit her, dass für ein aus Hauptlinien gebildetes Dreieck auf dem Kugelgebilde die Gleichungen 8) bis 11) von Art. 8 gelten, wenn k durch k' ersetzt wird. Vergleicht man noch den ersten Satz von Art. 10, so folgt hieraus allgemein, dass der reziproke Wert des Riemannschen Krümmungsmasses für jedes Kugelgebilde gleich $k^2 \sin^2\frac{r}{k}$ ist.

Hieraus ergiebt sich der aufgestellte Lehrsatz. Ist k reell, so wird $k^2 \sin^2\frac{r}{k}$ bei hinlänglich kleinem r beliebig klein und erreicht seinen grössten Wert für $r = \frac{1}{2}k\pi$, also für eine Ebene. In der Polarform des Riemannschen Raumes ist nur dann ein Zusammenfallen von Gegenpunkten auf der Kugel möglich, wenn ihre absolute Entfernung $k\pi$ beträgt, wodurch der Satz für ein positives k^2 allseitig bewiesen ist.

Für ein negatives k^2 wird $k^2 \sin^2\frac{r}{k}$ bei reellem r positiv und wächst mit wachsendem r von Null bis Unendlich. Wird r imaginär gleich $m + \frac{1}{2}k\pi$, so wird $k^2 \sin^2\frac{r}{k} = k^2 \cos^2\frac{m}{k}$ negativ und wächst mit abnehmendem m von $-\infty$ bis k^2.

44. Wir fügen zwei analytische Beweise des aufgestellten Satzes bei. Dabei müssen wir zunächst $(n-1)$-dimensionale Kugelgebilde betrachten; man sieht aber sofort, wie man zu niedrigeren Dimensionen hinabsteigt, nachdem der Satz für eine höhere Zahl von Dimensionen bewiesen ist. Als Gleichung der Kugel nehmen wir:

$$x_n = \alpha(1 - x_0),$$

wo α gleich $k \cotang \frac{r}{k}$ ist. Zur Bestimmung eines Punktes auf der Kugel nehmen wir die Grössen $x_1, x_2 \ldots x_{n-1}$ und

$$y_0 = \frac{(k^2 + \alpha^2)x_0 - \alpha^2}{k^2}, \quad \text{wo für}$$

$$k'^2 = \frac{k^4}{k^2 + a^2} = k^2 \sin^2 \frac{r}{k}$$

ist:

$$k'^2 y_0^2 + x_1^2 + \cdots + x_{n-1}^2 = k'^2.$$

Wie bereits erwähnt, ist für einen Bogen $2a'$, dessen Sehne gleich $2a$ ist:

$$k' \sin \frac{a'}{k'} = k \sin \frac{a}{k},$$

und demnach:

$$k^2 \cos \frac{2a'}{k'} = (k^2 + a^2) \cos \frac{2a}{k} - a^2.$$

Unter Anwendung dieser Formel ergiebt sich für den sphärischen Abstand r' zweier Punkte:

19) $\quad k'^2 \cos \dfrac{r'}{k'} = k' y_0 y'_0 + x_1 x'_1 + \cdots + x_{n-1} x'_{n-1}.$

Soll eine Ebene u auf der Kugel senkrecht stehen, so muss entsprechend der Gleichung 7), Art. 19 sein:

20) $\qquad\qquad u_n + \dfrac{a u_0}{k^2} = 0.$

Der Schnitt einer solchen Ebene mit der Kugel ist also durch $u_0, u_1 \ldots u_{n-1}$ bestimmt, und es besteht für dieselben unter Berücksichtigung von 20) die Relation:

$$\frac{u_0^2}{k'^2} + u_1^2 + \cdots + u_{n-1}^2 = 1,$$

und der Winkel φ zweier solcher Ebenen folgt aus der Gleichung:

$$\cos \varphi = \frac{u_0 u'_0}{k'^2} + u_1 u'_1 + \cdots + u_{n-1} u'_{n-1}.$$

Endlich liefert die Gleichung 18) für den sphärischen Abstand e' eines Punktes $y_0, x_1 \ldots x_{n-1}$ von der Ebene $u_0 \ldots u_{n-1}$ die Gleichung:

$$k' \sin \frac{e'}{k'} = u_0 y_0 + u_1 x_1 + \cdots + u_{n-1} y_{n-1}.$$

Damit ist bewiesen, dass die Grundformeln der analytischen Geometrie auf einem solchen Kugelgebilde gültig bleiben, wenn man k in k' verwandelt.

Ein zweiter rein analytischer Beweis benutzt das Bogenelement, dessen Ausdruck unten (Art. 46, Gleichung 26)

hergeleitet werden soll. Setzen wir wieder $x_n = \alpha(1 - x_0)$
und $y_0 = \dfrac{(k^2 + \alpha^2)\, x_0 - \alpha^2}{k^2}$, $k'^2 = \dfrac{k^4}{k^2 + \alpha^2}$, so folgt aus der
Formel 26) ohne jeden geometrischen Lehrsatz die Gleichung:

21) $$ds^2 = k'^2\, dy_0^2 + dx_1^2 + \cdots + dx_{n-1}^2,$$

wo zwischen den Grössen $y_0, x_1 \ldots x_{n-1}$ die Gleichung besteht:

22) $$k'^2 = k'^2\, y_0^2 + x_1^2 + \cdots + x_{n-1}^2.$$

Indem man unter Berücksichtigung der Gleichungen 21)
und 22) die kürzeste Linie r' zwischen zwei beliebigen Punkten
sucht, gelangt man vermittelst einfacher Operationen durch
die Variationsrechnung zu der Gleichung 19) und daraus kann
man durch blosse Rechnung die weiteren Formeln herleiten.

45. Um den Ausdruck für das Volumen zu entwickeln,
müssen wir einige rein geometrische Betrachtungen voraus-
schicken. Dabei beschränken wir uns zunächst auf Euklidische
Raumformen und lassen in einer solchen eine ν-dimensionale
Ebene gegeben sein. Dann mögen in einer E_ν $\nu + 1$ Punkte
$B_1 A_1 A_2 \ldots A_\nu$ so liegen, dass sich durch dieselben keine
$(\nu - 1)$-dimensionale Ebene legen lässt. Verbindet man je ν
von ihnen durch eine $(\nu - 1)$-dimensionale Ebene, so wird
durch diese $\nu + 1$ Ebenen ein endlicher Teil der E_ν begrenzt.
Derselbe soll eine „ν-dimensionale Pyramide mit $\nu + 1$ Ecken"
genannt und mit Π_ν bezeichnet werden. Um das Volumen
zu bestimmen, ziehen wir durch $A_2 A_3 \ldots A_\nu$ Strecken $A_2 B_2$,
$A_3 B_3 \ldots A_\nu B_\nu$, welche gleich und gleichgerichtet zu $A_1 B_1$
sind. Durch die Punkte $B_1, B_2 \ldots B_\nu$ ist eine zweite Ebene
von $\nu - 1$ Dimensionen bestimmt. Durch $\nu - 1$ Punkte A
und die entsprechenden Punkte B (z. B. durch $A_1 A_2 \ldots A_{\nu-1}$
und $B_1 B_2 \ldots B_{\nu-1}$) lässt sich eine $(\nu - 1)$-dimensionale Ebene
legen und diese ν Ebenen begrenzen in Verbindung mit den
zwei Ebenen $A_1 \ldots A_\nu$ und $B_1 \ldots B_\nu$ einen ν-dimensionalen
Körper $\begin{pmatrix} A_1 \ldots A_\nu \\ B_1 \ldots B_\nu \end{pmatrix}$. Legen wir jetzt durch $B_1 A_2 A_3 \ldots A_\nu$
eine $(\nu - 1)$-dimensionale Ebene, so zerteilt dieselbe den
Körper $\begin{pmatrix} A_1 \ldots A_\nu \\ B_1 \ldots B_\nu \end{pmatrix}$ in $\Pi_\nu \left[\text{oder} \begin{pmatrix} B_1 \\ A_1 \ldots A_\nu \end{pmatrix} \right]$ und einen zweiten Körper, welchen wir mit $\begin{bmatrix} B_1 B_2 \ldots B_\nu \\ A_2 \ldots A_\nu \end{bmatrix}$ bezeichnen wollen.

Dieser zweite Körper wird begrenzt durch die $(\nu - 1)$-dimensionale Ebene, welche durch die Punkte $A_2 A_3 \ldots A_\nu$ und $B_2 B_3 \ldots B_\nu$ gelegt werden kann, sowie durch die Ebenen $(B_1 A_2 \ldots A_\nu)$, $(B_1 B_2 \ldots B_\nu)$, $(B_1 A_3 B_3 A_4 B_4 \ldots A_\nu B_\nu)$, $(B_1 A_2 B_2 A_4 B_4 \ldots) \ldots$ In der $(\nu - 1)$-dimensionalen Ebene $(A_2 \ldots A_\nu, B_2 \ldots B_\nu)$ ist der Körper $\begin{pmatrix} A_2 \ldots A_\nu \\ B_2 \ldots B_\nu \end{pmatrix}$ wieder zerlegbar in eine $\Pi_{\nu-1} \begin{pmatrix} B_2 \\ A_2 \ldots A_\nu \end{pmatrix}$ und einen Körper $\begin{bmatrix} B_2 B_3 \ldots B_\nu \\ A_3 \ldots A_\nu \end{bmatrix}$; dann ist der in einer $(\nu - 2)$-dimensionalen Ebene liegende Körper $\begin{pmatrix} B_3 \ldots B_\nu \\ A_3 \ldots A_\nu \end{pmatrix}$ wieder zu zerlegen in $\begin{pmatrix} B_3 \\ A_3 \ldots A_\nu \end{pmatrix}$ und $\begin{pmatrix} B_3 B_4 \ldots B_\nu \\ A_4 \ldots A_\nu \end{pmatrix}$ u. s. w.

Es zerfällt also der Körper:

$$\begin{pmatrix} A_1 \ldots A_\nu \\ B_1 \ldots B_\nu \end{pmatrix} \text{ in } \nu \text{ Körper } \begin{pmatrix} B_1 \\ A_1 \ldots A_\nu \end{pmatrix},$$

$$\begin{pmatrix} B_1 \\ B_2 A_2 A_3 \ldots A_\nu \end{pmatrix}, \begin{pmatrix} B_1 \\ B_2 B_3 A_3 A_4 \ldots A_\nu \end{pmatrix} \ldots \begin{pmatrix} B_1 \\ B_2 B_3 \ldots B_\nu A_\nu \end{pmatrix},$$

welche der Kürze wegen mit Π_ν^1, $\Pi_\nu^2 \ldots \Pi_\nu^\nu$ bezeichnet werden sollen.

Nun führen wir folgende Bezeichnungen ein: Wenn $A_1 \ldots A_\varrho$ die Ecken eines $(\nu - 1)$-dimensionalen Körpers sind und die Strecken $A_1 B_1$, $A_2 B_2 \ldots A_\varrho B_\varrho$ sämtlich einander gleich und parallel sind, so möge der Körper $\begin{pmatrix} A_1 \ldots A_\varrho \\ B_1 \ldots B_\varrho \end{pmatrix}$ als ν-*dimensionales Prisma*, $(A_1 \ldots A_\varrho)$ als sein Grundkörper und der Abstand der Ebenen $(A_1 \ldots A_\varrho)$ und $(B_1 \ldots B_\varrho)$ als seine Höhe bezeichnet werden. Wenn aber die sämtlichen $(\nu - 2)$-dimensionalen Ebenen, welche den $(\nu - 1)$-dimensionalen Körper $(A_1 \ldots A_\varrho)$ begrenzen, mit einem Punkte B durch $(\nu - 1)$-dimensionale Ebenen verbunden werden, so soll der dadurch begrenzte Körper als ν-*dimensionale Pyramide*, der Körper $(A_1 \ldots A_\varrho)$ als Grundkörper und der Abstand des Punktes B von der Ebene $(A_1 \ldots A_\varrho)$ als die Höhe bezeichnet werden. Bekannte Betrachtungen lehren folgende Sätze:

Prismen von gleichem Grundkörper und gleicher Höhe haben gleiches Volumen.

Eine ν-dimensionale Pyramide wird durch parallele ($\nu - 1$)-dimensionale Ebenen in Körpern geschnitten, deren Volumina sich verhalten wie die ($\nu - 1$)^{ten} Potenzen der Abstände der Schnittebenen vom Scheitel.

Pyramiden von gleichen Grundkörpern und gleichen Höhen sind gleich.

Verbinden wir damit die oben gelehrte Zerlegung eines ν-seitigen Prismas in ν Pyramiden, so folgt:

Jede ν-dimensionale Pyramide ist der ν^{te} Teil eines Prismas, welches mit ihr gleichen Grundkörper und gleiche Höhe hat.

Als Einheit des Volumens in einer ν-dimensionalen Euklidischen Ebene wählen wir dasjenige ν-dimensionale Prisma, für welches sämtliche Kanten, die in demselben Eckpunkte zusammenstossen, auf einander senkrecht stehen, und in welchem jede Kante gleich der Längeneinheit ist. Um dasselbe zu konstruieren, gehen wir vom Quadrat aus, dessen Seiten gleich der Längeneinheit sind, errichten in dem einen Eckpunkte auf der Ebene E_2 desselben eine Senkrechte gleich der Längeneinheit, ziehen durch die andern Eckpunkte Strecken, welche zu dieser Senkrechten gleich und parallel sind; in einem Eckpunkte dieses Kubus errichten wir auf der Ebene E_3 desselben eine neue der Längeneinheit gleiche Senkrechte und ziehen durch die andern Eckpunkte Parallele von derselben Länge; wiederum errichten wir auf der Ebene E_4 dieses Körpers in einem Eckpunkte eine Senkrechte von derselben Länge und gelangen wir mit Hülfe von Parallelen zu einem 5-dimensionalen Körper u. s. w. Alsdann erhalten wir den Satz:

Das Volumen eines Prismas ist gleich dem Produkte aus Grundkörper und Höhe.

46. Diese für die Euklidischen Raumformen allgemein geltenden Gesetze behalten in den Nicht-Euklidischen Raumformen ihre Gültigkeit nur bei, wenn sie auf ein unendlich kleines Gebiet beschränkt werden. Konstruiert man bei unbeschränkt wachsendem α mit $\dfrac{1}{\alpha}$ der Längeneinheit als Kante

einen ν-dimensionalen überall rechtwinkligen Körper, so muss dessen Volumen gleich $\dfrac{1}{\alpha^\nu}$ gesetzt werden.

Für krumme Gebilde muss (nach den Entwicklungen des Art. 29) für einen unendlich kleinen Teil die Übereinstimmung mit einem auf der Tangentialebene liegenden unendlich kleinen Gebiete angenommen werden.

Indem wir diese Voraussetzungen machen, nehmen wir in der Umgebung eines Punktes x auf dem Gebilde ν Punkte $x + d_1 x$, $x + d_2 x \ldots x + d_\nu x$ beliebig an. Das Volumen des hierdurch bestimmten Körpers soll mit V_ν bezeichnet werden; dann besteht die Gleichung:

23) $\quad k^2 (\nu!)^2 V_\nu^2 = \begin{vmatrix} k x_0 & x_1 & \ldots & x_n \\ k d_1 x_0 & d_1 x_1 & \ldots & d_1 x_n \\ \cdot & \cdot & \cdot & \cdot \\ \cdot & \cdot & \cdot & \cdot \\ \cdot & \cdot & \cdot & \cdot \\ k d_\nu x_0 & d_\nu x_1 & \ldots & d_\nu x_n \end{vmatrix} \begin{vmatrix} k x_0 & x_1 & \ldots & x_n \\ k d_1 x_0 & d_1 x_1 & \ldots & d_1 x_n \\ \cdot & \cdot & \cdot & \cdot \\ \cdot & \cdot & \cdot & \cdot \\ \cdot & \cdot & \cdot & \cdot \\ k d_\nu x_0 & d_\nu x_1 & \ldots & d_\nu x_n \end{vmatrix},$

wo der Ausdruck auf der rechten Seite eine Summe von $\binom{n+1}{\nu+1}$ Quadraten darstellt. Dieser Ausdruck kann nach einem bekannten Determinantensatze als eine einzige Determinante $(\nu + 1)^{\text{ter}}$ Ordnung dargestellt werden; dann wird die rechte Seite:

$\begin{vmatrix} k^2 x_0^2 + x_1^2 + \cdots + x_n^2 & k^2 x_0 d_1 x_0 + \cdots + x_n d_1 x_n & \ldots k^2 x_0 d_\nu x_0 + \cdots + x_n d_\nu x_n \\ k^2 x_0 d_1 x_0 + \cdots + x_n d_1 x_n & k^2 d_1 x_0 d_1 x_0 + \cdots + d_1 x_n d_1 x_n & \ldots k^2 d_\nu x_0 d_1 x_0 + \cdots + d_\nu x_n d_1 x \\ \cdot & \cdot & \cdot \\ k^2 x_0 d_\nu x_0 + \cdots + x_n d_\nu x_n & k^2 d_1 x_0 d_\nu x_0 + \cdots + d_1 x_n d_\nu x_n & \ldots k^2 d_\nu x_0 d_1 x_0 + \cdots + d_\nu x_n d_\nu x \end{vmatrix}$

Berücksichtigen wir die bekannte Gleichung zwischen $x_0 \ldots x_n$ und die daraus folgende:

24) $\qquad k^2 x_0 d x_0 + x_1 d x_1 + \cdots + x_n d x_n = 0,$

so nimmt die Gleichung 23) auch folgende Gestalt an:

$$(\nu!)^2 V_\nu^2 =$$

25) $\left\{ \begin{vmatrix} k^2 d_1 x_0 d_1 x_0 + d_1 x_1 d_1 x_1 + \cdots + d_1 x_n d_1 x_n & \ldots k^2 d_1 x_0 \cdot d_\nu x_0 + \cdots + d_1 x_n \cdot d_\nu x \\ k^2 d_1 x_0 \cdot d_2 x_0 + \cdots + d_1 x_n d_2 x_n & \ldots k^2 d_\nu x_0 \cdot d_\nu x_0 + \cdots + d_2 x_n d_\nu x \\ \cdot & \cdot \\ k^2 d_1 x_0 \cdot d_\nu x_0 + \cdots + d_1 x_n d_\nu x_n & \ldots k^2 d_\nu x_0 d_\nu x_1 + \cdots + d_\nu x_n \cdot d_\nu x \end{vmatrix} \right.$

Speziell für $v = 1$, wo V_1 durch das Bogenelement ds zu ersetzen ist, liefert die Gleichung 25):

$$26) \qquad ds^2 = k^2\, dx_0^2 + dx_1^2 + \cdots + dx_n^2,$$

wo dx statt $d_1 x$ geschrieben ist.

Der Beweis ist sehr einfach. Man beachte nur, dass die rechte Seite von 23) sich bei Verwandlung in ein beliebiges Weierstrasssches Koordinatensystem nicht ändert. Nun wähle man dasselbe so, dass

$$x_1 = x_2 = \cdots = x_n = 0, \quad d_1 x_2 = d_1 x_3 = \cdots = d_1 x_n = 0,$$

$$d_2 x_3 = d_2 x_4 = \cdots = d_2 x_n = 0, \quad \ldots d_v x_{v+1} = \cdots = d_v x_n = 0$$

ist.

Durch diese Wahl, welche immer möglich ist, geht die rechte Seite von 23) über in $k^2 (d_1 x_1 . d_2 x_2 . d_3 x_3 \ldots d_v x_v)^2$. Es bedeutet aber $d_1 x_1$ die Seite, $d_2 x_2$ die Höhe des Dreiecks $(x, x + d_1 x, x + d_2 x)$, also $d_1 x_1 . d_2 x_2$ die doppelte Fläche desselben. Ebenso ist $d_3 x_3$ die Höhe der Pyramide

$$(x, x + d_1 x, \quad x + d_2 x, \quad x + d_3 x) \text{ u. s. w.}$$

47. Um die geometrische Bedeutung der Grössen dx anzugeben, errichte man im Punkte x eine auf dem Linienelemente ds senkrecht stehende Ebene E_{n-1}; deren Koordinaten seien $u_0, u_1 \ldots u_n$. Ferner seien $u'_0 \ldots u'_n$ die Koordinaten irgend einer durch ds gelegten Ebene. Dann gelten die Gleichungen:

$$u'_0 dx_0 + u'_1 dx_1 + \cdots + u'_n dx_n = 0, \quad \frac{u'_0 u_0}{k^2} + u'_1 u_1 + \cdots + u'_n u_n = 0,$$

$$k^2 x_0 dx_0 + x_1 dx_1 + \cdots + x_n dx_n = 0, \quad x_0 u_0 + x_1 u_1 + \cdots + x_n u_n = 0.$$

Da diese Gleichungen gelten, wie auch immer die Ebene u' im übrigen gewählt ist, so müssen die Grössen $k^2 dx_0$, $dx_1 \ldots dx_n$ den Grössen $u_0, u_1 \ldots u_n$ proportional sein, und die Vergleichung mit 26) liefert das Resultat:

$$27) \qquad k^2 dx_0 = u_0 . ds, \quad dx_1 = u_1 . ds \ldots dx_n = u_n ds,$$

oder:

Errichtet man auf der von den unendlich nahen Punkten x und $x + dx$ begrenzten Geraden ds eine senkrechte $(n-1)$-dimensionale Ebene, und hat dieselbe vom Anfangspunkte der Koordinaten den Abstand ϱ und bildet sie mit der Ebene $x_i = 0$ den Winkel α_i, so ist:

28) $k^2 dx_0 = ds \cdot k \sin \dfrac{\varrho}{k}$, $dx_1 = ds \cdot \cos \alpha_1 \ldots dx_n = ds \cdot \cos \alpha_n$.

Zu demselben Resultate gelangt man, wenn man beachtet, dass für $x_\iota = k \sin \dfrac{a_\iota}{k}$ zugleich $dx_\iota = da_\iota \cdot \cos \dfrac{a_\iota}{k}$ ist, und wenn man da_ι durch ds ausdrückt und die Gleichung 8), Art. 8 für $\gamma = \dfrac{\pi}{2}$ anwendet.

Beiläufig ergiebt sich hieraus der Satz:

Gehen von einem Punkte a zwei unendlich kleine Strecken ds und δs aus und sind die Koordinaten für den Endpunkt der einen $x + dx$ und für den der andern $x + \delta x$, und bilden beide den Winkel φ, so ist:

29) $ds \cdot \delta s \cdot \cos \varphi = k^2 dx_0 \, \delta x_0 + dx_1 \, \delta x_1 + \cdots + dx_n \, \delta x_n.$

§ 3. Die projektivischen Eigenschaften des n-dimensionalen Raumes.

48. Sind $n + 2$ Ebenen $u^0,\ u^1 \ldots u^{n+1}$ gegeben und wird der Kürze wegen

$$k \sin \frac{r_\alpha}{k} = \varrho_\alpha \quad \text{(für } \alpha = 0,\ 1 \ldots n+1)$$

gesetzt, wo r_α den Abstand eines Punktes x von der Ebene u^α bezeichnet, so gelten nach Gleichung 5), Art. 38 die Gleichungen:

$$\varrho_\alpha = x_0 u_0^\alpha + x_1 u_1^\alpha + \cdots + x_n u_n^\alpha.$$

Aus diesen Gleichungen lassen sich die Grössen x_0, $x_1 \ldots x_{n+1}$ herausschaffen und es folgt die wichtige Relation:

1) $\alpha_0 \varrho_0 + \alpha_1 \varrho_1 + \cdots + \alpha_n \varrho_n + \alpha_{n+1} \varrho_{n+1} = 0.$

Hier sind die Koeffizienten α Determinanten $(n + 1)^{\text{ten}}$ Grades, deren Elemente die Grössen u_β^α sind. Da aber die Relation 1) sich durch Umänderung des Koordinatensystems nicht ändert, so können diese Koeffizienten nur von der gegenseitigen Lage der Ebenen abhängen. Das giebt den Satz:

Zwischen den Sinus der Abstände eines Punktes von n + 2 *Ebenen besteht eine homogene lineare Gleichung, deren Koeffizienten von der Lage des Punktes unabhängig und durch die gegenseitige Lage der Ebenen bestimmt sind.*

Wir haben die Koordinaten x_0, $x_1 \ldots x_n$ ohne vorher-gehende Begründung aufgestellt. Obwohl durch die Einfach-heit der Formeln, die sich bei ihrer Benutzung ergeben, die innere Berechtigung derselben hinlänglich bewiesen ist, er-scheint es angebracht, diese Berechtigung auf einem direkten Wege zu zeigen. Zu dem Ende wollen wir zunächst die Formel 1) aus dem Sinussatze herleiten; da diese Formel aber genügt, um die projektivischen Eigenschaften zu untersuchen, so wollen wir die wichtigsten von ihnen in diesem Paragraphen zusammenstellen. Im folgenden Paragraphen werden wir dann zeigen, wie man von den Grössen ϱ zu den bisher benutzten Grössen x gelangt.

49. In den Formeln der Trigonometrie treten die Strecken niemals für sich auf, sondern vor allem die Sinus ihrer Länge (nachdem letztere durch k dividiert ist). Es muss daher unsere Aufgabe sein, Beziehungen zwischen den Sinus der Abstände eines Punktes aufzusuchen.

Liegen vier Punkte 0, 1, 2, 3 in einer Geraden, so gilt die Gleichung:

$$\sin \frac{12}{k} \cdot \sin \frac{03}{k} + \sin \frac{20}{k} \cdot \sin \frac{13}{k} + \sin \frac{01}{k} \sin \frac{23}{k} = 0,$$

wo $(\iota \varkappa)$ den Abstand der Punkte ι und $\varkappa$ nach Grösse und Richtung bezeichnet. Wählt man die Punkte 0, 1, 2 fest und 3 beweglich und setzt man $k \sin \dfrac{03}{k}$, $k \sin \dfrac{13}{k}$, $k \sin \dfrac{23}{k}$ resp. gleich ϱ_0, ϱ_1, ϱ_2, so kann man diese Gleichung auch schreiben:

$$\alpha_0 \varrho_0 + \alpha_1 \varrho_1 + \alpha_2 \varrho_2 = 0.$$

Diese Gleichung gilt auch für die Winkel, welche um denselben Punkt in einem Büschel liegen. Sind daher in einer zweifach ausgedehnten Raumform vier Gerade (Haupt-linien) 0, 1, 2, 3 gegeben, von denen sich die beiden ersten und ebenso die beiden letzten in einem Punkte schneiden, so mögen ϱ_0, ϱ_1, ϱ_2, ϱ_3 die angegebene Bedeutung für die vier gegebenen Geraden (Hauptlinien) und ϱ' für diejenige Haupt-linie haben, welche den Schnittpunkt von 0 und 1 mit dem von 2 und 3 verbindet. Dann gelten die Relationen:

also folgt:
$$\varrho' = \varkappa_0 \varrho_0 + \varkappa_1 \varrho_1; \quad \varrho' = \varkappa_2 \varrho_2 + \varkappa_3 \varrho_3,$$
$$\alpha_0 \varrho_0 + \alpha_1 \varrho_1 + \alpha_2 \varrho_2 + \alpha_3 \varrho_3 = 0.$$

Diese Relation gilt auch auf der Oberfläche einer Kugel und also auch für die Abstände eines Punktes von vier Ebenen E_2, welche im dreifach ausgedehnten Raume durch denselben Punkt gehen. Wenn also im dreidimensionalen Raume fünf Ebenen 0, 1 ... 4 gegeben sind und die ersten drei sich in einem Punkte, die letzten beiden sich in einer Geraden schneiden, so lege man durch den Schnittpunkt und die Schnittgerade eine neue Ebene und lasse ϱ_0, ϱ_1 ... ϱ_4 für die gegebenen Ebenen, ϱ' für die neue Ebene die angegebene Bedeutung haben, dann ist ϱ' eine lineare Funktion von ϱ_0, ϱ_1, ϱ_2 und ebenso von ϱ_3, ϱ_4; folglich sind auch ϱ_0, ϱ_1 ... ϱ_4 durch eine lineare Gleichung verbunden. In derselben Weise fahre man fort, und mache die Voraussetzung, dass jedes Mal die ν ersten Ebenen durch einen Punkt und die beiden letzten durch eine $(\nu - 2)$-dimensionale Ebene gehen; dann gelangt man auf dem angegebenen Wege zu der Gleichung 1). Sollte aber die gemachte Voraussetzung nicht eintreffen, so füge man Ebenen passend hinzu, so dass man Systeme von je $n + 2$ Ebenen erhält, von denen jedes der Voraussetzung genügt und welche gestatten, aus den erhaltenen Gleichungen die Abstände von den hinzugenommenen Ebenen zu entfernen.

50. Ich ändere den Beweis insoweit ab, dass wir kein Kugelgebilde hinzunehmen müssen und nur den Satz anwenden:

Wenn drei E_{n-1} sich in einer E_{n-2} schneiden, so besteht zwischen den Sinus der (durch k dividierten) Abstände eines beliebigen Punktes von denselben eine homogene lineare Gleichung.

Nun seien $n + 2$ Ebenen E^0, E^1 ... E^{n+1} (je von $n - 1$ Dimensionen) gegeben; die ersten n mögen sich in einem Punkte e_0, die letzten beiden in einer E_{n-2} schneiden. Durch diesen Punkt und die E_{n-2} legen wir eine neue $(n-1)$-dimensionale Ebene F^1. Diese hat mit E^{n-1} eine den Punkt e_0 enthaltende $(n-2)$-dimensionale Ebene gemeinschaftlich, und da die $n - 1$ Ebenen E^0, E^1 ... E^{n-2} sich in einer

Geraden e_1 schneiden, welche ebenfalls den Punkt e_0 enthält,
so lässt sich durch e_1 und den Schnitt von F^1 und E^{n-1} eine
Ebene F^2 legen. Die Ebenen E^0, E^1 ... E^{n-3} schneiden sich
in einer Ebene e_2, und die Ebenen F^2 und E^{n-2} in einer
$(n-2)$-dimensionalen Ebene; durch diese und durch e_2 lässt
sich eine Ebene F^3 legen, da die bestimmenden Ebenen die
Gerade e_1 gemeinschaftlich haben. Ferner schneiden sich die
Ebenen E^0, E^1 ... E^{n-4} in einer dreidimensionalen Ebene e_3;
durch dieselbe und durch den Schnitt von F^3 und E^{n-3} lässt
sich wiederum eine Ebene F^4 legen u. s. w. Endlich schneiden sich E^0 E^1 E^2 in einer Ebene e_{n-3}, und durch diese und
den Schnitt von F^{n-3} mit E^3 lässt sich eine F^{n-2} legen;
durch den Schnitt von E^0 mit E^1 und von F^{n-2} mit E^2
lässt sich eine neue Ebene F^{n-1} legen.

Nun seien $r_0 ... r_{n+1}$ die Abstände eines Punktes von den
gegebenen Ebenen $E^0 ... E^{n+1}$, $s_1 ... s_{n-1}$ die Abstände des-
selben Punktes von $F^1 ... F^{n-1}$, und es werde $k \sin \frac{r_\alpha}{k} = \varrho_\alpha$,
$k \sin \frac{s_\alpha}{k} = \sigma_\alpha$ gesetzt. Wenn jetzt $\beta_0 ... \beta_{n+1}$, $\gamma_1 ... \gamma_{n-2}$ gewisse Konstante bezeichnen, so gilt das Gleichungssystem:

$$\sigma_1 = \beta_n \, \varrho_n + \beta_{n+1} \, \varrho_{n+1}$$
$$\sigma_2 = \gamma_1 \, \sigma_1 + \beta_{n-1} \, \varrho_{n-1}$$
$$\sigma_3 = \gamma_2 \, \sigma_2 + \beta_{n-2} \, \varrho_{n-2}$$
$$\cdot \quad \cdot \quad \cdot \quad \cdot \quad \cdot \quad \cdot$$
$$\sigma_{n-2} = \gamma_{n-3} \, \sigma_{n-3} + \beta_3 \, \varrho_3$$
$$\sigma_{n-1} = \gamma_{n-2} \, \sigma_{n-2} + \beta_2 \, \varrho_2$$
$$\sigma_{n-1} = \beta_1 \, \varrho_1 + \beta_0 \, \varrho_0.$$

Aus diesen n Gleichungen kann man die $n-1$ Grössen σ
mit Leichtigkeit entfernen und gelangt zu der Gleichung 1).

51. Die geometrische Bedeutung der Koeffizienten α in
der Gleichung 1) soll nur für den Fall gesucht werden, dass
die ersten $n+1$ Ebenen sich zu je n in einem Punkte schneiden. Jeden Schnittpunkt von n solchen Ebenen bezeichnen
wir als einen Fundamentalpunkt und diejenige Ebene, welche
die übrigen Fundamentalpunkte enthält, als die ihm gegenüberliegende Grundebene. Den Abstand des i^{ten} Grundpunktes
von der ihm gegenüberliegenden Grundebene bezeichnen wir

mit n_i und den Abstand desselben Punktes von der $(n+2)^{\text{ten}}$ Ebene mit m_i und setzen:

$$2) \qquad k \sin \frac{m_i}{k} = \mu_i, \quad k \sin \frac{n_i}{k} = \nu_i.$$

Lassen wir den veränderlichen Punkt des Raumes mit dem i^{ten} Grundpunkte zusammenfallen, so geht die Gleichung 1) über in:

$$\alpha_i \nu_i + \alpha_{n+2} \mu_i = 0.$$

Wir können also die Koeffizienten in 1) durch die Grössen μ und ν ausdrücken und erhalten die Gleichung in der Form:

$$3) \qquad \varrho_{n+1} = \frac{\mu_0}{\nu_0} \varrho_0 + \frac{\mu_1}{\nu_1} \varrho_1 + \cdots + \frac{\mu_n}{\nu_n} \varrho_n,$$

wo die Bedeutung der Koeffizienten durch die Gleichungen 2) angegeben ist.

52. Wendet man die Relation 1) auf $n+2$ Punkte an und gebraucht Doppelindices, so dass $\varrho_{\iota k}$ die angegebene Funktion ist für den Abstand der ι^{ten} Ebene vom k^{ten} Punkte, so gelten die Gleichungen:

$$\alpha_0 \varrho_{0k} + \alpha_1 \varrho_{1k} + \cdots + \alpha_{n+1} \varrho_{n+1, k} = 0,$$
$$k = 0, 1 \cdots n + 1.$$

Da die Grössen α nicht sämtlich verschwinden, so muss die Determinante der $\varrho_{\iota k}$ verschwinden und es lassen sich Koeffizienten β_0, $\beta_1 \ldots \beta_{n+1}$ in der Weise bestimmen, dass auch umgekehrt für jedes ι ist:

$$\beta_0 \varrho_{\iota 0} + \beta_1 \varrho_{\iota 1} + \cdots + \beta_{n+1} \varrho_{\iota, n+1} = 0.$$

Die Koeffizienten β sind denjenigen Unterdeterminanten von $|\varrho_{\iota k}|$ proportional, welche mit $\varrho_{\iota 0}$, $\varrho_{\iota 1} \ldots \varrho_{\iota, n+1}$ bei beliebigem ι multipliziert werden; sie sind also von den Grössen $\varrho_{\iota 0}$, $\varrho_{\iota 1} \ldots \varrho_{\iota, n+1}$ unabhängig, und da dies für sämtliche Werke von ι gilt, so sind sie von den Ebenen ganz unabhängig und durch die $n+2$ Punkte bestimmt. Bezeichnet man also die Abstände einer beliebigen Ebene von $n+2$ Punkten mit s_0, $s_1 \ldots s_{n+1}$ und setzt $k \sin \frac{s_\iota}{k} = \sigma_\iota$, so besteht die Relation:

$$4) \qquad \beta_0 \sigma_0 + \beta_1 \sigma_1 + \cdots + \beta_{n+1} \sigma_{n+1} = 0,$$

wo die Koeffizenten β von der gewählten Ebene unabhängig sind.

Auch diese Relation hätte man direkt in derselben Weise herleiten können, wie es mit der Relation 1) geschehen ist.

Verbindet man wieder je n der ersten $n+1$ Punkte durch eine $(n-1)$-dimensionale Ebene, bezeichnet den Abstand des i^{ten} Punktes von seiner Gegenebene mit n_i und den Abstand der i^{ten} Ebene vom $n+2^{\text{ten}}$ Punkte mit l_i und setzt:

5) $$k \sin \frac{n_i}{k} = \nu_i, \quad k \sin \frac{l_i}{k} = \lambda_i,$$

so lassen sich die Koeffizienten β bestimmen, und man erhält die Relation 4) in folgender Form:

6) $$\sigma_{n+1} = \frac{\lambda_0}{\nu_0} \sigma_0 + \frac{\lambda_1}{\nu_1} \sigma_1 + \cdots + \frac{\lambda_n}{\nu_n} \sigma_n.$$

53. Wir behalten die Voraussetzung bei, dass die ersten $n+1$ Ebenen sich zu je n in einem Punkte schneiden. Lassen wir jetzt den Punkt, dessen Abstände von den $n+2$ Ebenen durch die Gleichungen 1) oder 3) verbunden sind, auf der $(n+2)^{\text{ten}}$ Ebene liegen, so wird $\varrho_{n+1} = 0$ und es besteht für alle Punkte, welche auf dieser Ebene liegen, die Gleichung:

7) $$\frac{\mu_0}{\nu_0} \varrho_0 + \frac{\mu_1}{\nu_1} \varrho_1 + \cdots + \frac{\mu_n}{\nu_n} \varrho_n = 0,$$

wo die μ und ν die durch Gleichung 2) angegebene Bedeutung haben. Betrachten wir also die ϱ als die Koordinaten eines Punktes, so ist die Gleichung der Ebene homogen und linear. Nun bestimmen aber schon die Verhältnisse der ϱ den Punkt (bis auf seinen Gegenpunkt) vollständig. Es macht also keinen Unterschied, wenn wir noch $n+1$ Konstante γ_0, $\gamma_1 \ldots \gamma_n$ annehmen, $\gamma_0 \varrho_0 = y_0$, $\gamma_1 \varrho_1 = y_1 \ldots \gamma_n \varrho_n = y_n$ setzen und die Grössen y_0, $y_1 \ldots y_n$ als Koordinaten betrachten. Kennt man dann denjenigen Punkt, für welchen $y_0 = y_1 = y_2 = \cdots = y_n$ ist (den Einheitspunkt), so ist durch das Verhältnis der Grössen y jeder Punkt (bis auf seinen Gegenpunkt) bestimmt.

Die Gleichung der Ebene nimmt jetzt die Gestalt an:

$$\frac{\mu_0}{\nu_0 \gamma_0} y_0 + \frac{\mu_1}{\nu_1 \gamma_1} y_1 + \cdots + \frac{\mu_n}{\nu_n \gamma_n} y_n = 0.$$

Diejenige Ebene, für welche $\dfrac{\mu_0}{\nu_0 \gamma_0} = \dfrac{\mu_1}{\nu_1 \gamma_1} = \cdots = \dfrac{\mu_n}{\nu_n \gamma_n}$ ist, heisst die Einheitsebene. Legt man durch den Einheitspunkt

und die Schnittebene von $y_\iota = 0$, $y_\varkappa = 0$ eine Ebene, so trifft
dieselbe die gegenüberliegende Kante in einem Punkte, für
welchen alle y bis auf y_ι und $y_\varkappa$ verschwinden und diese
einander gleich werden: $y_\iota = y_\varkappa$. Dieselbe Kante trifft aber
die Einheitsebene in dem Punkte $y_\iota + y_\varkappa = 0$. Diese beiden
Punkte liegen aber (wie die obigen Betrachtungen lehren und
unten näher gezeigt werden soll) harmonisch zu den auf derselben Kante liegenden Eckpunkten der Fundamentalpyramide.
Somit bestimmt die Einheitsebene und der Einheitspunkt auf
jeder Kante zwei Punkte, die zu den Eckpunkten harmonisch
liegen.   Beiläufig ergiebt sich daraus der Satz:

Liegen im Raume n + 1 *Punkte (Fundamentalpunkte) und*
legt man durch einen beliebigen Punkt des Raumes und je n − 1
von ihnen eine (n − 1)*-dimensionale Ebene und bestimmt auf der*
Verbindungsgeraden der beiden letzten zu diesen beiden und dem
Schnittpunkte mit der konstruierten Ebene den vierten harmoni-
schen Punkt, so liegen diese $\left(\dfrac{n + 1}{2}\right)$ *Punkte in einer* (n − 1)-
dimensionalen Ebene.

Infolge der Gleichung 2) entspricht die Bedeutung der
Grössen $\dfrac{\mu_i}{\nu_i \, \gamma_i}$ ganz der Bedeutung der Grössen y. Wir betrachten sie daher als die Koordinaten einer Ebene. Dann
lehrt die Gleichung 4) oder 6), wenn man die Ebenen durch
denselben Punkt hindurchgehen lässt, dass zwischen den
Koordinaten dieser Ebenen eine homogene lineare Gleichung
besteht. Wir fassen diese Entwicklungen in dem Satze zusammen:

Geht man von n + 1 *Punkten aus, welche nicht in einer*
Ebene liegen und verbindet man je n *durch eine* (n − 1)*-dimen-*
sionale Ebene, und betrachtet man die mit gewissen Konstanten
multiplizierten Sinus der (durch k *dividierten) Abstände eines*
Punktes von den n − 1 *Ebenen als Koordinaten* y *des Punktes*
und entsprechend die Sinus der Abstände einer Ebene von den
n + 1 Punkten (ebenfalls mit gewissen Konstanten multipliziert)
als die Koordinaten v *der Ebene, so genügen die Koordinaten* y
sämtlicher auf einer Ebene gelegenen Punkte einer homogenen
linearen Gleichung und ebenso die Koordinaten v *sämtlicher durch*

einen Punkt gehenden Ebenen. Die Beziehung der Grössen y und v wird eine besonders enge, wenn die Wahl des einen Systems von Konstanten so getroffen wird, dass der Punkt (1, 1 ... 1) zu der Ebene (1 ... 1) in Bezug auf die Koordinatenpyramide harmonisch liegen. Betrachtet man dann in der Gleichung:

$$v_0\,y_0 + v_1\,y_1 + \cdots + v_n\,y_n = 0$$

die Grössen v_0, v_1 ... v_n als konstant, die y als veränderlich, so liegen die Punkte y auf derjenigen Ebene, deren Koordinaten nach der andern Bestimmung v_0 ... v_n sind; betrachtet man aber die y als konstant, die v als veränderlich, so gehen alle Ebenen v, welche dieser Gleichung genügen, durch denjenigen Punkt, dessen Koordinaten durch die Verhältnisse $y_0 : y_1 : \ldots : y_n$ gegeben sind.

Die Gleichung 3) lehrt, dass, die Transformation der Koordinaten y in ein anderes System derselben Art durch lineare Gleichungen vermittelt wird. Dasselbe lehrt die Gleichung 6) für die Koordinaten v.

54. Wenn $y_0 \ldots y_n$ und $y'_0 \ldots y'_n$ die Koordinaten zweier Punkte sind, so hat jeder Punkt der durch dieselben gehenden Geraden die Koordinaten $\varkappa y_0 + \varkappa' y'_0 \ldots \varkappa y_n + \varkappa' y'_n$. Für vier Punkte y, y', $\varkappa y + \varkappa' y'$, $\lambda y + \lambda' y'$ bezeichnet der Bruch $\dfrac{\varkappa}{\lambda} : \dfrac{\varkappa'}{\lambda'}$ das Doppelverhältnis; dasselbe ist von dem gewählten Koordinatensystem unabhängig, und seine geometrische Bedeutung entspricht ganz der bekannten, wenn man die Abstände selbst durch ihre Sinus ersetzt. Ebenso seien v und v' zwei Ebenen; dann gehören die Ebenen $\varkappa v + \varkappa' v'$ demselben Büschel an. Das Doppelverhältnis wird in entsprechender Weise definiert. Entsprechendes gilt für mehrere ϱ-dimensionale Ebenen, welche sich in einer $(\varrho - 1)$-dimensionalen Ebene schneiden. Demnach haben die Sätze über Doppelverhältnisse und speziell über harmonische Teilung allgemeine Gültigkeit.

55. Wenn im Raume von n Dimensionen ein $(n-1)$-fach ausgedehntes Gebilde gegeben ist, so liegen die sämtlichen Geraden, welche einen Punkt des Gebildes mit einem unendlich nahen Punkte desselben verbinden, auf einer $(n-1)$-dimensionalen Ebene, der Tangentialebene des Punktes. Genügen die Koordinaten y desselben einer homogenen Gleichung

ν^{ten} Grades, so legen wir demselben die ν^{to} Ordnung bei,
und wenn die Koordinaten v seiner Tangentialebenen durch
eine homogene Gleichung μ^{ten} Grades verbunden sind, so bezeichnen wir dasselbe als ein Gebilde μ^{ter} Klasse. Die Ordnung hängt also ab von der Zahl der Schnittpunkte des
Gebildes mit einer Geraden, die Klasse von der Zahl der
durch eine $(n-2)$-dimensionale Ebene gehenden Tangentialebenen. Für ein Gebilde zweiter Ordnung ist in bekannter
Weise der Satz herzuleiten:

*Soll die Verbindungslinie eines festen und eines beweglichen
Punktes das Gebilde in zwei Punkten treffen, welche zu den
beiden ersten harmonisch liegen, so ist der Ort des beweglichen
Punktes eine* $(n-1)$-*dimensionale Ebene, die Polarebene des
festen Punktes.*

Ebenso zeigt man mit Leichtigkeit den Satz:

*Bewegt sich ein Punkt in einer ϱ-dimensionalen Ebene, so
dreht sich seine Polarebene um eine* $(n-\varrho-1)$-*dimensionale
Ebene; lässt man einen zweiten Punkt auf der zweiten Ebene
sich bewegen, so dreht sich die Polarebene um die erste Ebene;
irgend zwei Punkte der beiden Ebenen liegen harmonisch zu den
beiden Punkten, in denen ihre Verbindungsgerade das Gebilde
trifft.*

Da die Polarebene eines Punktes, der dem Gebilde selbst
angehört, mit der Tangentialebene zusammenfällt, so leitet
man aus der Gleichung in Punktkoordinaten in einfacher
Weise die Gleichung in Ebenenkoordinaten her. Dann ergeben sich die Sätze:

Das Gebilde zweiter Ordnung ist auch zweiter Klasse.

Wenn ein Punkt sich auf einem Gebilde zweiter Ordnung
bewegt, so berührt die ihm in Bezug auf ein zweites quadratisches Gebilde zugeordnete Polarebene ein drittes Gebilde
zweiten Grades.

56. Wählt man den ersten Eckpunkt des Koordinatensystems willkürlich, jedoch nicht dem Gebilde angehörig, so
geht die Polarebene nicht durch den Punkt hindurch. Fällt
dieselbe nicht in das Gebilde, so kann man auf derselben
einen Punkt, der dem Gebilde nicht angehört, als zweiten

Eckpunkt der Koordinatenpyramide wählen. Zu der Verbindungsgeraden dieser Punkte giebt es eine $(n-2)$-dimensionale Polarebene; gehört auch diese dem Gebilde nicht an, so nehme man auf ihr einen Punkt, welcher nicht auf dem Gebilde liegt u. s. w. Wenn also ein quadratisches Gebilde gegeben ist, so lassen sich $n+1$ nicht in einer Ebene liegende Punkte so wählen, dass die Polarebene eines jeden unter ihnen durch die übrigen hindurchgeht; von denselben liegt entweder keiner auf dem Gebilde, oder es lassen sich $n-\nu$ nicht in einer $(n-\nu-2)$-dimensionalen Ebene liegende und dem Gebilde nicht angehörende Punkte so bestimmen, dass die $(\nu-1)$-dimensionale Polarebene derselben ganz in das Gebilde hineinfällt. Wählen wir diese Punkte als Eckpunkte der Koordinatenpyramide, so stellt sich die Gleichung in der Form von Quadraten dar; im letzten Falle haben ν Quadrate den Koeffizienten Null. Die Gebilde der ersten Art, deren Determinante nicht verschwindet, heissen *eigentliche Gebilde zweiter Ordnung*, die der letzteren Art *Kegelgebilde*.

Die eigentlichen Gebilde zweiten Grades werden unterschieden nach der Dimension der Ebenen, welche denselben angehören. Die Zahl der Dimensionen muss für diese Ebenen kleiner sein als $\frac{n}{2}$. Sobald auf dem Gebilde eine ν-dimensionale Ebene liegt und durch diese sich keine dem Gebilde angehörige Ebene von mehr Dimensionen hindurchlegen lässt, giebt es auf dem Gebilde nur Ebenen von ν Dimensionen, und zwar eine oder zwei Scharen von einer bestimmten Ausdehnungszahl. Die Darstellung der Gleichung durch $n+1$ Quadrate lässt diese Zahl ν sofort erkennen. Haben alle Quadrate dasselbe Zeichen, so ist das Gebilde imaginär; haben n Quadrate dasselbe Zeichen, eines das entgegengesetzte, so ist das Gebilde reell, aber auf demselben liegt keine gerade Linie; weichen zwei Quadrate in ihrem Zeichen von den übrigen ab, so enthält das Gebilde gerade Linien, aber keine Ebenen. Wenn für $n>4$ drei Zeichen von den übrigen verschieden sind, so enthält das Gebilde zweifach ausgedehnte Ebenen. Sind allgemein ϱ Zeichen positiv und σ Zeichen negativ, wo $\varrho+\sigma=n+1$ ist, so ist die Zahl der Dimensionen für die auf dem Gebilde liegenden Ebenen, wofern $\varrho=\sigma$ ist, gleich $\varrho-1$, *und wofern ϱ und σ ungleich sind, gleich der kleineren vermindert um Eins.*

Wenn nämlich die Gleichung die Form annimmt:

$$8)\quad y_0{}^2 - y_1{}^2 + y_2{}^2 - y_3{}^2 + \cdots + y_{2\varrho-2}{}^2 - y_{2\varrho-1}{}^2 + y_{2\varrho}{}^2 + \cdots + y_n{}^2 = 0,$$

wo alle Quadrate bis auf die von $y_1, y_3, y_5 \cdots y_{2\varrho-1}$ positiv sind, so gehört die Ebene:

$$9)\quad y_0 = y_1,\quad y_2 = y_3 \cdots y_{2\varrho-2} = y_{2\varrho-1},\quad y_{2\varrho} = y_{2\varrho+1} = \cdots = y_n = 0,$$

welche $(\varrho-1)$-dimensional ist, dem Gebilde an. Die obige Gleichung liefert bereits 2^ϱ derartige Ebenen. Stellt man aber die Gleichung durch irgend andere $n+1$ Quadrate dar, so muss die Zahl der positiven und der negativen Zeichen nach einem bekannten Satze ungeändert bleiben (Baltzer, Determinanten, § 13, 15). Ist aber umgekehrt eine $(\varrho-1)$-dimensionale Ebene gegeben, welche auf dem Gebilde liegt, so lässt sich ein Koordinatensystem angeben, bei dessen Anwendung die Gleichung des Gebildes in der Form 8) und die gegebene Ebene durch 9) dargestellt wird.

Ich bezeichne mit $\psi(n, \varrho)$ den Unendlichkeitsgrad, in welchem $(\varrho-1)$-dimensionale Ebenen auf $(n-1)$-dimensionalen quadratischen Gebilden vorkommen. Zunächst suche ich alle diejenigen derartigen Ebenen, welche durch den Punkt $y_0 = y_1, y_2 = y_3 = \cdots = y_n = 0$ gehen und welche infolge dessen in der Ebene $y_0 = y_1$ liegen. Diese werden erhalten, wenn man durch den Punkt und eine $(\varrho-2)$-dimensionale Ebene, welche dem Gebilde:

$$y_0 = y_1 = 0,\quad y_2{}^2 - y_3{}^2 + \cdots + y_{2\varrho-2}{}^2 - y_{2\varrho-1}{}^2 + y_{2\varrho}{}^2 + y_{2\varrho+1}{}^2 + \cdots + y_n{}^2 = 0$$

angehört, eine Ebene von $\varrho-1$ Dimensionen legt. Demnach gehen durch jeden Punkt des Gebildes $(\varrho-1)$-dimensionale Ebenen, deren Schar eine $[\psi(n-2, \varrho-1)]$-fache Mannigfaltigkeit bildet. Daraus folgt die Gleichung:

$$\psi(n, \varrho) = \psi(n-2, \varrho-1) + n - \varrho.$$

Nun ist offenbar $\psi(n, 1) = n - 1$, also folgt:

$$\psi(n, 2) = 2n - 5,\quad \psi(n, 3) = 3n - 12$$

und allgemein:

$$10)\qquad \psi(n, \varrho) = \varrho n - \frac{\varrho(3\varrho - 1)}{2}.$$

Ist n ungerade und $\varrho = \dfrac{n+1}{2}$, so führt diese Betrachtung auf *zwei* Scharen von $(\varrho-1)$-dimensionalen Ebenen, welche auf dem Gebilde liegen; jede Schar hat die durch 10) angegebene Ausdehnungszahl, nämlich $\frac{1}{2}\varrho\,(\varrho-1)$.

57. Jedes Kegelgebilde hat eine singuläre Ebene, für deren Punkte die Polarebene unbestimmt wird, während die Polarebenen aller andern Punkte (also auch die Tangentialebenen des Gebildes) durch die singuläre Ebene hindurchgehen. Die Kegelgebilde zweiter Ordnung werden zunächst nach der Dimensionszahl der singulären Ebene eingeteilt und man unterscheidet Kegelgebilde mit Spitze, mit Doppelgerade, mit Doppelebene von zwei, drei etc. Dimensionen. Jede dieser Gruppen zerfällt wieder in verschiedene Arten nach der Zahl der Dimensionen der dem Gebilde angehörenden Ebenen. Wenn nämlich bei der Darstellung durch Quadrate die μ nicht verschwindenden dasselbe Zeichen haben, so ist nur die singuläre Ebene reell; haben aber ϱ derselben ein anderes Zeichen als die übrigen, und ist $\varrho \leq \dfrac{\mu}{2}$, und hat die singuläre Ebene ν Dimensionen, so enthält das Kegelgebilde $(\nu+\varrho)$-dimensionale Ebenen. In einer $(n-\nu-1)$-dimensionalen Ebene konstruiere man ein quadratisches Gebilde, nehme ausserhalb derselben die ν-dimensionale singuläre Ebene beliebig an und lege durch jeden Punkt des Gebildes und die Ebene eine $(\nu+1)$-dimensionale Ebene, so bildet deren Gesamtheit das Kegelgebilde.

Wenn die Gleichung eines quadratischen Gebildes in Punktkoordinaten ist $\Sigma a_\varkappa y_\varkappa^2 = 0$, so ist die Gleichung desselben Gebildes in Ebenenkoordinaten $\Sigma \dfrac{v_\varkappa^2}{a_\varkappa} = 0$, wofern kein Koeffizient a verschwindet. Wenn aber etwa $a_0 = a_1 = \cdots = a_r \; 0$ ist, so wird das Gebilde in Ebenenkoordinaten dargestellt durch die $\nu+2$ Gleichungen:

$$v_0 = v_1 = \cdots = v_r = 0, \quad \frac{v_{r+1}^2}{a_{r+1}} + \cdots + \frac{v_n^2}{a_n} = 0.$$

Wenn umgekehrt bei der Darstellung eines Gebildes in Ebenenkoordinaten die Determinante verschwindet, so gehört das Gebilde einer Ebene an. Es sei für nicht verschwindende Unterdeterminanten $n + 1 - \nu$ der höchste Grad, so liegt das Gebilde in einer $(n - \nu)$-dimensionalen Ebene und seine Darstellung in Punktkoordinaten erfordert die $\nu + 1$ Gleichungen:

$$y_0 = 0 \ldots y_{\nu-1} = 0, \quad f(y_\nu \ldots y_n) = 0.$$

58. Gleichwie eine lineare Bedingung zwischen den Koeffizienten der Gleichung einer Ebene zum Punkte führt, so wird man mit der Gleichung:

11) $$\Sigma a_{\iota \varkappa} y_\iota y_\varkappa = 0$$

eines Gebildes zweiter Ordnung, für deren Koeffizienten $a_{\iota \varkappa}$ die lineare Gleichung besteht:

12) $$\Sigma a_{\iota \varkappa} e_{\iota \varkappa} = 0$$

das Gebilde zweiter Klasse verbinden müssen, deren Gleichung ist:

$e/$ 13) $$\Sigma q_{\iota \varkappa} v_\iota v_\varkappa = 0.$$

Transformiert man die Gleichungen 11) und 13) in entsprechender Weise, so bleibt die Gleichung 12) ungeändert; demnach vermittelt diese Gleichung eine Beziehung zwischen den beiden Gebilden. Um deren Wesen zu erkennen, nehmen wir an, die Gleichung 11) sei durch $n + 1$ Quadrate dargestellt und zugleich seien n von den Ebenen des Koordinatensystems Tangentialebenen an 13), so sagt die Gleichung 12), dass auch die letzte Ebene das Gebilde 13) berührt; oder man wähle das Koordinatensystem so, dass die Gleichung 13) in der Form von lauter Quadraten erscheint, und dass n Eckpunkte der Koordinatenpyramide dem Gebilde 11) angehört, so muss auch der $(n + 1)^{te}$ Punkt auf demselben liegen. Die Beziehung besteht also darin, dass das erste Gebilde unendlich viele Systeme von $n + 1$ einander in Bezug auf das zweite zugeordneten Punkten enthält und das zweite von unendlich vielen Systemen von $n + 1$ in Bezug auf das erste zugeordneten Ebenen berührt wird.

Konstruiert man zu einem Gebilde zweiter Klasse zwei Systeme von $n + 1$ einander zugeordneten Punkten, so muss jedes Gebilde zweiter Ordnung, welches durch $2n + 1$ von ihnen hindurchgeht, auch den $(2n + 2)^{ten}$ enthalten. Denn

ist 13) die Gleichung des gegebenen Gebildes, 11) die Gleichung irgend eines Gebildes, welches den Forderungen genügt,
so muss die Gleichung 12) bestehen und daher muss auch
der letzte Punkt auf dem Gebilde liegen. Daraus ergeben
sich folgende Sätze:

*2n + 1 Punkte eines Gebildes zweiter Ordnung können will-
kürlich gewählt werden; durch dieselben ist aber ein $(2n + 2)^{ter}$
Punkt bestimmt und kann durch lineare Konstruktion gefunden
werden.*

*Haben mehrere quadratische Gebilde $2n + 2$ Punkte, aber
nicht mehr gemeinschaftlich, so kann man diese in zwei Gruppen
von $n + 1$ Punkten zerlegen, so dass diese beiden Gruppen vollständige Polarsysteme in Bezug auf ein quadratisches Gebilde
sind. Verbindet man je n Punkte derselben Gruppe durch eine
$(n - 1)$-dimensionale Ebene, so bilden diese $2n + 2$ Ebenen die
gemeinschaftlichen Tangentialebenen eines Systems von quadratischen
Gebilden, welche nur diese Tangentialebenen gemeinschaftlich haben.*

59. Im n-dimensionalen Raume wird ein $(n - 1)$-fach
ausgedehntes Gebilde von der $(m + 1)^{ten}$ Ordnung für $m < n$
in folgender Weise erhalten:

*Man lege durch m Punkte die sämtlichen hindurchgehenden
$(n - 1)$-dimensionalen Ebenen und beziehe dieselben kollinear auf
einander; dieses System beziehe man reziprok auf ein System von
m-dimensionalen Ebenen, welche durch einen $(m + 1)^{ten}$ Punkt
gehen; dann bilden die Schnittpunkte ein $(n - 1)$-fach ausgedehntes
Gebilde, welches von der $(m + 1)^{ten}$ Ordnung ist. Speziell wird
ein quadratisches Gebilde erzeugt durch den Schnitt der durch
einen festen Punkt gehenden $(n - 1)$-dimensionalen Ebenen mit
den entsprechenden, projektivisch zugeordneten Geraden, welche
durch einen zweiten Punkt gehen. Ein Gebilde n^{ter} Ordnung
wird auch erzeugt durch n Systeme von $(n - 1)$-dimensionalen
Ebenen, welche durch je n feste Punkte gehen und einander
kollinear zugeordnet sind.*

Durch den ι^{ten} Punkt $(\iota = 1, \ldots m)$ mögen n Ebenen
$A_{\iota\varkappa} = 0$ $(\varkappa = 1 \ldots n)$ gehen; die kollineare Beziehung der
m Systeme möge durch die m Gleichungen vermittelt werden:

$$p_1 A_{11} + p_2 A_{12} + \cdots + p_n A_{1n} = 0,$$

$$\cdot \quad \cdot \quad \cdot \quad \cdot \quad \cdot \quad \cdot \quad \cdot \quad \cdot$$

$$p_1 A_{m1} + p_2 A_{m2} + \cdots + p_n A_{mn} = 0;$$

ferner mögen n weitere Ebenen durch die Gleichungen $B_1 = 0 \ldots B_n = 0$ gegeben sein. Dann sollen die Gleichungen bestehen:

$$q_1 B_1 + q_2 B_2 + \cdots + q_n B_n = 0,$$

$$a_{11} q_1 + a_{21} q_2 + \cdots + a_{n1} q_n = 0,$$

$$\cdot \quad \cdot \quad \cdot \quad \cdot \quad \cdot \quad \cdot \quad \cdot \quad \cdot$$

$$a_{1,m-1} q_1 + a_{2,m-1} q_2 + \cdots + a_{n,m-1} q_n = 0,$$

$$\Sigma b_{\kappa\lambda} p_\kappa q_\lambda = 0.$$

Daraus leiten wir das System der n Gleichungen her:

$$r_0 B_\kappa + r_1 a_{\kappa 1} + \cdots + r_{m-1} a_{\kappa, m-1} + b_{1\kappa} p_1 + \cdots + b_{n\kappa} p_n = 0,$$

$$(\kappa = 1 \ldots n)$$

ein System, welches ebenfalls zur Definition der projektivischen Beziehung hätte benutzt werden können. Demnach ist die Gleichung des Gebildes:

$$\begin{vmatrix} 0 & 0 & \ldots 0 & A_{11} & A_{12} \ldots A_{1n} \\ \cdot & \cdot & \cdot \cdot \cdot & \cdot & \cdot \cdot \cdot \cdot \\ 0 & 0 & \ldots 0 & A_{m1} & A_{m2} \ldots A_{mn} \\ B_1 & a_{11} & \ldots a_{m-1,1} & b_{11} & b_{21} \ldots b_{n1} \\ \cdot & \cdot & \cdot \cdot \cdot & \cdot & \cdot \cdot \cdot \cdot \\ B_n & a_{1n} & \ldots a_{m-1,n} & b_{1n} & b_{2n} \ldots b_{nn} \end{vmatrix} = 0.$$

Da die $A_{\iota\kappa}$ und B_λ lineare Funktionen der Variabelen, die a und b blosse Konstanten sind, so ist der Satz erwiesen.

Hieran schliessen wir einige Sätze, welche sich ebenso beweisen lassen, wie die entsprechenden Sätze für $n = 2$ und $n = 3$. Es genüge also, für die Beweise etwa auf Fiedler, „Darstellende Geometrie", zu verweisen.

Wenn die durch einen Punkt gehenden Ebenen kollinear auf die durch einen zweiten Punkt gehenden Ebenen bezogen sind, so erzeugt der Schnitt entsprechender Geraden eine Raumkurve n^{ter} Ordnung, welche durch $n + 3$ Punkte bestimmt ist und deren Punkte sich durch rationale Funktionen einer Variabelen darstellen lassen; zu dieser Kurve stehen auch alle diejenigen Ebenen in enger Beziehung, in denen sich irgend entsprechende Ebenen schneiden, indem sie das Sekantensystem der Kurve bilden.

Bei zwei in einander liegenden reziprok auf einander bezogenen Räumen giebt es im allgemeinen nur $n + 1$ Punkte, denen dieselbe Ebene entspricht, wenn man ihn als dem einen oder andern Raume angehörig betrachtet. Nur im Polarsystem und für unpaarig ausgedehnte Räume im Nullsystem entspricht jedem Punkte beide Mal dieselbe Ebene. Die Gesamtheit der Punkte, welche in den ihnen zugeordneten Ebenen liegen, erfüllen ein $(n - 1)$-fach ausgedehntes quadratisches Gebilde, und ebenso berührt die Gesamtheit der Ebenen, welche in den zugeordneten Punkten liegen, ein quadratisches Gebilde; diese beiden Gebilde werden im Polarsystem identisch. Im Nullsystem fällt jeder Punkt in die zugeordnete Ebene.

§ 4. Zusammenhang zwischen Projektivität und Metrik.

60. Während die blossen Verhältnisse der im vorigen Paragraphen definierten Grössen y genügen, um die projektivischen Eigenschaften zu entwickeln, müssen zur Herleitung der metrischen Beziehungen die Koordinaten selbst benutzt werden. Nun ist die Lage eines Punktes durch n Beziehungen bestimmt, folglich muss zwischen den $n + 1$ Grössen y eine Gleichung bestehen. Es muss unsere nächste Aufgabe sein, diese Relation zu entwickeln.

In dieser Relation und bei der Herleitung derselben wird jede Koordinate nur vorkommen als Quotient $\dfrac{y_\iota}{p_\iota}$, wo p_ι die Koordinate y_ι desjenigen Punktes angiebt, dessen Koordinaten mit Ausnahme von y_ι sämtlich verschwinden. (Diese Punkte sind die Eckpunkte A_0, $A_1 \dots A_n$ der Koordinatenpyramide.) Dieser Quotient ist aber unabhängig von den Konstanten γ_ι, welche in Art. 53 eingeführt wurden. Man verbinde den Punkt $P(= y_0 y_1 \dots y_n)$ mit der Ecke A_ι durch eine Gerade, welche die gegenüberliegende Ebene in M_ι trifft; dann ist

$$\frac{y_\iota}{p_\iota} = \frac{\sin \dfrac{PM_\iota}{k}}{\sin \dfrac{A_\iota M_\iota}{k}} \cdot \quad \text{Ferner benutzt die Relation die Grössen}$$

$a_{\iota\varkappa} = \cos \dfrac{A_\iota A_\varkappa}{k}$, wobei natürlich jedes $a_{\iota\iota} = 1$ ist.

Ehe wir die Relation selbst aufsuchen, beweisen wir eine Formel, welche wir beim Beweise der Hauptformel benutzen werden. Vom Punkte A_n sei eine Gerade m nach einem Punkte $M(y'_0 y'_1 \ldots y'_{n-1} 0)$ in der Ebene $y_n = 0$ gezogen. Dann beweisen wir die Relation:

$$1) \qquad \cos \frac{m}{k} = \Sigma a_{\iota n} \frac{y'_\iota}{p_\iota}.$$

Für ein ebenes Dreieck $A_0 A_1 A_2$, auf dessen Seite $A_0 A_1$ ein Punkt M angenommen ist, erhält man dadurch, dass man den Cosinussatz zwei Mal für denselben Winkel (resp. für zwei Supplementwinkel) anwendet und dann den Winkel entfernt:

$$\alpha) \quad \cos \frac{A_2 A_0}{k} \sin \frac{M A_1}{k} + \cos \frac{A_2 M}{k} \sin \frac{A_1 A_0}{k} + \cos \frac{A_2 A_1}{k} \sin \frac{A_0 M}{k} = 0,$$

wodurch die Formel 1) für $n = 2$ bewiesen ist. Angenommen, sie sei überhaupt für $n - 1$ Dimensionen bewiesen, so soll sie für n Dimensionen als richtig gezeigt werden. Man verbinde A_{n-1} mit M durch eine Gerade, welche die Ebene $y_n = y_{n-1} = 0$ in einem Punkte $M'(y''_0, y''_1 \ldots y''_{n-2}, 0, 0)$ trifft. Die Quotienten $\dfrac{y''_0}{p_0} \ldots \dfrac{y''_{1-2}}{p_{n-2}}$ ändern sich nach der oben gemachten Bemerkung nicht, wenn man annimmt, die Koordinaten seien in der Ebene $y_{n-1} = 0$ bestimmt. Wird also $A_n M' = m'$ gesetzt, so gilt nach der gemachten Voraussetzung die Gleichung:

$$\beta) \qquad \cos \frac{m'}{k} = \Sigma a_{\iota n} \frac{y''_\iota}{p_\iota}.$$

Wenden wir jetzt die Formel α) auf das Dreieck $A_n A_{n-1} M'$ an, in dessen einer Seite $A_{n-1} M'$ der Punkt M liegt, so folgt:

$$\gamma) \quad \cos \frac{m}{k} = a_{n-1, n} \frac{y'_{n-1}}{p_{n-1}} + \frac{\sin \dfrac{A_{n-1} M}{k}}{\sin \dfrac{A_{n-1} M'}{k}} \cdot \cos \frac{m'}{k}.$$

In γ) ist der Wert aus β) einzusetzen. Schneiden nun die Geraden $A_\iota M$ und $A_\iota M'$ die gegenüberliegende Ebene in M_ι und M'_ι, so zeigt die blosse Anwendung des Sinussatzes:

$$\frac{\sin \dfrac{MA_{n-1}}{k}}{\sin \dfrac{MM_\iota}{k}} \cdot \frac{\sin \dfrac{M'M'_\iota}{k}}{\sin \dfrac{M'A_{n-1}}{k}} \cdot \frac{\sin \dfrac{A_\iota M_\iota}{k}}{\sin \dfrac{A_\iota M'_\iota}{k}} = 1,$$

oder:

$$\frac{\sin \dfrac{A_{n-1}M}{k}}{\sin \dfrac{A_{n-1}M'}{k}} \cdot \frac{y''_\iota}{p_\iota} = \frac{y'_\iota}{p_\iota},$$

durch deren Einsetzung sich die Gleichung 1) ergiebt.

61. Die Beziehung zwischen den Koordinaten hat die Form:

2) $$\Sigma a_{\iota\varkappa} \frac{y_\iota}{p_\iota} \frac{y_\varkappa}{p_\varkappa} = 1.$$

Für eine Dimension folgt dieselbe aus der Gleichung:

δ) $\sin^2(\alpha + \beta) = \sin^2\alpha + \sin^2\beta + 2\cos(\alpha + \beta)\sin\alpha \sin\beta,$

und es ist leicht, aus dieser Gleichung und der Gleichung 1) die entsprechende Relation für $n = 2$ herzuleiten. Wir nehmen nun an, die Gleichung sei für irgend eine Zahl $n - 1$ von Dimensionen bewiesen und zeigen, dass sie auch für n Dimensionen gilt. Die Koordinaten eines beliebigen Punktes P seien $y_0 y_1 \ldots y_n$. Wir ziehen die Gerade $A_n P$, bis sie die Ebene $y_n = 0$ in einem Punkte $M(y'_0 y'_1 \ldots y'_{n-1} 0)$ trifft. Nach der Voraussetzung gilt die Relation 2) für den Punkt M (zunächst allerdings nur, wenn die Koordinaten in der Ebene $y_n = 0$ bestimmt sind, aber nach der oben gemachten Bemerkung für die Grössen $y'_0 \ldots y'_{n-1}$). Es ist daher:

ε) $$\Sigma a_{\iota\varkappa} \frac{y'_\iota y'_\varkappa}{p_\iota p_\varkappa} = 1;$$

ferner ist:

$$\frac{y_0}{y'_0} = \frac{y_1}{y'_1} = \cdots = \frac{y_{n-1}}{y'_{n-1}},$$

und somit folgt aus ε):

ζ) $$\Sigma_{\substack{\iota=0\ldots n-1 \\ \varkappa=0\ldots n-1}} a_{\iota\varkappa} \cdot \frac{y_\iota y_\varkappa}{p_\iota p_\varkappa} = \frac{y_0^2}{y'_0{}^2}.$$

Ferner ist nach 1), wenn $A_n M$ mit m bezeichnet wird:

1)
$$\cos \frac{m}{k} = \Sigma a_{\iota n} \frac{y'_\iota}{p_\iota}$$

und die Relation δ) auf die Punkte A_n, P, M angewendet, liefert:

$$\frac{y_n^2}{p_n^2} + \frac{y_0^2}{y'_0{}^2} + 2\, \frac{y_0}{y'_0} \frac{y_n}{p_n} \cos \frac{m}{p} = 1.$$

Indem wir die Werte für $\dfrac{y_0^2}{y'_0{}^2}$ und $\cos \dfrac{m}{p}$ einsetzen, folgt die allgemeine Gültigkeit der Relation 2).

62. Die Gleichung:

2)
$$\Sigma a_{\iota \varkappa} \frac{y_\iota}{p_\iota} \frac{y_\varkappa}{p_\varkappa} = 1$$

oder:

$$\frac{y_0^2}{p_0^2} + \frac{y_1^2}{p_1^2} + \cdots + \frac{y_n^2}{p_n^2} + 2 a_{01} \frac{y_0 y_1}{p_0 p_1} + \cdots + 2 a_{0n} \frac{y_0 y_n}{p_0 p_n} + 2 a_{12} \frac{y_1 y_2}{p_1 p_2}$$

$$+ \cdots + 2 a_{1n} \frac{y_1 y_n}{p_1 p_n} + \cdots + 2 a_{n-1,\, n} \frac{y_{n-1} y_n}{p_{n-1} p_n} = 1$$

macht es möglich, nachdem $p_0 \ldots p_n$ festgesetzt und $a_{01} \ldots a_{n-1,\, n}$ durch die Koordinatenpyramide selbst bekannt sind, aus den Verhältnissen der Koordinaten diese selbst zu berechnen und gestattet daher, die Koordinaten y auch zur Untersuchung von metrischen Eigenschaften zu benutzen. Dies wird im Verlauf noch deutlicher hervortreten; hier soll auf einen andern Punkt aufmerksam gemacht werden.

Die projektivische Geometrie geht zwar gewöhnlich von metrischen Eigenschaften des Raumes aus und entwickelt daraus den Begriff des Doppelverhältnisses und die allgemeinen Sätze über denselben. Aber sie bedarf der metrischen Eigenschaften an sich durchaus nicht und nachdem sie den Begriff des Doppelverhältnisses auf irgend einem Wege erlangt hat, kann sie von dem Begriff der Gleichheit, der Kongruenz und der starren Bewegung ganz absehen. Nun gestattet die Gleichung 2) aber umgekehrt, aus den Anschauungen der projektivischen Geometrie heraus die Metrik der Nicht-Euklidischen Raumformen aufzubauen. Dieser schöne Satz, den zuerst Herr Klein bewiesen hat, soll hier bereits kurz besprochen werden; der folgende Paragraph wird dann die Sache zum vollen Abschluss bringen.

Die Lage eines Punktes wird durch die Verhältnisse der Koordinaten y bestimmt. Nun bedeutet aber $y_\iota : y_\varkappa$ das Doppelverhältnis der beiden Ebenen $y_\iota = 0$, $y_\varkappa = 0$ zu denjenigen durch ihren Schnitt gelegten Ebenen, von denen die eine durch den zu bestimmenden, die andere durch den Einheitspunkt geht. Nachdem also die Verhältnisse der Grössen y einmal gefunden sind, hat die analytische Behandlung der projektivischen Geometrie kein Bedürfnis, auf die Metrik zurückzugreifen. Dagegen ist sie im stande, die der Metrik eigentümlichen Begriffe, wie starre Bewegung, Gleichheit von Strecken und Winkeln, Kreis, Kugel u. dergl., selbständig zu definieren.

. Die Gleichung 2) enthält ausser den y und p nur die Grössen $a_{\iota\varkappa}$; sie muss also ungeändert bleiben, wenn man die Koordinatenpyramide durch irgend eine kongruente ersetzt. Nun ist nach der Schlussbemerkung von Art. 53 jede Veränderung des Koordinatensystems mit einer linearen Transformation identisch. Daraus ergiebt sich der Satz:

Jede starre Bewegung des Raumes transformiert die Koordinaten durch homogene lineare Gleichungen, so dass die linke Seite von 2) ungeändert bleibt, also ein quadratisches Gebilde von n − 1 *Dimensionen in sich bewegt wird.*

Aber auch umgekehrt stellt für den Fall, dass die Determinante $|a_{\iota\varkappa}|$ nicht verschwindet, jede stetige Transformation, bei welcher die linke Seite von 2) ungeändert bleibt, eine starre Bewegung des Raumes dar.

„Die starre Bewegung des Raumes ist zu definieren als eine stetige lineare homogene Transformation, bei welcher eine eigentliche quadratische Form der Koordinaten y ungeändert bleibt."

Infolge der Relation 2) kann die Gleichung:

$$3) \qquad \Sigma a_{\iota\varkappa} \frac{y_\iota}{p_\iota} \frac{y_\varkappa}{p_\varkappa} = 0$$

nur für unendlich grosse Werte der Koordinaten erfüllt werden. Diese Gleichung stellt das unendlich ferne Gebilde dar, und wenn wir annehmen, dass dasselbe ein eigentliches quadratisches Gebilde von $n − 1$ Dimensionen ist, so können wir die vorangehenden Resultate auch in folgender Weise aussprechen:

Jede starre Bewegung transformiert das unendlich ferne Gebilde in sich, und umgekehrt, wenn durch stetige homogen lineare Transformationen das unendlich ferne Gebilde in sich transformiert wird, so stellen dieselben eine starre Bewegung dar.

Die absolute Polarebene eines Punktes ist die Polarebene desselben in Bezug auf das unendlich ferne Gebilde.

Für die Entfernung r zweier Punkte y und y' besteht die leicht zu erweisende Gleichung:

$$4) \qquad \cos \frac{r}{k} = \Sigma a_{\iota \varkappa} \frac{y_{\iota} y'_{\varkappa}}{p_{\iota} p_{\varkappa}}.$$

Die Gerade, welche die beiden Punkte verbindet, trifft das unendlich ferne Gebilde in zwei Punkten $y + \lambda y'$, $y + \lambda' y'$, deren Koordinaten der Gleichung genügen müssen:

$$\Sigma a_{\iota \varkappa} \frac{y_{\iota} + \lambda y'_{\iota}}{p_{\iota}} \frac{y_n + \lambda y'_{\varkappa}}{p_{\varkappa}} = 0.$$

Somit ergeben sich λ und λ' unter Berücksichtigung von 2) und 4) aus der Gleichung:

$$\lambda^2 + 2 \lambda \cos \frac{r}{k} + 1 = 0.$$

$\lambda : \lambda'$ bezeichnet das Doppelverhältnis der gegebenen Punkte zu den unendlich fernen Punkten ihrer Verbindungsgeraden. Nach der letzten Gleichung ist aber:

$$\frac{\lambda}{\lambda'} = \frac{- \cos \dfrac{r}{k} - i \sin \dfrac{r}{k}}{- \cos \dfrac{r}{k} + i \sin \dfrac{r}{k}} = e^{2 \frac{ri}{k}}$$

oder:

$$5) \qquad r = \frac{k}{2i} \log \left(\frac{\lambda}{\lambda'} \right),$$

woraus der Satz folgt:

Die Entfernung zweier Punkte ist gleich dem mit einer gewissen Konstanten multiplizierten Logarithmus des Doppelverhältnisses, in welchem die beiden Punkte zu den Schnittpunkten ihrer Verbindungsgerade mit dem unendlich fernen Gebilde stehen.

Betrachten wir in 4) r und y' als konstant, so stellt die Gleichung ein Kugelgebilde dar. Indem wir noch:

$$\Sigma_{\varkappa} \frac{a_{\iota \varkappa} y'_{\varkappa}}{p_{\iota} p_{\varkappa}} = b_{\iota}$$

setzen und die Gleichung 4) vermittelst 2) homogen machen, nimmt sie die Form an:

$$(\Sigma b_{\iota} y_{\iota})^2 - \cos^2 \frac{r}{k} \Sigma a_{\iota \varkappa} \frac{y_{\iota} y_{\varkappa}}{p_{\iota} p_{\varkappa}} = 0.$$

Jedes (n — 1)-*dimensionale Kugelgebilde berührt das unend-*
lich ferne Gebilde längs des Schnittes mit einer (n — 1)-*dimen-*
sionalen Ebene, und umgekehrt ist jedes quadratische Gebilde,
welches mit dem unendlich fernen Gebilde ein ebenes (n — 2)-
dimensionales Gebilde gemeinschaftlich hat, und längs desselben
berührt, als Kugel zu betrachten.

Diese Ebene ist die absolute Polarebene des Mittelpunktes.

63. Dieselbe Betrachtung, welche in den vorangehenden
Artikeln für Punkte durchgeführt ist, lässt sich ohne jede
Mühe auf $(n - 1)$-dimensionale Ebenen übertragen. Sind v_ι
die Koordinaten einer beliebigen Ebene, ist $v_\iota = r_\iota$ für diejenige Ebene, für welche alle Koordinaten mit Ausnahme von
v_ι verschwinden, bilden zwei Ebenen $y_\iota = 0$ und $y_\varkappa = 0$ einen
Winkel, dessen Cosinus gleich $c_{\iota\varkappa}$ ist, so besteht die Gleichung:

6)
$$\Sigma e_{\iota\varkappa} \frac{v_\iota}{r_\iota} \frac{v_\varkappa}{r_\varkappa} = 1.$$

Dann wird das Gebilde:

7)
$$\Sigma e_{\iota\varkappa} \frac{v_\iota}{r_\iota} \frac{v_\varkappa}{r_\varkappa} = 0$$

durch die unendlich fernen Ebenen berührt; es stellen also
die Gleichungen 3) und 7), wie auch rein analytisch bewiesen
werden kann, dasselbe Gebilde dar. Der Winkel φ zweier
Ebenen v und v' wird durch die Gleichung bestimmt:

8)
$$\cos\varphi = \Sigma e_{\iota\varkappa} \frac{v_\iota}{r_\iota} \frac{v_\varkappa}{v'_\varkappa}.$$

Wenn die beiden Ebenen $v + \mu v'$, $v + \mu' v'$ das unendlich
ferne Gebilde berühren, so muss sein:

9)
$$\varphi = \frac{1}{2i} \log\left(\frac{\mu}{\mu'}\right).$$

Demnach treten zu den Sätzen des vorigen Artikels folgende hinzu:

Der Winkel, den zwei Ebenen mit einander bilden, ist der
durch 2i *dividierte Logarithmus des Doppelverhältnisses, in wel-*
chem diese beiden Ebenen zu den durch ihren Schnitt an das
unendlich ferne Gebilde gelegten Tangentialebenen stehen.

*Die Ebenen, welche mit einer festen Ebene einen vor-
geschriebenen Winkel bilden und zugleich das unendlich ferne
Gebilde berühren, gehen durch einen festen Punkt; ihre Berührungspunkte liegen in einer (n — 1)-dimensionalen Ebene. Das Gebilde, dessen Tangentialebenen mit einer festen Ebene einen konstanten Winkel bilden, ist also nicht verschieden von dem Gebilde,
dessen Punkte von einem festen Punkte gleichen Abstand haben.
Der feste Punkt ist der absolute Pol der festen Ebene.*

64. Während für projektivische Geometrie alle Koordinatensysteme von der im. vorigen Paragraphen angegebenen Art
gleich geeignet sind und sich für besondere Zwecke ein spe-
zielles als vorzüglich brauchbar erweist, wird für die metrische
Geometrie dasjenige besonders geeignet sein, für welches die
Gleichung 2) ihre einfachste Form annimmt. Man hat daher die linke Seite dieser Gleichung in der Form von lauter
Quadraten darzustellen, oder was dasselbe ist, eine sich selbst
konjugierte n-seitige Pyramide zur Koordinatenpyramide zu
nehmen. Um dies ohne Rechnung zu erreichen, wähle man
die n Ebenen $y_1 = 0$, $y_2 = 0 \ldots y_n = 0$ so, dass sie auf einander senkrecht stehen. Dann ist für ungleiche und von Null
verschiedene Werte von ι und $\varkappa$:

$$a_{\iota\varkappa} = a_{0\iota}\, a_{0\varkappa};$$

folglich geht die Gleichung 2) über in:

$$\left(\frac{y_0}{p_0} + a_{01}\frac{y_1}{p_1} + \cdots + a_{0n}\frac{y_n}{p_n}\right)^2 + (1 - a_{01}{}^2)\frac{y_1{}^2}{p_1{}^2} + \cdots + (1 - a_{0n}{}^2)\frac{y_n{}^2}{p_n{}^2} = 1.$$

Für ein positives k^2 ist $a_{0\iota}$ der Cosinus einer reellen
Grösse; setzt man also:

$$10)\quad \frac{y_0}{p_0} + a_{01}\frac{y_1}{p_1} + \cdots + a_{0n}\frac{y_n}{p_n} = x_0, \quad (1 - a_{0\iota}{}^2)\frac{y_\iota{}^2}{p_\iota{}^2} = \frac{x_\iota{}^2}{k^2},$$

so besteht zwischen den Grössen x die Relation:

$$11)\qquad\qquad k^2 x_0{}^2 + x_1{}^2 + \cdots + x_n{}^2 = k^2.$$

Für ein negatives k^2 ist $a_{0\iota} > 1$ als Cosinus einer rein
imaginären Grösse; macht man also auch hier die Substitution 10), so sind x_0, $x_1 \ldots x_n$ reelle Grössen, zwischen denen
wiederum die Gleichung 11) besteht. Wir sind somit durch
eine einfache und naturgemässe Betrachtung zu den Weierstrassschen Koordinaten gelangt und haben in ihrer prin-

zipiellen Berechtigung den tieferen Grund für ihre vorzügliche Brauchbarkeit gefunden. Wir fassen das Resultat in den Worten zusammen:

„Das Weierstrasssche Koordinatensystem ist dasjenige projektivische Koordinatensystem, für welches sich die Beziehung zwischen den Koordinaten in der einfachsten Weise darstellt."

Die $n+1$ *Ebenen eines Weierstrassschen Koordinatensystems sind einander polar zugeordnet in Bezug auf das unendlich ferne Gebilde des Raumes.*

Da die Gleichung 11) durch lineare Transformation aus der Gleichung 2) erhalten werden kann, so folgt:

Das unendlich ferne Gebilde ist in den endlichen Raumformen imaginär, in der Lobatschewskyschen ein reelles Gebilde, welches keine geraden Linien oder Ebenen enthält.

Um auf dieselbe Weise die linke Seite von 6) als Summe von Quadraten darzustellen, nehme man wiederum an, dass n Ebenen auf einander senkrecht stehen; dann ist für zwei von Null und unter einander verschiedene Zeiger ι und $\varkappa : c_{\iota\varkappa} = 0$ und demnach die Gleichung 6):

$$\frac{v_0^2}{r_0^2} + \frac{v_1^2}{r_1^2} + \cdots + \frac{v_n^2}{r_n^2} + 2e_{01} \frac{v_0 v_1}{r_0 r_1} + \cdots + 2c_{0n} \frac{v_0 v_n}{r_0 r_n} = 1$$

oder:

$$(1 - e_{01}^2 - \cdots - c_{0n}^2)\left(\frac{v_0}{r_0}\right)^2 + \left(\frac{v_1}{r_1} + e_{01}\frac{v_0}{r_0}\right)^2 + \cdots + \left(\frac{v_n}{r_n} + e_{0n}\frac{v_0}{r_0}\right)^2 = 1.$$

Bezeichnet man die Senkrechte vom Punkte $v_0 = 0$ auf die gegenüberliegende Koordinatenebene mit ϱ, so ist:

$$\sin^2 \frac{\varrho}{k} = 1 - e_{01}^2 + \cdots - e_{0n}^2;$$

indem man also setzt:

$$v_0 k \sin\frac{\varrho}{k} = u_0, \quad \frac{v_\iota}{r_\iota} + e_{0\iota}\frac{v_0}{r_0} = u_\iota,$$

besteht zwischen den Koordinaten u die Relation:

$$12) \qquad \frac{u_0^2}{k^2} + u_1^2 + \cdots + u_n^2 = 1.$$

Diese Entwicklung liefert den Nachweis, dass die linke Seite von 6) die reziproke Form der linken Seite von 2) ist.

65. Während die projektivische Geometrie die Punkte
durch die Verhältnisse der Koordinaten y bestimmt, setzt sie
nichts darüber fest, ob denselben Verhältnissen einer oder
mehrere Punkte entsprechen sollen. Beide Annahmen sind
gleich zulässig; wird die letztere gemacht, so ist damit notwendig verbunden, dass zwei gerade Linien, sobald sie einen
Punkt gemeinschaftlich haben, sich noch in einem oder mehreren andern Punkten schneiden. Dies vorausgeschickt, gelten
nach den vorigen Artikeln folgende Sätze:

„Die vier Raumformen, welche den gemachten Voraussetzungen genügen, stimmen in den projektivischen Eigenschaften vollständig überein."

*Man kann die Nicht-Euklidischen Raumformen so auf eine
projektivische Raumform abbilden, dass gerade Linien einander
entsprechen. Um eine Riemannsche Raumform abzubilden, hat
man die projektivische Raumform so zu wählen, dass zwei
Gerade derselben Ebene sich in zwei Punkten schneiden; für die
Abbildung der Polarform des Riemannschen Raumes ist eine
projektivische Raumform zu wählen, in welcher zwei gerade Linien
höchstens einen Punkt gemeinschaftlich haben. In beiden Fällen
wird der eine Raum ganz auf den andern abgebildet. Bildet
man die Lobatschewskysche Raumform ab, so werden alle
reellen Punkte derselben auf das Innere eines quadratischen Gebildes abgebildet. Somit entspricht in den endlichen Raumformen
jedem Verhältnis der Koordinaten einer oder zwei Punkte; im
Lobatschewskyschen Raume giebt es für ein gegebenes Verhältnis
der Koordinaten nur dann einen entsprechenden Punkt, wenn die
Verhältnisse einer gewissen Ungleichheit genügen.*

Diese Abbildung gilt auch für die Euklidische Raumform; man kann sie auf einen projektivischen Raum eindeutig
abbilden und hat nur eine Ebene als unendlich fernes Gebiet
auszuschliessen. Aber die in den letzten Artikeln gegebene
Zurückführung des Begriffs der Gleichheit, der starren Bewegung u. s. w. auf projektivische Eigenschaften wird unmöglich, oder doch weniger natürlich. Betrachten wir zunächst
die Ebenen derselben, so sagt die Gleichung 12) oder auch
die dieser vorangehende Gleichung, in welcher

$$1 - e_{01}^2 - \cdots - e_{0n} = 0$$

ist, dass bei jeder starren Bewegung ein in einer $(n-1)$-dimensionalen Ebene gelegenes quadratisches Gebilde (in der Ebene die imaginären Kreispunkte, im dreifach ausgedehnten Raume der „unendlich ferne" imaginäre Kreis) in sich bewegt wird; aber die projektivischen Transformationen, bei denen dies Gebilde in sich bewegt wird, stellen eine um einen Grad höhere Mannigfaltigkeit dar, als die starre Beweglichkeit der Raumform. Zwar stellt die Gleichung 8) noch immer den Winkel zweier Ebenen dar; aber die Gleichheit der Winkel führt in der Euklidischen Geometrie auf die Ähnlichkeit, und nicht auf die Kongruenz. Somit gelten die obigen Definitionen nicht ohne weiteres für die Euklidische Geometrie.

Für Punktkoordinaten stellt die linke Seite von 2) das Quadrat eines linearen Ausdrucks dar; die Gleichung 4) wird identisch erfüllt und die Entfernung zweier Punkte muss in anderer Weise dargestellt werden. Benutzen wir dafür Cartesische Koordinaten $x_i : x_0$, wo $x_0 = 1$ ist, so ist die Gleichung des Kugelgebildes:

$$x_1^2 + \cdots + x_n^2 + 2x_0\,(a_1 x_1 + \cdots + a_n x_n) + b x_0^2 = 0.$$

Dasselbe hat mit dem unendlich fernen Gebilde $x_0 = 0$ das Gebilde $x_1^2 + \cdots + x_n^2 = 0$ gemeinschaftlich, was mit dem für Ebenenkoordinaten gefundenen Resultat übereinstimmt. Sind aber $m_{i\varkappa}$ die Koeffizienten einer orthogonalen Transformation, so dass mit Benutzung des bekannten Kroneckerschen Zeichens $\delta_{\varkappa\lambda} = \begin{Bmatrix} 0 \\ 1 \end{Bmatrix}$ ist:

$$\sum_i m_{i\varkappa} m_{i\lambda} = \delta_{\varkappa\lambda},$$

so erlaubt die Euklidische Geometrie nur die Transformationen:

$$x_\varkappa{}^1 = m_{\varkappa 1} x_1 + \cdots + m_{\varkappa n} x_n, \quad x_0{}^1 = x_0,$$

während die obige Bedingung erfüllt ist bei den Transformationen:

$$\varrho x_\varkappa{}^1 = m_{\varkappa 1} x_1 + \cdots + m_{\varkappa n} x_n, \quad x_0{}^1 = x_0,$$

wo ϱ eine beliebige Konstante bezeichnet. Wie hier die obigen Definitionen zu beschränken seien, soll uns nicht weiter beschäftigen.

§ 5. Selbständige Begründung der projektivischen Geometrie.

66. Die projektivische Geometrie bedarf zu ihrer Begründung, wie Herr Klein gezeigt hat, nicht derjenigen Voraussetzungen, welche in Art. 34 zur Begründung der Nicht-Euklidischen Raumformen notwendig waren. Sie kann zunächst vom Axiom des Kreises ganz absehen, aber auch die übrigen Axiome sind nicht in dem beschränkten Sinne zu benutzen, welcher oben zu Grunde gelegt wurde. Namentlich kann man die Bewegung ganz entbehren und vermag durch den Aufbau selbst zu derselben soweit zu gelangen, als es für die Geometrie notwendig ist (wobei natürlich die eigentliche Bewegung durch die blosse Vergleichung ersetzt werden muss). Ebenso ist ihr der Begriff der Gleichheit zunächst vollständig fremd; man kann aber durch rein projektivische Betrachtungen zu demselben gelangen.

Den Voraussetzungen über Gerade und Ebene geben wir folgende Form:

1) Nachdem ein endliches Gebiet abgegrenzt ist, können wir ein System von Linien voraussetzen, von der Beschaffenheit, dass durch zwei Punkte des Gebietes nur eine einzige Linie hindurchgeht; wir bezeichnen diese Linien als Gerade;

2) durch jede Gerade und jeden beliebig ausser derselben gelegenen Punkt lässt sich eine, und zwar eine einzige zweifach ausgedehnte Fläche, die zweidimensionale Ebene, legen; diese enthält jede Gerade, welche zwei Punkte mit ihr gemeinschaftlich hat;

3) durch jede zweidimensionale Ebene und einen nicht in ihr liegenden Punkt lässt sich eine dreidimensionale Fläche legen, in welche eine Gerade ganz hineinfällt, wenn sie zwei Punkte mit ihr gemeinschaftlich hat u. s. w.

Wenn wir hier die Namen Gerade und Ebene benutzt haben, so soll damit keineswegs behauptet werden, dass wir für $n = 3$ mit diesen Begriffen die bekannten Vorstellungen verbinden müssen; vielmehr genügt jede andere Vorstellung, welche den aufgestellten Voraussetzungen entspricht.

Die obigen Voraussetzungen können nicht im stande sein, eine projektivische Raumform aufzubauen, wenn dieselbe nur zwei Dimensionen hat. Denn dann ist nur die erste Annahme gemacht und diese lässt zunächst die von einem Punkte ausgehenden „Geraden" im wesentlichen willkürlich; nach deren Wahl ist von den Linien eines zweiten Punktes nur eine bestimmt, die andern willkürlich, und das gilt noch, nachdem für beliebig viele Punkte die davon ausgehenden Geraden bestimmt sind; dies widerspricht aber den projektivischen Eigenschaften. Dasselbe erkennt man auch auf einem andern Wege. Den Voraussetzungen 1) genügen die kürzesten Linien einer Fläche (wenigstens bis zu einer gewissen Grenze); dennoch kommen dem System dieser Linien im allgemeinen die projektivischen Eigenschaften nicht zu, wie Herr Beltrami bewiesen hat.

67. Sobald aber $n > 2$ ist, ist jedesmal durch drei Punkte einer Geraden ein vierter Punkt eindeutig bestimmt und die Fortsetzung der entsprechenden Konstruktion führt auf die projektivische Zuordnung beliebiger Ebenen.

Es seien A, B, C drei Punkte einer Geraden und zwar möge C nicht auf der Strecke AB liegen. Dann lege man mit v. Staudt durch die Gerade ABC eine beliebige zweifach ausgedehnte Ebene und nehme in derselben einen beliebigen Punkt γ, ziehe die Geraden $A\gamma$ und $B\gamma$, und durch C eine Gerade, welche $A\gamma$ zwischen A und γ in α und $B\gamma$ zwischen B und γ in β schneidet. Dann schneiden sich die Geraden $A\beta$ und $B\alpha$ in einem Punkte δ und die Gerade $\gamma\delta$ die AB in einem Punkte D zwischen A und B. Dieser Punkt D ist unabhängig von der gewählten Ebene und von den benutzten Hülfslinien; er heisst der zu ABC gehörige *vierte harmonische Punkt.*

Um die Unabhängigkeit des Punktes D von der gewählten Ebene zu beweisen, nehme man in einer zweiten zweidimensionalen Ebene einen Punkt γ' an und bestimme α', β', δ' in entsprechender Weise. Dann geht $\gamma'\delta'$ wieder durch den Punkt D. Denn zunächst liegt die ganze Figur in einer dreidimensionalen Ebene. Da die Punkte $C\alpha\beta$ und $C\alpha'\beta'$ je in einer Geraden liegen, so lässt sich durch die fünf Punkte $C\alpha\beta\alpha'\beta'$ eine zweidimensionale Ebene legen, und in dieser treffen sich die Geraden $\alpha\beta'$ und $\alpha'\beta$ (s. Taf. Fig. 8). Ferner liegt der Schnittpunkt in den zweidimensionalen Ebenen $B\alpha\beta'$ und $A\alpha'\beta$, also auch in ihrer Kante $\gamma'\delta$; ebenso liegt der Schnittpunkt in den Ebenen $A\alpha\beta'$ und $B\alpha'\beta$ und in deren Kante $\gamma\delta'$. Somit schneiden sich auch $\gamma\delta'$ und $\gamma'\delta$ und liegen in einer zweidimensionalen Ebene, welche mit der Geraden AB nur einen einzigen Punkt D gemeinschaftlich haben kann.

Hätten wir aber in der zweidimensionalen Ebene $AB\gamma$ die Punkte γ'', α'', β'' entsprechend angenommen, so würde man durch Hinzunahme der davon verschiedenen Ebene $AB\gamma'$ zeigen, dass die Geraden $\gamma'\delta''$ und $\gamma''\delta'$ in einer zweidimensionalen Ebene liegen, welche, wie eben bewiesen, mit AB nur den einen Punkt D gemeinschaftlich hat. Somit ist durch drei Punkte einer Geraden ein einziger vierter Punkt bestimmt.

Die Konstruktion lehrt, dass die Vertauschung von A und B dem Punkte C wieder den Punkt D zuordnet, ferner dass zu ABD der Punkt C der vierte harmonische Punkt ist. Ebenso ist zu CDB der Punkt A der vierte harmonische. Die oben getroffene Anordnung hatte nur den Zweck zu bewirken, dass die gezogenen Linien sich wirklich schneiden und zwar in dem vorhin abgegrenzten Gebiete.

68. Die Viereckskonstruktion liefert den wichtigen Satz:

Wenn vier Ebenen eines Büschels irgend eine Gerade in vier harmonischen Punkten schneiden, so treffen sie auch jede andere Gerade in vier solchen Punkten.

Dabei werden als ν-dimensionale Ebenen eines Büschels solche verstanden, welche sich in einer $(\nu-1)$-dimensionalen Ebene schneiden und einer $(\nu+1)$-dimensionalen Ebene angehören. Wird nun die eine Gerade in den Punkten $ABCD$, die andere in den Punkten $AB'C'D'$ getroffen (so dass die Geraden den Punkt A gemeinschaftlich haben), so lege man durch die Geraden eine zweidimensionale Ebene. Dann muss diese Ebene von den Ebenen des Büschels in vier Geraden MA, MCC', MBB', MDD' getroffen werden. Jetzt benutze man die vier Geraden AD, AD', MC, MD, um zu CDA den vierten harmonischen Punkt zu bestimmen. Ist N der

Schnittpunkt von CD' und $C'D$, so muss derselbe auf der Geraden MN liegen. Da B nach der Voraussetzung dieser Punkt ist, so geht die Gerade MB durch N, und da B' auf MB liegt, so sind auch $C'D'AB'$ vier harmonische Punkte.

Sind nun $ABCD$ und $A'B'C'D'$ zwei ganz beliebige Gerade, so ziehe man die Gerade AB'. Wird diese von den vier Ebenen getroffen, so wendet man den soeben bewiesenen Spezialfall zweimal an und beweist dadurch, dass auch $A'B'C'D'$ vier harmonische Punkte sind. Im andern Falle schiebe man noch einige andere Gerade ein, welche von den vier Ebenen getroffen werden und welche den Übergang von der ersten zur zweiten Geraden vermitteln.

Demnach dürfen wir vier Ebenen eines Büschels als harmonische Ebenen bezeichnen, wenn sie jede hindurchgelegte Gerade in vier harmonischen Punkten treffen.

69. Hiernach ist es möglich, nach beliebiger Annahme dreier Punkte einer Geraden jedem Punkte eine einzige Zahl in der Weise stetig zuzuordnen, dass aus den Zahlen, welche drei beliebigen Punkten zugeordnet sind, die dem vierten harmonischen Punkte zugeordnete Zahl vermittelst einer linearen Gleichung gefunden wird.

Die drei beliebig gewählten Punkte bezeichne ich als P_∞, P_0, P_1 und ordne jedem die als Marke angehängte Zahl zu. Dann suche ich für $P_\infty P_1$ den zu P_0 zugeordneten harmonischen Punkt und bezeichne ihn als P_2; ebenso bestimme ich P_3 dadurch, dass $P_\infty P_2 P_1 P_3$ vier harmonische Punkte sein sollen. Den angegebenen Prozess wiederhole ich nach dem Schema $P_\infty P_3 P_2 P_4$, $P_\infty P_4 P_3 P_5 \ldots P_\infty P_r P_{r-1} P_{r+1}$. Dieser Weg gestattet es, jeder ganzen positiven Zahl einen einzigen Punkt zuzuordnen. Zugleich sagt die Form, wie wir zu den negativen Zahlen gelangen. P_{-1} ist zu $P_\infty P_0 P_1$ der vierte harmonische Punkt oder wird durch das Schema $P_\infty P_0 P_{-1} P_1$ und P_{-2} durch $P_\infty P_{-1} P_{-2} P_0$, P_{-3} durch $P_\infty P_{-2} P_{-3} P_{-1}$ bestimmt u. s. w. Zugleich ergiebt sich, dass (soweit die Punkte dem betrachteten Gebiet angehören) die Anordnung der Punkte auch der der zugeordneten Zahlen entspricht.

Die geometrische Konstruktion ist äusserst einfach. Man lege durch P_∞ eine beliebige Gerade und nehme auf derselben zwei Punkte A und B an (s. Taf. Fig. 9). Nach dem Schnittpunkte von $P_0 B$ und $P_1 A$ ziehe man durch P_∞ eine Gerade I; deren Schnittpunkt mit $P_1 B$ verbinde man mit A, wodurch man zu P_2 gelangt; der Schnittpunkt von $P_2 B$ mit I führt durch seine Verbindung mit A auf P_3 u. s. w. Um von P_ν zu $P_{\nu+1}$ zu gelangen, ziehe man $P_\nu B$, ziehe durch den Schnittpunkt derselben mit I und durch A eine neue Gerade, welche die gegebene in $P_{\nu+1}$ trifft. Und um umgekehrt, nachdem P_ν gefunden ist, auch zu $P_{\nu-1}$ zu gelangen, ziehe man $P_\nu A$ und lege durch den Schnittpunkt von $P_\nu A$ mit I und B eine Gerade, deren Schnittpunkt mit der gegebenen Geraden als $P_{\nu-1}$ bezeichnet werden soll.

Da die ganze Zahl ν eine bestimmte Operation angiebt, durch welche der Punkt P_ν aus den Zahlen P_∞, P_0, P_1 gefunden wird, und da diese Operation nur von den vier Punkten $P_\infty P_0 P_1 P_\nu$ abhängt, so soll sie als deren *Doppelverhältnis* bezeichnet werden, ein Name, der aus der Metrik hergenommen ist, aber im folgenden sich auch hier als passend erweisen wird.

Das Doppelverhältnis von vier Punkten $abcd$ kann, falls es ganzzahlig positiv ist, definiert werden als die um Eins vermehrte Zahl, welche angiebt, wie oft man den vierten harmonischen Punkt in der Folge $acbc'$, $ac'cc''$, $ac''c'c'''\ldots$ bestimmen muss, um zu d zu gelangen; entsprechend ist die Definition für negative Werte. Das Doppelverhältnis ändert sich nicht, wenn man die vier Punkte mit einem festen Punkte verbindet und die Strahlen durch eine neue Gerade durchschneidet. Demnach zeigt die Figur, dass das Doppelverhältnis

$$\nu = (P_\infty\, P_0\, P_1\, P_\nu) = (P_\infty\, P_1\, P_2\, P_{\nu+1}) = \cdots = (P_\infty\, P_\mu\, P_{\mu+1}\, P_{\mu+\nu})$$

dasselbe ist.

Das Doppelverhältnis ν kommt den von A nach $P_\infty P_\mu$ $P_{\mu+1} P_{\mu+\nu}$ gezogenen Strahlen, also auch deren Schnitte mit $B P_\mu$ zu und da $B P_\mu$ die $A P_{\mu+1}$ in I trifft, so müssen sich alle Geraden $A P_{\mu+\nu}$ und $B P_\mu$ in einer Geraden N treffen,

welche durch P'_∞ geht und die zu den Geraden AB, I und
der gegebenen das Doppelverhältnis ν hat. Somit bilden die
Punkte $P_\infty\, P_\mu\, P_\nu\, P_\varrho$ einen harmonischen Büschel, wenn
$2\mu = \varrho + \nu$ ist. Da auch das Doppelverhältnis $(P_\infty\, P_\alpha\, P_0\, P_{\alpha\nu})$
gleich ν ist und ebenso das von $(P_\infty\, P_{\mu+\alpha}\, P_\mu\, P_{\mu+\alpha\nu})$, so ist
das Doppelverhältnis der vier Punkte $P_\infty\, P_\varrho\, P_\sigma\, P_\tau$ gleich
$\dfrac{\tau - \sigma}{\varrho - \sigma}$, wofern ϱ, σ, τ und dieser Bruch ganze Zahlen sind.

70. Diese Betrachtungen zeigen, in welcher Weise wir
den gebrochenen Zahlen bestimmte Punkte zuordnen müssen,
damit die angegebenen Gesetze bestehen bleiben. Wollen wir
uns auf die Konstruktion harmonischer Punkte beschränken,
ohne die Konstruktion ganzzahliger Doppelverhältnisse hin-
zuzunehmen, so erhält man nur Brüche, deren Nenner eine
Potenz von Zwei ist. Diese erhält man durch die Festsetzung,
dass je vier Punkte

$$P_\infty\, P_{\frac{1}{2}}\, P_0\, P_1, \; P_\infty\, P_{\frac{1}{4}}\, P_0\, P_{\frac{1}{2}}, \ldots P_\infty\, P_{2-\alpha-1}\, P_0\, P_{2-\alpha}$$

harmonisch liegen sollen. Bei jedem ganzzahligen Nenner $\mu = 2^\alpha$
suche man die einem beliebigen Zähler entsprechenden Punkte
in derselben Weise, wie bei ganzen Zahlen, nämlich durch
die Festsetzung, dass $P_\infty\, P_{\frac{\nu}{\mu}}\, P_{\frac{\nu-1}{\mu}}\, P_{\frac{\nu+1}{\mu}}$ harmonisch liegen

sollen. Nachdem wir so einer Zahl $\alpha = \dfrac{\nu}{\mu}$ einen bestimmten
Punkt P_α zugeordnet haben, bezeichnen wir wieder diese
Zahl α als das Doppelverhältnis der Punkte $P_\infty\, P_0\, P_1\, P_\alpha$.
Dann gelten wiederum die Gesetze:

1. Sind zwei Zahlen α und β, die in verschiedener Weise
entstanden sind, einander gleich, so fallen auch die zugeordneten Punkte zusammen;

2. die Punkte folgen in derselben Reihenfolge, wie die
entsprechenden Zahlen.

Der erste Satz ergiebt sich in derselben Weise, wie
eben für ganze Zahlen der Satz, dass das Doppelverhältnis
$P_\infty\, P_\alpha\, P_0\, P_{\alpha\nu}$ gleich ν sei. Der zweite Satz ist eine unmittelbare Folge davon, dass der Satz für ganze Zahlen gilt.

Jede beliebige (rationale oder irrationale) Zahl σ, welche
sich nicht durch einen Exponenten von Zwei als Nenner dar-

stellen lässt, ist bestimmt, wenn man für jede Potenz 2^μ eine
ganze Zahl α finden kann, für welche ist:

$$\frac{\alpha}{2^\mu} < \sigma < \frac{\alpha+1}{2^\mu}.$$

Indem wir also den Zahlen $\dfrac{\alpha}{2^\mu}$ und $\dfrac{\alpha+1}{2^\mu}$ nach dem
angegebenen Gesetze Punkte zuordnen, und dies für alle Werte
von μ und die entsprechenden von α ausführen, müssen wir
nachweisen, dass es einen einzigen Punkt giebt, welcher
zwischen den gefundenen Punkten liegt. Dieser Nachweis ist
erbracht, sobald bewiesen worden ist, dass auf jeder Strecke
$P_0 M$, welche einen Teil von $P_0 P_1$ bildet, sich ein Punkt
$P_{\frac{1}{2^\mu}}$ findet.

Angenommen, man gelange zu keinem Punkte der Strecke
$P_0 M$, während man zu jedem Punkte gelangen kann, welcher
zwischen M und P_1 liegt. Dann suche man N durch die
Forderung, dass $P_0 N M P_\infty$ harmonische Punkte sind. Da
N zwischen M und P_∞ liegt, so kann man einen Punkt
$P_{\frac{1}{2^\mu}}$ bestimmen, welcher zwischen M und N liegt. Somit
liegt der Punkt $P_{\frac{1}{2^{\mu+1}}}$, welcher zu $P_\infty P_{\frac{1}{2^\mu}} P_1$ harmonisch
liegt, zwischen P_0 und M, wodurch die Unmöglichkeit der
gemachten Annahme bewiesen ist.

Genau in derselben Weise, wie eben für ganzzahlige
Werte von λ, μ, ν, beweist man, dass allgemein drei Punkte
P_α, P_β, P_γ zu P_∞ harmonisch liegen, wenn $2\gamma = \alpha + \beta$ ist.
Man könnte nun zeigen, dass die zu irgend vier harmonischen
Punkten gehörigen Zahlwerte durch eine bilineare Gleichung
verbunden sind; aber einerseits benutzen wir diesen Satz
nicht, andererseits folgt er einfach aus einer geometrischen
Konstruktion des folgenden Artikels; wir gehen demnach
nicht näher darauf ein.

Nach dem Satze, dass das Doppelverhältnis sich bei per-
spektivischer Abbildung nicht ändert, kann man vermittelst
der Punkte $P_\infty P_0 P_1 P_r$ auch zu dem Punkte $P_{\frac{1}{r}}$ gelangen,
indem man die Doppelverhältnisse $(P_\infty P_0 P_{\frac{1}{r}} P_r)$ und

$\left(P_\infty \, P_0 \, P_{\underset{r}{1}} \, P_1 \right)$ einander gleich setzt. Hiernach ist es möglich, zu jeder rationalen Zahl α den zugehörigen Punkt P_α zuzuordnen, ohne eine Grenzbetrachtung anzuwenden. Wir haben aber die obige Bestimmung vorgezogen, da sie zeigt, dass man durch wiederholte Konstruktion des vierten harmonischen Punktes jeden Punkt entweder erreicht oder unbegrenzt einschliesst.

71. Demnach kann man die Punkte zweier Geraden einander in der Weise zuordnen, dass drei Punkten der ersten ABC drei beliebig gewählte Punkte der anderen $A'B'C'$ entsprechen und dass irgend drei Punkten der ersten Geraden, welche mit A ein harmonisches Quadrupel bilden, drei Punkte zugeordnet sind, welche zu A' harmonisch liegen.

Um diese Zuordnung zu bewerkstelligen, lege man A, B, C die Zahlwerte ∞, 0, 1 bei und bestimme zu jedem Punkte der ersten Geraden die ihm nach der obigen Festsetzung entsprechende Zahl; dasselbe führe man auf der zweiten Geraden aus und ordne diejenigen Punkte einander zu, denen gleiche Zahlen beigelegt sind; oder anders ausgedrückt: Um zu D den entsprechenden Punkt D' zu bestimmen, ordne man die Doppelverhältnisse $(ABCD)$ und $(A'B'C'D')$ einander zu.

Daraus ergiebt sich, dass diese Zuordnung nur auf eine einzige Weise möglich und dass sie stetig ist. Sie hat ausserdem die Eigenschaft, dass irgend vier harmonischen Punkten der einen wiederum vier harmonische Punkte der andern entsprechen.

Die letzte Eigenschaft folgt aus einer Konstruktion, welche die geforderte Zuordnung unmittelbar liefert. Wenn die Geraden AA', BB', CC' durch denselben Punkt S gehen, so trifft jede Gerade SD die andere in dem zugeordneten Punkte D'. (Ebenso wenn die Geraden nicht in derselben Ebene liegen, so bestimme man eine Gerade l, welche durch die Geraden AA', BB', CC' hindurchgeht und projiziere die eine Gerade auf die andere durch zwei-dimensionale Ebenen, welche sich in l schneiden.) Wenn aber die beiden Geraden in derselben zwei-dimensionalen Ebene liegen, ohne dass

AA', BB', CC' durch denselben Punkt gehen, so nehme man auf AA' einen beliebigen Punkt S und projiziere $A'B'C'$... auf eine durch A gehende und von AA' verschiedene Gerade $AB''C''$... und diese wiederum von dem Schnittpunkte der Geraden BB'' und CC'' auf ABC... Bei jeder solchen Projektion werden aus harmonischen Punkten wieder harmonische Punkte erhalten. Somit entsprechen bei der obigen Zuordnung irgend vier Punkten der einen Geraden vier harmonische Punkte der andern. Wir dürfen daher mit Staudt die Definition aufstellen:

Die Punkte zweier Geraden heissen projektivisch auf einander bezogen, wenn jedem harmonischen Quadrupel der einen ein harmonisches Quadrupel der andern entspricht.

Diese Definition kann auf beliebige einförmige Grundgebilde übertragen werden. Dann gilt der Satz:

Will man zwei einförmige Grundgebilde projektivisch auf einander beziehen, so kann man zu drei Elementen des einen drei Elemente des andern beliebig zuordnen, wodurch jedem Elemente des einen ein Element des andern zugeordnet ist.

Für den weitern Aufbau der projektivischen Geometrie kann man etwa den von v. Staudt vorgezeichneten Weg einschlagen (man vergleiche auch die Darlegungen von Reye und von Thomae). Will man einen andern Weg verfolgen, so hat man vom Unendlichfernen abzusehen und den Doppelverhältnissen die obige Bedeutung beizulegen.

Die Projektivität vermittelt ohne jede Bewegung eine gegenseitige Beziehung von Raumgebilden, und diese Beziehung ist allgemeiner, als die in den Nicht-Euklidischen Raumformen durch starre Bewegung erlangte. Während die metrische Geometrie die gegenseitige Lage zweier Punkte A und B bereits mit der gegenseitigen Lage zweier anderer Punkte C und D vergleicht, da der Abstand AB entweder grösser oder ebensogross oder kleiner ist als der Abstand CD, kann hier erst zwischen vier Punkten $ABCD$ einer Geraden und vier Punkten $A'B'C'D'$ eine Vergleichung angestellt werden. Die Metrik kann die Punkte einer Geraden nur in einfach unendlicher Weise auf die einer zweiten Geraden be-

ziehen, in der projektivischen Geometrie ist dies in dreifach
unendlicher Weise möglich.

[Will man dies auf analytischem Wege erkennen, so leite
man aus den durchgeführten Entwicklungen ein Koordinatensystem her, in welchem die Gleichung jeder $(n-1)$-dimen-
sionalen Ebene homogen linear ist. Diese Aufgabe ist von
Herrn Fiedler in seiner „darstellenden Geometrie" (Art. 138
bis 142) durchgeführt, allerdings zunächst für die Anschauungen der Euklidischen Geometrie von drei Dimensionen.
Aber man kann sich von diesen speziellen Anschauungen unabhängig machen, indem man an Stelle der dort benutzten
Doppelverhältnisse die obige Definition derselben nimmt und
statt auf das Unendlichferne zu projizieren (was zuweilen
vorkommt), auf eine beliebige Ebene projiziert.]

72. Diese allgemeinen Zuordnungen der Punkte des Raumes sind in geeigneter Weise zu beschränken, wenn man nur
solche Zuordnungen erhalten will, welche den durch starre
Bewegung erlangten entsprechen. Man ordne den sämtlichen
Punkten des Raumes die sämtlichen $(n-1)$-dimensionalen
Ebenen in der Weise zu, dass die den Punkten P^1 einer
$(n-1)$-dimensionalen Ebene E^2 zugeordneten Ebenen E^1
durch den der Ebene E^2 zugeordneten Punkt P^2 gehen. Um
diese Zuordnung zu erreichen, wähle man $n+1$ Punkte,
welche nicht in einer Ebene liegen und ordne jedem dieser
Punkte die durch die n übrigen gelegte Ebene zu; ausserdem
nehme man einen Punkt P, welcher in keiner dieser Ebenen
liegt, und ordne ihm eine beliebige Ebene zu. Dadurch wird
es möglich, jedem Punkte eine Ebene in der vorgeschriebenen
Weise zuzuordnen. Da hierbei auf jeder Geraden eine Involution erzeugt wird, so füllen die Punkte, welche in ihre
Polarebenen fallen, ein quadratisches Gebilde an. Wenn dieses
Gebilde imaginär ist oder wenn man sich für nicht-geradlinige Gebilde auf das Innere beschränkt, so gelten für jede
projektivische Zuordnung, bei welcher dies Polarsystem erhalten bleibt, dieselben Gesetze, wie in einer Nicht-Euklidischen Raumform. Wir führen den Gedanken zunächst an
einer Geraden durch. Nachdem auf derselben eine Involution
gegeben ist, kann man einem beliebigen Punkte A noch

einen beliebigen Punkt A_1 zuordnen; soll aber dann die neue
Zuordnung so beschaffen sein, dass die festgesetzte Involution
ungeändert bleibt, so ist durch die Zuordnung von A und A_1
zu jedem Punkte B ein einziger Punkt zugeordnet.

Durch die Involution seien die Punktepaare A und A',
B und B'... einander zugeordnet; sobald noch A zu A_1 zugeordnet ist, muss auch A' zu A'_1 zugeordnet werden. Könnte
man noch willkürlich B zu B_1 zuordnen, so würde durch die
Zuordnung:

$$A \text{ zu } A_1, \quad A' \text{ zu } A'_1, \quad B \text{ zu } B_1$$

die neue Zuordnung vollständig bestimmt sein. Da aber bei
dieser Zuordnung B' zu B'_1 zugeordnet sein soll, so darf
auch B_1 nicht willkürlich sein. (Die Konstruktion, welche
namentlich für eine Involution mit reellen Hauptpunkten sehr
einfach ist, soll hier nicht mitgeteilt werden.)

Ändert man stetig die Zuordnung von A_1 zu A (indem
man den Punkt A beibehält), so bilden auch die zu B zugeordneten Punkte B_1 eine stetige Folge.

Jetzt lässt sich zeigen, dass für die oben charakterisierte
Zuordnung im n-dimensionalen Raume Gesetze gelten, welche
vollständig den in Art. 34 für die Nicht-Euklidischen Raumformen gemachten Voraussetzungen entsprechen.

1. Wenn alle Punkte einer $(n-2)$-dimensionalen Ebene
E_{n-2} sich selbst entsprechen sollen, so ist noch eine stetig
veränderliche Zuordnung der Punkte des Raumes möglich.

Der E_{n-2} entspricht im Polarsystem eine Gerade g; die
Punkte derselben können einander noch (in stetig veränder-
licher Weise) so zugeordnet werden, dass auf g die durch
das Polarsystem bestimmte Involution erhalten bleibt. Sobald einem Punkte A auf g ein Punkt A_1 beliebig zugeordnet
ist, ist jedem Punkte von g ein bestimmter Punkt zugeordnet.

Trifft die durch E_{n-2} und einen beliebigen Punkt P gelegte E_{n-1} die g in B und die Gerade BP die M_{n-2} in M,
so muss der zu P zugeordnete Punkt P_1 in MB_1 liegen, wo
B_1 der in g zu B zugeordnete Punkt ist. Wenn ferner die
Polarebene von P die g in C trifft und C_1 zu C zugeordnet

ist, so muss die Polarebene von C_1 die Gerade MB_1 in P_1 schneiden.

2. Diese (in 1. angegebene) Zuordnung kann stetig so umgeändert werden, dass jede durch E_{n-2} gelegte $(n-1)$-dimensionale Ebene nur Punktepaare enthält, welche einander zugeordnet sind.

Es soll also, wenn P_1 zu P zugeordnet ist, auch P zu P_1 zugeordnet sein, und die beiden Punkte P und P_1 sollen mit E_{n-2} in einer $(n-1)$-dimensionalen Ebene liegen. Man findet zu P den entsprechenden Punkt P_1, indem man durch P und E_{n-2} eine E_{n-1} legt, welche die Gerade g in B trifft, während die Gerade BP die E_{n-2} in M schneidet. Sind dann $BMPP_1$ vier harmonische Punkte und ordnet man P_1 zu P zu, so muss man auch P dem P_1 zuordnen. Diese Zuordnung kann durch stetige Veränderung aus der in 1. angegebenen Zuordnung erhalten werden, da die auf g liegende Involution keine Doppelpunkte hat.

Hiernach übersieht man leicht, wie auch die übrigen Voraussetzungen des Art. 34 hier ihr Analogon finden. Die durch das Polarsystem beschränkte kollineare Zuordnung der Punkte des Raumes genügt also. den Voraussetzungen der metrischen Geometrie.

Auch der Begriff des Abstandes lässt sich jetzt aus rein projektivischen Anschauungen herleiten. Da der Abstand bei jeder starren Bewegung ungeändert bleibt, so steht er in enger Beziehung zu einer Grösse, welche sich nicht ändert, wenn man die beiden Punkte durch andere ersetzt, welche ihnen bei einer projektivischen Zuordnung der vorausgesetzten Art entsprechen können. Sind AB irgend zwei Punkte, so besteht auf ihrer Verbindungslinie eine Involution, welche reelle oder imaginäre Hauptpunkte hat. Das Doppelverhältnis der Punkte AB zu diesen Hauptpunkten ändert sich nicht bei den angegebenen projektivischen Zuordnungen; folglich ist der Abstand eine Funktion dieses Doppelverhältnisses. Ist C ein beliebiger dritter Punkt derselben Geraden, setzt man $AB = r$, $BC = r'$, das angegebene Doppelverhältnis für $AB = v$, für $BC = v'$, wodurch dasselbe für $AC = v \cdot v'$ wird, so muss sein:

$$r = \varphi(v), \quad r' = \varphi(v'), \quad r + r' = \varphi(vv') = \varphi(v) + \varphi(v'),$$

$$\text{also } r = c \, lg \, r,$$

so dass wir ganz selbständig wieder zu dem Resultat (Gleichung 5) des Art. 62 gelangt sind.

§ 6. Gebilde zweiter Ordnung im Riemannschen Raume.

73. Gleichwie nach Art. 56 und 57 die projektivischen Eigenschaften der quadratischen Gebilde in engem Zusammenhange mit dem Problem stehen:

Die quadratische Form φ $(x_0 \ldots x_n)$ als Summe von $n + 1$ Quadraten darzustellen,

so führt die Untersuchung ihrer metrischen Eigenschaften zu dem Problem:

Die quadratischen Formen:

$$\varphi(x_0 x_1 \ldots x_n) \quad \text{und} \quad \Omega = k^2 x_0{}^2 + x_1{}^2 + \cdots + x_n{}^2.$$

als Summe derselben Quadrate darzustellen.

Nach einem Satze des Herrn Weierstrass (Berliner Monatsberichte 1858 u. 1868) kann diese Aufgabe für ein positives k^2 immer gelöst werden, da die Form Ω für reelle Werte der Variabelen nur dadurch zum Verschwinden gebracht werden kann, dass man alle Variabelen gleich Null setzt. In den beiden endlichen Raumformen lässt sich also immer ein Weierstrass'sches Koordinatensystem angeben, für welches die Gleichung eines quadratischen Gebildes in der Form von Quadraten erscheint. Es sei demnach die Gleichung des Gebildes:

1) $$a_0 k^2 x_0{}^2 + a_1 x_1{}^2 + \cdots + a_n x_n{}^2 = 0$$

unter der Bedingung:

2) $$k^2 = k^2 x_0{}^2 + x_1{}^2 + \cdots + x_n{}^2.$$

Zunächst nehmen wir an, die Koeffizienten a seien unter einander und von Null verschieden. Für jeden Eckpunkt dieses Koordinatensystems (und im Riemannschen Raume für seinen Gegenpunkt) fällt die ihm in Bezug auf das Gebilde 1) zugeordnete Polarebene mit der absoluten Polarebene zusammen. Das Gebilde hat im Riemannschen Raume $n+1$ Paare von Mittelpunkten, in seiner Polarform $n+1$ Mittelpunkte. Konstruiert man zu einer $(\alpha-1)$-fach ausgedehnten Ebene, welche durch α Mittelpunkte hindurch geht (unter denen sich keine Gegenpunkte befinden), die absolute Polarebene, welche dann notwendig $n-\alpha$ Dimensionen hat und $n+1-\alpha$ Mittelpunkte enthält, so ist dies auch in Bezug auf das gegebene Gebilde die Polarebene der ersten. Infolge der ersten Eigenschaft steht jede Gerade, welche beide Ebenen schneidet, auch auf beiden senkrecht, und beträgt die Entfernung der Schnittpunkte $\frac{1}{2}k\pi$; da zu diesen beiden Punkten die Schnittpunkte mit dem gegebenen Gebilde harmonisch liegen, so folgt umgekehrt der Satz:

Wenn eine Gerade auf einer $(\alpha-1)$-fach ausgedehnten Ebene, welche durch α Mittelpunkte gelegt ist, senkrecht steht, so liegt der Schnittpunkt mit dieser Ebene mitten zwischen den beiden Schnittpunkten, in denen sie das gegebene Gebilde trifft.

Setzen wir in 1) alle Variabelen bis auf x_0 und $x_\varkappa$ gleich Null, so folgt:

$$tg^2 \cdot \frac{r_\varkappa}{k} = -\frac{a_0}{a_\varkappa},$$

wenn man unter $r_\varkappa$ den Abstand des Punktes $(1, 0 \ldots 0)$ von einem Schnittpunkte des quadratischen Gebildes mit der gegebenen Geraden versteht.

74. Wenn in der Gleichung 1) zwei Koeffizienten a einander gleich sind, etwa $a_1 = a_2$, so lassen sich die Grössen x_1 und x_2 durch

$$\frac{\lambda x_1 - \mu x_2}{\sqrt{\lambda^2 + \mu^2}} \quad \text{und} \quad \frac{\mu x_1 + \lambda x_2}{\sqrt{\lambda^2 + \mu^2}}$$

ersetzen. Folglich ist jeder Punkt auf der Geraden

$$x_0 = x_3 = x_4 = \cdots = x_n = 0$$

Mittelpunkt des Gebildes, und wenn bei einer Drehung alle Punkte der Ebene $x_1 = x_2 = 0$ in Ruhe verbleiben, so wird das Gebilde in sich verschoben.

Allgemein mögen die $n+1$ Koeffizienten a in mehrere Gruppen unter sich gleicher, aber von den übrigen verschiedener Grössen zerfallen. So sei:

$$a_0 = a_1 = \cdots = a_{\alpha-1}, \quad a_\alpha = a_{\alpha+1} = \cdots = a_{\alpha+\beta-1},$$
$$a_{\alpha+\beta} = \cdots = a_{\alpha+\beta+\gamma-1}, \ldots \quad a_0 \gtrless a_\alpha \gtrless a_{\alpha+\beta} \cdots,$$

so dass $\alpha + \beta + \gamma = \cdots = n + 1$ ist. Jede Transformation, welche die Form $k^2 x_0{}^2 + x_1{}^2 + \cdots + x_{\alpha-1}{}^2$ ungeändert lässt, ändert die Gleichung des Gebildes nicht; dasselbe hat also jeden Punkt der Ebene $x_\alpha = x_{\alpha+1} = \cdots = x_n = 0$ zum Mittelpunkte. Verschiebt man den Raum so, dass diese Ebene in Deckung mit ihrer Anfangslage verbleibt und jede $(\alpha + 1)$-dimensionale Ebene, in welche die erstere ganz hineinfällt, ebenfalls in sich bewegt wird (verschiebt man den Raum längs der genannten Ebene), so wird auch das quadratische Gebilde in sich verschoben. Demnach wird auch das quadratische Gebilde in sich bewegt, wenn eine Drehung um die Ebene $x_0 = x_1 = \cdots = x_\alpha = 0$ erfolgt. Dasselbe gilt für Ebenen von $n - \beta,\; n - \gamma \cdots$ Dimensionen. Ebenso darf man die genannten Bewegungen beliebig mit einander zusammensetzen.

Sehen wir im Raume von drei Dimensionen vom Kegel ab, so erhalten wir nach den metrischen Eigenschaften folgende vier Arten von Flächen zweiter Ordnung:

1. die allgemeine Fläche: $k^2 x_0{}^2 + a_1 x_1{}^2 + a_2 x_2{}^2 + a_3 x_3{}^2 = 0$,

2. die Rotationsfläche: $k^2 x_0{}^2 + a_1 x_1{}^2 + a_2 (x_2{}^2 + x_3{}^2) = 0$,

3. die Kugelfläche: $k^2 x_0{}^2 + a_1 (x_1{}^2 + x_2{}^2 + x_3{}^2) = 0$,

4. die Cylinderfläche: $(k^2 x_0{}^2 + x_1{}^2) + a (x_2{}^2 + x_3{}^2) = 0$.

Die beiden ersten Arten zerfallen projektivisch in geradlinige und nicht-geradlinige Flächen. Die Cylinderfläche enthält alle Punkte, welche von einer festen Geraden (und von ihrer absoluten Polare) gleichen Abstand haben; durch jeden Punkt der Fläche gehen zwei auf ihr liegende Gerade, welche überall von der Rotationsachse gleichen Abstand haben (die Parallelen nach Cliffords Bezeichnung; cfr. Art. 33). Jede nicht-geradlinige Fläche besteht im Riemannschen Raume aus zwei getrennten Teilen, in dessen Polarform aus einem einzigen Zweige.

75. Zwei quadratische Gebilde, deren Gleichungen:

$$3) \qquad \varphi = 0 \quad \text{und} \quad \varphi + \frac{\lambda}{k^2}\, \Omega = 0$$

sich nur durch ein konstantes Glied unterscheiden, mögen als *ähnliche konzentrische* (ähnliche und ähnlich liegende) Gebilde bezeichnet werden. Analytisch betrachtet haben sie mit dem Unendlichfernen dieselbe Schnittfigur. Die Gleichungen der Polarebenen desselben Punktes x' in Bezug auf die beiden Gebilde unterscheiden sich nur durch das Glied:

$$\frac{\lambda}{k^2}\left(k^2 x_0 x'_0 + x_1 x'_1 + \cdots + x_n x'_n\right),$$

schneiden sich also in der absoluten Polarebene des Punktes x' und haben vom Punkte x' aus dieselbe Senkrechte.

Wenn man φ in der Form 1) zu Grunde legt und vermittelst 2) etwa die Grösse x_0 entfernt, so lassen sich die Gleichungen 3) auf die Form bringen:

$$b_1 x_1^2 + \cdots + b_n x_n^2 = 1, \quad b_1 x_1^2 + \cdots + b_n x_n^2 = 1 - \lambda.$$

Legt man durch den Punkt $x_1 = x_2 = \cdots = x_n = 0$ eine Gerade, deren Richtungscosinus $\mu_1, \mu_2 \cdots \mu_n$ sind, so möge sie das erste Gebilde in der Entfernung r, das letzte in der Entfernung r' treffen. Dann ist für das erste Gebilde:

$$x_i = \mu_i \cdot k \sin\frac{r}{k},$$

und demnach:

$$k^2 \sin^2\frac{r}{k}\left(b_1 \mu_1^2 + \cdots + b_n \mu_n^2\right) = 1,$$

und entsprechend für das zweite, also:

$$4) \qquad \frac{\sin\frac{r}{k}}{\sin\frac{r'}{k'}} = \sqrt{\frac{1}{1-\lambda}},$$

und wir erhalten den Satz:

Zieht man von einem Mittelpunkt zweier ähnlicher konzentrischer Gebilde zweiter Ordnung aus eine Strecke, bis sie die beiden Gebilde trifft, so stehen die Sinus dieser Strecken in einem konstanten Verhältnis.

76. Die zweite Gleichung 3) stellt bei unbeschränkter Veränderlichkeit von λ einen *Büschel* ähnlicher Gebilde dar. Wir schreiben seine Gleichung in der Form von $n+1$ Quadraten:

$$5) \quad a_0 k^2 x_0^2 + a_1 x_1^2 + \cdots + a_n x_n^2 - \frac{\lambda}{k^2}\left(k^2 x_0^2 + x_1^2 + \cdots + x_n^2\right) = 0.$$

Wenn die Koeffizienten a_0, a_1 ... a_n sämtlich von einander
verschieden sind, so kann die Gleichung 5) nur dann ein
Kegelgebilde darstellen, wenn $\lambda = k^2 a_\iota$ für $\iota = 0$, 1 ... n wird.
Somit enthält der Büschel in diesem (dem allgemeinen) Falle
$n + 1$ Kegelgebilde; jedes von ihnen hat einen singulären
Punkt (keine singuläre Gerade oder Ebene) und dieser muss
mit einem Mittelpunkt des Büschels zusammenfallen. Ohne
der Allgemeinheit Abbruch zu thun, können wir annehmen:
$0 < a_0 < a_1 < ... < a_n$. Dann ist das Gebilde 5) für $\lambda < k^2 a_0$
imaginär, ebenso für $\lambda > a_n k^2$; dagegen ist für $k^2 a_0 < \lambda < k^2 a_1$
ein Zeichen negativ, die übrigen positiv, und für
$$k^2 a_{n-1} < \lambda < k^2 a_n$$
sind alle Zeichen bis auf eines negativ u. s. w. Demnach ergiebt sich:

Der allgemeine Büschel ähnlicher Gebilde enthält imaginäre, nicht-geradlinige, geradlinige u. s. w. Gebilde; die in
einem solchen Gebilde liegenden Ebenen steigen bis auf $\dfrac{n-1}{2}$
oder $\dfrac{n-2}{2}$ Dimensionen, je nachdem n ungerade oder gerade
ist. Derselbe enthält auch $n + 1$ Kegelgebilde mit singulärer
Spitze, von denen zwei imaginär, zwei geradlinig sind, zwei
zweifach ausgedehnte Ebenen enthalten u. s. w.; wenn $n = 2m$
ist, so hat ein einziges Kegelgebilde Ebenen von m Dimensionen; wenn $n = 2m + 1$ ist, so gehören dem Büschel zwei
Kegel an, auf denen m-dimensionale Ebenen liegen. Das
Innere der beiden Kegel, auf denen nur gerade Linien, keine
Ebenen liegen, ist ganz mit ungeradlinigen Gebilden angefüllt;
der übrige Raum (das Äussere beider) ist mit Gebilden angefüllt, auf denen mindestens gerade Linien liegen; derjenige
Teil hiervon, welcher das Innere eines derjenigen beiden
Kegel bildet, auf denen zweifach ausgedehnte Ebenen liegen,
enthält Gebilde zweiter Ordnung, denen nur gerade Linien,
keine Ebenen angehören; im gemeinschaftlichen Äussern beider
liegen Gebilde, welche mindestens zweifach ausgedehnte Ebenen
enthalten u. s. w.

Wie sich diese Resultate für einen speziellen Büschel
(d. h. für die Gleichheit mehrerer Koeffizienten a) ändern,
bedarf keiner Darlegung.

Wird der Büschel 3) durch eine $(n-1)$-fach ausgedehnte Ebene geschnitten, so kann man die Schnittebene etwa zur Ebene $x_n = 0$ wählen. Dann lehrt diese Gleichung, dass auch das Schnittsystem einen Büschel ähnlicher Gebilde liefert. Die Gleichung lässt sich jetzt auf die Form bringen:

6) $\quad x_n f(x_0 \ldots x_n) + c_0 k^2 x_0^2 + c_1 x_1^2 + \cdots + c_{n-1} x_{n-1}^2 - \dfrac{\lambda}{k^2} \,\Omega = 0,$

wo f eine lineare Form von $x_0 \ldots x_n$ darstellt. Wenn die sämtlichen Koeffizienten c ungleich sind, so hat der auf $x_n = 0$ liegende Büschel n Mittelpunkte (resp. n Paare von Mittelpunkten); diese sind die Spitzen von n Kegelgebilden, in denen die Ebene je ein Gebilde des Büschels berührt; zugleich stellt 6) für $\lambda = k^2 c_i$ ein eigentliches Gebilde zweiter Ordnung dar. Wenn aber zwei Koeffizienten c, etwa c_0 und c_1, einander gleich sind, so ist die Gleichung:

$$x_n f + (c_2 - c_0)\, x_2^2 + \cdots + (c_{n-1} - c_0)\, x_{n-1}^2 = 0$$

durch n lineare Funktionen der Koordinaten, nämlich x_n, f, $x_2 \ldots x_{n-1}$ darstellbar; also ist sie die Gleichung eines Kegelgebildes, welches von der Ebene $x_n = 0$ berührt wird. Dadurch gelangen wir zu dem Satze:

Wenn eine (n − 1)-fach ausgedehnte Ebene kein Kegelgebilde eines allgemeinen Büschels ähnlicher Gebilde zweiten Grades berührt, so bildet der Schnitt wiederum einen allgemeinen Büschel ähnlicher Gebilde. Die Ebene berührt dann n dem gegebenen Büschel angehörende Gebilde; von denselben sind zwei ungeradlinig, zwei geradlinig u. s. w. Je zwei Berührungspunkte haben die Entfernung $\frac{1}{2}k\pi$.

Im Anschlusse hieran zeigt man leicht folgenden Satz:

Jeder Punkt des Raumes ist Mittelpunkt eines Systems von Gebilden, welches aus dem gegebenen Büschel durch eine jenen Punkt enthaltende (n − 1)-fach ausgedehnte Ebene ausgeschnitten wird.

Soll nämlich der gegebene Punkt P Mittelpunkt für jedes Schnittgebilde sein, in welchem eine durch P gelegte Ebene E_{n-1} ein Gebilde des Büschels trifft, so muss E_{n-1} ein Gebilde des Büschels in P berühren; man bestimme deshalb dasjenige Gebilde des Büschels, welches durch P geht, und lege daran in P die Tangentialebene E_{n-1}. Oder man bestimme zu P in Bezug auf zwei Gebilde des Büschels die Polarebenen und lege durch deren Schnitt und P eine neue Ebene E, so ist sie die verlangte.

Wenn die Ebene ein Kegelgebilde des Büschels berührt, so ist jeder Punkt der Geraden, längs deren die Berührung statthat, Mittelpunkt für die Schnittfigur; ausserdem hat dieselbe nur noch $n-2$ Mittelpunkte. Solange der gegebene Büschel als ein allgemeiner vorausgesetzt wird, ist es nicht möglich, dass in der Gleichung 6) drei Koeffizienten c (etwa c_0, c_1, c_2) einander gleich werden, oder was auf dasselbe hinauskommt, dass alle Punkte einer Ebene Mittelpunkte der Schnittfigur werden. Dagegen können mehrere Paare dieser Grössen einander gleich werden, wenn nämlich die Ebene mehrere Kegel berührt. Für $n = 2m$ können zugleich m Kegel berührt werden; der Schnitt mit jedem Gebilde des Büschels besteht aus $(2m-2)$-fach ausgedehnten Gebilden, deren Punkte von m geraden Linien gleichen Abstand haben, welche also längs m (zu einander konjugierten) Geraden in sich verschoben werden können. Ist $n = 2m + 1$, so können ebenfalls höchstens m Kegel berührt werden; dazu kommt aber immer ein eigentliches Gebilde zweiter Ordnung, welches berührt wird; die Schnittfigur hat somit höchstens m Paare gleicher Achsen; höchstens sind m gerade Linien mit Mittelpunkten angefüllt, und es kommt dann noch ein einzelner hinzu. Hierauf wollen wir sogleich näher eingehen. Dagegen glaube ich, die Schnittfiguren, welche bei Ebenen von $n-2$ und weniger Dimensionen eintreten, sowie die Bedingungen, unter denen solche Ebenen einem Gebilde des Büschels angehören, nicht besprechen zu sollen. Die soeben angewandten Prinzipien führen auch hier zur Lösung.

77. Die im vorigen Artikel gefundenen Resultate gestatten die Lösung folgender Aufgabe:

Ein quadratisches Gebilde durch eine $(n-1)$-dimensionale Ebene so zu schneiden, dass im Schnittgebilde mehrere Achsen gleich werden.

Durch diese Aufgabe wird das Problem der Kreisschnitte auf den Flächen zweiter Ordnung erweitert.

Soll das Schnittgebilde ein gewöhnliches Umdrehungsgebilde sein, für welches bei der Darstellung durch die Gleichungen:

7) $\quad x_n = 0, \quad c_0 k^2 x_0^2 + c_1 x_1^2 + \cdots + c_{n-1} x_{1-1}^2 = 0$

nur zwei Grössen c gleich sind, so ist nur nötig, dass die Schnittebene ein Kegelgebilde des durch das gegebene Gebilde bestimmten Ähnlichkeitsbüschels berührt. Mehr als zwei Grössen c können einander nicht gleich sein, wenn nicht das gegebene Gebilde bereits ein Umdrehungsgebilde ist. Aber wenn die Schnittebene mehrere Kegel des Büschels berührt, so werden auch mehrere Paare unter den Koeffizienten c gleich werden. Nun enthält ein Kegelgebilde mit singulärer Spitze nur eine $(n-2)$-fache Unendlichkeit von Tangentialebenen, somit kann die Anzahl der Paare höchstens auf $\frac{n}{2}$ steigen, was auch durch die Gleichung 7) als höchste Zahl der Paare angegeben wird. Diese höchste Zahl wird nur bei paarigem Werte von n erreicht, und wir wollen die Koordinaten dieser Ebenen bestimmen.

Zu dem Ende benutzen wir Ebenenkoordinaten. In denselben sei die Gleichung des gegebenen Gebildes:

8) $\qquad \dfrac{u_0^2}{a_0 k^2} + \dfrac{u_1^2}{a_1} + \cdots + \dfrac{u_n^2}{a_n} = 0.$

Dann sind die Gleichungen der Kegel:

9) $\quad\begin{cases} u_0 = 0, & \dfrac{u_1^2}{a_1 - a_0} + \cdots + \dfrac{u_n^2}{a_n - a_0} = 0, \\[2mm] u_1 = 0, & \dfrac{u_0^2}{k^2(a_0 - a_1)} + \dfrac{u_2^2}{a_2 - a_1} + \cdots + \dfrac{u_n^2}{a_n - a_1} = 0, \\[2mm] & \cdots\cdots\cdots\cdots\cdots \\[2mm] u_n = 0, & \dfrac{u_0^2}{k^2(a_0 - a_n)} + \dfrac{u_1^2}{a_1 - a_n} + \cdots + \dfrac{u_{n-1}^2}{a_{n-1} - a_n} = 0. \end{cases}$

Der leichteren Bezeichnung wegen nehmen wir als diejenigen $\frac{n}{2}$ Kegel, welche eine gemeinschaftliche Tangentialebene haben sollen, diejenigen, deren Nummern ungerade sind, deren Spitzen also resp. in die Punkte $u_1 = 0$, $u_3 = 0 \ldots u_{n-1} = 0$

fallen. Dann müssen die Grössen u_0, $u_1 \ldots u_n$ den Gleichungen genügen:

$$10) \qquad \frac{u_0{}^2}{k^2(a_0 - a_\iota)} + \frac{u_2{}^2}{a_2 - a_\iota} + \cdots + \frac{u_n{}^2}{a_n - a_\iota} = 0,$$

wo ι die sämtlichen ungeraden Zahlwerte $< n$ der Reihe nach annimmt. Hiernach lassen sich die Verhältnisse der Grössen u_0, $u_2 \ldots u_n$ bestimmen, wenn man einen von Cauchy gefundenen Satz benutzt (cfr. Baltzer, Determinanten, § 10, 16). Man führe folgende Bezeichnungen ein:

$$11) \qquad \varphi(a) = (a - a_1)(a - a_3) \ldots (a - a_{n-1}),$$

$$12) \quad \Delta(a_2\,a_4\,a_6 \ldots a_n) = (a_2 - a_4)(a_2 - a_6) \ldots (a_2 - a_n),$$
$$(a_4 - a_6) \ldots (a_4 - a_n),$$
$$\ldots (a_{n-2} - a_n);$$

dann ist bis auf einen zu bestimmenden Faktor ϱ:

$$13) \quad \begin{cases} \varrho\,\dfrac{u_0{}^2}{k^2} = \Delta(a_2\,a_4 \ldots a_n)\,\varphi(a_0), \\[2mm] \varrho\,u_2{}^2 = -\,\Delta(a_0\,a_4\,a_6 \ldots a_n)\,\varphi(a_2), \\[2mm] \varrho\,u_4{}^2 = \Delta(a_0\,a_2\,a_6 \ldots a_n)\,\varphi(a_4), \\[2mm] \varrho\,u_6{}^2 = -\,\Delta(a_0\,a_2\,a_4\,a_8 \ldots a_n)\,\varphi(a_6), \\[1mm] \cdot \quad \cdot \quad \cdot \quad \cdot \quad \cdot \quad \cdot \quad \cdot \quad \cdot \quad \cdot \end{cases}$$

Diese Lösung lässt sich aber leicht verifizieren. Setzt man nämlich die Werte von 13) in 10) ein, so erhalten wir einen Ausdruck:

$$\Delta(a_2\,a_4 \ldots a_n)\,\frac{\varphi(a_0)}{a_0 - a_\iota} - \Delta(a_0\,a_4 \ldots a_n)\,\frac{\varphi(a_2)}{a_2 - a_\iota} + \cdots$$

Derselbe ist für jedes ι eine ganze alternierende Funktion der $\dfrac{n+2}{2}$ Grössen $a_0\,a_2\,a_4 \ldots a_n$, da sie durch Vertauschung von irgend zwei dieser Grössen ihr Zeichen ändert; da sie aber für jede nur auf den $\left(\dfrac{n-2}{2}\right)^{\text{ten}}$ Grad ansteigt, so muss sie identisch verschwinden.

Hieraus ergiebt sich, dass nur diskrete Ebenen der Aufgabe genügen. Um zu bestimmen, für welche Kegel diese gemeinschaftlichen Tangentialebenen reell sind, nehmen wir an, die $a_0 a_2 \ldots a_n$ sowohl wie die $a_1 a_3 \ldots a_{n-1}$ seien der Grösse nach geordnet, so dass ist:

$$a_0 > a_2 > a_4 > \cdots > a_n, \quad a_1 > a_3 > \cdots > a_{n-1}.$$

Die rechten Seiten in 13) müssen dasselbe Zeichen haben. Nach der getroffenen Anordnung sind alle Grössen Δ positiv, folglich müssen zwei auf einander folgende φ verschiedenes Zeichen besitzen, oder zwischen irgend zwei auf einander folgende a_{2m} und a_{2m+2} muss ein a_i mit ungerader Marke folgen. Das ist bei unserer Anordnung nur möglich, wenn ist:

$$a_0 > a_1 > a_2 > \cdots > a_{n-1} > a_n.$$

In einer paarig ausgedehnten endlichen Raumform giebt es unter den zu einem Ähnlichkeitsbüschel gehörigen Kegeln nur ein System von $\frac{n}{2}$ Kegeln, welche gemeinschaftliche reelle Tangentialebenen haben, und zwar sind das diejenigen, welche unpaarig ausgedehnte Ebenen (Geraden, drei-, fünfdimensionale Ebenen) besitzen. Deren Zahl beträgt $2^{\frac{1}{2}n}$. Jede dieser Ebenen schneidet aus einem beliebigen Gebilde des Büschels ein Gebilde aus, für welches jeder Punkt von $\frac{n}{2}$ Geraden Mittelpunkt ist, welches also von jeder von $\frac{n}{2}$ Geraden überall gleichweit entfernt ist.

Die Lösung der gestellten Aufgabe ist also folgende:

Um in einer paarig ausgedehnten endlichen Raumform auf einem gegebenen quadratischen Gebilde diejenigen ebenen Schnitte zu finden, deren n Achsen paarweise gleich sind, bestimme man die $\frac{n}{2}$ zu dem Gebilde ähnlichen Kegel, welche unpaarig ausgedehnte Ebenen enthalten und lege an dieselben die gemeinschaftlichen Tangentialebenen. Diese liegen zu den Achsen symmetrisch. Wenn eine solche Ebene das gegebene Gebilde schneidet (was natürlich nur bei geradlinigem Gebilde möglich ist), so hat der Schnitt die verlangte Eigenschaft.

78. Wenn die Zahl n der Dimensionen ungerade ist und eine Ebene ein quadratisches Gebilde in einer Figur schneiden soll, welche $\frac{n-1}{2}$ Paare gleicher Achsen besitzt, so muss sie $\frac{n-1}{2}$ Kegel des durch das quadratische Gebilde bestimmten

Ähnlichkeitsbüschels berühren. Bezeichnet man die sämtlichen $n+1$ Kegel mit K_0, $K_1 \ldots K_n$, so bilde man deren Gleichungen 9) in Ebenenkoordinaten und bestimme diejenigen Koordinaten u, welche $\dfrac{n-1}{2}$ Paaren von Gleichungen genügen. Dadurch erhält man $\dfrac{n+1}{2}$ Gleichungen zwischen $\dfrac{n+3}{2}$ Unbekannten, indem man von den verschwindenden Grössen u von vornherein absieht. Zwischen je zwei dieser Gleichungen schaffe man noch eine Unbekannte weg; dann dürfen in der jedesmal entstehenden Gleichung die Koeffizienten nicht sämtlich dasselbe Vorzeichen haben. Wir denken wiederum die Koeffizienten a der Grösse nach geordnet; dann fallen selbstverständlich die Kegel K_0 und K_n fort, und aus den übrigen $n-1$ müssen $\dfrac{n-1}{2}$ so ausgewählt werden, dass unter den Marken keine zwei unmittelbar auf einander folgende Zahlen der natürlichen Zahlenreihe vorkommen. Es sind also folgende $\dfrac{n+1}{2}$ Möglichkeiten vorhanden:

$$K_2\,K_4\,K_6\,K_8 \ldots K_{n-1},$$
$$K_1\,K_4\,K_6\,K_8 \ldots K_{n-1},$$
$$K_1\,K_3\,K_6\,K_8 \ldots K_{n-1},$$
$$K_1\,K_3\,K_5\,K_8 \ldots K_{n-1},$$
$$\cdot \quad \cdot \quad \cdot \quad \cdot \quad \cdot \quad \cdot \quad \cdot$$
$$K_1\,K_3\,K_5\,K_7 \ldots K_{n-2}.$$

Also kommen entweder nur die Kegel mit gerader Marke (>0) oder mit ungerader Marke $(<n)$ vor, oder α Kegel haben eine ungerade Marke $1, 3, 5 \ldots 2\alpha+1$ und $\left(\dfrac{n-1}{2}-\alpha\right)$ Kegel haben gerade Marken $2\alpha+4$, $2\alpha+6 \ldots n-1$. Es giebt also $\dfrac{n+1}{2}$ einfach ausgedehnte Systeme von Ebenen, welche dieser Forderung genügen.

Man kann die Aufgabe noch dadurch spezialisieren, dass die gesuchte Ebene ein Gebilde 5) berühren soll; die Lösung selbst ändert sich nur wenig.

79. Das Reziprocitätsgesetz leitet aus dem Büschel ähnlicher Gebilde die Schar konfokaler Gebilde ab. Sind $u_0 \ldots u_n$ die Koordinaten einer Ebene und ist:

$$14) \qquad \frac{u_0^2}{k^2} + u_1^2 + \cdots + u_n^2 = \Pi = 1,$$

so sollen zwei Gebilde zweiter Klasse als konfokal bezeichnet werden, wenn ihre Gleichungen in Ebenenkoordinaten:

$$15) \qquad \psi(u_0 \ldots u_n) = 0 \quad \text{und} \quad \psi - \lambda \Pi = 0$$

sich nur um ein konstantes Glied unterscheiden. Konfokale Gebilde haben dieselben unendlich fernen Tangentialebenen. Sucht man zu einer beliebigen $(n-1)$-dimensionalen Ebene den Pol in Bezug auf zwei konfokale Gebilde, so steht die Verbindungsgerade der Pole auf der Ebene senkrecht. Die Schar konfokaler Gebilde kann in Ebenenkoordinaten durch die Gleichung:

$$16) \qquad \frac{a_0 - \lambda}{k^2} u_0^2 + (a_1 - \lambda) u_1^2 + \cdots + (a_n - \lambda) u_n^2 = 0,$$

und in Punktkoordinaten durch die Gleichung:

$$17) \qquad \frac{k^2 x_0^2}{a_0 - \lambda} + \frac{x_1^2}{a_1 - \lambda} + \cdots + \frac{x_n^2}{a_n - \lambda} = 0$$

dargestellt werden. Den Kegeln des Büschels entsprechen quadratische Gebilde, welche in $(n-1)$-dimensionalen Ebenen liegen und deren Gleichung in Ebenenkoordinaten erhalten wird, wenn man in 16) $\lambda = a_0, a_1 \ldots a_n$ setzt. In Punktkoordinaten wird jedes Fokalgebilde durch zwei Gleichungen dargestellt, nämlich:

$$x_0 = 0, \quad \frac{x_1^2}{a_1 - a_0} + \cdots + \frac{x_n^2}{a_n - a_0} = 0,$$

$$\cdot \quad \cdot \quad \cdot \quad \cdot \quad \cdot \quad \cdot \quad \cdot \quad \cdot \quad \cdot \quad \cdot \quad \cdot$$

$$x_n = 0, \quad \frac{k^2 x_0^2}{a_0 - a_n} + \cdots + \frac{x_{n-1}^2}{a_{n-1} - a_n} = 0.$$

Von den Fokalgebilden einer jeden Schar sind zwei imaginär, zwei ungeradlinig, zwei geradlinig u. s. w.; für $n = 2m + 1$ enthalten zwei Fokalgebilde $(m-1)$-dimensionale Ebenen, für $n = 2m$ enthält nur ein Fokalgebilde Ebenen von $m-1$ Dimensionen.

Die Entwicklungen der vorangehenden Artikel liefern nach reziproker Übertragung folgende Sätze:

Durch jeden Punkt des Raumes, der nicht auf einem Fokalgebilde liegt, gehen n Gebilde der Schar; konstruiert man zu diesen n Gebilden in ihrem Schnittpunkte die Tangentialebenen, so stehen dieselben auf einander senkrecht. Diese n Ebenen sind die Symmetrieebenen für jeden Tangentenkegel, welcher von dem Punkte an irgend ein Gebilde der Schar gelegt werden kann. Die Gesamtheit der Tangentialkegel, welche von demselben Punkte aus an sämtliche Gebilde der Schar gelegt werden können, bilden wieder ein konfokales System. Sucht man nämlich zu einer durch den gemeinschaftlichen Scheitel gelegten (n — 1)-dimensionalen Ebene die Polgerade in Bezug auf alle Kegel der Schar, so liegen dieselben in einer zweifach ausgedehnten Ebene, welche zu der ersteren Ebene senkrecht steht; oder, was auf dasselbe hinauskommt, durchschneidet man die Kegel durch die absolute Polarebene des Scheitels, so lassen sich die Schnittgebilde in der Form 17) durch n Punktkoordinaten darstellen.

Jede (n — 1)-dimensionale Ebene ist Symmetrieebene für ein System von Tangentialkegeln, welche von einem Punkte der Ebene aus an die Gebilde der Schar gelegt werden können; um diesen Punkt zu finden, bestimme man dasjenige Gebilde der Schar, welches die gegebene Ebene berührt, und suche deren Berührungspunkt; oder man suche den Pol der Ebene in Bezug auf irgend ein Gebilde der Schar und fälle von demselben das Lot auf die gegebene Ebene; der Fusspunkt des Lotes ist der gesuchte Punkt.

Legt man von einem Punkte eines Fokalgebildes einen Tangentenkegel an ein Gebilde der Schar, so ist derselbe ein Rotationskegel (hat zwei gleiche Achsen); liegt der Scheitel des Tangentialkegels im Schnittpunkt mehrerer Fokalgebilde, so hat derselbe mehrere Paare gleicher Achsen; im paarig ausgedehnten Raume giebt es $2^{\frac{n}{2}}$ Punkte (nebst ihren Gegenpunkten), von denen aus die Tangentialkegel an ein Gebilde der Schar $\frac{n}{2}$ Paare gleicher Achsen enthalten; es sind das die Schnittpunkte derjenigen Fokalgebilde, in denen nur paarig ausgedehnte Ebenen liegen (d. h.

welche entweder keine Geraden enthalten oder wenn dieselben vorkommen, sie zu paarig ausgedehnten Ebenen vereinigen). Im unpaarig ausgedehnten Raume giebt es $\dfrac{n+1}{2}$ Kurven, in deren jeder sich $\dfrac{n-1}{2}$ Krümmungsgebilde schneiden; diese $\dfrac{n-1}{2}$ Krümmungsgebilde müssen so ausgewählt werden, dass eines keine Geraden, eines keine Ebenen, aber gerade Linien, eines nur zweifach ausgedehnte Ebenen u. s. w. enthält, oder mit andern Worten, dass von den verschiedenen Arten von Krümmungsgebilden je eines unter den gewählten vorkommt; der Tangentenkegel, welcher einen Punkt einer solchen Kurve zur Spitze hat, enthält $\dfrac{n-1}{2}$ Paare gleicher Achsen.

§ 7. Die quadratischen Gebilde im Lobatschewskyschen Raume.

80. Die im vorigen Paragraphen für die endlichen Raumformen gefundenen Resultate erleiden zwar im Lobatschewskyschen Raume einige Veränderungen; dennoch zeigen die durchgeführten Untersuchungen den Weg an, welcher auch für diesen Raum die Resultate liefert, und bieten das geeignetste Mittel, die Sätze zu ordnen. Die Verschiedenheit zeigt sich zuvörderst darin, dass von den $n+1$ Ebenen eines Weierstrassschen Koordinatensystems eine imaginär ist, dass also von den Mittelpunkten eines quadratischen Gebildes nur einer reell sein kann, wofern dieselben nicht eine Gerade oder Ebene anfüllen. Vorzüglich tritt aber darin ein Unterschied hervor, dass es nicht immer möglich ist, die quadratischen Formen $\varphi(x_0 \ldots x_n)$ und Ω bei negativem k^2 durch dieselben Quadrate darzustellen. Wir müssen auf die erschöpfende Abhandlung, welche Herr Weierstrass über diese Darstellung veröffentlicht hat, etwas näher eingehen. Dabei müssen wir uns aber damit begnügen, die Resultate mitzuteilen; für den Beweis müssen wir auf die Abhandlung selbst verweisen.

Es seien

$$P(x_0 \ldots x_n) = \Sigma A_{i\varkappa} x_i x_\varkappa \quad \text{und} \quad Q(x_0 \ldots x_n) = \Sigma B_{i\varkappa} x_i x_\varkappa$$

zwei quadratische Formen der $n + 1$ Variabelen $x_0 \ldots x_n$, so bilde man die Determinante:

$$[PQ] = \Sigma \pm (pA_{00} + qB_{00}) \ldots (pA_{nn} + qB_{nn})$$

der Form $pP + qQ$. Da in unserm Falle Q mit Ω identisch ist, kann diese Determinante nicht identisch verschwinden. Sie lässt sich also in $n + 1$ Faktoren von der Form $ap + bq$ zerlegen. Mehrere von diesen Faktoren sind als gleich zu betrachten, wenn in ihnen a und b dasselbe Verhältnis haben. Hiernach sei l der höchste Exponent, zu dem erhoben $ap + bq$ in der Determinante vorkommt. In allen Unterdeterminanten n^{ter} Ordnung möge derselbe Faktor den Exponenten l' haben. Allgemein sei $l^{(\varkappa)}$ der höchste Exponent von $ap + bq$ in allen Unterdeterminanten $(n + 1 - \varkappa)^{\text{ter}}$ Ordnung. Wenn $l^{(\varkappa)} = 0$ ist, so ist auch $l^{(\varkappa+1)} = l^{(\varkappa+2)} = \ldots = 0$. Ist aber $l^{(\varkappa)}$ von Null verschieden, so ist $l^{(\varkappa-1)} > l^{(\varkappa)}$. Daher ist:

$$l > l' > l'' > \cdots > l^{(\varkappa)},$$

wo $l^{(\varkappa)}$ der letzte von Null verschiedene Exponent ist. Setzen wir also:

$$e = l - l', \quad e' = l' - l'' \ldots e^{(\varkappa)} = l^{(\varkappa)},$$

so sind $e, e' \ldots e^{(\varkappa)}$ positive Zahlen, und es ist:

$$(ap + bq)^l = (ap + bq)^e (ap + bq)^{e'} \ldots (ap + bq)^{e^{(\varkappa)}}.$$

Jeden solchen Teiler $(ap + bq)^{\varkappa^{(\nu)}}$ bezeichnet Herr Weierstrass als einen Elementarteiler von $[PQ]$.

Es seien nun $(a_0 p + b_0 q)^{e_0} \ldots (a_\varrho p + b_\varrho q)^{e_\varrho}$ die Elementarteiler der Determinante, wobei es unbestimmt bleibt, ob mehrere von ihnen gleich sind. Dann bestimme man $\varrho + 1$ Zahlenpaare $(g_0 h_0) \ldots (g_\varrho h_\varrho)$, für welche die Determinante nicht verschwindet und welche der Bedingung genügen:

$$a_\lambda g_\lambda + b_\lambda h_\lambda = 1.$$

Hierauf führt Herr Weierstrass $n + 1$ neue Variabele $y_{00} \ldots y_{0, e_0 - 1}, y_{10} \ldots y_{1, e_1 - 1} \ldots y_{\varrho 0} \ldots y_{\varrho, e_\varrho - 1}$ in bestimmter Weise ein und bezeichnet das Aggregat:

$$1) \qquad \underset{\mu + \nu = e_\lambda - 1}{\Sigma} (y_{\lambda\mu} y_{\lambda\nu}) \quad \text{mit} \quad (y_\lambda y_\lambda)_{e_\lambda}.$$

Dann ist:

$$2) \quad \begin{cases} P = \Sigma_\lambda \{ a_\lambda C_\lambda (y_\lambda y_\lambda)_{e_\lambda} - k_\lambda C_\lambda (y_\lambda y_\lambda)_{e_\lambda -1} \}, \\ Q = \Sigma_\lambda \{ b_\lambda C_\lambda (y_\lambda y_\lambda)_{e_\lambda} + g_\lambda C_\lambda (y_\lambda y_\lambda)_{e_\lambda -1} \}, \end{cases}$$

wo die C_λ rationale Funktionen der Elementarteiler sind.

Für $e_\lambda = 1$ ist $(y_\lambda y_\lambda)_{e_\lambda} = y_\lambda{}^2$ und somit ist es möglich, die beiden Formen durch dieselben Quadrate darzustellen, wenn alle Elementarteiler den Exponenten Eins haben. Schon hieraus ergiebt sich, dass die durch die Gleichung 1) und 2) gegebene Darstellung im engsten Zusammenhang mit der Darstellung durch Quadrate steht. Diese Beziehung tritt auch in anderer Beziehung hervor, da diejenigen Ebenen, welche für beide Gebilde denselben Pol haben, unter den Ebenen $y_{\lambda\mu} = 0$ vorkommen, und die übrigen Ebenen $y_{\lambda\mu} = 0$ in recht enge Beziehung zu den ersteren treten.

81. Ersetzen wir jetzt die Form Q durch

$$\Omega = k^2 x_0{}^2 + x_1{}^2 + \cdots + x_n{}^2,$$

welche für ein negatives k^2 nur ein negatives Quadrat enthält. Für $e_\lambda = 4$ wird:

$$3) \quad \begin{cases} (y_\lambda y_\lambda)_{e_\lambda} = y_{\lambda 0} y_{\lambda 3} + y_{\lambda 1} y_{\lambda 2} = \left(\dfrac{y_{\lambda 0} + y_{\lambda 3}}{2} \right)^2 - \left(\dfrac{y_{\lambda 0} - y_{\lambda 3}}{2} \right)^2 \\ \qquad\qquad + \left(\dfrac{y_{\lambda 1} + y_{\lambda 2}}{2} \right)^2 - \left(\dfrac{y_{\lambda 1} - y_{\lambda 2}}{2} \right)^2, \end{cases}$$

und hierin kommen bereits zwei negative Quadrate vor. Ebenso enthält für $e_\lambda = 2$ der Ausdruck:

$$4) \qquad\qquad (y_\lambda y_\lambda)_{e_\lambda} = y_{\lambda 0} y_{\lambda 1}$$

bereits ein positives und ein negatives Quadrat. Dasselbe tritt ein, wenn zwei Elementarteiler, deren Exponenten gleich Eins sind, konjugiert komplexe Werte haben. Somit folgt der Satz:

Für ein positives k² *müssen die Elementarteiler der Form* p φ + q Ω *sämtlich reell sein und den Exponenten Eins haben; für ein negatives* k² *kann höchstens ein Elementarteiler den Exponenten zwei oder drei haben und höchstens ein Paar von Elementarteilern konjugiert komplex sein, letzteres auch nur bei lauter Elementarteilern mit dem Exponenten Eins; somit ist für ein negatives* k² *die Zahl der Elementarteiler entweder gleich*

$n + 1$ *oder gleich* n *oder gleich* n $- 1$*; im ersten Falle kann ein, aber auch nur ein Paar konjugiert komplex sein; im zweiten Falle hat ein Elementarteiler den Exponenten zwei, im letzten einer den Exponenten drei; in den beiden letzten Fällen müssen alle Elementarteiler reell sein.*

82. Obwohl hiernach die Zahl der Arten von Gebilden zweiten Grades bedeutend eingeschränkt ist, würde es doch zu viel Raum in Anspruch nehmen, wenn alle verschiedenen Arten aufgezählt werden sollten. Wir begnügen uns damit, den Fall zu erörtern, dass alle Elementarteiler den Exponenten Eins haben und unter einander verschieden sind, dass also die Determinante von $p\varphi + q\Omega$ nur ungleiche Faktoren hat. Dann haben die Gebilde $\varphi = 0$ und $\Omega = 0$ keine gemeinschaftliche Tangentialebene und infolge dessen hat das unendlich ferne Gebilde von $\varphi = 0$ keinen singulären Punkt.

Wenn die Gleichung des Gebildes ist:

5)
$$- x_0{}^2 + \frac{x_1{}^2}{a_1} + \cdots + \frac{x_n{}^2}{a_n} = 0,$$

oder:

6)
$$- u_0{}^2 + a_1 x_1{}^2 + \cdots + a_n x_n{}^2 = 0,$$

so ist:
$$a_\iota = k^2 \operatorname{tang}^2 \frac{r_\iota}{k},$$

wenn r_ι die zugehörige Halbachse ist. Hier wird r_ι nicht nur für ein negatives a_ι imaginär, sondern auch, wenn a_ι positiv und $> (- k^2)$ ist, da für ein imaginäres k und positives r die Funktion $\operatorname{tang} \frac{r}{k}$ zwischen $- 1$ und $+ 1$ liegt. Dies vorausgeschickt wird der weitere Überblick am übersichtlichsten, wenn man die verschiedenen Scharen von konfokalen Gebilden der Betrachtung zu Grunde legt.

Wir gehen daher für reelle Elementarteiler von der Gleichung aus:

7)
$$\begin{cases} - u_0{}^2 + a_1 u_1{}^2 + \cdots + a_n u_n{}^2 - \lambda \left(\frac{u_0{}^2}{k^2} + u_1{}^2 + \cdots + a_n{}^2 \right) \\ = \frac{k^2 + \lambda}{k^2} (- u_0{}^2 + b_1 u_1{}^2 + \cdots + b_n u_n{}^2) = 0 \end{cases}$$

wo ist:

8)
$$b_\iota = \frac{a_\iota - \lambda}{k^2 + \lambda} k^2.$$

Ist demnach $a_i > (-k^2)$, so wird für $\lambda < (-k^2)$ auch $b_i > (-k^2)$, aber für $\lambda > (-k^2)$ das $b_i < (-k^2)$ sein, und umgekehrt wenn $a_i < (-k^2)$ ist, so wird auch $b_i < (-k^2)$ sein für $\lambda < (-k^2)$, aber $b_i > (-k^2)$ für $\lambda > (-k^2)$. Wenn also m der Grössen a_i grösser als $-k^2$ und die übrigen $n - m$ kleiner sind, so sind für $\lambda < (-k^2)$ auch m der Grössen b_i grösser und $n - m$ kleiner als $-k^2$; dagegen sind für $\lambda > -k^2$ von den Grössen b_i die $n - m$ grösser und die m kleiner als $-k^2$. Zerfallen die Grössen a_i in zwei Gruppen a_α und a_β und sind alle Grössen $a_\alpha > -k^2$, aber alle $a_\beta < -k^2$, so kommen in der Schar auch solche Gebilde vor, für welche alle $b_\alpha < -k^2$ und zugleich die $b_\beta > -k^2$ sind.

Diejenigen Gebilde der Schar, für welche m der Grössen b kleiner sind als $-k^2$, zerfallen nach den Dimensionen der darauf liegenden Ebenen in $m + 1$ Arten, je nachdem die Grössen alle positiv sind oder sich 1 oder 2 ... oder m negative unter ihnen befinden; ebenso führt das Vorhandensein von $n - m$ Grössen b, welche kleiner als $-k^2$ sind, auf $n - m + 1$ Arten von Gebilden. Das durch die Gleichung 1) dargestellte Gebilde ist imaginär, wenn alle positiven Grössen b_i, welche darin vorkommen, grösser als $-k^2$ sind. Sind also m Grössen b grösser als $-k^2$, so müssen alle andern negativ sein und für die $n - m$ Grössen b, welche grösser als $-k^2$ sind, müssen die m andern einen negativen Wert haben.

Die Annahme, dass die charakteristische Determinante der Schar nur ungleiche reelle Faktoren hat, liefert demnach $\dfrac{n + 1}{2}$ oder $\dfrac{n + 2}{2}$ verschiedene Scharen konfokaler Gebilde, je nachdem n ungerade oder gerade ist, und jede Schar enthält wieder n verschiedene Arten von reellen und zwei von imaginären Gebilden zweiten Grades.

Hierbei ist jedoch zu beachten, dass auch solche Gebilde als verschiedenen Arten angehörig bezeichnet sind, welche in derselben Schar gegen die Achsen verschiedene Lage haben.

Wenn zwei Elementarteiler komplex sind, so lässt sich der Büschel ähnlicher Gebilde in der Form schreiben:

9)　$(a_0-\lambda)(k^2x_0+x_1{}^2)+2x_0\,x_1+(a_2-\lambda)\,a_2{}^2+\cdots+(a_n-\lambda)\,x_n{}^2=0$

und entsprechend lässt sich die Schar konfokaler Gebilde durch die Gleichung darstellen:

10)　$(b_0-\lambda)\left(\dfrac{u_0{}^2}{k^2}+u_1{}^2\right)+2u_0\,u_1+(b_2-\lambda)\,u_2{}^2+\cdots+(b_n-\lambda)\,u_n{}^2=0.$

Von den Kegeln des Büschels sind nur $n-1$ reell und selbst diese haben keinen reellen Scheitel. Ebenso sind die $(n-2)$-fach ausgedehnten Gebilde der Schar nur in der Zahl $n-1$ vorhanden.

Die weitere Einteilung ist sehr einfach. Die Form $(a_0-\lambda)(k^2x_0{}^2+x_1{}^2)+2x_0\,x_1$ lässt sich durch ein positives und ein negatives Quadrat darstellen, und es kommt dann nur auf die verschiedenen Zeichen von $(a_2-\lambda)\,x_2{}^2+\cdots+(a_n-\lambda)\,x_n{}^2$ an, wodurch die Art der auf dem Gebilde liegenden Ebenen bestimmt wird. Ein weiterer Unterschied ergiebt sich daraus, ob $a_0-\lambda$ gleich Null ist oder nicht, ob also alle zweidimensionalen Ebenen, welche durch die Achse des Gebildes (die Gerade $x_2=x_3=\cdots=x_n=0$) gehen, eine eigentliche oder uneigentliche Parabel ausschneiden (Art. 26). Endlich unterscheiden sich die quadratischen Gebilde des Büschels 9) oder der Schar 10) durch die Richtung, nach welcher sich das Gebilde erstreckt.

Diejenigen quadratischen Gebilde, welche, ohne das Unendlichferne zu berühren, keinen reellen Mittelpunkt haben, zerfallen in $\dfrac{n-1}{2}$ oder $\dfrac{n}{2}$ Gattungen nach der Dimension der Ebenen, welche auf ihnen enthalten sind; die Gebilde besitzen eine reelle Achse, d. h. eine Gerade von der Beschaffenheit, dass jede ihrer Senkrechten das Gebilde in zwei vom Fusspunkte gleichweit abstehenden Punkten schneidet. Jede Gruppe von Gebilden kann noch in zwei Arten unterschieden werden, je nachdem in der Gleichung 9) der Koeffizient von $k^2x_0{}^2+x_1{}^2$ verschwindet oder nicht; ist derselbe gleich Null, so schneidet jede durch die Achse gelegte zweidimensionale Ebene in einer eigentlichen, sonst in einer uneigentlichen Parabel.

83. Für den dreidimensionalen Raum sollen die allgemeinen Flächen zweiter Ordnung aufgezählt werden. Die reellen Flächen mit einem Mittelpunkte sind:

a) das Ellipsoid: jede Ebene durch den Mittelpunkt schneidet in einer Ellipse;

b) das einschalige geradlinige Hyperboloid: eine Symmetrieebene schneidet in einer Ellipse, die beiden andern in Hyperbeln erster Art;

c) das zweischalige ungeradlinige Hyperboloid erster Art: eine Symmetrieebene schneidet nicht, die beiden andern schneiden in Hyperbeln erster Art;

d) das einschalige ungeradlinige Hyperboloid: eine Symmetrieebene schneidet in einer Ellipse, die beiden andern in Hyperbeln zweiter Art;

e) das zweischalige geradlinige Hyperboloid: eine Symmetrieebene schneidet nicht, die zweite schneidet in einer Hyperbel erster Art, die dritte in einer Hyperbel zweiter Art;

f) das zweischalige ungeradlinige Hyperboloid zweiter Art: eine Symmetrieebene schneidet nicht, die andern schneiden in Hyperbeln zweiter Art.

Ist die Gleichung der Fläche:

$$\frac{x^2}{\alpha} + \frac{y^2}{\beta} + \frac{z^2}{\gamma} = p^2$$

und $\alpha > \beta > \gamma$, so sind die einzelnen Arten durch folgende Bedingungen gegeben:

a) $-k^2 > \alpha > \beta > \gamma > 0$,

b) $-k^2 > \alpha > \beta > 0 > \gamma$,

c) $-k^2 > \alpha > 0 > \beta > \gamma$,

d) $\alpha > -k^2 > \beta > \gamma > 0$,

e) $\alpha > -k^2 > \beta > 0 > \gamma$,

f) $\alpha > \beta > -k^2 > \gamma > 0$.

Die drei ersten Arten gehören derselben Schar konfokaler Gebilde an, ebenso die drei letzten Arten.

Zu einer Fläche a) sind nur Flächen derselben Art und imaginäre Gebilde ähnlich, die zu einer Fläche b) ähnlichen

Flächen sind reell und gehören den Gruppen b), c), d), e), f) an.

Die allgemeinen Flächen ohne Mittelpunkt, die Paraboloide, zerfallen in vier Arten, und zwar einerseits geradlinige und nicht-geradlinige, und andererseits in eigentliche und uneigentliche. Ist der Schnitt einer beliebigen durch die Achse gelegten Ebene eine eigentliche oder uneigentliche Parabel, so soll hiernach auch das Paraboloid bezeichnet werden.

84. Noch eine wichtige Anwendung machen wir von der obigen Darstellung zweier quadratischen Formen, indem wir unter Anlehnung an einen bekannten Weierstrassschen Satz folgendes beweisen:

Wenn ein Gebilde keinen unendlich fernen Punkt hat, so ist die Gleichung desselben in Weierstrassschen Koordinaten durch lauter Quadrate darstellbar; die Determinante des durch das Gebilde bestimmten Ähnlichkeitsbüschels hat nur reelle Elementarteiler mit dem Exponenten Eins.

Es sei $e_0 = 2$, so ist nach 1) und 2), wenn statt y_{00} und y_{01} kurz y_0 und y_1 geschrieben wird und wenn alle andern Variabelen gleich Null gesetzt werden:

$$P = a_0 C_0 y_0 y_1 - h C_0 y_0{}^2,$$
$$Q = b_0 C_0 y_0 y_1 + g C_0 y_0{}^2,$$

welche für y_0 beide verschwinden. Ebenso haben für $c_0 = 3$ die beiden Formen:

$$y_0 y_2 + y_1{}^2 \quad \text{und} \quad y_0 y_1$$

reelle Punkte gemeinschaftlich und somit auch P und Q. Für imaginäre Elementarteiler beachte man die Form 9) für $x_3 = x_4 = \cdots = x_n = 0$. Somit ist der Satz bewiesen. Die Gebilde, welche keinen unendlich fernen Punkt haben, sind entweder imaginär oder ungeradlinig und allseitig geschlossen (Ellipsoide). Sie können weiter unterschieden werden nach der Zahl der gleichen Achsen; diese Zahl kann bis auf n steigen und erreicht diese Grenze für eine eigentliche Kugel.

85. Wir wollen jetzt die Sätze über ähnliche und über konfokale Gebilde auf den Lobatschewskyschen Raum übertragen. Die letzteren erleiden, namentlich bei solchen Gebilden, welche einen Mittelpunkt haben, keine Änderung; für

die ersteren ist die Realität der einzelnen Gebilde in Betracht
zu ziehen. Namentlich ist zu beachten (worauf schon im
Art. 81 aufmerksam gemacht wurde), dass Gebilde keinen
reellen Punkt besitzen können, wenn auch bei ihrer Darstellung durch Quadrate die Koeffizienten verschiedenes Vorzeichen haben. Es ist angebracht, diese Gebilde von solchen
zu unterscheiden, welche sich durch die Zeichen selbst als
imaginär herausstellen. Man sagt daher, sie lägen im idealen
Teile des Raumes und denkt dabei, der Lobatschewskysche
Raum sei auf einen projektivischen Raum abgebildet, wobei
der endliche (reelle) Teil desselben in das Innere eines ungeradlinigen quadratischen Gebildes fällt. Dann können Gebilde, welche im idealen Teile liegen, reelle Tangentialebenen
(im Endlichen) haben, wofern bei der erwähnten Abbildung
der endliche Raum im Äussern des Gebildes liegt. Die einzigen Gebilde, welche zu einem Ellipsoid ähnlich sind und
im Reellen liegen, sind wieder Ellipsoide; es giebt aber auch
im idealen Teile ähnliche Gebilde, namentlich auch Kegel,
welche reelle Tangentialebenen haben. Wenn aber das Gebilde einen Mittelpunkt hat, ohne ein Ellipsoid zu sein, so
sind alle Gebilde des Ähnlichkeitsbüschels reell, namentlich
auch die $n + 1$ Kegel, obwohl nur einer einen reellen Mittelpunkt hat. Bei Gebilden ohne Mittelpunkt hat der Ähnlichkeitsbüschel $n - 1$ Kegel, aber keiner hat einen rellen Mittelpunkt.

Für $n = 3$ mache ich auf folgende Sätze aufmerksam.

Die Fläche, deren Punkte von einer festen Geraden gleichen Abstand haben, ist im Lobatschewskyschen Raume
nicht-geradlinig.

Die Ebenen der Kreisschnitte eines Ellipsoids sind Tangentialebenen an einen von zwei im idealen Teile des Raumes
gelegenen Kegeln. Wenn ein Hyperboloid gegeben ist, so
schneiden die Tangentialebenen an den Asymptotenkegel (denjenigen Kegel des Ähnlichkeitsbüschels, der im Mittelpunkt
seinen Scheitel hat) in zwei Kreisen ohne Mittelpunkt (Linien
gleichen Abstandes), dagegen die Tangentialebenen an einen
der beiden andern Kegel des Ähnlichkeitsbüschels in eigentlichen Kreisen.

§ 8. Die gegenseitige Lage zweier Ebenen.

86. Von der Theorie des Ähnlichkeitsbüschels quadratischer Gebilde lässt sich eine wichtige Anwendung machen
auf diejenigen Grössen, durch welche die gegenseitige Lage
zweier Ebenen bestimmt wird. Die erste Ebene sei von μ, die
zweite von ν Dimensionen; beide mögen nach der unter Art. 40
angegebenen Weise bestimmt sein, und zwar die erste durch
$\mu + 1$ Grössensysteme ξ^0, $\xi^1 \ldots \xi^\mu$, die zweite durch $\nu + 1$ Systeme η^0, $\eta^1 \ldots \eta^\nu$, zwischen denen die Gleichungen bestehen:

$$1) \quad \begin{cases} k^2 \xi_0{}^0 \xi_0{}^0 + \xi_1{}^0 \xi_1{}^0 + \cdots + \xi_n{}^0 \xi_n{}^0 = k^2, \\ k^2 \xi_0{}^\varkappa \xi_0{}^\varkappa + \xi_1{}^\varkappa \xi_1{}^\varkappa + \cdots + \xi_n{}^\varkappa \xi_n{}^\varkappa = 1, \\ k^2 \xi_0{}^\alpha \xi_0{}^\beta + \xi_1{}^\alpha \xi_1{}^\beta + \cdots + \xi_n{}^\alpha \xi_n{}^\beta = 0, \end{cases}$$

wo ι, $\varkappa$ einen Zeiger der Reihe $1 \ldots \mu$ resp. $1 \ldots \nu$, und α, β
einen Zeiger der Reihe 0, $1 \ldots \mu$ resp. 0, $1 \ldots \nu$ angiebt und
$\alpha \gtreqless \beta$ angenommen wird.

Ganz entsprechende Gleichungen bestehen zwischen den
Grössen η.

Soll der Punkt x auf der ersten, y auf der zweiten Ebene
liegen, so muss sein:

$$2) \quad x_\alpha = \underset{\beta}{\Sigma} \varrho_\beta \xi_\alpha{}^\beta, \quad y_\alpha = \underset{\beta}{\Sigma} \sigma_\beta \eta_\alpha{}^\beta,$$

und

$$3) \quad k^2 \varrho_0{}^2 + \varrho_1{}^2 + \cdots + \varrho_\mu{}^2 = k^2, \quad k^2 \sigma_0{}^2 + \sigma_1{}^2 + \cdots + \sigma_\nu{}^2 = k^2.$$

Bilden wir noch die $(\mu + 1)(\nu + 1)$ Ausdrücke:

$$4) \quad A_{\alpha\gamma} = k^2 \xi_0{}^\alpha \eta_0{}^\gamma + \xi_1{}^\alpha \eta_1{}^\gamma + \cdots + \xi_n{}^\alpha \eta_n{}^\gamma,$$

wo α die Zahlen $0 \ldots \mu$, γ die Zahlen $0 \ldots \nu$ der Reihe nach
bezeichnet, so gilt für den Abstand r zweier Punkte der
Ebenen die Gleichung:

$$5) \quad k^2 \cos \frac{r}{k} = \Sigma \varrho_\alpha \sigma_\gamma A_{\alpha\gamma}.$$

Lassen wir in dieser Gleichung ϱ ungeändert und suchen
denjenigen Wert von σ, für welchen r ein Minimum wird, so
muss die rechte Seite von 5) unter den Bedingungen 3) nach
σ differentiiert werden, und demnach erhalten wir die Bedingungen:

$$6)\quad \begin{cases} \Sigma \varrho_\alpha A_{\alpha 0} - M k^2 \sigma_0 = 0, \\ \Sigma \varrho_\alpha A_{\alpha 1} - M \sigma_1 = 0, \\ \cdots \cdots \cdots \\ \Sigma \varrho_\alpha A_{\alpha \nu} - M \sigma_\nu = 0; \end{cases}$$

hier wird $M = \cos \dfrac{r}{k}$ sein müssen. Wenn diese Gleichungen für $M = \pm 1$ gelten, so folgt nach 2) die Gleichheit von jedem x_α mit $\pm y_\alpha$, also der Schnitt der beiden Ebenen. Ist noch M von Null verschieden, so sind die Grössen σ aus den ϱ zu bestimmen, und diese Grössen σ sind die Koordinaten des Fusspunktes der Senkrechten, welche von dem gegebenen Punkte ϱ der ersten Ebene auf die zweite gefällt wird. Für den Fall, dass M verschwindet, also $r = \frac{1}{2} k \pi$ ist, können die Grössen σ aus den Gleichungen 6) nicht bestimmt werden. Dieser Fall kann, wofern zwischen den Grössen $A_{\alpha\beta}$ nicht besondere Beziehungen bestehen, nur eintreten, wenn $\mu > \nu$ ist; umgekehrt lässt sich aber, wenn $\mu > \nu$ ist, in der Ebene ϱ eine $(\mu - \nu - 1)$-dimensionale Ebene bestimmen, für deren Punkte jedes $\underset{\alpha}{\Sigma} \varrho_\alpha A_{\alpha\beta}$ verschwindet. Nun hat die absolute Polarebene der zweiten Ebene $n - \nu - 1$ Dimensionen, also mit der ersten eine $(\mu - \nu - 1)$-dimensionale Ebene gemeinschaftlich. Daher folgt der Satz:

Sind zwei Ebenen, eine von μ, die andere von ν Dimensionen gegeben und ist $\mu > \nu$, so giebt es auf der ersteren eine $(\mu - \nu - 1)$-dimensionale Ebene, welche der absoluten Polarebene der zweiten angehört; die Gerade, von einem Punkte der $(\mu - \nu - 1)$-dimensionalen Ebene nach irgend einem Punkte der ν-dimensionalen Ebene gezogen, steht auf der letzteren senkrecht und die Länge beträgt $\frac{1}{2} k \pi$.

Infolge der Gleichung 3) kann man aus 6) die Grössen σ entfernen und erhält die Gleichung:

$$7)\quad \Sigma \left(\frac{A_{\alpha 0} A_{\gamma 0}}{k^2} + A_{\alpha 1} A_{\gamma 1} + \cdots + A_{\alpha \nu} A_{\gamma \nu} \right) \varrho_\alpha \varrho_\gamma - M^2 k^2 = 0.$$

Diese Gleichung liefert das Resultat:

Alle Punkte der ersten Ebene, von denen aus gleiche Senkrechten auf die zweite gefällt werden können, liegen auf einem $(\mu - 1)$-dimensionalen quadratischen Gebilde; die Gesamtheit der *quadratischen Gebilde, welche den verschiedenen Grössen der Senkrechten entsprechen, bildet einen Ähnlichkeitsbüschel.*

Diesem Büschel gehören auch diejenigen Ebenen an, für welche $M = 0$ und für welche $M = \pm 1$ wird; es sind das beide Mal Kegel, welche bis auf ihre singuläre Ebene imaginär werden.

Ein Ähnlichkeitsbüschel, wie er im letzten Satze bestimmt ist, liegt auf jeder der beiden Ebenen. Besonders wichtig sind die Mittelpunkte dieser Büschel. Um dieselben für die erste Ebene zu bestimmen, hat man in Gleichung 7) ϱ so zu bestimmen, dass M ein Maximum oder Minimum wird. Statt dessen kann man dieses Maximum direkt aus der Gleichung 5) finden, indem man unter Rücksichtnahme auf 3) nach den Grössen ϱ differentiirt. Demnach treten für die Mittelpunkte des Büschels 7) zu den Gleichungen 6) noch hinzu:

$$8) \quad \begin{cases} \varSigma\sigma_{,\beta}\,A_{0,\beta} - Mk^2\,\varrho_0 = 0, \\ \;\cdot\quad\cdot\quad\cdot\quad\cdot\quad\cdot\quad\cdot\quad\cdot \\ \varSigma\sigma_{,\beta}\,A_{,\beta\mu} - M\varrho_\mu = 0. \end{cases}$$

Die Gleichungen 6) und 8) bestimmen nach Entfernung von σ durch ϱ die Mittelpunkte auf der ersten Ebene; aber zugleich liefern sie die Mittelpunkte des auf der zweiten Ebene liegenden Büschels. Die Gleichungen 6) sagen aus, dass die zu jedem System ϱ gehörenden σ die Koordinaten der vom Punkte ϱ gefällten Senkrechten seien, und entsprechendes folgt aus den Gleichungen 8). Daraus ergiebt sich der Satz:

Wenn in einer endlichen Raumform zwei sich nicht schneidende Ebenen gegeben sind, die eine von μ, die andere von ν Dimensionen und ν nicht grösser als μ ist, so giebt es mindestens $\nu + 1$ Gerade, welche auf beiden Ebenen senkrecht stehen. Die in der ν-dimensionalen Ebene gelegenen $\nu + 1$ Fusspunkte dieser gemeinschaftlichen Senkrechten sind so gelegen, dass irgend zwei von ihnen den Abstand $\frac{1}{2}\mathrm{k}\pi$ haben und dass Geraden, welche einen beliebigen mit irgend zwei andern verbinden, einen rechten Winkel einschliessen. Die $\nu + 1$ in der μ-dimensionalen Ebene gelegenen Fusspunkte haben diese Lage nicht nur zu einander, *sondern für $\mu > \nu$ auch zu allen Punkten einer $(\mu - \nu - 1)$-dimensionalen Ebene.*

Die zu den Mittelpunkten gehörigen Werte von M ergeben sich aus der Gleichung 7) oder aus den Gleichungen 6) und 8) als Wurzeln der Determinante:

$$
9) \quad
\begin{vmatrix}
-k^2 M & 0 \ldots 0 & A_{00} \ldots A_{0\nu} \\
0 & -M \ldots 0 & A_{10} \ldots A_{1\nu} \\
\cdot\;\cdot & \cdot\;\cdot\;\cdot\;\cdot & \cdot\;\cdot\;\cdot\;\cdot \\
0 & -M & A_{\mu 0} \ldots A_{\mu 1} \\
A_{00}\,A_{10} \ldots A_{\mu 0} & -k^2 M \ldots 0 \\
A_{01}\,A_{11} \ldots A_{\mu 1} & 0 - M \ldots 0 \\
\cdot\;\cdot & \cdot\;\cdot\;\cdot\;\cdot\;\cdot \\
A_{0\nu}\,A_{1\nu} \ldots A_{\mu\nu} & 0 & \ldots - M
\end{vmatrix}
= 0 .
$$

Diese Gleichung hat für $\mu > \nu$ immer $\mu - \nu - 1$ Wurzeln gleich Null; sie ist, nach Entfernung dieser verschwindenden Wurzeln nur eine Funktion von M^2, wie man sieht, wenn man zuerst die ersten $\mu + 1$ Horizontal- und dann die letzten $\nu + 1$ Vertikalreihen mit -1 multipliziert.

Hat die Gleichung 9) in M^2 $\nu + 1$ ungleiche Wurzeln, so hat der Flächenbüschel in der ν-dimensionalen Ebene ungleiche Achsen; es giebt zu beiden Ebenen $\nu + 1$ gemeinschaftliche Senkrechte; es sind das die stationären Werte der Senkrechten, welche von den Punkten der einen Ebene auf die andere gefällt werden können. Das wirkliche Maximum und das wirkliche Minimum entsprechen je nur einem Punkte; die übrigen stationären Werte kommen noch einem Kegelgebilde zu, dessen Spitze der Fusspunkt der betreffenden gemeinschaftlichen Senkrechten ist. Sind von den genannten $\nu + 1$ Wurzeln von M^2 mehrere gleich, so hat der Büschel gleiche Achsen und die Mittelpunkte füllen eine oder mehrere Ebenen an; es sind dann auch auf beiden gegebenen Ebenen solche Ebenen vorhanden (die Ebenen der Mittelpunkte), dass die von jedem Punkte derselben auf die andere Ebene gefällten Senkrechten auf beiden senkrecht stehen und gleich gross sind. Wenn endlich $M^2 = 1$ wird, so entspricht jedem solchen Werte ein Schnittpunkt; gemeinschaftliche Senkrechte, welche diesem Werte entsprechen, sind nicht vorhanden oder doch ohne Bedeutung; aber als Mittelpunkte des Flächen-büschels behalten diese Punkte ihre Berechtigung.

87. Wir stellen die Gleichungen der beiden Büschel in der Form von Quadraten dar oder was dasselbe ist, wir nehmen an, die Gleichungen 6) und 8) würden für diejenigen Werte erfüllt, für welche alle ϱ (resp. alle σ) mit Ausnahme einer einzigen verschwinden. Dann sei ein Wertsystem der $\varrho : \varrho_0 = 1$, $\varrho_1 = \varrho_2 = \cdots = \varrho_\mu = 0$ und das entsprechende der $\sigma : \sigma_0 = 1$, $\sigma_1 = \sigma_2 = \cdots = \sigma_\nu = 0$. Indem wir diese und die ähnlichen andern Systeme in 6) und 8) einsetzen, folgt, dass für ungleiche Werte von α und β stets $A_{\alpha\gamma} = 0$ ist, und dass

$$\frac{1}{k^2} A_{00}, \; A_{11} \ldots A_{\nu\nu}$$

die Wurzeln der Gleichung 9) sind. Nun können

$$\xi_0^{\,0} \ldots \xi_n^{\,0}, \quad \eta_0^{\,0} \ldots \eta_n^{\,0}, \quad k\xi'_0 \ldots k\xi'_n, \quad k\eta'_0 \ldots k\eta'_n, \quad k\xi_0'' \ldots k\xi_n'',$$
$$k\eta_0'' \ldots k\eta_n''$$

als die Koordinaten je eines Punktes aufgefasst werden, und zwar sind diese Punkte die Fusspunkte der gemeinschaftlichen Senkrechten. Demnach hat jeder Fusspunkt einer gemein-schaftlichen Senkrechten nicht nur von jedem auf derselben Ebene gelegenen Fusspunkte einer andern Senkrechten, sondern auch von jedem auf der andern Ebene gelegenen Fusspunkte einer solchen die Entfernung $\frac{1}{2} k\pi$ oder:

Die Geraden, welche auf zwei Ebenen senkrecht stehen, liegen so, dass jede der absoluten Polarebene der andern angehört; ebenso liegen diese Geraden auf der absoluten Polarebene des Schnittgebildes und derjenigen, auf der einen liegenden Ebene, deren Punkte von allen Punkten der andern die Entfernung $\frac{1}{2} k\pi$ haben (vorausgesetzt, dass die beiden letzten Gebilde überhaupt vorkommen).

Der Satz verliert seine volle Gültigkeit, wenn die ge-meinschaftlichen Senkrechten stetige Mannigfaltigkeiten bilden.

[Auf die Möglichkeit, den Satz leicht aus 6) und 8) her-zuleiten, soll nur aufmerksam gemacht werden.]

88. Man kann auch:

$$\left(k\,\xi_0{}^0,\ \frac{1}{k}\,\xi_1{}^0\ \ldots\ \frac{1}{k}\,\xi_n{}^0\right),$$

$$(k^2\,\xi'_0,\ \xi'_1\ \ldots\ \xi'_n)\ \ldots\ (k^2\,\xi_0{}'',\ \xi_1{}''\ \ldots\ \xi_n{}'')$$

und entsprechend die η_1 als die Koordinaten von $(n-1)$-dimensionalen Ebenen auffassen. Die Ebenen ξ stehen dann auf einer in der ersten (μ-dimensionalen) Ebene liegenden Geraden senkrecht, die Ebenen η auf einer Geraden der zweiten Ebene. Dann lässt sich die durchgeführte Untersuchung vollständig übertragen, wenn man den Abstand zweier Punkte durch die gemeinschaftliche Senkrechte zweier $(n-1)$-dimensionalen Ebenen ersetzt. An Stelle der von einem Punkte auf eine beliebig ausgedehnte Ebene gefällten Senkrechte tritt diejenige Gerade, welche zugleich auf einer beliebig ausgedehnten und einer $(n-1)$-dimensionalen Ebene senkrecht steht. Man kann auch den Abstand zweier Punkte ersetzen durch den Neigungswinkel zweier $(n-1)$-dimensionaler Ebenen und den Abstand eines Punktes von einer Ebene durch den Neigungswinkel einer μ- und einer $(n-1)$-dimensionalen Ebene, wobei letzterer als der kleinste Winkel zu definieren ist, den eine durch die μ-dimensionale Ebene gelegte $(n-1)$-dimensionale Ebene mit der gegebenen $(n-1)$-dimensionalen Ebene bildet. Alle durch die μ-dimensionale Ebene gelegten $(n-1)$-dimensionalen Ebenen, welche gegen die ν-dimensionale Ebene gleich geneigt sind, bilden einen Kegel zweiten Grades mit einer singulären Ebene von $n-\mu-1$ Dimensionen; alle diese Kegel sind konfokal und ihre Symmetrieebenen bilden mit den Symmetrieebenen für die zur zweiten Ebene gehörige Schar die Maxima und Minima der Winkel, unter denen sich zwei durch die gegebenen Ebenen gelegte Ebenen von $n-1$ Dimensionen schneiden. Die Lösung selbst ist mit der Lösung der früheren Aufgabe (den Abstand betr.) völlig identisch.

Da die sämtlichen $(n-1)$-dimensionalen Ebenen, welche auf einer gegebenen Ebene senkrecht stehen, durch die absolute Polarebene hindurchgehen, so ist die gelöste Aufgabe nicht wesentlich verschieden von der folgenden:

Durch jede von zwei gegebenen Ebenen sollen ($n-1$)-dimensionale Ebenen hindurchgelegt und für die von jedem solchen Paare gebildeten Winkel sollen die stationären Werte bestimmt werden.

Endlich kann man (worauf schon in Art. 40 aufmerksam gemacht wurde) die ξ^0 und η^0 als Koordinaten zweier Punkte und ξ', ... ξ'', η^1, ... η^ν als Koordinaten von Ebenen betrachten. Dann geht jede Ebene $\xi^\varkappa$ durch den Punkt ξ^0 und steht auf einer in der ersten Ebene liegenden Geraden senkrecht; ebenso geht jede Ebene $\eta^\varkappa$ durch den Punkt η^0 und steht auf der zweiten Ebene senkrecht. Indem man in den Gleichungen 6) bis 8) die ϱ_0 und σ_0 gleich Null setzt, kann man die Untersuchung der Winkel, unter welchen sich zwei Ebenen $\varrho_1 \xi^1 + \cdots + \varrho_\mu \xi^\mu$ und $\sigma_1 \eta^1 + \cdots + \sigma_\nu \eta^\nu$ schneiden, in entsprechender Weise durchführen. Speziell kann man die Punkte ξ^0 und η^0 als die Fusspunkte einer gemeinschaftlichen Senkrechten nehmen. Dann sind die Ebenen, für welche diese Winkel ihre stationären Werte annehmen, die absoluten Polarebenen der Fusspunkte der übrigen Senkrechten; es steht also jede dieser Ebenen senkrecht auf allen Ebenen, welche einem andern Paare angehören.

89. Wir können diese Resultate in folgender Weise zusammenfassen. Wenn zwei Ebenen von μ und von ν Dimensionen gegeben und durch die Gleichungen 2) unter der Bedingung 1) bestimmt sind, und wenn dann die Abkürzungen 4) eingeführt werden, so ist die gegenseitige Lage der beiden Ebenen durch die Wurzeln der Gleichung 9) bestimmt. Diese Gleichung hat, wenn $\mu > \nu$ ist, $\mu - \nu$ Wurzeln gleich Null, und wenn $\mu + \nu \geq n$ ist, $\mu + \nu - n$ Wurzeln gleich ± 1. Ist also α die kleinste der vier Zahlen μ, ν, $n - \mu$, $n - \nu$, so hat die Gleichung ausser den genannten noch $2\alpha + 2$ Wurzeln, welche in $\alpha + 1$ Paare derartig zerfallen, dass die Wurzeln desselben Paares einander entgegengesetzt gleich sind. Wenn diese sämtlich von Null und Eins und von einander verschieden sind, so giebt es zu den beiden Ebenen $\alpha + 1$ gemeinschaftliche Senkrechte. Die Fusspunkte derselben geben auf jeder Ebene die Mittelpunkte derjenigen Gebilde zweiter Ordnung an, deren Punkte von der andern Ebene gleichen Ab-

stand haben; diese Gebilde bilden auf jeder Ebene einen
Ähnlichkeitsbüschel, welcher durch die gemeinschaftlichen
Senkrechten bestimmt ist. Errichtet man auf jeder gemeinschaftlichen Senkrechten in ihren Fusspunkten die senkrechten
$(n-1)$-dimensionalen Ebenen, so geben die von jedem solchen
Paare gebildeten Winkel die stationären Werte der Winkel
an, unter denen sich zwei durch die gegebenen Ebenen gelegte $(n-1)$-dimensionale Ebenen schneiden; sie sind die
Symmetrieebenen für alle Kegelgebilde, deren Tangentialebenen durch die eine Ebene hindurchgehen und gegen die
andere Ebene gleich geneigt sind. Wenn M^2 eine $(\beta+1)$-
fache Wurzel der Gleichung 9) ist, so giebt es in den beiden
gegebenen Ebenen je eine β-fach ausgedehnte Ebene E_β und
E'_β, welche Fusspunkte von gemeinschaftlichen Senkrechten
sind; die Senkrechten haben sämtlich dieselbe Grösse; fällt
man von einem Punkte der E_β eine Senkrechte auf die zweite
Ebene, so liegt deren Fusspunkt in E'_β und sie steht auch
auf der Ebene E_μ senkrecht. Hat die Gleichung 9) ausser
den genannten noch weitere Wurzeln gleich Null oder gleich
Eins, so hat im ersten Falle eine gemeinschaftliche Senkrechte
die Grösse $\frac{1}{2}k\pi$, im letzten Falle kommt ein weiterer Schnitt
hinzu. [Dabei zeigt auch die Rechnung, was geometrisch
evident ist, dass zwei Ebenen, welche irgend zwei Punkte
gemeinschaftlich haben, sich stets in ihrer Verbindungsgeraden
schneiden.]

Wenn die Ebenen einen einzigen Punkt gemeinschaftlich
haben, so kann man sich darauf beschränken, den Winkel φ
zu untersuchen, welchen eine vom Schnittpunkte ausgehende
Gerade der einen Ebene mit einer solchen Geraden der andern
Ebene bildet. Ist wieder $\mu \geq \nu$, so lässt sich aus 9) eine
Gleichung absondern, welche in $M^2 = \cos^2\varphi$ vom ν^{ten} Grade
ist. Dann giebt es, wenn diese reduzierte Gleichung nur ungleiche Wurzeln hat, einen Winkel φ_1, welcher das absolute
Minimum darstellt und welcher von einer einzigen Geraden
der einen und der andern Ebene gebildet wird; die Geraden
seien g_1 und h_1. In der ersten Ebene konstruiere man eine
Ebene E', welche auf g_1 senkrecht steht, und ebenso in der
zweiten eine Ebene F' senkrecht zu h_1. Für die Ebenen E'

und F' bilde man wiederum die Gleichung 9), deren Wurzeln bis auf $\cos^2 \varphi_1$ mit denen der frühern identisch sind. Der kleinste Winkel φ_2 werde von den Geraden g_2 und h_2 gebildet. Man konstruiere wieder zu g_2 und h_2 senkrechte in E' und F' gelegene Ebenen E'^2 und F'^2, und fahre in entsprechender Weise fort. Dadurch findet man in der ν-dimensionalen Ebene ν Gerade, welche auf einander senkrecht stehen und mit je einer aus ν Geraden der μ-dimensionalen Ebene die stationären Werte der Winkel bilden. Dazu tritt für $\mu > \nu$ in der μ-dimensionalen Ebene eine $(\mu - \nu)$-dimensionale Ebene, welche auf den ν genannten Geraden derselben Ebene und auf allen (durch den Schnittpunkt gehenden) Geraden der andern Ebene senkrecht steht. Sobald die reduzierte Gleichung 9) mehrfache Wurzeln hat, füllen die Geraden, welche mit einander die Minima der Winkel (Minima in dem angegebenen Sinne) bilden, gewisse Ebenen an; man kann nämlich von den gegebenen Ebenen gewisse weniger ausgedehnte Ebenen abtrennen, für welche bis auf die Wurzel Eins sämtliche Wurzeln von 9) einander gleich sind; zieht man dann durch den Schnittpunkt in der einen Ebene eine beliebige Gerade und bestimmt in der andern diejenige Gerade, für welche der Winkel ein Minimum wird, so kommt man immer zu demselben Minimum.

Wenn die Ebenen ein Schnittgebilde von λ Dimensionen gemeinschaftlich haben, so errichte man in der μ-dimensionalen Ebene eine auf dem Schnittgebilde senkrecht stehende Ebene von $\mu - \lambda$ Dimensionen und von demselben Punkte aus in der ν-dimensionalen Ebene eine solche von $\nu - \lambda$ Dimensionen; die Beziehung dieser beiden Ebenen zu einander giebt auch die gegenseitige Lage der gegebenen Ebenen an.

90. Der Behandlung der Lobàtschewskyschen Raumformen schicken wir einige Worte über die Euklidischen Raumformen voraus. Um die Behandlung möglichst ähnlich zu machen, sind $\xi_0{}^0 = \eta_0{}^0 = 1$, $\xi_0{}^1 = \cdots = \xi_0{}'' = \eta_0{}^1 = \cdots = \eta_0{}^\nu = 0$ zu setzen, so dass die erste Gleichung 1) und die entsprechende für η wegfällt und die weitern Gleichungen 1) nur für solche Marken gelten, welche beide von Null verschieden sind. Ebenso ist $\varrho_0 = \sigma_0 = 1$ zu setzen. In den Gleichungen 6)

kommt jetzt kein unbestimmter Faktor vor, die Gleichung 7)
ändert sich nicht wesentlich. Dagegen liefert die Verbindung
der Gleichungen 6) und 8) einen einzigen kürzesten Abstand
und demnach, wenn nicht die Determinante der Grössen $A_{\iota \varkappa}$
verschwindet, einen einzigen Schnittpunkt oder eine einzige
gemeinschaftliche Senkrechte. Wenn aber die Unterdeterminanten der genannten Determinante bis zu einem gewissen
Grade verschwinden, so giebt es eine Schnittgerade resp.
Schnittebene oder eine Schar gemeinschaftlicher Senkrechten,
welche eine gewisse Ebene anfüllen. Die reziproke Aufgabe,
den Winkel zu bestimmen, unter welchem sich zwei auf je
einer der gegebenen Ebenen senkrechte $(n-1)$-dimensionale
Ebenen schneiden, hängt nur von den $\xi_\iota^\varkappa$, $\eta_\iota^\varkappa$ für die von Null
verschiedenen Marken ι und $\varkappa$ ab. Es gelten also die Sätze
über parallele Gerade und Ebenen in voller Allgemeinheit.
Für die Untersuchung der Winkel können wir also schneidende Ebenen zu Grunde legen und für diese gelten dieselben
Beziehungen, wie in den Riemannschen Raumformen.

91. In einer Lobatschewskyschen Raumform gelten
natürlich die obigen Gleichungen unverändert, dagegen erleiden die geometrischen Resultate manche Veränderung. Wenn
die Gleichung 7) bei irgend einem Werte von M für einen
unendlich fernen Punkt erfüllt wird, so muss sie demselben
Punkte auch für jeden andern Wert von M genügen, oder
die Ebenen müssen diesen Punkt gemeinschaftlich haben.
Demnach unterscheiden wir drei Fälle:

a) die gegebenen Ebenen schneiden sich im Endlichen;

b) sie haben einen unendlich fernen Punkt gemeinschaftlich;

c) sie schneiden sich weder im Endlichen, noch nähern
sich unbeschränkt im Unendlichfernen.

Der erste Fall erledigt sich genau so, wie in den andern
Raumformen. Im zweiten Falle beschreibe man um den gemeinschaftlichen unendlich fernen Punkt eine $(n-1)$-dimen-
sionale Kugelfläche mit unendlich grossem Radius. Diese
schneidet aus den Ebenen Gebilde aus, welche als in einem
Euklidischen Raume liegende Ebenen betrachtet werden

können. Da die letzteren keinen Punkt gemeinschaftlich haben, so erhalten wir das Resultat:

Wenn die Ebenen einen unendlich fernen, aber keinen im Endlichen gelegenen Punkt gemeinschaftlich haben, so giebt es in jeder der gegebenen Ebenen ein (die betr. Ebene anfüllendes) System von Parallelen, so dass die Geraden des einen Systems allen Geraden des andern parallel sind. Es muss mindestens eine zweidimensionale Ebene geben, welche auf beiden Ebenen senkrecht steht, und welche jede in einer Geraden des Systems trifft; die zweidimensionalen Ebenen dieser Art können aber auch eine mehrfach ausgedehnte Ebene anfüllen. Im übrigen wird die gegenseitige Lage der beiden gegebenen Ebenen, wofern die Zahl ihrer Dimensionen μ und ν beträgt, durch eine Zahl von Winkeln angegeben, welche gleich ist der kleinsten der vier Zahlen $\mu - 1$, $\nu - 1$, $n - \mu - 1$, $n - \nu - 1$; die Winkel werden gebildet von zwei dreidimensionalen Ebenen, welche die genannte zweidimensionale Ebene (oder eine von ihnen) gemeinschaftlich haben, und je durch eine Gerade einer der gegebenen Ebenen hindurchgehen.

Im dritten Falle endlich kann die Gleichung 7) in der Form von Quadraten unter der Bedingung 3) dargestellt werden. Es besteht also die Gleichung:

$$A_{00}{}^2 \frac{\varrho_0{}^2}{l^2} + A_{11}{}^2 \varrho_1{}^2 + \cdots + A_{\mu\mu}{}^2 \varrho_\mu{}^2 - M^2 k^2 = 0.$$

Hier ist A_{00} nach der Definition gleich $k^2 \cos \frac{m}{k}$, wo m reell, k rein imaginär ist, also A_{00} nicht kleiner als $(-k^2)$, während $A_{11} \ldots A_{\mu\mu}$ als Cosinus des Winkels zweier sich schneidenden $(n - 1)$-dimensionalen Ebenen zwischen $+1$ und -1 gelegen sind. Daraus folgt:

Wenn zwei Ebenen im Lobatschewskyschen Raume keinen reellen, im Endlichen oder Unendlichfernen gelegenen Punkt gemeinschaftlich haben, so liegen diejenigen Punkte der einen, welche von der andern gleichen Abstand haben, auf einem allseitig geschlossenen nicht-geradlinigen Gebilde zweiter Ordnung mit einem einzigen reellen Mittelpunkte. Die Mittelpunkte dieser Ellipsoide haben unter allen Punkten der beiden Ebenen von einander den *kürzesten Abstand; ihre Verbindungsgerade steht auf beiden Ebenen senkrecht. Die Achsen eines jeden Ellipsoids sind diejenigen Geraden, längs welchen die Abstände am stärksten und am langsamsten zunehmen. Ziehen wir durch die gemeinschaftliche Senkrechte und je einen Durchmesser der Ellipsoide eine zweidimensionale Ebene, so werden die stationären Werte ihrer Neigungswinkel erhalten, wenn man als solche Durchmesser zwei entsprechende Achsen wählt. Diese Neigungswinkel, deren Cosinus gleich A_{11}, A_{22} ... sind, mögen als die Winkel der gegebenen Ebenen bezeichnet werden.*

92. Zum Schluss fügen wir einige Worte bei über derartige Systeme von Ebenen, dass der auf einer jeden von ihnen durch die Beziehung zu einer zweiten bestimmte Ähnlichkeitsbüschel von der Wahl der zweiten Ebene unabhängig ist. Wir können die Frage hier nicht erschöpfend behandeln und beschränken uns darauf, Winke zu ihrer Lösung zu geben, wobei wir k^2 positiv und $\mu = \nu < \frac{1}{2}n$ voraussetzen. Es seien zwei Ebenen E_ν und E'_ν gegeben; der genannte Büschel habe auf E_ν die Mittelpunkte P_0, P_1 ... P_ν, auf E'_ν die Mittelpunkte P'_0, P'_1 ... P'_ν; die Koeffizienten der Gleichung 7) in der Normalform seien C_0, C_1 ... C_ν. Eine dritte Ebene E''_ν möge sowohl mit E_ν als mit E'_ν denselben Büschel bestimmen. Dann müssen auf E_ν wieder die P_0 ... P_ν, auf E'_ν die P'_0 ... P'_ν die Mittelpunkte sein; auf E''_ν mögen die Mittelpunkte P''_0, P''_1 ... P''_ν liegen. Sind nun die Konstanten der Gleichung 7) für E'_ν und E''_ν: A_0, A_1 ... A_ν, für E''_ν und E_ν: B_0, B_2 ... B_ν, so müssen infolge der Ähnlichkeit die Beziehungen bestehen:

$$A_0 - C_0 = A_1 - C_1 = \cdots = A_\nu - C_\nu,$$
$$B_0 - C_0 = B_1 - C_1 = \cdots = B_\nu - C_\nu.$$

Somit sind die Grössen A und B durch je eine von ihnen bestimmt.

Wenn jetzt keine zwei der Grössen C_0, C_1 ... C_ν gleich sind, so muss für $\alpha = 0, 1 ... \nu$ jede Gerade $P_\alpha P'_\alpha$ auf E_ν und E'_ν, $P_\alpha P''$ auf E_ν und E''_ν, $P'_\alpha P''_\alpha$ auf E'_ν und E''_ν senkrecht stehen. Demnach liegt P''_0 auf dem $(n - 2\nu)$-dimensionalen Schnitt der beiden Ebenen, von denen die eine

in P_0 auf E_ν, die andere in P'_0 auf E'_ν senkrecht steht.
Nachdem hierauf P''_0 beliebig gewählt ist, ist die Wahl des
Punktes P''_1 eine beschränktere: auch für diesen Punkt giebt
es eine $(n - 2\nu)$-dimensionale Ebene; zudem sind jetzt die
Längen $P_1 P''_1$ und $P'_1 P''_1$ bekannt, und endlich muss die
Gerade $P_1 P''_1$ zu $P'_0 P''_0$ absolut konjugiert sein. Im allgemeinen ist durch die Ebenen E_ν und E'_ν das System noch
nicht vollständig bestimmt; aber nachdem eine endliche Zahl
gegeben ist, werden die übrigen durch eine eindeutige Konstruktion gefunden. Wenn $n = 2\nu + 1$ ist (und wiederum
keine zwei der Grössen $C_0 \ldots C_\nu$ gleich sind), so ergiebt sich
folgende Konstruktion:

Man wähle in der Geraden $P_0 P'_0$ einen Punkt P''_0 beliebig, berechne daraus die Längen von $P_1 P''_1 \ldots P_\nu P''_\nu$, und
trage dieselben auf den Geraden $P_1 P'_1 \ldots P_\nu P'_\nu$ in der entsprechenden Richtung ab.

Diese Betrachtung gilt nicht mehr, sobald mehrere
Grössen $C_0 \ldots C_\nu$ einander gleich sind. Die Konstruktion ist
alsdann eine Verbindung der vorangehenden mit der folgenden: Wenn die charakteristische Gleichung für zwei Ebenen
lauter gleiche Wurzeln hat, so soll ein System bestimmt
werden, von dem je zwei Ebenen dieselbe Eigenschaft haben
und dem die gegebenen Ebenen angehören. Es sei wieder
$n = 2\nu + 1$, und man soll durch einen beliebig gegebenen
Punkt eine dritte Ebene legen, welche von zwei gegebenen
überall gleichweit entfernten Ebenen überall denselben Abstand hat. Man ziehe durch den Punkt diejenige Gerade,
welche beide Ebenen trifft; durch den Fusspunkt auf der
einen ziehe man eine beliebige Grade g in E_ν, und durch den
Fusspunkt in E'_ν diejenige Gerade g', welche von g überall
gleichen Abstand hat; durch die Gerade g und g' ist auch
eine einzige durch den gegebenen Punkt gehende Gerade bestimmt, welche mit g und g' zu demselben Systeme gehört.
In derselben Weise bestimme man ν Tripel von Geraden und
diese bestimmen die gesuchte Ebene.

[Beiläufig erinnere ich daran, dass für $n = 2\nu + 1$ alle
ν-dimensionalen Ebenen, welche von einer gegebenen Ebene
von ν Dimensionen einen vorgeschriebenen Abstand haben,

auf einem quadratischen Gebilde liegen, und dass durch jeden
Punkt zwei Systeme von einer $[\frac{1}{2}\nu(\nu-1)]$-fachen Mannigfaltigkeit gehen.]

Auf die letzte Konstruktion lässt sich die Aufgabe auch
für den Fall zurückführen, dass $2\nu < n-1$ ist; man erhält
in unpaarig ausgedehnten Raumformen derartige Systeme,
welche den ganzen Raum anfüllen. Sind für $2m = n+1$ im
Raume m Gerade gegeben, welche überall gleichen Abstand
haben (und welche in keiner Ebene liegen), so ist dadurch
ein einziges den Raum anfüllendes System solcher Geraden
eindeutig bestimmt.

§ 9. Die Krümmungsgebilde einer quadratischen Schar.

93. Indem wir t als unbeschränkt veränderliche Grösse
annehmen, setzen wir:

1)
$$f(t) = \frac{t+k^2}{k^2}(t-a_1)\ldots(t-a_n),$$

2)
$$\frac{\varphi(t)}{f(t)} = \frac{k^2 x_0{}^2}{t+k^2} + \frac{x_1{}^2}{t-a_1} + \cdots + \frac{x_n{}^2}{t-a_n},$$

wo die Grössen $a_1, a_2 \ldots a_n$ beliebige ungleiche reelle Grössen
bezeichnen und zwischen den Grössen $x_0 \ldots x_n$ die mehrfach
angegebene Gleichung besteht. Wir nehmen an:

3)
$$a_1 > a_2 > a_3 > \cdots > a_n,$$

und fügen der leichteren Übersicht wegen die Bedingung
hinzu, dass alle Grössen a positiv und für ein positives k^2
sämtlich kleiner als k^2 und für ein negatives k^2 kleiner als
$-k^2$ sind. Im ersten Falle wird dadurch keine Beschränkung
eingeführt; für den Lobatschewskyschen Raum bedürfen
noch einige andere Fälle eine gesonderte Betrachtung, ohne
dass eine Änderung in den Resultaten eintritt.

Für jeden Wert der x ist $\varphi(t)$ eine Funktion n^{ten} Grades
von t, in welcher der Koeffizient des höchsten Gliedes gleich
Eins ist. Für $t = a_1$ wird:

4)
$$\varphi(a_1) = x_1{}^2 \frac{(a_1+k^2)}{k^2}(a_1-a_2)\ldots(a_1-a_n),$$

und für $t = a_2$:

$$\varphi(a_2) = x_2^2 \frac{(a_2 + k^2)}{k^2} (a_2 - a_1)(a_2 - a_3) \ldots (a_2 - a_n)$$

u. s. w. Wenn also keine der Grössen $x_1 \ldots x_n$ gleich Null ist, so ändert $\varphi(t)$ zwischen a_1 und a_2 sein Zeichen und ebenso zwischen a_2 und a_3 u. s. w. Für gegebene nicht verschwindende Werte der x hat also die Gleichung $\varphi(t) = 0$ $n-1$ reelle Wurzeln; die letzte, welche ebenfalls reell sein muss, liegt bei unserer Annahme zwischen a_n und $-\infty$ (speziell für ein positives k^2 zwischen a_n und $-k^2$). Wenn aber mehrere Grössen x verschwinden, etwa $x_\varrho = x_\sigma = \cdots = 0$, so zerlege man $f(t)$ in zwei Faktoren $f_1(t)$ und $f_2(t)$, wo $f_1(t)$ die Faktoren $(t - a_\varrho)(t - a_\sigma)\ldots$, welche den verschwindenden x_ϱ, x_σ entsprechen, und $f_2(t)$ die übrigen Faktoren enthält. Dann ist:

$$\varphi(t) = \left(\frac{k^2 x_0^2}{t + k^2} + \cdots + \frac{x_n^2}{t - a_n} \right) f_1(t) \cdot f_2(t),$$

wo

$$\left(\frac{k^2 x_0}{t + k^2} + \cdots + \frac{x_n^2}{t - a_n} \right) f_2(t)$$

eine ganze Funktion von t ist, welche für $t = a_\varrho, a_\sigma \ldots$ nicht unendlich wird, und welche lauter reelle Wurzeln hat, wie der obige Beweis lehrt. Ausserdem enthält aber $\varphi(t)$ noch den Faktor $f_1(t)$, also $\varphi(t) = 0$ die Wurzeln $a_\varrho, a_\sigma \ldots$ und die Wurzeln des andern Faktors. Demnach gilt allgemein der bereits oben bewiesene Satz:

„Durch jeden Punkt des Raumes gehen n Gebilde zweiten Grades, welche mit einem gegebenen Gebilde konfokal sind".

Die n Wurzeln $t_1 \ldots t_n$ der Gleichung $\varphi(t) = 0$ werden als die *elliptischen Koordinaten* des Punktes x bezeichnet; es ist identisch:

5) $\qquad\qquad \varphi(t) = (t - t_1)(t - t_2) \ldots (t - t_n).$

Der Gleichung 4) entspricht für jedes $\varkappa$:

$$\varphi(a_\varkappa) = x_\varkappa^2 f'(a_\varkappa) = x_\varkappa^2 (a_\varkappa - a_1) \ldots (a_\varkappa - a_{\varkappa-1})(a_\varkappa - a_{\varkappa+1}) \ldots (a_\varkappa - a_n),$$

also ist:

6)
$$\begin{cases} x_0{}^2 = \dfrac{\varphi(-k^2)}{f'(-k^2)} = \dfrac{(k^2+t_1)\dots(k^2+t_n)}{(k^2+a_1)\dots(k^2+a_n)}, \\[2mm] x_1{}^2 = \dfrac{\varphi(a_1)}{f'(a_1)} = \dfrac{(a_1-t_1)\dots(a_1-t_n)}{(a_1-a_2)\dots(a_1-a_n)}, \\[2mm] \cdot \quad\cdot\quad\cdot\quad\cdot\quad\cdot\quad\cdot\quad\cdot \\[2mm] x_n{}^2 = \dfrac{\varphi(a_n)}{f'(a_n)} = \dfrac{(a_n-t_1)\dots(a_n-t_n)}{(a_n-a_1)\dots(a_n-a_{n-1})}. \end{cases}$$

Betrachtet man in 2) t als veränderlich, aber x als gegeben, so folgt durch Differentiation nach t:

$$\frac{\varphi'(t)}{f(t)} - \frac{\varphi(t)f'(t)}{f(t)f(t)} = -\frac{k^2 x_0{}^2}{(t+k^2)^2} - \dots - \frac{x_n{}^2}{(t-a_n)^2}.$$

Setzt man in diese identische Gleichung an Stelle von t eine Wurzel $t_\varkappa$ von $\varphi(t) = 0$, so folgt:

7)
$$\begin{cases} \dfrac{k^2 x_0{}^2}{(t_\varkappa+k^2)^2} + \dfrac{x_1{}^2}{(t_\varkappa-a_1)^2} + \dots + \dfrac{x_n{}^2}{(t_\varkappa-a_n)^2} = -\dfrac{\varphi'(t_\varkappa)}{f(t_\varkappa)} \\[3mm] \qquad = -\dfrac{k^2(t_\varkappa-t_1)\dots(t_\varkappa-t_n)}{(t_\varkappa+k^2)(t_\varkappa-a_1)\dots(t_\varkappa-a_n)}, \end{cases}$$

wo im Zähler der Faktor $t_\varkappa - t_\varkappa$ natürlich wegfällt.

Subtrahiert man zwei Gleichungen:

$$\frac{\varphi(t_\iota)}{f(t_\iota)} = 0 \quad \text{und} \quad \frac{\varphi(t_\varkappa)}{f(t_\varkappa)} = 0$$

für ungleiche Werte von ι und $\varkappa$, so folgt:

8) $\dfrac{k^2 x_0{}^2}{(t_\iota+k^2)(t_\varkappa+k^2)} + \dfrac{x_1{}^2}{(t_\iota-a_1)(t_\varkappa-a_1)} + \dots + \dfrac{x_n{}^2}{(t_\iota-a_n)(t_\varkappa-a_n)} = 0.$

Differentiiert man die Gleichungen 6) logarithmisch, so erhält man:

9) $2\dfrac{dx_0}{x_0} = \Sigma\dfrac{dt_\varkappa}{t_\varkappa+k^2}, \quad 2\dfrac{dx_1}{x_1} = \Sigma\dfrac{dt_\varkappa}{t_\varkappa-a_1} \dots 2\dfrac{dx_n}{x_n} = \Sigma\dfrac{dt_\varkappa}{t_\varkappa-a_n}.$

Bildet man hiernach den Ausdruck für

$$k^2 dx_0{}^2 + dx_1{}^2 + \dots + dx_n{}^2,$$

indem man die Gleichungen 7) und 8) berücksichtigt, so folgt für das Bogenelement ds:

10)
$$ds^2 = -\frac{1}{4} \sum_{\varkappa} N_\varkappa \, dt_\varkappa{}^2,$$

wo zur Abkürzung gesetzt ist:

11) $N_\varkappa = \dfrac{\varphi'(t_\varkappa)}{f'(t_\varkappa)} = \dfrac{k^2 (t_\varkappa - t_1) \ldots (t_\varkappa - t_{\varkappa-1})(t_\varkappa - t_{\varkappa+1}) \ldots (t_\varkappa - t_n)}{(t_\varkappa + k^2)(t_\varkappa - a_1) \ldots (t_\varkappa - a_n)}.$

Wenn von demselben Punkte zwei Strecken ds und ds' ausgehen, deren Endpunkte x und $x + dx$ resp. x und $x + dx'$ sind, und wenn dieselben den Winkel φ einschliessen, so ist nach Art. 47, Gleichung 29):

12) $ds \cdot ds' \cdot \cos \varphi = -\dfrac{1}{4} \sum N_\varkappa \, dt_\varkappa \, dt'_\varkappa.$

94. Um aus diesen Gleichungen einige geometrische Folgerungen zu ziehen, setzen wir für diesen Artikel fest, dass die Grössen $t_1 \ldots t_n$ der Grösse nach geordnet sind, $t_1 > t_2 > \cdots > t_n$. Geben wir einer Grösse $t_\varkappa$ einen konstanten Wert $\tau_\varkappa$, lassen aber die übrigen Grössen veränderlich, so stellt die Gleichung $\varphi(\tau_\varkappa) = 0$ ein mit dem Gebilde $\varphi(0) = 0$ konfokales Gebilde dar. Es muss $\tau_\varkappa$ kleiner sein als a_1 und für ein positives k^2 grösser als $-k^2$. Zwei Gebilde $\varphi(\tau_\varkappa) = 0$ und $\varphi(\tau_\lambda) = 0$ schneiden sich nur, wenn die Grössen $\tau_\varkappa$ und τ_λ zwischen verschiedenen Grenzen $a_\varkappa$ und $a_{\varkappa+1}$, a_λ und $a_{\lambda+1}$ liegen. Die Fokalgebilde werden erhalten, wenn man zwei Grössen $t_\varkappa$ und $t_{\varkappa+1}$ die gemeinschaftliche Grenze $a_{\varkappa+1}$ giebt; demnach werden die $n-1$ reellen Fokalgebilde durch die Gleichungspaare dargestellt:

13) $t_1 = t_2 = a_2, \quad t_2 = t_3 = a_3 \ldots t_{n-1} = t_n = a_n.$

Die in Art. 77 erledigte Frage nach denjenigen Punkten, in denen sich möglichst viele von diesen Gebilden schneiden (vergl. Art. 76), wird durch den blossen Anblick der Gleichungen 13) in folgender Weise gelöst:

Für ein gerades n schneiden sich $\dfrac{n}{2}$ Fokalgebilde, nämlich bei der gewählten Darstellung das erste, dritte ... $(n-1)^{\text{te}}$. Es giebt also $2^{\frac{n}{2}}$ Punkte mit den elliptischen Koordinaten:

$$t_1 = t_2 = a_2, \quad t_3 = t_4 = a_4, \quad t_5 = t_6 = a_6 \ldots t_{n-1} = t_n = a_n.$$

Zieht man von einem dieser Punkte einen Tangentialkegel an
ein Gebilde der Schar, so hat dasselbe $\frac{n}{2}$ Paare gleicher Achsen.

Für ein ungerades n (vergl. Art. 78) schneiden sich höchstens
$\frac{n-1}{2}$ Fokalgebilde, sodass für den Schnitt ein einziges t
veränderlich ist, und zwar entweder t_1 oder t_3 oder t_5 ... oder t_n;
es giebt $\frac{n+1}{2}$ Kurven, in denen sich $\frac{n-1}{2}$ Fokalgebilde
schneiden, und der von irgend einem Punkte einer solchen
Kurve an ein Gebilde der Schar gelegte Tangentialkegel hat
$\frac{n-1}{2}$ Paare gleicher Achsen.

Jedes Gebilde, in welchem sich mehrere konfokale Gebilde
zweiten Grades schneiden, soll ein zur Schar gehöriges
Krümmungsgebilde heissen (wobei wir die allgemeine Definition der Krümmungsgebilde uns für später vorbehalten);
speziell nennen wir den Schnitt von $n-1$ konfokalen Gebilden
eine Krümmungslinie der Schar. Durch jeden Punkt des
Raumes gehen n Krümmungslinien der Schar und $\binom{n}{m}$ Krümmungsgebilde von m Dimensionen; durch jeden Punkt eines
m-fach ausgedehnten Krümmungsgebildes gehen $\binom{m}{l}$ zur Schar
gehörige l-dimensionale Krümmungsgebilde, welche ganz auf
dem m-dimensionalen Gebilde liegen.

Dass sich konfokale Gebilde zweiten Grades überall senkrecht schneiden, ist bereits oben bewiesen. Man sieht dies
auch aus der Gleichung 12), deren rechte Seite Null wird,
wenn für jeden Wert von $\varkappa$ entweder $dt_\varkappa$ oder $dt'_\varkappa$ oder beide
verschwinden.

Auch zu den Krümmungsgebilden gehören Fokalgebilde.
Wenn z. B. ein Krümmungsgebilde dadurch charakterisiert ist,
dass den elliptischen Koordinaten $t_{m+1} \ldots t_n$ konstante Werte
$\tau_{m+1} \ldots \tau_n$ beigelegt sind, so können sich die Grössen $t_1 \ldots t_m$
auf dem Krümmungsgebilde beliebig ändern, jedoch jeder
zwischen den oben bezeichneten Grenzen. Wenn wieder
$t_1 > t_2 > \cdots > t_n$ vorausgesetzt wird, so giebt es $m-1$ Gebilde, welche durch die Gleichungspaare definiert werden:
$$t_1 = t_2 = a_2, \quad t_2 = t_3 = a_3 \ldots t_{m-1} = t_m = a_m.$$

Diese sollen als die Fokalgebilde des Krümmungsgebildes $(\tau_{m+1} \ldots \tau_n)$ bezeichnet werden. Für den Schnitt mehrerer solcher Fokalgebilde gilt der Satz, dass für ein gerades m sich $\dfrac{m}{2}$ und für ein ungerades m sich $\dfrac{m-1}{2}$ schneiden können. Jedoch ist zu bemerken, dass ein m-dimensionales Krümmungsgebilde nur dann $m - 1$ reelle Fokalgebilde hat, wenn entweder die $n - m$ grössten oder $n - m$ kleinsten Werte t_x einen konstanten Wert erhalten.

95. Wir lösen jetzt folgende Aufgabe: „Auf einem quadratischen Gebilde sei ein m-dimensionales Krümmungsgebilde gegeben; man soll für einen Teil desselben, welcher von konfokalen Krümmungsgebilden begrenzt wird, das Volumen bestimmen."

Spezielle Fälle dieser Aufgabe sind: Einen Raumteil zu berechnen, welcher von $2\,n$ konfokalen Gebilden zweiter Ordnung begrenzt ist. Den Teil eines quadratischen Gebildes zu berechnen, welcher von $(2n - 2)$ konfokalen Gebilden eingeschlossen wird. Die Länge einer Krümmungslinie zu finden. Als ganz spezielle Fälle der beiden ersten Aufgaben heben wir hervor: Das Innere, sowie das $(n - 1)$-Gesamtgrenzvolumen eines endlichen Gebildes zweiter Ordnung zu berechnen.

Die Lösung der allgemeinen Aufgabe ist für die verschiedenen Werte von m nicht wesentlich verschieden. Wir nehmen ohne Rücksicht auf die gegenseitige Grösse von $t_1 \ldots t_n$ an, dass $t_{m+1} = \tau_{m+1} \ldots t_n = \tau_n$ seien. Als Element des Volumens nehmen wir das m-dimensionale Prisma, dessen (an einer Ecke zusammenstossende) Kanten durch m Krümmungslinien der Schar gebildet werden. Jedes Linienelement wird dann aus 10) erhalten, indem man alle Grössen dt_x bis auf eine verschwinden lässt und dieser nicht verschwindenden die Werte $dt_1 \ldots dt_m$ beilegt. Dann ist die Grösse des Volumenelementes:

$$dV_m = -\left(\frac{1}{2}\right)^m \sqrt{N_1 N_2 \ldots N_m} \cdot dt_1 \cdot dt_2 \ldots dt_m.$$

Indem wir die Werte $t_1 \ldots t_m$ der Grösse nach ordnen, für N_x die Werte (11) einführen und noch zur Abkürzung setzen:

14) $$\frac{k^2(t - \tau_{m+1})\ldots(t - \tau_n)}{(t + k^2)(t - a_1)\ldots(t - a_n)} = S(t),$$

erhält der vorige Ausdruck die Gestalt:

$$2^m . d\,V_m = \sqrt{S(t_1)\,S(t_2)\ldots S(t_m)} \cdot (t_1 - t_2)\ldots(t_1 - t_m)(t_2 - t_3)\ldots(t_{m-1} - t_m)\,dt_1\ldots dt_m.$$

Das Produkt $(t_1 - t_2)\ldots(t_{m-1} - t_m)$, welches sich in bekannter Weise als Determinante darstellt (Baltzer, Determinanten, § 10, 1), liefert eine Summe von Produkten

$$\pm\, t_1{}^\alpha\, t_2{}^\beta \ldots t_m{}^\mu,$$

wo die Zahlen $\alpha, \beta \ldots \mu$ die Zahlen $0, 1 \ldots m - 1$ in irgend einer Permutation sind. Sind also $t'_1, t''_1; t'_2, t''_2 \ldots t'_m, t''_m$ die Grenzen des zu bestimmenden Körpers, so wird das 2^m-fache Volumen des Körpers dargestellt durch additiv und subtraktiv verbundene Integrale von der Form

15) $$\int_{t'_1}^{t''_1} t^\alpha \sqrt{\pm\, S(t)}\,dt \cdot \int_{t'_2}^{t''_2} t^\beta \sqrt{\pm\, S(t)}\,dt \ldots \int_{t'_m}^{t''_m} t^\mu \sqrt{\pm\, S(t)}\,dt.$$

Die Aufgabe kann also durch hyperelliptische Funktionen gelöst werden.

96. Auch die kürzesten Linien auf diesen Gebilden lassen sich durch die hyperelliptischen Funktionen darstellen. Ehe wir diesen Nachweis führen, müssen wir die allgemeinen Gleichungen der kürzesten Linien herleiten. Es seien

$$\varphi_1 = 0 \ldots \varphi_{n-m} = 0$$

$n - m$ Gleichungen zwischen den Grössen x, welche von einander unabhängig sind und deshalb ein m-dimensionales Gebilde bestimmen. Bezeichnen wir das Bogenelement mit ds, setzen $\dfrac{dx}{ds} = x'$, so ist die Aufgabe gestellt, das Integral

$$\int \sqrt{k^2 x'_0{}^2 + x'_1{}^2 + x'_n{}^2}\,ds$$

unter den Bedingungen

$$\varphi_1 = 0 \ldots \varphi_{n-m} = 0, \quad \Omega = k^2 x_0{}^2 + x_1{}^2 + \cdots + x_n{}^2 = k^2$$

zu einem Minimum zu machen. Die bekannten Prinzipien der Variationsrechnung gestatten uns, die Differentialgleichungen der kürzesten Linien sofort hinzuschreiben, es sind:

$$16)\begin{cases} k^2 \dfrac{d^2 x_0}{ds^2} = Lk^2 x_0 + M_1 \dfrac{\partial \varphi_1}{\partial x_0} + \cdots + M_{n-m} \dfrac{\partial \varphi_{n-m}}{\partial x_0}, \\[2ex] \dfrac{d^2 x_1}{ds^2} = Lx_1 + M_1 \dfrac{\partial \varphi_1}{\partial x_1} + \cdots + M_{n-m} \dfrac{\partial \varphi_{n-m}}{\partial x_1}, \\[2ex] \cdot\ \cdot\ \cdot\ \cdot\ \cdot\ \cdot\ \cdot\ \cdot\ \cdot\ \cdot\ \cdot\ \cdot\ \cdot\ \cdot\ \cdot\ \cdot\ \cdot \\[1ex] \dfrac{d^2 x_n}{ds^2} = Lx_n + M_1 \dfrac{\partial \varphi_1}{\partial x_n} + \cdots + M_{n-m} \dfrac{\partial \varphi_{n-m}}{\partial x_n}. \end{cases}$$

Es möge bemerkt werden, dass diese Gleichungen sich auch aus mechanischen Prinzipien für den Weg ergeben, den ein Punkt beschreibt, wenn er sich ohne Reibung und ohne beschleunigende Kräfte auf dem Gebilde $\varphi_1 = \cdots = \varphi_{n-m} = 0$ bewegt, sowie dass ein auf dem Gebilde gespannter Faden die Form dieser Linie annimmt.

Das gegebene m-fach ausgedehnte Gebilde hat in jedem Punkte eine $(n-m)$-fach ausgedehnte Normalebene. Durch diese Ebene und die Tangente an eine durch den Punkt gehende kürzeste Linie sei eine $(n-m+1)$-dimensionale Ebene gelegt; soll ein Punkt ξ in dieser Ebene liegen, so muss für jede Koordinate sein:

$$\xi_\varkappa = Ax_\varkappa - Bdx_\varkappa + C_1 \frac{\partial \varphi_1}{\partial x_\varkappa} + \cdots + C_{n-m} \frac{\partial \varphi_{n-m}}{\partial x_\varkappa},$$

wo die Koeffizienten $A, B, C_1 \ldots C_{n-m}$ für alle Koordinaten denselben Wert haben. Die Gleichungen 16) sagen demnach aus, dass auch der Punkt $x + dx + d^2x$ in dieser Ebene liegt, wenn die Linie eine kürzeste Linie sein soll. Nun bezeichnen wir diejenige Ebene, welche durch drei unendlich nahe Punkte einer Kurve bestimmt ist, als die zweidimensionale Schmiegungsebene derselben. Demnach gilt der Satz:

„Geht von einem Punkte eines m-fach ausgedehnten Gebildes eine kürzeste Linie aus und wird dieselbe durch eine $(n-m+1)$-fach ausgedehnte Normalebene des Gebildes berührt, so umfasst diese Ebene auch die zweidimensionale Schmiegungsebene der kürzesten Linie."

Wenn also speziell das Gebilde $(n-1)$-fach ausgedehnt ist, so ist diejenige zweifach ausgedehnte Normalebene, welche eine kürzeste Linie im Fusspunkt der Normalen berührt, zugleich in demselben Punkte Schmiegungsebene an die kürzeste Linie.

Die Koeffizienten $L, M_1 \ldots M_{n-m}$ sind im allgemeinen Funktionen von $x_0 \ldots x_n$. Wenn, wie unbeschadet der Allgemeinheit angenommen werden kann, die Funktionen $\varphi_1 \ldots \varphi_{n-m}$ homogen in den Koordinaten sind, so folgt aus der Gleichung

$$k^2 x_0 \frac{d^2 x_0}{ds^2} + \cdots + x_n \frac{d^2 x_n}{ds^2} + 1 = 0,$$

(welche durch zweimalige Differentiation der Gleichung $\Omega = k^2$ erhalten wird) dass ist

17) $$L = -\frac{1}{k^2}.$$

97. Wir wenden die Gleichungen 16) auf ein Krümmungsgebilde von quadratischen Gebilden an. Dann haben wir die Gleichungen $\varphi_1 = 0 \ldots \varphi_{n-m} = 0$ durch $\varphi(\tau_{m+1}) = 0 \ldots \varphi(\tau_n) = 0$ oder durch die Gleichungen zu ersetzen:

18) $$\begin{cases} \dfrac{k^2 x_0^2}{\tau_{m+1} + k^2} + \dfrac{x_1^2}{\tau_{m+1} - a_1} + \cdots + \dfrac{x_n^2}{\tau_{m+1} - a_n} = 0, \\ \cdot \quad \cdot \quad \cdot \quad \cdot \quad \cdot \quad \cdot \quad \cdot \quad \cdot \\ \dfrac{k^2 x_0^2}{\tau_n + k^2} + \dfrac{x_1^2}{\tau_n - a_1} + \cdots + \dfrac{x_n^2}{\tau_n - a_n} = 0. \end{cases}$$

Dann gehen die Gleichungen 16) mit Rücksicht auf 17) über in:

19) $$\begin{cases} \dfrac{1}{x_0} \dfrac{d^2 x_0}{ds^2} = -\dfrac{1}{k^2} + \dfrac{M_1}{\tau_{m+1} + k^2} + \cdots + \dfrac{M_{n-m}}{\tau_n + k^2}, \\ \dfrac{1}{x_1} \dfrac{d^2 x_1}{ds^2} = -\dfrac{1}{k^2} + \dfrac{M_1}{\tau_{m+1} - a_1} + \cdots + \dfrac{M_{n-m}}{\tau_n - a_1}, \\ \cdot \quad \cdot \quad \cdot \quad \cdot \quad \cdot \quad \cdot \quad \cdot \quad \cdot \\ \dfrac{1}{x_n} \dfrac{d^2 x_n}{ds^2} = -\dfrac{1}{k^2} + \dfrac{M_1}{\tau_{m+1} - a_n} + \cdots + \dfrac{M_{n-m}}{\tau_n - a_n}. \end{cases}$$

Die Integration dieser Gleichungssysteme vollziehen wir auf einem indirekten Wege. Zu den durch die Gleichungen 1) und 2) definierten Funktionen $f(t)$ und $\varphi(t)$ fügen wir hinzu:

20) $$\frac{\varphi_1(t)}{f(t)} = \frac{k^2 x'^2_0}{t + k^2} + \frac{x'^2_1}{t - a_1} + \cdots + \frac{x'^2_n}{t - a_n}.$$

In diesen Gleichungen betrachten wir t als eine von s (dem Bogen) unabhängige Grösse. Dann erhalten wir durch Differentiation:

$$\alpha)\quad \begin{cases} \dfrac{1}{2}\dfrac{d\varphi}{ds} = f(t)\left\{\dfrac{k^2 x_0 x'_0}{t+k^2} + \dfrac{x_1 x'_1}{t-a_1} + \cdots + \dfrac{x_n x'_n}{t-a_n}\right\}, \\[2ex] \dfrac{1}{2}\dfrac{d^2\varphi}{ds^2} = \varphi_1(t) + f(t)\left\{\dfrac{k^2 x_0 x''_0}{t+k^2} + \dfrac{x_1 x''_1}{t-a_1} + \cdots + \dfrac{x_n x''_n}{t-a_n}\right\}, \\[2ex] \dfrac{1}{2}\dfrac{d\varphi_1}{ds} = f(t)\left\{\dfrac{k^2 x'_0 x''_0}{t+k^2} + \dfrac{x'_1 x''_1}{t-a_1} + \cdots + \dfrac{x'_n x''_n}{t-a_n}\right\}. \end{cases}$$

Subtrahieren wir von der Gleichung 2) eine der Gleichungen 18), indem wir $\varkappa$ einen der Werte $m+1\ldots n$ geben, so folgt:

$$\beta)\quad \frac{k^2 x_0{}^2}{(t+k^2)(t_\varkappa+k^2)} + \frac{x_1{}^2}{(t-a_1)(t_\varkappa-a_1)} + \cdots + \frac{x_n{}^2}{(t-a_n)(t_\varkappa-a_n)} = \frac{1}{(\tau_\varkappa-t)}\frac{\varphi(t)}{f(t)}.$$

Ebenso folgt aus der ersten Gleichung $\alpha)$ und der entsprechenden für $\varphi(\tau_\varkappa)$:

$$\gamma)\quad \frac{k^2 x_0 x'_0}{(t+k^2)(\tau_\varkappa+k^2)} + \frac{x_1 x'_1}{(t-a_1)(\tau_\varkappa-a_1)} + \cdots + \frac{x_n{}^2}{(t-a_n)(\tau_\varkappa-a_n)} = \frac{1}{2}\frac{\dfrac{d\varphi}{ds}}{(\tau_\varkappa-t)f(t)}.$$

Setzen wir nun in die zweite und dritte Gleichung $\alpha)$ den Wert aus 19) ein und berücksichtigen die Gleichungen $\beta)$ und $\gamma)$, so gehen die Gleichungen $\alpha)$ über in:

$$\frac{1}{2}\frac{d^2\varphi}{ds^2} = \varphi_1(t) + \left\{-\frac{1}{k^2} + \frac{M_1}{t_{m+1}-t} + \cdots + \frac{M_{n-m}}{\tau_n-t}\right\}\varphi(t),$$

$$\frac{d\varphi_1}{ds} = \left\{-\frac{1}{k^2} + \frac{M_1}{\tau_{m+1}-t} + \cdots + \frac{M_{n-m}}{\tau_n-t}\right\}\frac{d\varphi(t)}{ds}.$$

Somit ist

$$\frac{1}{2}\frac{d^2\varphi(t)}{ds^2}\cdot\frac{d\varphi(t)}{ds} = \varphi_1(t)\cdot\frac{d\varphi(t)}{ds} + \frac{d\varphi_1(t)}{ds}\cdot\varphi(t),$$

oder es ist

$$\left(\frac{1}{2}\frac{d\varphi(t)}{ds}\right)^2 - \varphi_1(t)\,\varphi(t)$$

von s unabhängig, also eine blosse Funktion von t. Als solche ist sie vom $2n^{\text{ten}}$ Grade und verschwindet für $-k^2$, $a_1\ldots a_n$, $\tau_{m+1}\ldots\tau_n$, also noch für $m-1$ Werte $b_1\ldots b_{m-1}$. Zudem ist der Koeffizient von t^{2n} gleich $-\dfrac{1}{k^2}$. Wenn also gesetzt wird:

21) $R(t) = -\dfrac{t+k^2}{k^2}(t-a_1)\ldots(t-a_n)(t-\tau_{m+1})\ldots(t-\tau_n)(t-b_1)\ldots(t-b_{m-1})$,

so ist identisch:

22) $$\left(\frac{1}{2}\frac{d\varphi(t)}{ds}\right)^2 - \varphi(t)\,\varphi_1(t) = R(t).$$

Diese Gleichung liefert die ersten Integrale der Gleichungen 19), und zwar kann man dieselben in verschiedener Form aus derselben erhalten. Einmal kann man beide Seiten nach t entwickeln und die Koeffizienten gleicher Potenzen von t einander gleich setzen. Man kann ferner in beide Seiten gleiche Werte von t einsetzen, und kann endlich, nach Abtrennung eines Faktors, welcher auf beiden Seiten vorkommt, in den andern Faktor für t einen konstanten Wert einsetzen. Der erste Weg führt nicht zu den einfachsten Resultaten, der dritte Weg soll weiter unten betreten werden; als geeignetstes Mittel ergiebt sich der zweite Weg.

Wenn wir demnach dem t auf beiden Seiten von 22) denselben Wert geben, so ist es nicht notwendig, dass dieser Wert konstant sei. Vielmehr eignen sich für diesen Zweck am besten die elliptischen Koordinaten des Punktes x, d. h. die Wurzeln der Gleichung $\varphi(t) = 0$. Wir haben identisch:

$$\varphi(t) = (t - t_1)\ldots(t - t_m)(t - \tau_{m+1})\ldots(t - \tau_n).$$

Hier sind $\tau_{m+1}\ldots\tau_n$ konstant; t ist von s unabhängig, folglich sind nur $t_1\ldots t_m$ Funktionen von s. Somit ist:

23) $$\frac{d\varphi(t)}{ds} = -\frac{\varphi(t)}{t - t_1}\frac{dt_1}{ds} - \ldots - \frac{\varphi(t)}{t - t_m}\frac{dt_m}{ds}.$$

Geben wir hierin dem t einen der Werte t_λ für $\lambda = 1,\ldots m$, so folgt

$$\left(\frac{d\varphi(t)}{ds}\right)_{t=t_\lambda} = -\varphi'(t_\lambda)\frac{dt_\lambda}{ds}.$$

Setzen wir diesen Wert in 22), so erhalten wir, weil $\varphi(t_\lambda) = 0$ ist, die m Gleichungen:

24) $$\varphi'(t_\lambda)\,dt_\lambda = 2\,ds\,\sqrt{R(t_\lambda)},$$
$$(\lambda = 1_1\ldots m).$$

Setzt man noch:

25) $$g(t) = (t - \tau_{m+1})\ldots(t - \tau_n),$$

so lassen sich aus den Gleichungen 24) m Gleichungen herleiten, in denen die Variabeln getrennt sind; und es ergeben sich als Differentialgleichungen der kürzesten Linien auf dem Gebilde 18) die folgenden:

$$26) \begin{cases} \dfrac{g(t_1)\,dt_1}{\sqrt{R(t_1)}} + \cdots + \dfrac{g(t_m)\,dt_m}{\sqrt{R(t_m)}} = 0, \\[2ex] \dfrac{t_1 g(t_1)\,dt_1}{\sqrt{R(t_1)}} + \cdots + \dfrac{t_m g(t_m)\,dt_m}{\sqrt{R(t_m)}} = 0, \\[1ex] \cdot\ \cdot\ \cdot\ \cdot\ \cdot\ \cdot\ \cdot\ \cdot\ \cdot\ \cdot \\[1ex] \dfrac{t_1{}^{m-2} g(t_1)\,dt_1}{\sqrt{R(t_1)}} + \cdots + \dfrac{t_m{}^{m-2} g(t_m)\,dt_m}{\sqrt{R(t_m)}} = 0, \\[2ex] \dfrac{t_1{}^{m-1} g(t_1)\,dt_1}{\sqrt{R(t_1)}} + \cdots + \dfrac{t_m{}^{m-1} g(t_m)\,dt_m}{\sqrt{R(t_m)}} = 2\,ds. \end{cases}$$

Diese Gleichungen entsprechen vollständig den bekannten, von Jacobi gefundenen und in seinen Vorlesungen über Mechanik mitgeteilten Gleichungen, durch welche die kürzeste Linie auf einem dreiachsigen Ellipsoid (im Euklidischen Raume) bestimmt wird. Auch im vorliegenden, weit allgemeineren Falle lassen sich die vollständigen Lösungen durch hyperelliptische Funktionen darstellen; ich mache nur darauf aufmerksam, dass für $m = n - 1$, also für ein quadratisches Gebilde, die Lösungen besonders einfach sind und sich direkt ergeben aus den bekannten Weierstrassschen Gleichungen, welche von Herrn Königsberger im 64. Bande von Borchardts Journal mitgeteilt sind.

98. Eine kürzeste Linie ist vollständig bestimmt, wenn einer ihrer Punkte und die Richtung der Tangente in demselben gegeben sind. In der That, wenn die Grössen $t_1 \ldots t_m$ und $dt_1 \ldots dt_m$ gegeben sind, so kann man aus den Gleichungen 24) oder 26) die Grössen $\sqrt{R(t_1)} \ldots \sqrt{R(t_m)}$ eindeutig bestimmen und daraus $b_1 \ldots b_{m-1}$ berechnen. Wenn dt_λ gleich Null wird, so muss t_λ gleich einer der Grössen $b_1 \ldots b_{m-1}$ werden, und umgekehrt muss dt_λ jedesmal verschwinden, wenn t_λ gleich einem b_μ wird.

„Jede kürzeste Linie auf einem m-dimensionalen Krümmungsgebilde berührt $m-1$ Krümmungsgebilde von $m-1$ Dimensionen und die elliptischen Koordinaten derselben geben die Konstanten in den ersten Integralgleichungen der kürzesten Linie.“

Soll eine vom Punkte $t_1 \ldots t_m$ in der Richtung $dt_1 \ldots dt_m$ ausgehende kürzeste Linie das Krümmungsgebilde b_1 berühren, so hat man in den Gleichungen 26) dem b_1 einen festen Wert beizulegen. Um aus diesen Gleichungen die $b_2 \ldots b_{m-1}$ zu eliminieren, gehen wir von den Gleichungen 24) aus und schreiben dieselben in folgender Form:

$$\frac{N_1 \, dt_1^2}{t_1 - b_1} = -4 \, ds \, \frac{(t_1 - b_2) \ldots (t_1 - b_{m-1})(t_2 - t_3) \ldots (t_{m-1} - t_m)}{\Delta(t_1 \ldots t_m)},$$

$$\cdots\cdots\cdots\cdots\cdots\cdots\cdots\cdots\cdots\cdots$$

$$\frac{N_m \, dt_m^2}{t_m - b_1} = (-1)^m . \, 4 \, ds \, \frac{(t_m - b_2) \ldots (t_m - b_{m-1})(t_1 - t_2) \ldots (t_{m-2} - t_{m-1})}{\Delta(t_1 \ldots t_m)},$$

wo $N_1 \ldots N_m$ die Bedeutung 11) haben und $\Delta(t_1 \ldots t_m)$ das Produkt aus den Differenzen $(t_\alpha - t_\beta)$ für $\alpha = 1, \ldots m-1$; $\beta = 2, \ldots m$ und $\alpha < \beta$ bezeichnet. Addiert man beide Seiten, so ist der Zähler auf der rechten Seite eine alternierende Funktion von $t_1 \ldots t_m$, welche verschwinden muss, da sie in jeder Grösse t_λ nur vom $(m-2)^{\text{ten}}$ Grade ist. Soll also die vom Punkte $t_1 \ldots t_m$ in der Richtung $dt_1 \ldots dt_m$ ausgehende kürzeste Linie das Krümmungsgebilde $t_\mu = b_1$ berühren, so muss die Gleichung befriedigt werden:

$$\frac{N_1 \, dt_1^2}{t_1 - b_1} + \cdots + \frac{N_m \, dt_m^2}{t_m - b_1} = 0.$$

Wir ersetzen die Grössen $dt_1 \ldots dt_m$ durch m unendlich kleine Grössen $ds_1 \ldots ds_m$, welche mit ihnen je dieselbe Richtung haben und zugleich die Länge angeben; oder mit anderen Worten, wir konstruieren im Punkte $t_1 \ldots t_m$ ein m-rechtwinkliges Cartesisches Koordinatensystem, dessen Achsen je mit den Richtungen der Krümmungslinien zusammenfallen, und bezeichnen die Koordinaten des Punktes $t_1 + dt_1 \ldots t_m + dt_m$ für dieses Koordinatensystem mit $ds_1 \ldots ds_m$. Dann geht die vorangehende Gleichung über in

$$27) \qquad \frac{ds_1^2}{t_1 - b_1} + \cdots + \frac{ds_m^2}{t_m - b_1} = 0.$$

Daraus folgt der Satz:

„Die Tangenten an die durch einen festen Punkt gehenden kürzesten Linien, welche auf einem m-dimensionalen

Krümmungsgebilde gezogen sind und ein festes darauf liegendes ($m-1$)-dimensionales Krümmungsgebilde berühren, bilden einen quadratischen Kegel; derselbe hat die Tangenten an die durch den Punkt gelegten Krümmungslinien zu Achsen; alle verschiedenen Kegel, welche durch beliebige Wahl des berührten Krümmungsgebildes erhalten werden, sind konfokal."

Dieser Satz zeigt, dass der erste Satz des Artikels 79 (S. 138) nicht nur im Raume gilt, sondern auf jedem Krümmungsgebilde einer quadratischen Schar richtig bleibt. Ebenso ist es mit dem dritten Satze desselben Artikels (S. 138). Soll nämlich der Kegel 27) gleiche Achsen haben, so müssen mehrere Grössen t_λ einander gleich sein; diese können aber infolge der Bedingungsgleichungen, denen sie zu genügen haben, nur paarweise gleich sein. Demnach haben die im Artikel 93 eingeführten Fokalgebilde von Krümmungsgebilden dieselbe Bedeutung, wie die Fokalgebilde des Raumes, wie sich das in folgendem Satze ausspricht:

„Soll der aus kürzesten Linien eines Krümmungsgebildes gebildete und ein Krümmungsgebilde der nächst niederen Art berührende Kegel gleiche Achsen haben, so muss sein Scheitel in einem Fokalgebilde liegen. Ist das Krümmungsgebilde m-dimensional und m gerade, so können sich $\dfrac{m}{2}$ Fokalgebilde schneiden; der von einem dieser Schnittpunkte an ein ($m-1$)-dimensionales Krümmungsgebilde, aus kürzesten Linien bestehende Tangentenkegel hat dann $\dfrac{m}{2}$ Paare gleicher Achsen; für ein ungerades m schneiden sich $\dfrac{m-1}{2}$ Fokalgebilde in einer Kurve, und die von einem Punkte dieser Kurve aus an ein ($m-1$)-dimensionales Krümmungsgebilde gelegten Tangentenkegel haben $\dfrac{m-1}{2}$ Paare gleicher und eine ungleiche Achse."

99. Jede kürzeste Linie auf einem m-dimensionalen Krümmungsgebilde berührt noch $m-1$ quadratische Gebilde; ebenso berührt jede gerade Linie des n-dimensionalen Raumes $n-1$ quadratische Gebilde. Die Gleichung 24) liefert den Zusammenhang zwischen denjenigen Geraden, welche dieselben $n-1$ quadratischen Gebilde berühren, unter einander und zu denjenigen kürzesten Linien, welche auf dem Schnitt von $n - m$ derselben gezogen werden können und die übrigen $m - 1$ unter ihnen berühren.

Ein Krümmungsgebilde sei durch die $n - m$ elliptischen Koordinaten $\tau_{m+1} \ldots \tau_n$ bestimmt. Auf demselben sei eine kürzeste Linie gezogen und deren m Gleichungen seien für $\lambda = 1, 2 \ldots m$ nach 24):

$$\varphi'(t_\lambda)\, dt_\lambda = 2\, ds \sqrt{R(t_\lambda)}.$$

Ebenso mögen die Differentialgleichungen einer geraden Linie, durch elliptische Koordinaten ausgedrückt, die Konstanten enthalten: $\tau_{m+1} \ldots \tau_n$, $b_1 \ldots b_{m-1}$, also dieselben Konstanten, welche in den Gleichungen der gewählten kürzesten Linie vorkommen. Die Differentialgleichungen sind also:

$$\varphi'(u_\lambda)\, du_\lambda = 2\, ds \sqrt{R(u_\lambda)},$$

wenn die elliptischen Koordinaten der geraden Linie durch $u_1 \ldots u_n$ bezeichnet werden. Nehmen wir jetzt an, die Gerade und die kürzeste Linie hätten einen Punkt gemeinschaftlich; es sei also für einen Punkt:

$$u_1 = t_1 \ldots u_m = t_m, \quad u_{m+1} = \tau_{m+1} \ldots u_n = \tau_n.$$

Dann muss für diesen Punkt auch sein:

$$du_1 = \pm\, dt_1 \ldots du_m = \pm\, dt_m, \quad du_{m+1} = \ldots = du_n = 0.$$

Die gerade Linie berührt also eine der von dem Punkte ausgehenden kürzesten Linien, welche eine Berührung eingehen mit den $m - 1$ quadratischen Gebilden $b_1 \ldots b_{m-1}$.

„Wenn eine gerade Linie ein zu einer quadratischen Schar gehöriges m-dimensionales Krümmungsgebilde berührt, so berührt sie noch $m - 1$ quadratische Gebilde der Schar; zugleich ist sie Tangente an eine vom Berührungspunkte ausgehende kürzeste Linie des Krümmungsgebildes, welche dieselben $m - 1$ Gebilde berührt."

Umgekehrt sei eine beliebige Gerade durch die Gleichung

$$\varphi'(u_\lambda)\, du_\lambda = 2\, ds \sqrt{R(u_\lambda)}$$

gegeben. Soll dieselbe die kürzeste Linie

$$\varphi'(t_\lambda)\, dt_\lambda = 2\, ds \sqrt{R(t_\lambda)}$$

berühren, so müssen für den Berührungspunkt nicht nur die u und t, sondern auch die du und dt entsprechend gleich sein. Somit sind die Konstanten von $\bar{R}(u)$ dieselben, wie die in $R(t)$ vorkommenden Konstanten $b_1 \ldots b_{m-1}, \tau_{m+1} \ldots \tau_n$.

Daraus ergeben sich die Sätze:

„Wenn eine gerade Linie $n-1$ quadratische konfokale Gebilde $F_1 F_2 \ldots F_{n-1}$ in den Punkten $\pi_1 \ldots \pi_{n-1}$ berührt, so muss diejenige kürzeste Linie auf F_1, welche von π_1 ausgeht und von der Geraden berührt wird, auch die $n-2$ Gebilde $F_2 \ldots F_{n-1}$ berühren."

„Wenn in einem Punkte sich l quadratische konfokale Gebilde treffen und man konstruiert von dem Punkte aus in derselben Richtung eine kürzeste Linie des Schnittgebildes und eine Gerade, so werden von den beiden Linien dieselben $n-l-1$ konfokalen Gebilde der Schar berührt."

Von diesen allgemeinen Sätzen möge ein spezieller Fall hervorgehoben werden.

„Wenn eine auf einem quadratischen Gebilde gezogene kürzeste Linie durch eine Anzahl zugehöriger Fokalgebilde hindurchgeht, so geht auch jede Tangente an die kürzeste Linie durch dieselben Fokalgebilde hindurch."

Da die vorangehenden Sätze sich nur auf die Gleichung 24) stützen, so bleiben sie gültig, wenn man sich auf ein Krümmungsgebilde beschränkt und die geraden Linien des Raumes durch kürzeste Linien des Krümmungsgebildes, die bisher betrachteten kürzesten Linien durch kürzeste Linien eines in dem gegebenen Krümmungsgebilde enthaltenen Krümmungsgebilden von' weniger Dimensionen ersetzt. Wenn also, um nur einen speziellen Fall anzuführen, von einem Punkte aus in derselben Richtung zwei Linien ausgehen, von denen die eine kürzeste Linie eines hindurchgehenden m-dimensionalen, die andere kürzeste Linie eines hindurchgehenden $(m-1)$-dimensionalen Krümmungsgebildes ist, so berühren beide dieselben $m-2$ Gebilde der Schar, und ihre Gleichungen haben dieselben Konstanten.

100. Auf einem m-dimensionalen Krümmungsgebilde $(\tau_{m+1} \ldots \tau_n)$ mögen von einem Punkte $(t_1^0 \ldots t_m^0)$ zwei kürzeste Linien ausgehen, deren Gleichungen dieselben Konstanten haben und für welche den Wurzeln $\sqrt{R(t_1)} \ldots \sqrt{R(t_{m-1})}$ dasselbe, der Wurzel $\sqrt{R(t_m)}$ entgegengesetzte Vorzeichen zukommt. Von der ersten kürzesten Linie betrachten wir nur das Stück s_1 vom Punkte t^0 bis zur ersten Berührung mit einem quadratischen Gebilde der Schar; das berührte Gebilde habe die elliptische Koordinate $t_1 = b_1$ und die Berührung habe statt im Punkte $(b_1 t_2{}^1 \ldots t_m{}^1)$. In diesem Punkte lasse man sich anschliessen eine kürzeste Linie des Gebildes $(b_1 \tau_{m+1} \ldots \tau_n)$, welche mit der Fortsetzung der ersten kürzesten Linie gleichgerichtet ist. Von dieser kürzesten Linie nehmen wir nur dasjenige Stück s_2, welches sich erstreckt bis zur ersten Berührung mit einem quadratischen Gebilde b_2 der Schar; die Berührung finde statt in $b_1 b_2 t_3{}^2 \ldots t_m{}^2$. In diesem Punkte setze man die Richtung der frühern kürzesten Linie fort durch eine kürzeste Linie von $(b_1 b_2 \tau_{m+1} \ldots \tau_n)$. In derselben Weise fahre man fort, bis man eine kürzeste Linie des Gebildes $(b_1 b_2 \ldots b_{m-2} \tau_{m+1} \ldots \tau_n)$ erhält, welche die Krümmungslinie $(b_1 \ldots b_{m-2} b_{m-1} \tau_{m+1} \ldots \tau_n)$ im Punkte $t_{m-1}{}^{m-1}$ berührt. Die einzelnen Stücke der betreffenden kürzesten Linien mögen mit $s_1, s_2 \ldots s_{m-2}$ bezeichnet werden.

Macht man eine ganz entsprechende Konstruktion, indem man von der zweiten kürzesten Linie ausgeht, so werden nach dem Schlusssatze des vorangehenden Artikels dieselben Gebilde berührt werden. Wir nehmen an, dass die Berührung auch in derselben Reihenfolge statthabe, und zwar möge das Gebilde b_1 im Punkte $(b_1 u_2{}^1 \ldots u_m{}^1)$ berührt werden; von der sich daranschliessenden auf $(b_1 \tau_{m+1} \ldots \tau_n)$ verzeichneten kürzesten Linie möge b_2 in $(b_1 b_2 u_3{}^2 \ldots u_m{}^2)$ berührt werden u. s. w. Schliesslich werde die Krümmungslinie $(b_1 \ldots b_{m-1} \tau_{m+1} \ldots \tau_n)$ in $u_m{}^{m-1}$ berührt. Die Stücke dieser kürzesten Linie seien $s'_1 \ldots s'_{m-2}$. Man füge noch das Stück der Krümmungslinie zwischen $t_m{}^{m-1}$ und $u_m{}^{m-1}$ hinzu.

Will man die Längen der einzelnen Linien berechnen, so hat man jedesmal die letzte Gleichung 26) zwischen den angegebenen Grenzen zu integrieren. Dabei ist zu beachten, dass nach dem schon zitierten Satze die Funktion $R(t)$ für alle vorkommenden kürzesten Linien identisch ist und dass auch die Vorzeichen der Wurzeln für alle Grössen $s_1 \ldots s_{m-2}$ unter einander gleich sind, und ebenso für $s'_1 \ldots s'_{m-2}$. Durch die obige Annahme sind somit alle Wurzeln auch in Bezug auf ihr Vorzeichen bestimmt, sobald die Vorzeichen für die erste kürzeste Linie bestimmt sind.

Dagegen ändert sich die Grösse $g(t)$. Ist dieselbe für die erste kürzeste Linie gleich $g_1(t)$, so ist sie für die zweite s_2. gleich $g_1(t) \cdot (t - b_1)$, für s_3 gleich $(t - b_1)(t - b_2) g_1(t) \ldots$, endlich für die Krümmungslinie gleich $(t - b_1) \ldots (t - b_{m-1}) g_1(t)$. Entsprechendes gilt für $s'_1 \ldots s'_{m-2}$. Wenn man aber bei der Integration der letzten Gleichung 26) zur Bestimmung von s_1 die Grösse

$$t^{m-1} g_1(t) \quad \text{durch} \quad (t - b_1) \ldots (t - b_{m-1}) g_1(t)$$

ersetzt, so ändert sich das Resultat nicht, da alle hinzutretenden Grössen infolge der ersten Gleichungen 26) verschwinden. Man kann daher bei der Berechnung der Länge unter das Integralzeichen überall die Grösse setzen:

$$\frac{(t - b_1) \ldots (t - b_{m-1}) g_1(t)}{\sqrt{R(t)}} \, dt.$$

Indem wir alsdann die Integrale nur durch ihre Grenzen bezeichnen, erhalten wir als Ausdruck für die doppelte Summe der angegebenen kürzesten Linien:

$$28) \quad \left\{ \begin{aligned}
& \int_{t_1^0}^{b_1} + \int_{t_2^0}^{t_2^1} + \int_{t_3^0}^{t_3^1} + \cdots + \int_{t_m^0}^{t_m^1} \\
& + \int_{t_2^1}^{b_2} + \int_{t_3^1}^{t_4^2} + \cdots + \int_{t_m^1}^{t_m^2} \\
& + \int_{t_3^2}^{b_3} + \cdots + \int_{t_m^2}^{t_m^3} \\
& + \cdots + \int_{t_m^{m-1}}^{u_m^{m-1}} \\
& - \int_{b_3}^{u_3^2} - \cdots + \int_{u_m^3}^{u_m^2} \\
& - \int_{b_2}^{u_2^1} - \int_{u_2^2}^{u_3^1} - \cdots + \int_{u_m^2}^{u_m^1} \\
& - \int_{b_1}^{t_1^0} - \int_{u_2^1}^{t_2^0} - \int_{u_3^1}^{t_3^0} - \cdots + \int_{u_m^1}^{t_m^0}
\end{aligned} \right.$$

Wir erhalten demnach als Ausdruck der Gesamtlänge:

$$\int_{t_1{}^0}^{b_1}+\int_{t_2{}^0}^{b_2}+\cdots+\int_{t_{m-1}{}^0}^{b_{m-1}}.$$

Diese ist unabhängig von der Anfangskoordinate $t_m{}^0$, also für alle Punkte einer Krümmungslinie unveränderlich, so dass wir den Satz erhalten:

„Wenn von einem Punkte zwei kürzeste Linien ausgehen, welche dieselben Krümmungsgebilde berühren, und wenn man vom ersten Berührungspunkte einer jeden an in dem berührten Krümmungsgebilde eine mit der ersten gleichgerichtete kürzeste Linie zieht bis zur Berührung mit dem nächsten Krümmungsgebilde, hierin wieder eine neue gleichgerichtete kürzeste Linie zieht u. s. w., so hat der ganze, aus geodätischen Linien bestehende Zug eine Länge, welche sich nicht ändert, wenn man den Anfangspunkt auf einer gewissen Krümmungslinie bewegt."

Diesem Satze, in welchem man sofort die Erweiterung eines von Mich. Roberts gefundenen Satzes erkennt, kann man eine andere Fassung geben, wenn man berücksichtigt, dass ein auf einem Gebilde gespannter Faden die Gestalt der kürzesten Linie annimmt und dass beim Übergange des Fadens aus einem Gebilde in ein dasselbe enthaltendes höheres dimensionales Gebilde die Richtung ungeändert bleibt. Dann laute der Satz:

„Schlingt man um eine Krümmungslinie einen unausdehnbaren geschlossenen Faden und spannt denselben, so dass er beim Verlassen der Krümmungslinie in ein zweidimensionales Krümmungsgebilde, aus diesem in ein dreidimensionales Krümmungsgebilde u. s. w. tritt, so beschreibt der spannende Stift eine Krümmungslinie, welche mit der gegebenen gleichartig ist."

Blicken wir nochmals auf den Beweis zurück, so erkennen wir, dass es leicht ist, sich von mehreren der oben gemachten Bedingungen unabhängig zu machen.

101. Um einen Satz von Chasles zu erweitern, nehmen wir an, ein Faden sei an zwei Punkten eines quadratischen $(n-1)$-dimensionalen Gebildes befestigt und gespannt; die beiden festen Punkte liegen auf dem Gebilde b_1, und es seien

noch $n - 2$ konfokale Gebilde $b_2 \ldots b_{n-1}$ gegeben. Der Faden
berühre zuerst das Gebilde b_1, auf welchem die Endpunkte
befestigt sind, und bilde für dasselbe eine geodätische Linie;
nachdem er das Gebilde b_1 verlassen hat, nimmt er die Gestalt einer Geraden an, bis zur Berührung mit dem zweiten
Gebilde b_2 u. s. f. So berührt der Faden der Reihe nach die
Gebilde $b_1 b_2 \ldots b_{n-1}$, hat auf jedem Gebilde die Gestalt
einer kürzesten Linie, und ist zwischen den Gebilden geradlinig. Auf jedem Gebilde $F_1 \ldots F_{n-2}$ giebt es vier Punkte,
in denen der Faden aus der geradlinigen in die krummlinige
Form übergeht und umgekehrt; auf dem Gebilde F_{n-1} sind
zwei solcher Punkte und dann kommt der Punkt hinzu, in
welchem der Faden gespannt wird. Es sei $(t_1^{11} \ldots t_n^{11})$ der
eine Punkt, in welchem der Faden befestigt ist; von da gehe
er als kürzeste Linie von F_1 nach t^{12}, von dort als gerade
Linie nach t^{21}, und von diesem Punkte als kürzeste Linie von
F_2 nach t^{22} u. s. f.; schliesslich komme der Faden als gerade
Linie von $t^{n-2, 2}$ nach $t^{n-1, 1}$ und sei dann kürzeste Linie von
F_{n-1} bis zum Punkte $t^{n-1, 2}$, wo er gespannt wird. Hier
ändert der Faden seine Richtung und bleibt zunächst kürzeste
Linie von F_{n-1} bis zum Punkte $t^{n-1, 3}$, geht dann als gerade
Linie bis zum Punkte $t^{n-2, 3}$ und von da als kürzeste Linie
der F_{n-2} bis zum Punkte $t^{n-2, 4}$; er erreiche jetzt jedes Gebilde F_λ im Punkte $t^{\lambda, 3}$ und verlasse es im Punkte $t^{\lambda, 4}$ für
$\lambda = n - 2, \ldots 2$; im Punkte $t^{1, 4}$ sei er wieder befestigt.

Da je zwei zusammenstossende Linien einander berühren,
so haben die Integrale dieselben Konstanten $b_1 \ldots b_{n-1}$; es ist
für alle Integrale:

$$R(t) = -\frac{t + k^2}{k^2}(t - a_1) \ldots (t - a_n)(t - b_1) \ldots (t - b_{n-1});$$

$g(t)$ ist entweder gleich Eins (nämlich für die Geraden) oder
gleich einer der Grössen $t - b_1 \ldots t - b_{n-1}$ (nämlich jedesmal
für die kürzeste Linie eines Gebildes). Für irgend eine gerade
Linie ist also das doppelte Bogenelement $2ds$ gleich:

$$2ds = \frac{t_1^{n-1} dt_1}{\sqrt{R(t_1)}} + \cdots + \frac{t_n^{n-1} dt_n}{\sqrt{R(t_n)}},$$

und für die kürzeste Linie auf dem Gebilde b_1:

$$2\,ds = \frac{(t_2 - b_1)\, t_2{}^{n-2} dt_2}{\sqrt{R(t_2)}} + \cdots + \frac{(t_n - b_1)\, t_n{}^{n-2} dt_n}{\sqrt{R(t_n)}},$$

und entsprechend für die übrigen Gebilde. Berücksichtigt man aber die vorletzte Gleichung 26), so kann man im Ausdruck für die kürzesten Linien jedesmal von b_1, $b_2 \ldots b_{n-1}$ absehen und überall den Ausdruck:

$$\frac{t^{n-1} dt}{\sqrt{R(t)}}$$

unter dem Integralzeichen stehen lassen. Demnach wird die doppelte Länge des Fadens vom ersten festen Punkt $t^{1,1}$ bis zum spannenden Stifte $t^{n-1,2}$ durch die Summe aus folgenden Integralen angegeben:

29)

$$
\begin{aligned}
&\int_{t_2^{1,1}}^{t_2^{1,2}} + \int_{t_2^{1,1}}^{t_3^{1,2}} + \cdots + \int_{t_n^{1,1}}^{t_n^{1,2}} \\
&+ \int_{b_1}^{t_1^{2,1}} + \int_{t_2^{2,2}}^{t_2^{2,1}} + \int_{t_3^{2,2}}^{t_3^{2,1}} + \cdots + \int_{t_n^{1,1}}^{t_n^{1,2}} \\
&+ \int_{t_1^{2,1}}^{t_1^{2,.}} + \int_{t_3^{2,1}}^{t_3^{2,2}} + \cdots + \int_{t_n^{2,1}}^{t_n^{2,2}} \\
&\qquad \cdots \cdots \cdots \cdots \\
&+ \int_{t_1^{n-2,2}}^{t_1^{n-1,1}} + \cdots + \int_{t_n^{n-2,2}}^{t_n^{n-1,1}} \\
&+ \int_{t_1^{n-1,1}}^{t_1^{n-1,2}} + \cdots + \int_{t_n^{n-1,1}}^{t_n^{n-1,2}}
\end{aligned}
$$

Im Punkte $t^{n-1,2}$ ändert der Faden seine Richtung; es möge zugleich die n^{te} Wurzel ihr Zeichen behalten, die übrigen es umändern. Dann ergeben sich für den übrigen Teil des Fadens folgende Integrale:

30)

$$
\begin{aligned}
&- \int_{t_1^{n-1,2}}^{t_1^{n-1,3}} - \cdots + \int_{t_n^{n-1,2}}^{t_n^{n-1,3}} \\
&- \int_{t_1^{n-1,3}}^{t_1^{n-2,3}} - \cdots + \int_{t_n^{n-1,3}}^{t_n^{n-2,3}} \\
&\qquad \cdots \cdots \cdots \cdots \\
&- \int_{t_2^{1,3}}^{t_2^{1,4}} - \cdots + \int_{t_n^{1,3}}^{t_n^{1,4}}
\end{aligned}
$$

Demnach ist die doppelte Länge des Fadens:

$$\int\limits_{b_1}^{t_1{}^{n-1,2}} + \int\limits_{t_2{}^{1,1}}^{t_2{}^{n-1,2}} + \cdots + \int\limits_{t_{n-1}{}^{1,1}}^{t_{n-1}{}^{n-1,2}}$$

$$+ \int\limits_{b_1}^{t_1{}^{n-1,2}} + \int\limits_{t_2{}^{1,4}}^{t_2{}^{n-1,2}} + \cdots + \int\limits_{t_{n-1}{}^{1,4}}^{t_{n-1}{}^{n-1,2}} + \int\limits_{t_n{}^{1,1}}^{t_n{}^{1,4}}$$

Diese Summe hängt nur ab von den elliptischen Koordinaten der beiden Punkte, in denen der Faden befestigt ist, und von den Koordinaten $t_1 \ldots t_{n-1}$ des spannenden Stiftes; sie ändert sich also nicht, wenn man der Koordinate t_n des Stiftes andere Werte beilegt. Daraus ergiebt sich der Satz:

„Befestigt man an zwei Punkten eines quadratischen Gebildes F_1 die Endpunkte eines Fadens und spannt denselben so, dass er $n-1$ konfokale Gebilde F_1, $F_2 \ldots F_{n-1}$ berührt, so beschreibt der spannende Stift eine Krümmungslinie."

Nimmt man statt der allgemeinen quadratischen Gebilde $F_1 \ldots F_{n-1}$ die $n-1$ Fokalgebilde der Schar, so fällt die kürzeste Linie auf jedem einzelnen Gebilde weg.

„Hält man die Endpunkte eines Fadens von passender Länge in zwei beliebig gewählten Punkten des ersten Fokalgebildes einer Schar fest, zwingt ihn, durch die übrigen Fokalgebilde hindurch zu gehen und spannt ihn auf dem letzten Fokalgebilde, so beschreibt der spannende Stift auf demselben eine Krümmungslinie."

Der Beweis ändert sich nicht, wenn man den n-dimensionalen Raum durch ein m-dimensionales Krümmungsgebilde $\tau_{m+1} \ldots \tau_n$ und die quadratischen Gebilde durch $(m-1)$-dimensionale Krümmungsgebilde

$$(b_1, \tau_{m+1} \ldots \tau_n), \quad (b_2, \tau_{m+1} \ldots \tau_n) \ldots (b_{m-1}, \tau_{m+1} \ldots \tau_n)$$

ersetzt. Dann wird:

$$R(t) = -\frac{t+k^2}{k^2} (t-a_1)\ldots(t-a_n)(t-\tau_{m+1})\ldots(t-\tau_n)(t-b_1)\ldots(t-b_{m-1})$$

und $g(t)$ wird für die kürzeste Linie des m-dimensionalen Krümmungsgebildes gleich $(t-\tau_{m+1})\ldots(t-\tau_n)$, und für das $(m-1)$-dimensionale Krümmungsgebilde b_λ gleich:

$$(t-b_\lambda)(t-\tau_{m+1})\ldots(t-\tau_n).$$

Dann ergiebt sich auf dieselbe Weise wie vorhin der Satz:

„In einem m-dimensionalen Krümmungsgebilde K_m seien $m-1$ konfokale Krümmungsgebilde $F_1 \ldots F_{m-1}$ (von $m-1$ Dimensionen) gegeben; von einem Punkte A auf F_1 lasse man ein System von kürzesten Linien von K_m und je einem F_λ ausgehen, von denen je zwei auf einander folgende einander berühren und deren letzte in einem Punkte X von F_{m-1} endigt; von einem zweiten Punkte B auf F_1 lasse man ein gleiches System ausgehen, welches aus kürzesten Linien von K und den Gebilden F_λ zusammengesetzt ist und in demselben Punkte X endigt; bewegt sich dann der Punkt X auf derjenigen Krümmungslinie, welche mit dem Schnitt von $F_1 \ldots F_{m-1}$ gleichartig ist, so bleibt die Summe dieser kürzesten Linien (oder die Differenz aus der Summe einiger und aus der Summe der andern) konstant.“

102. Wenn auf dem m-dimensionalen Krümmungsgebilde $(\tau_{m+1} \ldots \tau_n)$ eine kürzeste Linie zwischen den Punkten $(t_1 \ldots t_m)$ und $(u_1 \ldots u_m)$ möglich ist, welche die Krümmungsgebilde $b_1 \ldots b_{m-1}$ berührt, so müssen die Gleichungen bestehen:

$$31) \quad \begin{cases} \displaystyle\int_{t_1}^{u_1} \frac{g(t)\,dt}{\sqrt{R(t)}} + \int_{t_2}^{u_2} \frac{g(t)\,dt}{\sqrt{R(t)}} + \cdots + \int_{t_m}^{u_m} \frac{g(t)\,dt}{\sqrt{R(t)}} = 0, \\[4pt] \cdot \quad \cdot \quad \cdot \quad \cdot \quad \cdot \quad \cdot \quad \cdot \quad \cdot \quad \cdot \\[4pt] \displaystyle\int_{t_1}^{u_1} \frac{t^{m-1} g(t)\,dt}{\sqrt{R(t)}} + \int_{t_2}^{u_2} \frac{t^{m-1} g(t)\,dt}{\sqrt{R(t)}} + \cdots + \int_{t_m}^{u_m} \frac{g(t)\,dt}{\sqrt{R(t)}} = 2s, \end{cases}$$

wo s die Länge der kürzesten Linie angiebt. Wenn umgekehrt diese Gleichungen erfüllt sind, so berührt die zwischen $(t_1 \ldots t_m)$ und $(u_1 \ldots u_m)$ gezogene kürzeste Linie diejenigen $(m-1)$-dimensionalen Krümmungsgebilde, welche durch die in $R(t)$ vorkommenden Konstanten $b_1 \ldots b_{m-1}$ bestimmt sind, und es giebt s die Länge der kürzesten Linie an. Wenn aber die vorstehenden Gleichungen 31) erfüllt sind, so bestehen auch die Gleichungen:

$$32) \begin{cases} \int_{t_1}^{u_1}\frac{g(t)\,dt}{\sqrt{R(t)}} + \int_{t_2}^{u_2}\frac{g(t)\,dt}{\sqrt{R(t)}} + \cdots + \int_{t_{m-1}}^{u_{m-1}}\frac{g(t)\,dt}{\sqrt{R(t)}} + \int_{u_m}^{t_m}\frac{g(t)\,dt}{-\sqrt{R(t)}} = 0, \\[3pt] \cdots\cdots\cdots\cdots\cdots\cdots\cdots\cdots\cdots\cdots \\[3pt] \int_{t_1}^{u_1}\frac{t^{m-1}g(t)\,dt}{\sqrt{R(t)}} + \int_{t_2}^{u_2}\frac{t^{m-1}g(t)\,dt}{\sqrt{R(t)}} + \cdots \\[3pt] \cdots + \int_{t_{m-1}}^{u_{m-1}}\frac{t^{m-1}g(t)\,dt}{\sqrt{R(t)}} + \int_{u_m}^{t_m}\frac{t^{m-1}g(t)\,dt}{-\sqrt{R(t)}} = 2\,s, \end{cases}$$

wo alle Integrale bis auf das letzte in jeder Reihe ungeändert geblieben sind, während in diesem jedesmal die Grenzen vertauscht sind und das Zeichen der Wurzel in das entgegengesetzte verwandelt ist. Das System der Gleichungen 32) gilt für die kürzeste Linie, welche die beiden Punkte $(t_1 \ldots t_{m-1}\, u_m)$ und $(u_1\, u_2 \ldots u_{m-1}\, t_m)$ verbindet. Bezeichnet man auf zwei konfokalen Krümmungsgebilden $(t_m\, \tau_{m+1} \ldots \tau_n)$ und $(u_m,\, \tau_{m+1} \ldots \tau_n)$ zwei Punkte als einander *konjugiert*, für welche alle übrigen elliptischen Koordinaten entsprechend gleich sind $(t_1 = t'_1 \ldots t_{m-1} = t'_{m-1})$ und deren Weierstrass-sche Koordinaten, auf die Achsen bezogen, gleiche Zeichen haben, so gilt der Satz:

„Wenn zwei konfokale $(m-1)$-dimensionale Krümmungs-gebilde in einem m-dimensionalen Krümmungsgebilde einer quadratischen Schar liegen, wenn dann auf dem ersten $(m-1)$-dimensionalen Krümmungsgebilde ein Punkt P, auf dem zweiten ein Punkt Q gegeben ist, und zu P der Punkt P_1 auf dem zweiten, zu Q der Punkt Q_1 auf dem ersten konjugiert ist, so berühren die kürzesten Linien PQ und P_1Q_1 dieselben $(m-1)$-dimensionalen Krümmungsgebilde und haben gleiche Längen."

Der letzte Teil des Satzes, auf den Raum (nicht auf Krümmungsgebilde) angewandt, entspricht dem Ivoryschen Satze und lässt dieselben Folgerungen zu. Es gilt daher die Jacobische Erzeugungsweise der Flächen zweiter Ordnung auch im Nicht-Euklidischen Raume:

„Sind ABC und $A_1 B_1 C_1$ konjugierte Punkte in zwei konfokalen Ellipsen, P ein Punkt im Innern der kleineren ABC und konstruiert man über ABC eine Pyramide $ABCQ$, deren Seiten gleich sind den Abständen des Punktes P von den Punkten A_1, B_1, C_1, also:

$$QA = PA_1, \quad QB = PB_1, \quad QC = PC_1,$$

so beschreibt der Punkt Q ein Ellipsoid."

Für den n-dimensionalen Raum gilt also folgende Entstehungsweise:

„Ordnet man n Punkten $A_1 \ldots A_n$ n andere Punkte $A'_1 \ldots A'_n$ beliebig zu, lässt einen Punkt P eine $(n-1)$-dimensionale Ebene beschreiben und sucht einen Punkt Q, für welchen ist:

$$QA_1 = PA'_1 \ldots QA_n = PA'_n,$$

so beschreibt Q ein quadratisches Gebilde."

Der Beweis ist derselbe, wie der von Jacobi für den dreidimensionalen Euklidischen Raum gelieferte (Borchardts Journal Bd. 73, S. 179 flg., sowie S. 209 flg.).

Auch der soeben bewiesene allgemeine Satz lässt entsprechende Folgerungen zu, auf welche wir hier nicht näher eingehen möchten.

103. Die letzten fünf Artikel (98—102) haben uns gezeigt, dass viele Eigenschaften, welche in einer m-dimensionalen Ebene für eine Schar konfokaler quadratischer Gebilde gelten, sich unmittelbar auf ein m-dimensionales Krümmungsgebilde übertragen lassen, wofern dasselbe zu einer quadratischen Schar gehört. Man hat die Geraden der m-dimensionalen Ebene durch die geodätischen Linien des Krümmungsgebildes und die quadratischen Gebilde durch Krümmungsgebilde der Schar zu ersetzen. Schon M. Roberts hat viele Sätze, welche für eine ebene Schar konfokaler Kegelschnitte gelten, auf die Oberfläche eines Ellipsoids übertragen. Diese Sätze gelten aber auch für jedes Gebilde, in welchem sich $n-2$ konfokale Gebilde zweiten Grades schneiden. Indem wir mehrere dieser Sätze hier wiederholen, wollen wir der Einfachheit wegen annehmen, es sei:

$$\pm k^2 > a_1 > a_2 > \cdots > a_n > 0,$$
$$t_1 > t_2 > \cdots > t_n,$$

und das Krümmungsgebilde sei durch konstante Werte der letzten $n-2$ Grössen $t_3 \ldots t_n$ bestimmt. Dann besteht dasselbe aus 2^{n-3} getrennten Zweigen: $x_4 \gtrless 0, \ldots x_n \gtrless 0$. In jedem Zweige giebt es vier Fokalpunkte (Nabelpunkte): $x_2 = 0$, $x_1 \gtrless 0$, $x_3 \gtrless 0$, und es gelten die Sätze:

Eine kürzeste Linie, welche durch einen Fokalpunkt geht, geht auch durch den gegenüberliegenden; das zwischen zwei gegenüberliegenden Fokalpunkten gelegene Stück ist für alle hindurchgehenden kürzesten Linien von gleicher Grösse.

Zieht man von einem Punkte einer Krümmungslinie kürzeste Linien nach zwei (nicht gegenüberliegenden) Fokalpunkten, so ist die Summe oder Differenz derselben für alle Punkte der Krümmungslinie konstant.

Die Punkte, in denen sich zwei kürzeste Linien, deren erste eine Krümmungslinie b_1 und deren zweite eine Krümmungslinie b_2 berührt, rechtwinklig schneiden, liegen auf dem Gebilde $t_1 + t_2 = b_1 + b_2$, oder auf dem Schnitt der gegebenen Krümmungsfläche mit dem quadratischen Gebilde

$$x_1^2 \left(1 + \frac{a_1}{k^2}\right) + \cdots x_n^2 \left(1 + \frac{a_n}{k^2}\right) = \text{const.}$$

welches für den Euklidischen Raum eine Kugel ist.

Schlingt man um eine Krümmungslinie einen Faden und spannt ihn durch einen Stift auf der zweifach ausgedehnten Krümmungsfläche, so beschreibt der Stift eine Krümmungslinie derselben Art.

Ebenso gelten für ein dreidimensionales Krümmungsgebilde unter anderm folgende Sätze:

Spannt man einen Faden, welcher in zwei Punkten einer im gegebenen Krümmungsgebilde enthaltenen Krümmungsfläche befestigt ist, durch einen Stift auf einer zweiten zugehörigen Krümmungsfläche, so dass er aus kürzesten Linien des gegebenen dreidimensionalen Krümmungsgebildes und der beiden Krümmungsflächen besteht, so beschreibt der Stift eine Krümmungslinie.

Die Summe oder Differenz der kürzesten Abstände, welche ein Punkt P einer zu einem dreidimensionalen Krümmungs-

gebilde gehörigen Fokalkurve von irgend zwei fest gewählten
Punkten der andern Fokalkurve hat, ändert sich nicht, wenn
der Punkt P auf seiner Fokalkurve bewegt wird.

Im dreidimensionalen Krümmungsgebilde ist der kürzeste
Abstand zweier auf konfokalen Krümmungsflächen gelegener
Punkte ebenso gross, wie der Abstand der konjugierten Punkte
(das Wort „konjugiert" in der Bedeutung des Art. 102 genommen).

In derselben Weise kann man fortfahren und Sätze des
vierdimensionalen und höheren Raumes auf Krümmungsgebilde
einer quadratischen Schar übertragen. Dabei möge indessen
folgender charakteristische Unterschied beachtet werden: Im
Raume kann man das konfokale System beliebig wählen; auf
einem solchen Krümmungsgebilde ist es von vornherein eindeutig und vollständig bestimmt.

104. Um zum Schluss einen Joachimthalschen Satz zu
verallgemeinern, gehen wir auf die Formel 22) zurück:

$$\left(\frac{1}{2}\,\frac{d\varphi(t)}{ds}\right)^2 - \varphi(t)\,\varphi_1(t) = R(t).$$

In dieser Gleichung kommt auf beiden Seiten der Faktor
$t - \tau_\nu$ vor (für $\nu = m+1\ldots n$). Wir sondern diesen Faktor
beiderseits ab und geben dann t den Wert τ_ν. Nun hat $\dfrac{d\varphi}{ds}$
nach γ) (S. 170) den Faktor $t - \tau_\nu$; somit fällt das erste Glied
der Gleichung 22) bei der angegebenen Operation weg. Im
zweiten Gliede wird der Faktor von $t - \tau_\nu$ durch die Gleichung β) (S. 170) bestimmt, während $\varphi_1(t)$ durch $t - \tau_\nu$ nicht
teilbar ist. Demnach liefert die angegebene Operation die
Gleichung:

33)
$$\left\{\begin{array}{l}\left[\dfrac{k^2 x_0{}^2}{(\tau_\nu+k^2)^2}+\dfrac{x_1{}^2}{(\tau_\nu-a_1)^2}+\cdots+\dfrac{x_n{}^2}{(\tau_\nu-a_n)^2}\right]\!\left[\dfrac{k^2 x'_0{}^2}{\tau_\nu+k^2}+\cdots+\dfrac{x'_n{}^2}{\tau_\nu-a_n}\right] \\[2mm] \qquad = \dfrac{(\tau_\nu-\tau_{m+1})\ldots(\tau_\nu-\tau_n)(\tau_\nu-b_1)\ldots(\tau_\nu-b_{m-1})}{f'(\tau_\nu)}.\end{array}\right.$$

Die rechte Seite dieser Gleichung ist nicht nur für dieselbe
kürzeste Linie konstant, sondern ändert sich auch nicht, wenn
man die gegebene kürzeste Linie durch eine andere ersetzt,
welche dieselben Krümmungsgebilde berührt. Die geometrische

Bedeutung ist für Euklidische Raumformen bei beliebigem n dieselbe, welche Joachimsthal für $n = 3$ angegeben hat. Ist also p_ν der Abstand des Mittelpunktes von der Ebene, welche das Gebilde F_ν im Punkte x berührt, und D_ν der Halbmesser von F_ν, welcher zu der Tangente parallel ist, so ist der reziproke Wert der linken Seite gleich $p_\nu{}^2 D_\nu{}^2$; also gilt der Satz:

Wenn in einem Euklidischen Raume ein m-dimensionales Krümmungsgebilde durch den Schnitt von n — m konfokalen quadratischen Gebilden $F_{m+1} \ldots F_n$ gegeben ist, so konstruiere man in einem Punkte einer kürzesten Linie von K_m eine Tangentialebene an F_ν für $\nu = m + 1$, $m + 2 \ldots n$ und bezeichne deren Abstand vom Mittelpunkte mit p_ν; ebenso ziehe man den zu der Tangente an die kürzeste Linie parallelen Halbmesser D_ν von F_ν; alsdann ist das Produkt $p_\nu D_\nu$ nicht nur für die kürzeste Linie konstant, sondern auch für alle kürzesten Linien von K_m, welche dieselben m — 1 Krümmungsgebilde berühren.

Weniger einfach ist die geometrische Bedeutung für die Nicht-Euklidischen Raumformen, aber immerhin noch leicht zu übersehen. Ist im Punkte x eine Tangentialebene an das Gebilde F_ν gelegt und darauf im Berührungspunkte die Senkrechte errichtet und wird das im Gebilde F_ν enthaltene Stück dieser Senkrechten mit $2p_\nu$ bezeichnet, so ist der erste Faktor der linken Seite gleich $\dfrac{1}{k^2} \cot g^2 \dfrac{p_\nu}{k}$. Um den zweiten Faktor geometrisch zu deuten, errichte man auf der Tangente in x eine senkrechte Ebene E, bestimme zu dem Schnittgebilde den innerhalb des Gebildes gelegenen Mittelpunkt M_ν und errichte in M_ν auf E eine Senkrechte, welche das Gebilde in A_ν und B_ν trifft; dann ist der zweite Faktor gleich

$$\frac{\cos \dfrac{MA_\nu}{k} \cdot \cos \dfrac{MB_\nu}{k}}{k^2 \sin^2 \dfrac{A_\nu B_\nu}{2k}}.$$

Daraus ergiebt sich, welche Veränderungen an der obigen Form des Joachimsthalschen Satzes anzubringen sind, wobei jedoch der Frage Platz gegeben werden mag, ob der zweite Faktor in der That seine einfachste Deutung gefunden hat.

§ 10. Die Raumkurven.

105. Als eigentliche Raumkurven eines n-dimensionalen Raumes betrachten wir nur diejenigen, welche nicht in einer $(n-1)$-dimensionalen Ebene enthalten sind. Wir können dieselben auch Kurven $(n-1)$-facher Krümmung nennen, welchen Namen folgende Betrachtung rechtfertigt.

Durch zwei unendlich nahe Punkte der Kurve kann man eine einzige Gerade legen, die Tangente; durch drei unendlich nahe Punkte eine zweidimensionale Ebene u. s. w. Schliesslich geht durch n unendlich nahe Punkte eine $(n-1)$-dimensionale Ebene. Wir definieren als m-fach ausgedehnte Schmiegungsebene eine Ebene von der angegebenen Ausdehnungszahl, welche durch $m+1$ unendlich nahe Punkte der Kurve hindurchgeht.

Wir lassen die Kurve dadurch bestimmt sein, dass die Koordinaten als Funktionen einer Variabelen t gegeben sind:

1) $$x_0 = \varphi_0(t), \quad x_1 = \varphi_1(t) \ldots x = \varphi(t),$$

wo die Ableitungen nach Lagrangescher Weise bezeichnet werden sollen. Damit ein Punkt x auf der Tangente des Punktes t liegt, müssen die Gleichungen bestehen:

2) $$x_\varkappa = \mu_0 \varphi_\varkappa(t) + \mu_1 \varphi'_\varkappa(t). \qquad (\varkappa = 0, 1 \ldots n)$$

Entsprechend müssen die Koordinaten x eines Punktes, welcher auf der m-dimensionalen Schmiegungsebene des Punktes t liegt, den Gleichungen genügen:

3) $$x_\varkappa = \mu_0 \varphi_\varkappa(t) + \mu_1 \varphi'_\varkappa(t) + \mu_2 \varphi''_\varkappa(t) + \cdots + \mu_m \varphi_\varkappa^{(m)}(t),$$
$$(\varkappa = 0, 1 \ldots n),$$

wo zwischen den Grössen μ eine quadratische Gleichung besteht.

Den Winkel, welchen zwei unendlich nahe m-dimensionale Schmiegungsebenen miteinander bilden, dividiert durch das Bogenelement, bezeichnet man als die m^{te} Krümmung einer Raumkurve. Wir setzen diesen Winkel gleich w_m, das Bogenelement gleich ds, und die m^{te} Krümmung gleich K_m; dann ist:

4) $$K_m = \frac{w_m}{ds}.$$

Eine eigentliche Raumkurve hat daher, weil im allgemeinen die m-fach ausgedehnten Schmiegungsebenen an zwei unendlich nahe Punkte nicht zusammenfallen, $n - 1$ Krümmungen.

Um den analytischen Ausdruck für die verschiedenen Krümmungen zu finden, stützen wir uns auf folgenden Hülfssatz:

Der Abstand r eines Punktes x^{m+1} von derjenigen m-dimensionalen Ebene, welche durch die $m + 1$ Punkte $x^0, x^1 \ldots x^m$ geht, ergiebt sich aus der Gleichung:

$$5) \quad k^2 \sin^2 \frac{r}{k} = \frac{\Sigma \pm r_{00} r_{11} \cdots r_{mm} r_{m+1,\, m+1}}{\Sigma \pm r_{00} r_{11} \cdots r_{mm}} = -\frac{|\, r_{\alpha\beta}\, |}{|\, r_{\gamma\delta}\, |},$$

wenn zur Abkürzung gesetzt wird:

$$6) \quad r_{\iota\varkappa} = k^2 x_0{}^\iota x_0{}^\varkappa + x_1{}^\iota x_1{}^\varkappa + \cdots + x_n{}^\iota x_n{}^\varkappa,$$

und wenn die α, β in der Determinante des Zählers sich über die Zahlen $0, 1 \ldots m$, $m + 1$, die γ, δ im Nenner sich über die Zahlen $0, 1 \ldots m$ erstrecken.

Der einfache Beweis dieses Hülfssatzes kann in folgender Weise geführt werden.

Ein Punkt ξ liegt auf der durch die ersten $m + 1$ Punkte bestimmten Ebene, wenn ist:

$$\xi_\varkappa = p_0 x_\varkappa{}^0 + p_1 x_\varkappa{}^1 + \cdots + p_m x_\varkappa{}^m,$$

wo zwischen den Grössen p die Gleichung besteht:

$$\Sigma r_{\iota\varkappa} p_\iota p_\varkappa = k^2. \qquad (\iota, \varkappa = 0, 1 \ldots m)$$

Die Entfernung r des Punktes x^{m+1} vom Punkte ξ ergiebt sich demnach aus der Gleichung:

$$k^2 \cos \frac{r}{k} = r_{0,\, m+1}\, p_0 + r_{1,\, m+1}\, p_1 + \cdots + r_{m,\, m+1}\, p_m.$$

Soll r ein Minimum sein, so müssen die Gleichungen bestehen:

$$r_{0,\, m+1} - M(r_{00} p_0 + r_{01} p_1 + \cdots + r_{0m} p_m) = 0,$$
$$\cdots \cdots \cdots \cdots \cdots \cdots \cdots \cdots$$
$$r_{m,\, m+1} - M(r_{m0} p_0 + r_{m1} p_1 + \cdots + r_{mm} p_m) = 0,$$

wo $M = \cos \dfrac{r}{k}$ ist. Berechnet man aus diesem Gleichungssystem $p_0, p_1 \ldots p_m$ und setzt deren Werte in die vorangehende Gleichung, so folgt:

$$k^2 \cos^2 \frac{r}{k} = \frac{\begin{vmatrix} r_{00} & \cdots & r_{0m} & r_{0,m+1} \\ \cdot & \cdot & \cdot & \cdot \\ r_{m0} & \cdots & r_{mm} & r_{m,m+1} \\ r_{m+1,0} \cdots r_{m+1,m} & 0 \end{vmatrix}}{\begin{vmatrix} r_{00} \cdots r_{0m} \\ \cdot & \cdot \\ r_{m0} \cdots r_{mm} \end{vmatrix}},$$

und daraus ergiebt sich wegen $r_{m+1,m+1} = k^2$:

$$7) \qquad k^2 \sin^2 \frac{r}{k} = \frac{\begin{vmatrix} r_{00} & \cdots & r_{0,m} & r_{0,m+1} \\ \cdot & \cdot & \cdot & \cdot \\ r_{m0} & \cdots & r_{mm} & r_{m,m+1} \\ r_{m+1,0} \cdots r_{m+1,m} & r_{m+1,m+1} \end{vmatrix}}{\begin{vmatrix} r_{00} \cdots r_{0m} \\ \cdot & \cdot \\ r_{m0} \cdots r_{mm} \end{vmatrix}},$$

was bewiesen werden sollte.

Diese Formel lässt sich auch in folgender Weise schreiben:

$$8) \qquad k^2 \sin^2 \frac{r}{k} = \frac{\Sigma S_{m+1}^2}{\Sigma S_m^2},$$

wo für S_{m+1} der Reihe nach alle aus dem System

$$\begin{vmatrix} k x_0^0 & \cdots & x_n^0 \\ \cdot & \cdot & \cdot \\ k x_0^{m+1} \cdots x_n^{m+1} \end{vmatrix}$$

zu bildenden Determinanten $m + 2^{\text{ten}}$ Grades genommen werden müssen und für S_m entsprechende Determinanten zu bilden sind.

Demnach kann der Beweis des Hülfssatzes auch in folgender Weise geführt werden:

Auf der rechten Seite der Gleichung 8) ändert sich weder der Zähler noch der Nenner bei Transformation des Koordinatensystems. Wird dasselbe aber speziell so gewählt, dass $x_0^0 = 1$, $x_1^0 \cdots = x_n^0 = 0$, $x_2^1 = \cdots = x_n^1 = 0$, $x_3^2 = \cdots = x_n^2 = 0$ $x_{m+1}^m = \cdots = x_n^m = 0$, $x_{m+2}^{m+1} = \cdots = x_n^{m+1} = 0$, allgemein x_β^α für $\beta > \alpha$ gleich Null ist, so ist der Wert der rechten Seite von 8) gleich $x_{m+1}^{m+1} \cdot x_{m+1}^{m+1}$, wodurch die Behauptung erwiesen ist.

Jetzt ersetzen wir die Punkte x^0, x^1, $x^2 \ldots x_{m+1}$ durch
$x, x + x' dt, x + 2x' dt + x'' dt^2, \ldots x + \binom{m}{1} x' dt + \binom{m}{2} x'' dt^2 + \cdots$
$\cdots + x^{(m+1)} dt^{m+1}$, wo die oberen Marken Ableitungen nach t
bezeichnen. Der Sinus des m^{ten} Krümmungswinkels oder der
m^{te} Krümmungswinkel selbst ist gleich dem Verhältnis des
Abstandes des $m + 2 \cdot^{\text{en}}$ Punktes von der durch die $m + 1$ ersten
Punkte bestimmten Ebene zum Abstande desselben Punktes von
der durch die m vorangehenden Punkte bestimmten Ebene. Der
erste Abstand möge mit r_1, der zweite mit r_2 bezeichnet
werden. Legen wir die Form 8) zu Grunde, so können wir
die oberen Marken durch die Ableitungszeichen ersetzen, wofern wir mit der entsprechenden Potenz von dt multiplizieren.
Bezeichnen wir also eine aus dem System

9)
$$\begin{vmatrix} k x_0 & x_1 & \ldots & x_n \\ k x'_0 & x'_1 & \ldots & x'_n \\ \cdot & \cdot & \cdots & \cdot \\ k x_0^{(\varkappa)} & x_1^{(\varkappa)} & \ldots & x_n^{(\varkappa)} \end{vmatrix}$$

herausgenommene Determinante $(\varkappa + 2)^{\text{ten}}$ Grades mit $T_\varkappa$, so ist:

$$r_1{}^2 = dt^{2m+2} \frac{\Sigma T_{m+1}{}^2}{\Sigma T_m{}^2}.$$

Der Abstand r_2 ist der Abstand des $(m + 1)^{\text{ten}}$ unendlich
nahen Punktes von der durch die vorangehenden m Punkte
gelegten Ebene, also:

$$r_2{}^2 = dt^{2m} \frac{\Sigma T_m{}^2}{\Sigma T_{m-1}{}^2};$$

somit ist wegen

$$w_m = \frac{r_1}{r_2}, \quad K_m = \frac{w_m}{ds}:$$

10) $$K_m{}^2 = \frac{\Sigma T_{m+1}{}^2 \cdot \Sigma T_{m-1}{}^2}{\Sigma T_m{}^2 \Sigma T_m{}^2 \cdot (k^2 x'_0{}^2 + x'_1{}^2 + \cdots + x'_n{}^2)},$$

wo T_{m-1}, T_m, T_{m+1} die obige Bedeutung haben.

106. Wir setzen noch entsprechend der Bezeichnung 6)

11) $$P_{\alpha\beta} = k^2 x_0^{(\alpha)} x_0^{(\beta)} + x_1^{(\alpha)} x_1^{(\beta)} + \cdots x_n^{(\alpha)} x_n^{(\beta)},$$

wo die oberen Marken Ableitungen nach t bezeichnen und wo
$x^{(0)}$ durch x ersetzt werden soll. Ferner bezeichnen wir mit

$P^{(\mu)}$ die aus $P_{\alpha\beta}$ für $\alpha, \beta = 0, 1 \ldots \mu$ gebildete Determinante $\mu + 1^{\text{ten}}$ Grades, setzen also:

12)
$$P^{(\mu)} = \begin{vmatrix} P_{00} & P_{01} & \ldots & P_{0\mu} \\ P_{10} & P_{11} & \ldots & P_{1\mu} \\ \cdot & \cdot & \cdot & \cdot \\ P_{\mu 0} & P_{\mu 1} & \ldots & P_{\mu\mu} \end{vmatrix}.$$

Dann ist:

13)
$$K_m{}^2 = \frac{P^{(m+1)}\, P^{(m-1)}}{P^{(m)}.\, P^{(m)}.\, (k^2 x'_0{}^2 + x'_1{}^2 + \cdots + x'_n{}^2)} = \frac{P^{(m+1)}\, P^{(m-1)}}{P^{(m)}\, P^{(m)}.\, P_{11}}.$$

Während diese Formel für $m = 1$ und 2 sich bedeutend vereinfacht, wenn an Stelle der unabhängig veränderlichen Grösse t speziell der Bogen s gewählt wird, führt diese spezielle Wahl der Variabelen für ein grösseres m keine wesentliche Vereinfachung herbei.

Die Ausdrücke $P^{(\mu)}$ sind ganz ähnlich gebildet wie die Ausdrücke (25) Art. 46 für das Volumen. Diese Übereinstimmung führt zu einer zweiten Herleitung der Formeln 10) und 13).

Wenn $\alpha + 2$ unendlich nahe Punkte die Ecken eines $(\alpha + 1)$-dimensionalen Körpers sind, welcher von α-dimensionalen Ebenen begrenzt wird, so ist nach Art. 45 das Volumen $V_{\alpha+1}$ desselben gleich dem $(\alpha + 1)^{\text{ten}}$ Teile aus dem Produkte des durch die ersten $\alpha + 1$ Punkte bestimmten Körpers V_α in den Abstand des letzten Punktes von der Ebene der $\alpha + 1$ ersten Punkte. Diese Höhe ist aber gleich dem Produkte aus w_α in den Abstand des Punktes von den vorangehenden α Punkten. Indem wir diesen Abstand in entsprechender Weise ausdrücken, kommen wir zu den Gleichungen:

$$(m + 1)\, V_{m+1} = V_m .\, w_m .\, w_{m-1} \ldots w_1 .\, ds,$$
$$m\, V_m = V_{m-1} .\, w_{m-1} \ldots w_1\, ds,$$

deren Division liefert:

$$\frac{m + 1}{m}\, \frac{V_{m+1}}{V_m} = \frac{V_m}{V_{m-1}}\, w_m,$$

oder

$$K_m = \frac{m + 1}{m}\, \frac{V_{m+1} .\, V_{m-1}}{V_m{}^2 .\, ds}.$$

Hierin setzen wir aus den Gleichungen 23) bis 25) des Art. 46 die Werte ein, indem wir, was gestattet ist, $d_\alpha x$ durch $x^{(\alpha)} dt^{(\alpha)}$ ersetzen und berücksichtigen, dass die Gleichung 24) nicht mehr besteht.

Endlich kann man die Gleichung 10) resp. 13) in folgender Weise verifizieren. Offenbar ist die rechte Seite eine Grösse, welche sich weder ändert, wenn man das Koordinatensystem transformiert, noch von der Wahl der Grösse t abhängt. Dass sie aber den durch die linke Seite angegebenen Wert hat, ergiebt sich, wenn man das Koordinatensystem speziell so wählt, dass $x_\beta^{(\alpha)}$ für $\beta > \alpha$ verschwindet (wobei man die im zweitfolgenden Art. 108 anzugebenden speziellen n aufeinander senkrecht stehenden Ebenen benutzt).

Wenn die m^{te} Krümmung gleich Null ist, die früheren aber nicht, so muss in der Gleichung 10) selbst bei negativem k^2 jede Grösse T_{m+1} verschwinden und demnach auch alle Determinanten $T_{m+2} \ldots T_n$. Wenn also die m^{te} Krümmung in allen Punkten einer Raumkurve verschwindet, so liegt die Kurve wegen des Verschwindens der Grössen T_{m+1} in einer m-dimensionalen Ebene, ein Satz, der geometrisch evident ist.

107. Die Radien ϱ_ν der ν-dimensionalen Kugel, welche durch $\nu + 2$ unendlich nahe Punkte sich legen lässt, lassen sich durch folgendes einfache Rekursionsverfahren berechnen.

Bezeichnet $\varrho_{\nu+1}$ den Radius der $(\nu + 1)$-dimensionalen Kugel, welche durch $\nu + 3$ unendlich nahe Punkte geht, und $v_{\nu+1}$ den Winkel, welchen die von dem betrachteten Kurvenpunkte ausgehenden Radien ϱ_ν und $\varrho_{\nu+1}$ mit einander bilden, so gilt die Relation:

$$\tan\frac{\varrho_\nu}{k} = \tan\frac{\varrho_{\nu+1}}{k} \cdot \cos v_{\nu+1}.$$

Differentiiert man beiderseits nach ds (d. h. sucht man die entsprechende Beziehung für einen unendlich nahen Kurvenpunkt), so bleibt $\varrho_{\nu+1}$ ungeändert. Daher ist:

$$\frac{d\varrho_\nu}{k \cos^2\frac{\varrho_\nu}{k}} = -\tan\frac{\varrho_{\nu+1}}{k} \cdot \sin v_{\nu+1} \cdot dv_{\nu+1}.$$

Weil die Ebene der ν-dimensionalen Kugel die $(\nu + 1)$-dimensionale Schmiegungsebene ist, so ist:

$$\frac{dv_{\nu+1}}{ds} = K_{\nu+1}.$$

Indem man also $\sin v_{\nu+1}$ vermittelst der ersten Gleichung aus der vorangehenden entfernt, erhält man:

$$k^2 \tang^2 \frac{\varrho_{\nu+1}}{k} = k^2 \tang^2 \frac{\varrho_\nu}{k} + \frac{\left(\dfrac{d\varrho_\nu}{ds}\right)^2}{\cos^4 \dfrac{\varrho}{k} \cdot K_{\nu+1}},$$

oder:

$$14)\quad k^2 \tang^2 \frac{\varrho_{\nu+1}}{k} = k^2 \tang^2 \frac{\varrho_\nu}{k} + \left[\frac{d\left(k \tang \dfrac{\varrho_\nu}{k}\right)}{dw_{\nu+1}}\right]^2.$$

Nun ist:

$$k \tang \frac{\varrho_1}{k} = K_1,$$

also:

$$15)\quad k^2 \tang^2 \frac{\varrho_2}{k} = K_1^2 + \left(\frac{dK_1}{K_2\, ds}\right)^2$$

und entsprechend können $\varrho_3 \ldots \varrho_{n-1}$ gefunden werden.

108. Wenn eine Raumkurve S_1 gegeben ist, so bilden ihre Tangenten eine Fläche S_2, ihre zweidimensionalen Krümmungsebenen ein dreidimensionales Gebilde S_3 u. s. w., schliesslich die $(n-2)$-dimensionalen Schmiegungsebenen ein Gebilde S_{n-1}. Jede m-dimensionale Schmiegungsebene der Kurve ist eine Tangentialebene an das Gebilde S_m und berührt dasselbe längs einer $(m-1)$-dimensionalen Ebene. Hiernach ist es geometrisch evident, dass jedes Gebilde S_m in eine m-dimensionale Ebene abwickelbar ist. Die Kurve S_1 ist eine stationäre Kurve (Rückkehrkante) der S_2, S_2 wiederum eine stationäre Fläche für S_3 u. s. w.; die Kurve S_1 ist also für das Gebilde S_{n-1} als eine $(n-2)$-fach stationäre Kurve zu betrachten.

Bewegt sich umgekehrt eine $(n-1)$-dimensionale Ebene im Raume, so bilden die Schnitte je zweier aufeinander folgenden Ebenen ein abwickelbares Gebilde von $n-1$ Dimensionen; ebenso liefert der Schnitt von je drei aufeinander folgenden Ebenen ein $(n-2)$-dimensionales Gebilde u. s. w.;

die Punkte, welche n auf einander folgende Lagen der Ebene mit einander gemeinschaftlich haben, bilden eine Kurve, die Rückkehrkante der abwickelbaren Gebilde.

Durch jeden Punkt P der Kurve geht ein ausgezeichnetes System von n auf einander senkrecht stehenden $(n-1)$-dimensionalen Ebenen. Es sei E die $(n-1)$-dimensionale Schmiegungsebene des Punktes; E^1 gehe durch die $(n-2)$-dimensionale Schmiegungsebene und stehe auf E senkrecht; E^2 gehe durch die $(n-3)$-dimensionale Schmiegungsebene und stehe auf E und E^1 senkrecht u. s. w.; endlich sei E^{n-1} die Normalebene. Dann bestimmt die Gesamtheit der Ebenen E das gegebene System, nämlich die gegebene Kurve S_1, deren Tangentenfläche S_2 ... endlich das Gebilde S_{n-1}, in welchem S_1 eine $(n-2)$-fach stationäre Kurve (oder nach einem vielfach gebräuchlichen ungenauen Ausdruck eine $(n-1)$-fache Kurve) ist. Ebenso bilden die sämtlichen E^1 die Tangentialebenen eines Gebildes $S_{n-1}{}^1$, dessen $(n-2)$-dimensionales stationäres Gebilde das Gebilde $S_{n-2}{}^1$ ist; $S_{n-2}{}^1$ hat wieder ein $(n-3)$-dimensionales stationäres Gebilde $S_{n-3}{}^1$ u. s. w. Ebenso leitet man aus dem System der $E^\varkappa$ die Gebilde $S_1{}^\varkappa$, $S_2{}^\varkappa$ ... $S_{n-1}{}^\varkappa$ her, wo die untern Marken die Zahl der Dimensionen angeben und jedes $S_m{}^\varkappa$ den Schnitt von $n-m+1$ unendlich nahen $E^\varkappa$ enthält. Die gegebene Kurve S_1 liegt, wie schon bemerkt, in allen Gebilden S_2, S_3 ... S_{n-1} und ist, wenn wir den ungenauen Ausdruck gebrauchen wollen, eine λ-fache Kurve von jedem S_λ. Auch liegt S_1 in $S_2{}^1$ und ist nach Art. 95 kürzeste Linie derselben; sie gehört daher auch den Gebilden $S_3{}^1$ ... $S_{n-1}{}^1$ an, ist aber für $S_\lambda{}^1$ nur eine $(\lambda-1)$-fache Kurve. Ganz entsprechend gehört S_1 den Gebilden $S_1{}^2$ und $S_2{}^2$ nicht an, ist aber eine kürzeste Linie von $S_3{}^2$ und liegt mit $S_3{}^2$ in den Gebilden $S_4{}^2$ ... $S_{n-1}{}^2$. Überhaupt ist S_1 eine kürzeste Linie von jedem Gebilde $S_{\varkappa+1}{}^\varkappa$ und eine λ-fache Linie von $S_{\varkappa+\lambda}{}^\varkappa$. Den sämtlichen Gebilden $S_\varkappa{}^{n-1}$ gehört S_1 nicht an.

Die Evolventen der Kurve werden erhalten, indem man eine Tangente derselben sich längs der Kurve bewegen lässt. Die Kurve hat also eine einfach unendliche Schar von Evolventen. Alle diese liegen in dem Gebilde S_2 und jede schneidet das System der Erzeugenden von S_2 rechtwinklig.

Dagegen hat die Kurve S_1 eine $(n-2)$-fach unendliche
Schar von Evoluten. Alle diese liegen auf dem Gebilde
$S_{n-1}{}^{n-1}$, d. h. auf demjenigen $(n-1)$-dimensionalen Gebilde,
welches von den Normalebenen der gegebenen Kurve berührt
wird. Es seien α_1, α_2, α_3, $\alpha_4 \ldots$ unendlich nahe Punkte der
Kurve, $E_1{}^{n-1}$, $E_2{}^{n-1}$, $E_3{}^{n-1} \ldots$ die zugehörigen Normalebenen;
$E_1{}^{n-1}$ und $E_2{}^{n-1}$ mögen sich in einer $(n-2)$-dimensionalen
Ebene e_1, $E_2{}^{n-1}$ und $E_3{}^{n-1}$ in e_2, $E_3{}^{n-1}$ und $E_4{}^{n-1}$ in e_3 u. s. w.
schneiden. Auf e_1 nehme man einen beliebigen Punkt β_1 an
und verbinde ihn mit α_2 durch eine Gerade; diese schneidet
e_2 in einem Punkte β_2 und die Gerade $\alpha_3 \beta_2$ möge e_3 in β_3,
ebenso die Gerade $\alpha_4 \beta_3$ die e_4 in β_4 u. s. w. schneiden. Dann
sind β_1, β_2, β_3, β_4 unendlich nahe Punkte einer Evolute.

Die Beziehung der Gebilde $S_x{}^\lambda$ zu einander im einzelnen
darzulegen, würde uns zu weit führen; wir machen nur noch
darauf aufmerksam, dass das Evolutengebilde für jede in S_2
gelegene Evolvente von S_1 durch $S_{n-1}{}^{n-2}$ dargestellt wird.

Der Beweis der angeführten Sätze stützt sich auf den
Hauptsatz über kürzeste Linien (Art. 95) und unterscheidet
sich nicht von dem bekannten Beweise der entsprechenden
Sätze im dreidimensionalen Euklidischen Raume.

109. Entsprechend den Plücker-Cayleyschen Gleichungen zwischen den gewöhnlichen Singularitäten der Kurven
doppelter Krümmung hat Herr Veronese $3n$ Singularitäten
einer $(n-1)$-fach gekrümmten Kurve aufgezählt und zwischen
denselben ein Gleichungssystem aufgefunden, welches es er-
möglicht, alle diese Singularitäten zu berechnen, wenn drei
von ihnen gegeben sind. Zwar giebt es noch gewöhnliche
Singularitäten, welche in denen des Herrn Veronese nicht
enthalten sind, z. B. die Zahl derjenigen $(n-1)$-dimensionalen
Schmiegungsebenen, welche noch eine Tangente der Kurve
enthalten. Dennoch sind die aufgefundenen Relationen so
wichtig, dass wir glauben, sie hier mitteilen zu müssen. Die
Bezeichnung soll jedoch eine etwas abweichende sein.

Die Zahl der Punkte, in denen eine $(n-1)$-dimensionale
Ebene die Kurve trifft, soll als *erste Ordnung* oder kurz als
Ordnung der Kurve bezeichnet werden; die Zahl sei gleich μ_1.

Die Zahl der Tangenten, welche eine beliebig gewählte $(n-2)$-dimensionale Ebene treffen, soll als *zweite Ordnungszahl* (μ_2) bezeichnet werden; ebenso soll die Zahl der zweidimensionalen Schmiegungsebenen, welche mit einer $(n-3)$-dimensionalen Ebene einen Punkt gemeinschaftlich haben, die *dritte Ordnungszahl* (μ_3) heissen; allgemein gebe μ_m als m^{te} *Ordnungszahl* die Zahl der $(m-1)$-dimensionalen Schmiegungsebenen an, welche einer beliebigen $(n-m)$-dimensionalen Ebene begegnen. Die n^{te} *Ordnungszahl* oder die Klasse μ_n wird durch die Zahl der $(n-1)$-dimensionalen Schmiegungsebenen gegeben, welche durch einen willkürlich gewählten Punkt hindurchgehen. Zu diesen n Singularitäten tritt hinzu die Zahl α der stationären Punkte (Kuspidalpunkte oder Spitzen) und die Zahl β der stationären Ebenen (Wendeberührungsebenen, $(n-1)$-dimensionaler Schmiegungsebenen, welche durch $n+1$ unendlich nahe Punkte gehen).

Ferner sei eine $(n-3)$-dimensionale Ebene beliebig gewählt und durch dieselbe und jeden Punkt der Kurve eine $(n-2)$-dimensionale Ebene gelegt; lässt man diesen Punkt auf der Kurve sich bewegen, so soll d die Zahl der Doppelebenen angeben, zu denen man hierbei gelangt. Es versteht sich von selbst, dass jeder etwa vorhandene Doppelpunkt der Kurve in der Zahl d enthalten ist. Da dieselben jedoch im allgemeinen nicht vorkommen, so wollen wir diese Zahl d als die Zahl der *scheinbaren Doppelpunkte* (für alle von einer $(n-3)$-dimensionalen Ebene ausgehenden $(n-2)$-dimensionalen Ebenen) bezeichnen.

Ebenso kann man durch eine beliebig gewählte $(n-3)$-dimensionale Ebene und jede Tangente der Kurve eine $(n-1)$-dimensionale Ebene legen und nach der Zahl derjenigen so bestimmten Ebenen fragen, welche die Kurve in zwei getrennten Punkten berühren, also zwei getrennte Tangenten enthalten. Dahin gehören auch diejenigen Ebenen, welche durch etwa vorhandene Doppeltangenten der Kurve gehen. Wir bezeichnen diese Zahl D als die Zahl der *scheinbaren Doppeltangenten* der Kurve.

Zu diesen $n+4$ Singularitäten treten noch $2(n-2)$ andere in folgender Weise hinzu. Die Fläche, welche durch

die sämtlichen Tangenten der Kurve gebildet wird, schneidet
eine beliebig gegebene $(n-1)$-dimensionale Ebene in einer
$(n-2)$-fach gekrümmten Kurve C_{n-1}; ebenso schneidet das
von sämtlichen zweifach ausgedehnten Schmiegungsebenen erzeugte Gebilde eine $(n-2)$-dimensionale Ebene in einer
Kurve C_{n-2} u. s. w. Schliesslich schneidet das von den
$(n-2)$-dimensionalen Schmiegungsebenen erzeugte Gebilde•
eine zweidimensionale Ebene in einer Kurve C_2. Für diese
$n-2$ Kurven sind in entsprechender Weise die Singularitäten
zu bestimmen. Nun werden wir aber sogleich zeigen, dass
die den verschiedenen Ordnungen, den stationären Punkten
und Ebenen entsprechenden Zahlen gleich sind bestimmten
Zahlen $\mu_1 \ldots \mu_n$, α, β. Dann sind für diese Kurven noch anzugeben die Zahl der „scheinbaren" Doppelpunkte und „schein-
baren" Doppeltangenten. Für C_2 giebt d_{n-2} die Zahl der
wirklichen Doppelpunkte, D_{n-2} die der Doppeltangenten an;
für C_3 liefert d_{n-3} die Zahl der scheinbaren Doppelpunkte
(Linien durch zwei Punkte, welche durch einen gegebenen
Punkt gehen), D_{n-3} die Zahl der Ebenen durch zwei Linien,
welche durch einen festen Punkt gehen u. s. w. Endlich bedeutet d_1 die Zahl der Punktepaare der C_{n-1}, welche mit
einer beliebigen in E_{n-1} enthaltenen E_{n-4} in einer $(n-3)$-
dimensionalen Ebene liegen, und D_1 die Zahl der durch eine
beliebige E_{n-4} gelegten E_{n-2}, welche die C_{n-1} doppelt berühren. Somit haben wir die $3n$ Singularitäten: $\mu_1 \ldots \mu_n$,
α, β, d, $d_1 \ldots d_{n-2}$, D, $D_1 \ldots D_{n-2}$.

Wir haben jetzt für die C_{n-1} die Zahlen $\mu_1^{(1)} \ldots \mu_{n-1}^{(1)}$,
$\alpha^{(1)}$, $\beta^{(1)}$ zu bestimmen. Die erste Ordnungszahl $\mu_1^{(1)}$ oder die
Zahl der Punkte, welche eine in E_{n-1} liegende E'_{n-2} treffen,
ist gleich der Zahl der Tangenten der ursprünglichen Kurve,
welche die E'_{n-2} treffen, also gleich μ_2. Entsprechendes gilt
von den anderen Ordnungszahlen der Kurve C_{n-1}; es ist:

16) $\mu_1^{(1)} = \mu_2$, $\mu_2^{(1)} = \mu_3 \ldots \mu_{n-1}^{(1)} = \mu_n$.

Die Zahl $\alpha^{(1)}$ der Spitzen von C_{n-1} ist gleich der Zahl
der Punkte, in denen E_{n-1} von C_n getroffen wird, da in diesen Punkten zwei aufeinander folgende Tangenten der C_{n-1}
zusammenfallen, somit ist $\alpha^{(1)} = \mu_1$.

Da in jede stationäre Ebene der C_n $n+1$ Punkte der Kurve, also auch n Tangenten derselben fallen, so ist der Schnitt einer stationären Ebene von C_n mit der Ebene E_{n-1}, in welcher C_{n-1} liegt, eine stationäre Ebene von C_{n-1}, also $\beta^{(1)} = \beta$.

Statt die C_{n-2} direkt aus der C_n herzuleiten, kann man sie aus der C_{n-1} in derselben Weise herleiten, wie die C_{n-1} aus C_n hergeleitet wurde. Demnach stehen die Charaktere $\mu_1^{(2)}$, $\mu_2^{(2)} \ldots \mu_{n-2}^{(2)}$, $\alpha^{(2)}$, $\beta^{(2)}$ in derselben Beziehung zu den Charakteren $\mu_1^{(1)} \ldots \mu_{n-1}^{(1)}$, $\alpha^{(1)}$, $\beta^{(1)}$, wie letztere zu $\mu_1 \ldots \mu_n$, α, β. Somit ergeben sich folgende Gleichungen:

17) $\mu_1^{(2)} = \mu_3$, $\quad \mu_2^{(2)} = \mu_4 \ldots \mu_{n-2}^{(2)} = \mu_n$, $\quad \alpha^{(2)} = \mu_2$, $\quad \beta^{(2)} = \beta$.

In derselben Weise lässt sich fortfahren, indem man aus C_{n-2} die C_{n-3} u. s. w. herleitet. Somit gelten die Gleichungen:

18) $\mu_1^{(m)} = \mu_{m+1} \ldots \mu_{n-m}^{(m)} = \mu_n$, $\quad \alpha^{(m)} = \mu_m$, $\quad \beta^{(m)} = \beta$.

Dadurch sind die Singularitäten für alle Kurven C_n, $C_{n-1} \ldots C_2$ bestimmt.

110. Wir leiten jetzt die Beziehungen zwischen den genannten Zahlen her. Zu dem Ende projizieren wir die gegebene Kurve C_n von einer beliebigen $(n-3)$-dimensionalen Ebene E'_{n-3} aus auf eine zweifach ausgedehnte Ebene E''_2, indem wir durch E'_{n-3} und einen jeden Punkt der Kurve eine E''_{n-2} legen und deren Schnitt mit E''_2 bestimmen. In dieser ebenen Kurve ist die Ordnungszahl gleich μ_1, die Klassenzahl (die Zahl der von einem Punkte P ausgehenden Tangenten) gleich μ_2 (der Zahl der Tangenten der C_n, welche die durch E''_{n-3} und P gelegte E'''_{n-2} treffen); ebenso ist die Zahl der Inflexionspunkte gleich μ_3 (der Zahl der zweidimensionalen Schmiegungsebenen, welche die E'_{n-3} treffen); die Zahl der Spitzen ist gleich α, die der Doppelpunkte gleich d, die der Doppeltangenten gleich D. Somit liefern die bekannten Plückerschen Gleichungen die Relationen:

19) $\begin{cases} \mu_2 = \mu_1 (\mu_1 - 1) - 2d - 3\alpha, \\ \mu_1 = \mu_2 (\mu_2 - 1) - 2D - 3\mu_3, \\ \alpha - \mu_3 = 3 (\mu_1 - \mu_2). \end{cases}$

Hierdurch sind drei Relationen zwischen den drei ersten Ordnungen von C_n, ihren scheinbaren Doppelpunkten, Doppeltangenten und Spitzen gegeben. Dieselben Beziehungen müssen für die entsprechenden Charaktere von C_{n-1} bestehen. Man erhält also unter Berücksichtigung von 16):

$$20) \quad \begin{cases} \mu_3 = \mu_2(\mu_2 - 1) - 2d_1 - 3\mu_1, \\ \mu_2 = \mu_3(\mu_3 - 1) - 2D_1 - 3\mu_4, \\ \mu_1 - \mu_4 = 3(\mu_2 - \mu_3). \end{cases}$$

Dieselbe Überlegung für C_{n-2} liefert:

$$21) \quad \begin{cases} \mu_4 = \mu_3(\mu_3 - 1) - 2d_2 - 3\mu_2, \\ \mu_3 = \mu_4(\mu_4 - 1) - 2D_2 - 3\mu_5, \\ \mu_2 - \mu_5 = 3(\mu_3 - \mu_4), \end{cases}$$

und allgemein:

$$22) \quad \begin{cases} \mu_{m+2} = \mu_{m+1}(\mu_{m+1} - 1) - 2d_m - 3\mu_m, \\ \mu_{m+1} = \mu_{m+2}(\mu_{m+2} - 1) - 2D_m - 3\mu_{m+3}, \\ \mu_m - \mu_{m+3} = 3(\mu_{m+1} - \mu_{m+2}). \end{cases}$$

Soll diese Formel allgemein gelten, so ist die Zahl α der Spitzen als nullte Ordnungszahl μ_0 und die Zahl β der Wendeberührungsebenen als $n+1^{\text{te}}$ Ordnungszahl μ_{n+1} zu bezeichnen.

Die Gleichungen 22) gestatten, alle Singularitäten zu berechnen, wenn drei gegeben sind. Wenn z. B. irgend drei Ordnungszahlen gegeben sind, so hat man für die Werte $m = 0 \ldots m = n - 2$ jedesmal die dritte Gleichung 22) zu nehmen und findet leicht alle Ordnungszahlen. Dann liefert die erste Gleichung alle d_m, die zweite alle D_m.

Wenn wirkliche Doppelelemente vorhanden sind, so erleiden die Gleichungen kleine Umänderungen. Indessen glauben wir darauf nicht eingehen zu sollen, da alle übrigen höheren Singularitäten keine Berücksichtigung gefunden haben und da andererseits diese Änderungen leicht angegeben werden können.

111. Die Projektion einer Raumkurve auf eine zweidimensionale Ebene kann auch in anderer Weise zur Untersuchung der Kurve benutzt werden. Man wähle die $(n - 3)$-dimensionale Ebene, von welcher aus projiziert wird, so dass sie $n - 2$ Punkte mit der Kurve gemeinschaftlich hat (man

kann z. B. eine $(n-3)$-dimensionale Schmiegungsebene der
Kurve dazu wählen); dann wird die Projizierung auf eine
zweidimensionale Ebene die erste Ordnungszahl μ_1 um $n-2$
erniedrigen. . Denn irgend eine $(n-1)$-dimensionale Ebene,
welche durch die als Projektionscentrum dienende Ebene geht,
schneidet die Kurve ausser in den auf dieser enthaltenen
$n-2$ Punkten nur noch in $\mu_1 - n + 2$ Punkten, und dies
ist die Zahl, in der irgend eine Gerade die Projektion trifft.
Somit muss μ_1 mindestens gleich n sein, wenn die Kurve
nicht in einer $(n-1)$-dimensionalen Ebene liegen soll. Diese
Kurven, deren erste Ordnungszahl gleich n ist, sind die
Analoga zu den Raumkurven dritter Ordnung im dreidimensionalen Raume. Für dieselben ist offenbar die Zahl der
Spitzen $\alpha = 0$ und die Zahl der Wendeberührungsebenen
$\beta = 0$. Hieraus (oder auch direkt) lassen sich alle Charak-
teristiken berechnen; man findet:

$$\mu_1 = \mu_n = n, \quad \mu_2 = \mu_{n-1} = 2(n-1), \quad \mu_3 = \mu_{n-2} = 3(n-2)$$

u. s. w. Die weiteren Zahlen d, D, $d_1 \ldots$ entsprechen bekannten Zahlen für ebene Kurven.

Da die Kurve sich auf einen Kegelschnitt projizieren
lässt, so lässt sie sich durch rationale Funktionen einer
Variabelen darstellen, und zwar lassen sich die $n+1$ Koordinatenebenen eines allgemeinen Systems so wählen, dass die
Punkte der Kurve durch die Proportion

$$y_0 : y_1 : y_2 : \cdots : y_n = 1 : t : t^2 : \cdots : t^n$$

gegeben sind. Für eine zweite Kurve und für ein beliebiges
anderes Koordinatensystem sei:

$$\eta_0 : \eta_1 : \eta_2 : \cdots : \eta_n = \varphi_0(t) : \varphi_1(t) : \varphi_2(t) : \cdots : \varphi_n(t),$$

wo die $\varphi_\varkappa$ rationale Funktionen n^{ten} Grades von t sind. Ersetzen wir in dem letzten System die Potenzen von t durch
die Grössen y $\left(\text{also } t^\nu \text{ durch } \dfrac{y_\nu}{y_0}\right)$, so werden hierdurch die
y und η eindeutig aufeinander bezogen. Es giebt also eine
projektivische Beziehung der beiden Räume, bei welcher die
Punkte der einen Kurve denen einer zweiten entsprechen.
Dies gilt auch von derselben Kurve, und umgekehrt erzeugen

zwei kollineare Gebilde $(n - 1)^{\text{ter}}$ Stufe, welche nicht ineinander liegen, durch den Schnitt entsprechender Geraden eine Raumkurve n^{ter} Ordnung.

Da die Kurve $n + 1^{\text{ter}}$ Ordnung sich auf eine Kurve dritter Ordnung in der zweidimensionalen Ebene projizieren lässt, so ist sie entweder rational oder durch elliptische Funktionen darstellbar. Im letzten Falle ist $\mu_1 = n + 1$, $\mu_0 = \alpha = 0$, und die bekannte Beziehung zwischen den Singularitäten einer ebenen Kurve, welche durch elliptische Funktionen dargestellt werden kann, liefert:

$$\mu_2 = 2(n+1), \quad \mu_3 = 3(n+1) \ldots \mu_n = n(n+1), \quad \mu_{n+1} \cdots \beta = (n+1)^2.$$

Speziell hat also die Kurve $(n + 1)^2$ Wendeberührungsebenen, was für $n = 2$ und $n = 3$ allgemein bekannt ist.

Im weiteren genüge es, auf die Arbeiten von Clifford und Veronese' zu verweisen. Dort findet man nicht nur manches spezielle Resultat, welches wohl Interesse beanspruchen dürfte, sondern auch allgemeine Sätze über den Zusammenhang der Zahl der Dimensionen und der ersten Ordnungszahl zu der von Riemann gefundenen und besonders charakteristischen Zahl p, welche vielfach als Geschlecht bezeichnet wird, welche ich aber lieber mit Herrn Weierstrass als Rang bezeichnen möchte.

§ 11. Die Hauptkrümmungsradien eines $(n-1)$-dimensionalen Gebildes.

112. Wir haben in diesem Paragraphen ein $(n-1)$-dimensionales Gebilde, welches in einem n-dimensionalen Raume gelegen ist, für die Umgebung eines seiner Punkte zu untersuchen und setzen dabei voraus, dass der Punkt ein gewöhnlicher Punkt des Gebildes sei. Um die Beweise zunächst den älteren Beweisen nachzubilden, wählen wir zur Ebene $x_n = 0$ die Tangentialebene dieses Punktes und lassen die Ebenen $x_1 = 0$, $x_2 = 0 \ldots x_{n-1} = 0$ durch die Normale hindurchgehen und aufeinander senkrecht stehen. Für ein unendlich kleines Gebiet hat man dann $x_0 = 1$ zu setzen oder was dasselbe ist, für ein solches Gebiet fällt das Weierstrasssche Koordinatensystem mit einem Cartesischen zusammen. Dann lässt sich die Gleichung des Gebildes in der Form darstellen:

$$1) \qquad 2x_n = \Sigma A_{\iota \varkappa} x_\iota x_\varkappa + P,$$

wo P lauter Aggregate der Variabelen $x_1 \ldots x_{n-1}$ enthält, welche mindestens von der dritten Dimension sind. Alle Geraden der Ebene $x_n = 0$, welche durch den Anfangspunkt gehen, berühren das Gebilde in diesem Punkte. Wird die Gerade aber speziell so gewählt, dass für ihre Koordinaten auch die Gleichung besteht:

$$2) \qquad \Sigma A_{\iota \varkappa} x_\iota x_\varkappa = 0,$$

so hat sie mit dem Gebilde eine engere Berührung; von ihren Schnittpunkten fallen mindestens drei im Berührungspunkte zusammen. Diese Geraden heissen Inflexions- oder auch Haupttangenten, und wir erhalten den Satz:

Die Inflexionstangenten eines (n − 1)-*dimensionalen Gebildes in irgend einem Punkte bilden auf der Tangentialebene einen* (n − 2)-*dimensionalen Kegel zweiten Grades.*

Statt dieses Kegels kann man bei allen folgenden Anwendungen auch die Dupinsche Indikatrix betrachten, d. h. den Schnitt des Gebildes mit einer der Tangentialebene parallelen unendlich nahen Ebene. Dieselbe wird (in der Umgebung des betrachteten Punktes) durch die Gleichungen gegeben:

$$x_n = \delta, \quad 2\delta = \Sigma A_{\iota \varkappa} x_\iota x_\varkappa,$$

wo δ eine (fest gewählte) unendlich kleine Grösse bezeichnet. Die Achsen der Indikatrix und des Kegels der Inflexionstangenten haben je dieselbe Richtung und dasselbe Verhältnis. Während aber der Kegel der Inflexionstangenten häufig imaginär ist, ist die Indikatrix stets reell. Wegen der Kürze des Ausdrucks werden wir im folgenden mehr von der Indikatrix sprechen; es soll aber ausdrücklich bemerkt werden, dass wir auch ebensogut statt ihrer den Kegel der Inflexionstangenten nehmen könnten.

Wenn eine Kurve in einer Euklidischen Ebene liegt und ihre Gleichung in Cartesischen Koordinaten ist:

$$2x_2 = Ax_1{}^2 + \text{Aggregate höherer Ordnung von } x_1,$$

so hat dieselbe im Anfangspunkte den Krümmungsradius:

$$\varrho = \frac{1}{A};$$

wenn dagegen die Kurve in einer Nicht-Euklidischen Ebene mit dem Krümmungsmasse $\frac{1}{k^2}$ liegt, so gilt für ihren Krümmungsradius ϱ die Gleichung:

3) $$\frac{1}{k} \cotg \frac{\varrho}{k} = A.$$

Aus dem Gebilde 1) wird durch die Normalebene

$$x_2 = x_3 = \cdots = x_{n-1} = 0$$

eine ebene Kurve ausgeschnitten, deren Krümmungsradius ϱ im Anfangspunkte durch die Gleichung gegeben ist:

4) $$\frac{1}{k} \cotg \frac{\varrho}{k} = A_{11}.$$

Nun lasse man die Ebene $x_1 = 0$ und den Anfangspunkt ungeändert und ersetze die Ebenen $x_2 = 0 \ldots x_{n-1} = 0$, $x_n = 0$ durch Ebenen $y_2 = 0 \ldots y_{n-1} = 0$, $y_n = 0$, welche durch die Gleichungen erhalten werden:

$$x_\mu = \sum_\nu a_{\mu\nu} y_\nu, \qquad (\mu, \nu = 2, 3 \ldots n)$$

und setze dann $y_2 = \cdots = y_{n-1} = 0$. Dann wird die Gleichung der ebenen Schnittkurve:

$$2a_{nn} y_n = A_{11} x_1{}^2 + \cdots$$

Bezeichnet man den Radius des schiefen Schnittes mit $\overline{\varrho}$, so ist:

$$k \tang \frac{\overline{\varrho}}{k} = \frac{a_{nn}}{A_{11}},$$

oder mit Rücksicht auf 4):

5) $$k \tang \frac{\overline{\varrho}}{k} = k \tang \frac{\varrho}{k} \cdot a_{nn} = k \tang \frac{\varrho}{k} \cdot \cos \varphi,$$

wo φ den Winkel der beiden Ebenen $y_n = 0$ und $x_n = 0$ darstellt. Die beiden ebenen Schnitte, deren Radius ϱ und $\overline{\varrho}$ sind, treffen die Tangentialebene $x_n = 0$ in derselben Geraden, gehen also durch dieselbe Tangente hindurch. Es bezeichnet

φ den Winkel, unter welchem der schiefe Schnitt gegen die Normale geneigt ist. Demnach giebt 5) den Meusnier'schen Satz, den wir in folgender Form aussprechen:

Unter allen ebenen zweidimensionalen Schnitten, welche durch dieselbe Tangente eines (n — 1)-dimensionalen Gebildes gelegt werden können, hat der Normalschnitt im Berührungspunkte den grössten Krümmungsradius; andere Schnitte haben gleiche Radien, wenn sie gegen die Normale gleich geneigt sind; beschreibt man mit dem Radius des Normalschnittes um den Mittelpunkt des Krümmungskreises eine (n — 1)-dimensionale Kugel, so ist der Kreis, in welchem diese Kugel von irgend einer durch dieselbe Tangente gelegten zweidimensionalen Ebene geschnitten wird, identisch mit dem Krümmungskreise der Kurve, welche diese Ebene aus dem Gebilde ausschneidet.

113. Nachdem wir so erkannt haben, dass die Krümmungsradien der schiefen Schnitte durch die der geraden Schnitte bestimmt sind, gehen wir dazu über, letztere miteinander zu vergleichen. Zu dem Ende belassen wir die Ebene $x_n = 0$ als Tangentialebene, wählen die übrigen Ebenen aber so, dass die Gleichung der Indikatrix nur die Quadrate der Koordinaten enthält. An Stelle der Gleichung 1) setzen wir also:

$$6) \qquad 2x_n = A_1 x_1{}^2 + \cdots + A_{.-1} x_{n-1}{}^2 + P,$$

wo von den Grössen $A_1,\ A_2 \ldots A_{n-1}$ einige in besonderen Fällen verschwinden können. Bildet eine Tangente des Gebildes mit den Achsen der Indikatrix die Winkel $\varphi_1,\ \varphi_2 \ldots \varphi_{n-1}$, so lege man durch dieselbe und die Normale eine zweidimensionale Ebene; deren Schnitt mit dem Gebilde wird durch die Gleichung dargestellt:

$$2x_n = (A_1 \cos^2 \varphi_1 + \cdots + A_{n-1} \cos^2 \varphi_{n-1}) y_1{}^2 + \cdots$$

Somit ist der Krümmungsradius ϱ dieses Schnittes durch die Gleichung gegeben:

$$7) \qquad \frac{1}{k} \cotg \frac{\varrho}{k} = A_1 \cos^2 \varphi_1 + A_2 \cos^2 \varphi_2 + \cdots + A_{n-1} \cos^2 \varphi_{n-1}.$$

Da die Gleichung besteht: $\cos^2 \varphi_1 + \cdots + \cos^2 \varphi_{n-1} = 1$, so ergeben sich die Maxima und Minima von ϱ aus den Gleichungen:

$$(A_1 - M) \cos \varphi_1 = 0, \quad (A_2 - M) \cos \varphi_2 = 0 \ldots (A_{n-1} - M) \cos \varphi_{n-1} = 0,$$

wo $M = \dfrac{1}{k} \cotg \dfrac{\varrho}{k}$ ist. Wenn zunächst die Grössen $A_1 \ldots A_{n-1}$ sämtlich von einander verschieden sind, so ist das Bestehen dieser Gleichungen nur auf $n-1$ verschiedene Weise möglich, nämlich:

$$M = A_1, \quad \cos \varphi_2 = \cdots = \cos \varphi_{n-1} = 0, \quad \cos \varphi_1 = 1,$$

$$M = A_2, \quad \cos \varphi_1 = \cos \varphi_3 = \cdots = \cos \varphi_{n-1} = 0, \quad \cos \varphi_2 = 1,$$

$$. \quad . \quad . \quad . \quad . \quad . \quad . \quad . \quad . \quad . \quad . \quad . \quad .$$

$$M = A_{n-1}, \quad \cos \varphi_1 = \cdots = \cos \varphi_{n-2} = 0, \quad \cos \varphi_{n-1} = 1.$$

Dies liefert den Satz:

Durch die Normale eines $(n-1)$-dimensionalen Gebildes und irgend eine durch den Fusspunkt gezogene Tangente ist eine zweidimensionale Ebene bestimmt; der Krümmungsradius nimmt einen stationären Wert an, wenn die Tangente mit einer Achse der Indikatrix zusammenfällt.

Die $n-1$ stationären Werte von ϱ heissen die Hauptkrümmungsradien und sollen der Reihe nach mit $\varrho_1 \ldots \varrho_{n-1}$ bezeichnet werden. Aus der Gleichung 7), welche auch in der Form

$$\cotg \frac{\varrho}{k} = \cotg \frac{\varrho_1}{k} \cos^2 \varphi_1 + \cdots + \cotg \frac{\varrho_{n-1}}{k} \cos^2 \varphi_{n-1}$$

geschrieben werden kann, zieht man die einem bekannten Eulerschen Satze entsprechende Folgerung:

Wählt man auf der Tangentialebene irgend $n-1$ aufeinander senkrecht stehende Gerade, so haben die Cotangenten der (durch k dividierten) Krümmungsradien für die entsprechenden Normalschnitte eine konstante Summe.

Die beiden letzten Sätze gelten auch, wenn mehrere Grössen A_i einander gleich sind. Ist nämlich etwa $A_1 = A_2 = \cdots = A_\alpha$ und setzt man $M = A_1$, so hat man $\cos \varphi_{\alpha+1} = \cdots = \cos \varphi_{n-1} = 0$ zu setzen. Dann sind aber auch alle Geraden, welche dieser Bedingung genügen, Achsen der Indikatrix, und der erste Satz erleidet keine Ausnahme. Vom zweiten bedarf dies keiner Erwähnung.

Soll die Normale des gegebenen Punktes von der eines unendlich nahen Punktes geschnitten werden, so muss der letztere in der Richtung einer Achse der Indikatrix gewählt werden. Für einen dem Anfangspunkte unendlich nahen Punkt des Gebildes ist $x_0 = 1$, $x_n = 0$ zu setzen und müssen die übrigen Koordinaten unendlich klein von der ersten Ordnung angenommen werden, also: $x_1 = \varepsilon \cos \varphi_1 \ldots x_{n-1} = \varepsilon \cos \varphi_{n-1}$, wo ε eine unendlich kleine Grösse ist. Ist z ein Punkt auf dieser Normale, so ist:

$$z_0 = u, \ z_n = v, \ z_1 = \varepsilon(u \mp A_1 v) \cos \varphi_1 \ldots z_{n-1} = \varepsilon(u \mp A_{n-1} v) \cos \varphi_{n-1}, \ k^2 u^2 + t$$

Soll deren Abstand von der Normale des gegebenen Punktes, also von der Geraden

$$z_1 = z_2 = \cdots = z_{n-1} = 0$$

unendlich klein von der zweiten Ordnung sein, so müssen die Gleichungen bestehen:

$$(u - A_1 v) \cos \varphi_1 = 0 \ldots (u - A_{n-1} v) \cos \varphi_{n-1} = 0,$$

und diese können nur erfüllt werden, wenn der unendlich nahe Punkt auf einer Achse der Indikatrix gewählt wird.

Im allgemeinen giebt es zu einer gegebenen Normale nur n — 1 *unendlich nahe Punkte, von denen sie geschnitten wird. Ihre Fusspunkte liegen in den Achsen der Indikatrix.*

Bezeichnet ϱ den Abstand des Punktes (u, v) vom Fusspunkt der Normale, so ist:

$$\frac{u}{v} = \frac{1}{k} \cot \frac{\varrho}{k}.$$

Die vorstehenden Gleichungen führen also zu dem (geometrisch unmittelbar evidenten) Satze, dass der Schnittpunkt zweier unendlich naher Normalen mit dem Centrum des Krümmungskreises zusammenfällt.

Wenn die Indikatrix gleiche Achsen hat, so wird die gegebene Normale nicht nur von einzelnen, sondern von Scharen unendlich naher Normalen geschnitten. Sind zwei Achsen einander gleich, so haben alle in einer zweidimensionalen Ebene gelegenen unendlich nahen Punkte des Gebildes die Eigenschaft, dass ihre Normalen die gegebene schneiden. Sind alle Achsen einander gleich, so wird die gegebene Normale von allen unendlich nahen Normalen getroffen. Der letzte Fall tritt bei der Kugel in jedem ihrer Punkte ein; es verdient aber bemerkt zu werden, dass im allgemeinen ein

$(n-1)$-dimensionales Gebilde für $n > 3$ keinen Punkt enthält, dessen Normale von den Normalen aller unendlich nahen Punkte geschnitten wird (Beweis in Art. 118 S. 218).

Eine auf dem $(n-1)$-dimensionalen Gebilde gezogene Linie, welche die Eigenschaft hat, dass die in irgend zwei unendlich nahen Punkten der Linie auf dem Gebilde errichteten Normalen einander schneiden, heisst eine **Krümmungslinie** des Gebildes. Durch jeden Punkt des Gebildes gehen $n-1$ Krümmungslinien und diese stehen aufeinander senkrecht. Wir werden unten zeigen, dass diese Definition für quadratische Gebilde mit derjenigen identisch ist, welche wir in § 9 aufgestellt haben.

114. Von der Indikatrix machen wir eine Anwendung auf den Schnitt unendlich naher Tangentialebenen.

Liegt der Punkt $(1, \xi_1 \ldots \xi_{n-1}, 0)$ dem Anfangspunkte unendlich nahe, sind also $\xi_1 \ldots \xi_{n-1}$ unendlich kleine Grössen, und wird die Gleichung 5) zu Grunde gelegt, so ist die Gleichung der Tangentialebene an diesen. Punkt:

$$8) \qquad x_n = A_1\, \xi_1\, x_1 + \cdots + A_{n-1}\, \xi_{n-1}\, x_{n-1}.$$

Der Schnitt dieser Tangentialebene mit der des Anfangspunktes hat die Gleichungen:

$$x_n = 0, \quad A_1\, \xi_1\, x_1 + \cdots + A_{n-1}\, \xi_{n-1}\, x_{n-1} = 0.$$

Dies liefert den Satz:

Eine Tangentialebene wird von der Tangentialebene an einen unendlich nahen Punkt des Gebildes in einer Ebene geschnitten, welche zu der Verbindungslinie der Punkte konjugiert ist in Bezug auf die Indikatrix.

Soll die zweite Tangentialebene mit der ersten zusammenfallen, so müssen einige der Grössen $A_1 \ldots A_{n-1}$ gleich Null sein; es müssen also einige der Hauptkrümmungen verschwinden. Setzt man dann die sämtlichen Grössen $\xi_\varkappa$, für deren Marke $\varkappa$ das $A_\varkappa$ nicht verschwindet, gleich Null, so fällt die neue Tangentialebene mit der gegebenen zusammen. Speziell für die abwickelbaren $(n-1)$-dimensionalen Gebilde, welche im vorigen Paragraphen aus den Raumkurven hergeleitet worden sind, verschwinden in jedem Punkte $n-2$ der Haupt-

krümmungen und jede Tangentialebene berührt längs einer
$(n - 2)$-dimensionalen Ebene.

115. Im dreidimensionalen Euklidischen Raume bezeichnet Gauss das reziproke Produkt der beiden Hauptkrümmungsradien als das Krümmungsmass der Fläche. Demnach muss im
dreifach ausgedehnten Nicht-Euklidischen Raume die Grösse
$\frac{1}{k^2}$ cotg $\frac{\varrho_1}{k}$ cotg $\frac{\varrho_2}{k}$ als das Gaussche Krümmungsmass bezeichnet werden für den Punkt, für welchen ϱ_1 und ϱ_2 die
Hauptkrümmungsradien sind. Im n-dimensionalen Euklidischen Raume bezeichnet Herr Kronecker das reziproke
Produkt der $n - 1$ Hauptkrümmungsradien als die Erweite-
rung des Gaussschen Krümmungsmasses; sind nun $\varrho_1 \ldots \varrho_{n-1}$
die Hauptkrümmungsradien für einen Punkt eines $(n - 1)$-di-
mensionalen Gebildes in einem Nicht-Euklidischen Raume
von n Dimensionen, so wollen wir die Grösse

$$\frac{1}{k^{n-1}} \text{ cotg } \frac{\varrho_1}{k} \text{ cotg } \frac{\varrho_2}{k} \cdots \text{ cotg } \frac{\varrho_{n-1}}{k}$$

als die Kroneckersche Erweiterung des Gaussschen Krümmungsmasses bezeichnen. Auf diese Kroneckersche Erweiterung kann, wie Herr Beez für Euklidische Raumformen
nachgewiesen hat, die Gausssche Definition des Krümmungsmasses unmittelbar übertragen werden. Es gilt nämlich der
Satz:

Wenn im Raume ein (n − 1)-*dimensionales Gebilde gegeben
ist, so grenze man um einen Punkt desselben ein unendlich kleines
Stück* w *des Gebildes ab. Wir beschreiben ferner um den Punkt
eine* (n − 1)-*dimensionale Kugel mit dem Radius* r, *und ziehen
diejenigen Radien, welche den in den Grenzpunkten von* w *errichteten Normalen parallel sind; wenn diese auf der Kugel ein
Stück* ω . kⁿ⁻¹ *sin*ⁿ⁻¹ $\frac{r}{k}$ *begrenzen, so stellt der Quotient* $\frac{\omega}{w}$ *die
Kroneckersche Erweiterung des Gaussschen Krümmungs-
masses dar.*

Zum Beweise wähle man auf dem Gebilde $n - 1$ unendlich nahe Punkte, welche sämtlich in der Tangentialebene,
aber mit dem Anfangspunkte in keiner $(n - 2)$-dimensionalen

Ebene liegen. Die Koordinaten seien $\xi_\alpha^\varkappa$ für $\varkappa = 1 \ldots n-1$, $\alpha = 0, 1 \ldots n$; dann ist für alle Werte von $\varkappa$: $\xi_0^\varkappa = 1$, $\xi_n^\varkappa = 0$. Der $(n-1)$-dimensionale Körper w, welcher im Anfangspunkte und in diesen $n-1$ Punkten seine Ecken hat, ist also gleich:

$$w = \frac{1}{(n-1)!} \,|\,\xi_\iota^\varkappa\,| \quad \text{für} \quad \iota, \varkappa = 1 \ldots n-1.$$

Soll ein Punkt im Abstande r vom Anfangspunkte auf der Geraden liegen, welche durch den Anfangspunkt parallel zu der Normalen in $\xi^\varkappa$ gezogen ist, so müssen dessen Koordinaten $x_1^\varkappa \ldots x_{n-1}^\varkappa$ gleich sein den Grössen:

$$A_1\, k\, \sin\frac{r}{k} \cdot \xi_1^\varkappa \ldots A_{n-1}\, \xi_{n-1}^\varkappa \cdot k\, \sin\frac{r}{k},$$

während für alle diese Punkte $x_0^\varkappa = \cos\dfrac{r}{k}$, $x_n^\varkappa = k\, \sin\dfrac{r}{k}$ ist. Wählen wir zunächst r unendlich klein, so ist das Volumen des durch die Punkte $x^\varkappa$ bestimmten Körpers:

$$\frac{1}{(n-1)!}\, A_1\, A_2 \ldots A_{n-1}\, |\,\xi_\iota^\varkappa\,| \cdot r^{n-1}.$$

Nun verhalten sich die Oberflächen der Kugeln, wie die $(n-1)^{\text{ten}}$ Potenzen vom Sinus ihres (durch k dividierten) Radius; somit ist die oben definierte Grösse ω vom Radius unabhängig und gleich

$$\omega = \frac{1}{(n-1)!}\, A_1\, A_2 \ldots A_{n-1}\, |\,\xi_\iota^\varkappa\,|,$$

so dass sich für die **Kroneckersche** Erweiterung des **Gauss**schen Krümmungsmasses der Wert ergiebt:

$$A_1\, A_2 \ldots A_{n-1},$$

was mit der obigen Definition übereinstimmt.

116. Wir leiten die wichtigsten der im vorstehenden bewiesenen Sätze aus der allgemeinen Gleichung eines $(n-1)$-dimensionalen Gebildes her und wollen uns dabei recht eng an die Entwicklung anschliessen, welche Herr **Kronecker** für einen n-dimensionalen **Euklidischen** Raum durchgeführt hat.

Die Gleichung des Gebildes:

9) $$F(x_0, x_1 \ldots x_n) = 0$$

sei in den Koordinaten homogen, was vermittelst der zwischen den Grössen x bestehenden Bedingungsgleichung stets erreicht werden kann. Der Punkt, in dessen Umgebung das Gebilde untersucht werden soll, habe die Koordinaten x; die ersten Ableitungen von F nach x_i mögen mit F_i, die zweiten Ableitungen nach x_i und $x_\varkappa$ mit $F_{i\varkappa}$ bezeichnet werden. Dann gelten für jeden Punkt x des Gebildes die Gleichungen:

$$x_0 F_0 + x_1 F_1 + \cdots + x_n F_n = 0,$$
$$\Sigma F_{i\varkappa} x_i x_\varkappa = 0.$$

Sind X die Koordinaten eines beliebigen Punktes auf der Tangentialebene, so besteht die Gleichung:

10) $\qquad X_0 F_0 + X_1 F_1 + \cdots + X_n F_n = 0.$

Bezeichnet man noch:

11) $\qquad \dfrac{F_0{}^2}{k^2} + F_1{}^2 + \cdots + F_n{}^2 = S^2,$

so wird jeder Punkt y auf der Normale durch die beiden Veränderlichen u und v in der Form dargestellt:

12) $\qquad \begin{cases} y_0 = u x_0 + \dfrac{v F_0}{k^2 S}, \\[2mm] y_1 = u x_1 + \dfrac{v F_1}{S}, \\[2mm] \qquad \cdot \quad \cdot \qquad \cdot \quad \cdot \\[2mm] y_n = u x_n + \dfrac{v F_n}{S}, \end{cases}$

wobei die Bedingung besteht:

$$k^2 u^2 + v^2 = k^2.$$

Jeder Punkt einer beliebigen durch x gelegten zweidimensionalen Ebene hat die Koordinaten z, welche sich aus dem System ergeben:

13) $\qquad z_i = w x_i + u a_i + v b_i$

für $\qquad k^2 w^2 + u^2 + v^2 = k^2,$

wobei die Bedingungen zu erfüllen sind:

14) $\begin{cases} k^2 a_0{}^2 + a_1{}^2 + \cdots + a_n{}^2 = 1, \quad k^2 b_0{}^2 + b_1{}^2 + \cdots + b_n{}^2 = 1, \\[2mm] k^2 a_0 x_0 + a_1 x_1 + \cdots + a_n x_n = 0, \quad k^2 b_0 x_0 + b_1 x_1 + \cdots + b_n x_n = 0, \\[2mm] a_0 F_0 + a_1 F_1 + \cdots + a_n F_n = 0, \quad k^2 a_0 b_0 + a_1 b_1 + \cdots + a_n b_n = 0. \end{cases}$

Hier stellen $(k^2 a_0, a_1 \ldots a_n)$ und $(k^2 b_0, b_1 \ldots b_n)$ die Koordinaten zweier $(n-1)$-dimensionalen Ebenen dar, welche im Punkte x auf der zweidimensionalen Ebene der z und untereinander senkrecht stehen. Die Ebene a geht ausserdem noch durch die Normale hindurch. Die Ebene der z ist durch die Grössen a und b vollständig bestimmt und soll deshalb mit (ab) bezeichnet werden. Umgekehrt werden die Grössen a und b, wenn die Ebene der z gegeben ist, in folgender Weise gefunden: Man konstruiere diejenige $(n-2)$-dimensionale Ebene E_{n-2}, welche auf der gegebenen im Punkte x senkrecht steht; durch diese und die Normale lege man eine $(n-1)$-dimensionale Ebene und bezeichne deren Koordinaten mit $k^2 a_0$, $a_1 \ldots a_n$; durch E_{n-2} lege man jetzt diejenige $(n-1)$-dimensionale Ebene, welche auf der Ebene (a) senkrecht steht und bezeichne deren Koordinaten mit $k^2 b_0$, $b_1 \ldots b_n$. Der Winkel φ, unter welchem die Normale gegen die Ebene (ab) geneigt ist, ist derselbe, welchen die Ebene b mit der Tangentialebene bildet, und demnach ergiebt sich aus der Gleichung 10):

15) $$\cos \varphi = \frac{b_0 F_0 + b_1 F_1 + \cdots + b_n F_n}{S}.$$

Um diejenigen Punkte zu bestimmen, welche dem Punkte $(1, 0, 0)$ unendlich nahe sind, hat man die zwischen w, u, v bestehende Bedingungsgleichung zu differentiieren und dann $w = 1$, $u = v = 0$ zu setzen; dann ergiebt sich:

16) $$dw = 0, \quad k^2 d^2 w + du^2 + dv^2 = 0.$$

Sollen diese Punkte auf dem Gebilde $F = 0$ liegen, so muss man in diese Gleichung die sich aus 13) ergebenden Werte für unendlich kleine u und v einsetzen und die unendlich kleinen Grössen der ersten Ordnung und die der zweiten Ordnung gleich Null setzen. Das erste liefert, da $\Sigma b_i F_i$ von Null verschieden ist:

17) $$dv = 0,$$

und das Verschwinden der unendlich kleinen Grössen zweiter Ordnung liefert:

18) $$d^2 v \Sigma b_i F_i + du^2 \Sigma a_i a_x F_{ix} = 0.$$

Jetzt legen wir durch die drei unendlich nahen Punkte einen Kreis, dessen Gleichung sein muss:

$$k^2 \mu w - v v = k^2 \mu.$$

Die zweite Differentiation dieser Gleichung ergiebt:

$$k^2 \mu d^2 w - \nu d^2 v = 0 \quad \text{oder} \quad \mu du^2 + \nu d^2 v = 0.$$

Bezeichnet man den Radius dieses Kreises mit $\varrho_{(ab)}$, so ist $\mu = \cos \dfrac{\varrho_{(ab)}}{k}$, $\nu = k \sin \dfrac{\varrho_{(ab)}}{k}$; dann ist $k \operatorname{tg} \dfrac{\varrho_{(ab)}}{k} = -\dfrac{du^2}{d^2 v}$, also infolge von 18):

$$19) \qquad k \operatorname{tg} \frac{\varrho_{(ab)}}{k} = \frac{\Sigma b_\iota F_\iota}{\Sigma a_\iota a_\varkappa F_{\iota\varkappa}}.$$

Lassen wir die zweidimensionale Schnittebene durch die Normale gehen, so muss die Ebene (b) mit der Tangentialebene zusammenfallen; folglich ist:

$$k^2 b_0 = \frac{F_0}{S}, \quad b_1 = \frac{F_1}{S} \dots b_n = \frac{F_n}{S}.$$

Bezeichnen wir den zu diesem geraden Schnitt gehörigen Krümmungsradius mit $\varrho_{(a)}$, so erhalten wir die neue Gleichung:

$$20) \qquad k \operatorname{tg} \frac{\varrho_{(a)}}{k} = \frac{S}{\Sigma a_\iota a_\varkappa F_{\iota\varkappa}},$$

und die Vergleichung von 19) und 20) führt in Verbindung mit 15) auf das Meusniersche Theorem:

$$21) \qquad k \operatorname{tg} \frac{\varrho_{(a)}}{k} = k \cdot \operatorname{tg} \frac{\varrho_{(a)}}{k} \cdot \cos \varphi.$$

117. Wir suchen jetzt die stationären Werte für die Radien $\varrho_{(n)}$ der Normalschnitte. Für dieselben muss nach 20), da S von den Grössen a unabhängig ist, $\Sigma a_\iota a_\varkappa F_{\iota\varkappa}$ seine grössten und kleinsten Werte annehmen unter den Bedingungen:

$$22) \qquad \begin{cases} k^2 a_0{}^2 + a_1{}^2 + \cdots + a_n{}^2 = 1, \\ k^2 a_0 x_0 + a_1 x_1 + \cdots + a_n x_n = 0, \\ a_0 F_0 + a_1 F_1 + \cdots + a_n F_n = 0. \end{cases}$$

Wenn also λ, μ, ν zu bestimmende Faktoren sind, so müssen die Grössen a den Gleichungen genügen:

$$23) \qquad \begin{cases} \Sigma a_\varkappa F_{0\varkappa} + \lambda k^2 a_0 + \mu F_0 + \nu k^2 x_0 = 0, \\ \Sigma a_\varkappa F_{1\varkappa} + \lambda a_1 + \mu F_1 + \nu x_1 = 0, \\ \cdots \cdots \cdots \cdots \cdots \cdots \\ \Sigma a_\varkappa F_{n\varkappa} + \lambda a_n + \mu F_n + \nu x_n = 0. \end{cases}$$

Die Multiplikation mit a_0, $a_1 \ldots a_n$ und Addition giebt:
$$\lambda = - \Sigma a_\iota a_\varkappa F_{\iota\varkappa},$$
oder wenn von jetzt an:

24) $$\frac{1}{k} \cotg \frac{\varrho}{k} = \omega$$

gesetzt wird, $\lambda = \dfrac{\omega}{S}$.

Aus der Homogenität von F folgt die Identität:
$$\tau F = x_0 F_0 + x_1 F_1 + \cdots + x_n F_n,$$
wo τ eine Konstante bezeichnet, und daraus durch Differentiation:
$$(\tau - 1) F_\iota = \Sigma_\varkappa F_{\iota\varkappa} x_\varkappa.$$
Somit unterscheidet sich:
$$\underset{\iota\varkappa}{\Sigma} a_\varkappa x_\iota F_{\iota\varkappa} \quad \text{von} \quad \Sigma a_\varkappa F_\varkappa$$
nur durch einen konstanten Faktor. Multiplizieren wir also die Gleichung 23) der Reihe nach mit x_0, x_1, $1 \ldots x_n$ und addieren, so folgt: $\nu = 0$. Indem wir also in diesen Gleichungen das letzte Glied unbeachtet lassen, a_0, $a_1 \ldots a_n$ und μ als Unbekannte betrachten und die letzte Gleichung 22) hinzunehmen, folgt zur Bestimmung von λ resp. ω die Gleichung:

25)
$$\begin{vmatrix} 0 & F_0 & F_1 & \cdots F_n \\ F_0 & F_{00} - \dfrac{\omega k^2}{S} & F_{01} & \cdots F_{0n} \\ F_1 & F_{01} & F_{11} - \dfrac{\omega}{S} & \cdots F_{1n} \\ \cdot & \cdot & \cdot & \cdot \\ F_n & F_{0n} & & \cdots F_{nn} - \dfrac{\omega}{S} \end{vmatrix} = 0.$$

Diese Gleichung ist vom n^{ten} Grade, aber sie enthält eine Wurzel $\omega = 0$, welche abgetrennt werden muss. Nachdem das geschehen ist, bestimme man aus 23) die zugehörigen Werte a_0, $a_1 \ldots a_n$.

Sind nun ω und ω' zwei ungleiche Wurzeln von 25) und $(a_0, a_1 \ldots a_n)$ und $(a'_0, a'_1 \ldots a'_n)$ die zugehörigen Werte der a, so bilde man aus 23) die beiden Gleichungen:
$$\sum a'_\iota a_\varkappa F_{\iota\varkappa} = \frac{\omega}{S} (k^2 a_0 a'_0 + a_1 a'_1 + \cdots + a_n a'_n),$$
$$\sum a_\iota a'_\varkappa F_{\iota\varkappa} = \frac{\omega'}{S} (k^2 a_0 a'_0 + a_1 a'_1 + \cdots + a_n a'_n).$$

Diese beiden Gleichungen können, da $F_{\iota\varkappa} = F_{\varkappa\iota}$ ist, nur erfüllt werden, wenn ist:

26) $\qquad \begin{cases} k^2 a_0 a'_0 + a_1 a'_1 + \cdots + a_n a'_n = 0, \\ \varSigma a_\iota a'_\varkappa F_{\iota\varkappa} = 0. \end{cases}$

Die erste Gleichung lehrt, dass irgend zwei Hauptschnitte aufeinander senkrecht stehen, die zweite, dass die Richtungen (a) und (a') einander in Bezug auf die Indikatrix, oder was dasselbe ist, auf den Kegel der Inflexionstangenten:

$$\varSigma y_\iota y_\varkappa F_{\iota\varkappa} = 0, \quad \varSigma y_\iota F_\iota = 0$$

konjugiert sind. Die Vereinigung beider Gleichungen zeigt also, dass die Hauptschnitte durch die Achsen des Indikatrix hindurchgehen.

Es ergiebt sich aber auch aus den Gleichungen 23) und 25), dass für gleiche Werte von ω die entsprechenden Richtungen (a) unbestimmt werden, dass also überhaupt die Bestimmung der Hauptschnitte identisch ist mit der Aufgabe, die Achsen der Indikatrix zu bestimmen.

118. An erster Stelle waren die Hauptschnitte definiert als diejenigen zweidimensionalen, durch die Normale gelegten Ebenen, für welche die Krümmungsradien ihre stationären Werte annehmen; eine zweite in Art. 112 gegebene Definition verlangt, dass für sie die Normale von der nächstfolgenden Normale geschnitten wird. Um die Übereinstimmung beider Definitionen auch aus der allgemeinen Form 9) der Gleichung des Gebildes herzuleiten, nehmen wir an, der durch die Gleichung 12) bestimmte Punkt y der Normale gehöre auch derjenigen Normale an, deren Fusspunkte dem Fusspunkt x der ersten unendlich nahe liegt. Dann müssen die Gleichungen 12) auch bestehen, nachdem sie bei unveränderlichem y, aber veränderlichen Werten von x, u, v differentiiert sind. Daraus ergeben sich die Gleichungen:

27) $\qquad \begin{cases} 0 = u\,dx_0 + x_0\,du + \dfrac{v}{k^2}\left(\dfrac{dF_0}{S} - \dfrac{F_0\,dS}{S^2}\right) + \dfrac{F_0}{k^2\,S}\,dv. \\[2ex] 0 = u\,dx_1 + x_1\,du + v\left(\dfrac{dF_1}{S} - \dfrac{F_1\,dS}{S^2}\right) + \dfrac{F_1}{S}\,dv, \\[1ex] \cdot\;\cdot \qquad\qquad \cdot\;\cdot\;\cdot\;\cdot\;\cdot\;\cdot\;\cdot\;\cdot\;\cdot \\[1ex] 0 = u\,dx_n + x_n\,du + v\left(\dfrac{dF_n}{S} - \dfrac{F_n\,dS}{S}\right) + \dfrac{F_n}{S}\,dv. \end{cases}$

Dieses Gleichungssystem stimmt, wenn man setzt:

$$dF_\iota = \sum_{\varkappa} F_{\iota\varkappa} dx_\varkappa,$$

mit dem System 23) überein. Man kann auch hier der Reihe nach mit $k^2 x_0, x_1 \ldots x_n$ multiplizieren und addieren; dadurch ergiebt sich $du = 0$ und infolge dessen auch $dv = 0$. Betrachtet man jetzt in 27) die dx und dS als Unbekannte und fügt die Gleichung

$$\sum F_\iota dx_\iota = 0$$

hinzu, so ergiebt sich zur Bestimmung von $\dfrac{u}{v}$ wieder die Gleichung 25).

Um die Differentialgleichungen der Krümmungslinien zu erhalten, setze man in 27) $du = dv = 0$ und eliminiere u, $\dfrac{v}{S}$ und $\dfrac{v\,dS}{S^2}$; dadurch erhält man:

28)
$$\left\| \begin{array}{cccc} k^2 dx_0 & dx_1 & \ldots & dx_n \\ dF_0 & dF_1 & \ldots & dF_n \\ F_0 & F_1 & \ldots & F_n \end{array} \right\| = 0.$$

Hier muss jede Determinante dritten Grades verschwinden. Wenn man aus den Gleichungen 27) nur u und v wegschafft, so folgt:

29)
$$\left\| \begin{array}{cccc} k^2 dx_0 & dx_1 & \ldots & dx_n \\ d\left(\dfrac{F_0}{S}\right) & \left(d\dfrac{F_1}{S}\right) & \ldots & d\left(\dfrac{F_n}{S}\right) \end{array} \right\| = 0.$$

Eine Krümmungslinie eines quadratischen Gebildes wurde im § 9 definiert als der Schnitt des Gebildes mit $n-2$ konfokalen Gebilden. Um zu zeigen, dass diese Definition mit der hier gegebenen in Übereinstimmung ist, drücken wir die Punkte des Gebildes:

$$-x_0^2 + \frac{x_1^2}{a_1} + \cdots + \frac{x_n^2}{a_n} = 0$$

durch die elliptischen Koordinaten $t_1, t_2 \ldots t_{n-1}, t_n = 0$ aus. Wir setzen dann alle Ableitungen $dt_1, dt_2 \ldots dt_{n-1}$ bis auf dt_λ gleich Null und beweisen, dass hierdurch die Gleichungen 29) erfüllt werden. Dann ist nämlich nach Art. 93 Gleichung 9) und 7):

$$2\,dx_\mu = \frac{x_\mu\,dt_\lambda}{t_\lambda - a_\mu}, \quad dt_\mu = \frac{x_\mu\,dt_\lambda}{a_\mu(t_\lambda - a_\mu)}, \quad \tfrac{1}{4}S^2 = \frac{t_1 \ldots t_{n-1}}{a_1 \ldots a_n},$$

also

$$\frac{dS}{2S} = \frac{dt_\lambda}{t_\lambda},$$

$$d\left(\frac{F_\mu}{S}\right) = \frac{x_\mu}{S}\,\frac{dt_\lambda}{t_\lambda(t_\lambda - a_\mu)}.$$

Somit hat

$$dx_\mu : d\left(\frac{F_\mu}{S}\right)$$

für alle Werte von μ denselben Wert $S . t_\lambda$ und die Linie $dt_\varkappa = 0$ für $\varkappa \gtrless \lambda$ genügt den Bedingungen der Krümmungslinie.

Nun wurde früher gezeigt, dass es im allgemeinen auf einem quadratischen Gebilde keinen Punkt giebt, von dem aus die Richtung der Krümmungslinien ganz unbestimmt wird; vielmehr giebt es für ein ungerades n auf jedem quadratischen Gebilde nur diskrete Punkte, von denen aus die Krümmungslinien nach allen unendlich nahen Punkten von $\frac{n-1}{2}$ zweidimensionalen Ebenen sich erstrecken, und für ein gerades n giebt es entsprechend ausgezeichnete Linien. Kein Punkt eines allgemeinen quadratischen Gebildes hat also die Eigenschaft, dass seine Normale von den Normalen derjenigen unendlich nahen Punkte geschnitten wird, welche einer dreidimensionalen Ebene angehören; viel weniger wird eine Normale von allen unendlich nahen Normalen geschnitten.

119. Wir entwickeln jetzt die Gleichung für die Hauptkrümmungsradien unter der Voraussetzung, dass die Koordinaten des Gebildes als Funktionen von $n-1$ unabhängigen Variabelen $p_1 \ldots p_{n-1}$ gegeben sind. Es sei:

30) $x_0 = \varphi_0(p_1 \ldots p_{n-1}), \ x_1 = \varphi_1(p_1 \ldots p_{n-1}), \ldots x_n = \varphi_n(p_1 \ldots p_{n-1}),$

so dass die Gleichungen bestehen:

31)
$$\begin{cases} k^2 \varphi_0 \dfrac{\partial \varphi_0}{\partial p_\alpha} + \varphi_1 \dfrac{\partial \varphi_1}{\partial p_\alpha} + \cdots + \varphi_n \dfrac{\partial \varphi_n}{\partial p_\alpha} = 0, \\[3mm] k^2 \dfrac{\partial \varphi_0}{\partial p_\alpha}\dfrac{\partial \varphi_0}{\partial p_\beta} + \dfrac{\partial \varphi_1}{\partial p_\alpha}\dfrac{\partial \varphi_1}{\partial p_\beta} + \cdots + \dfrac{\partial \varphi_n}{\partial p_\alpha}\dfrac{\partial \varphi_n}{\partial p_\beta} + k^2 \varphi_0 \dfrac{\partial^2 \varphi_0}{\partial p_\alpha \partial p_\beta} + \cdots + \varphi_n \dfrac{\partial^2 \varphi_n}{\partial p_\alpha \partial_{}} \end{cases}$$

Das Quadrat des Linienelementes ist:

32) $$ds^2 = \Sigma a_{\alpha\beta}\, dp_\alpha\, dp_\beta,$$

wo ist:

33) $$a_{\alpha\beta} = k^2 \frac{\partial \varphi_0}{\partial p_\alpha} \frac{\partial \varphi_0}{\partial p_\beta} + \frac{\partial \varphi_1}{\partial p_\alpha} \frac{\partial \varphi_1}{\partial p_\beta} + \cdots + \frac{\partial \varphi_n}{\partial p_\alpha} \frac{\partial \varphi_n}{\partial p_\beta}.$$

Sind $z_0 \ldots z_n$ die laufenden Koordinaten für die Tangentialebene im Punkte x, so muss sein:

34)
$$\begin{vmatrix}
z_0 & z_1 & \ldots & z_n \\
x_0 & x_1 & \ldots & x_n \\
\dfrac{\partial \varphi_0}{\partial p_1} & \dfrac{\partial \varphi_1}{\partial p_1} & \ldots & \dfrac{\partial \varphi_n}{\partial p_1} \\
\cdot \quad \cdot \quad & \cdot \quad \cdot & \cdot \quad \cdot & \\
\dfrac{\partial \varphi_0}{\partial p_{n-1}} & \dfrac{\partial \varphi_1}{\partial p_{n-1}} & \ldots & \dfrac{\partial \varphi_n}{\partial p_{n-1}}
\end{vmatrix} = 0.$$

Denn diese Gleichung stellt eine Ebene dar, welche durch den Punkt x und die unendlich nahen Punkte des Gebildes hindurchgeht. Wir schreiben dieselbe in der Form:

35) $$P_0 z_0 + P_1 z_1 + \cdots + P_n z_n = 0,$$

wo P_ι der Koeffizient von z_ι in der Determinante 34) ist. Dann ist:

36) $$\begin{cases} P_0 x_0 + P_1 x_1 + \cdots + P_n x_n = 0, \\ P_0 \dfrac{\partial \varphi_0}{\partial p_\alpha} + P_1 \dfrac{\partial \varphi_1}{\partial p_\alpha} + \cdots + P_n \dfrac{\partial \varphi_n}{\partial p_\alpha} = 0. \end{cases}$$

Wird noch gesetzt:

. 37) $$S^2 = \frac{P_0^2}{k^2} + P_1^2 + \cdots + P_n^2,$$

so ist

$$k^2 S^2 = \begin{vmatrix} k^2 \varphi_0^2 + \varphi_1^2 + \cdots + \varphi_n^2, & k^2 \varphi_0 \dfrac{\partial \varphi_0}{\partial p_1} + \varphi_1 \dfrac{\partial \varphi_1}{\partial p_1} + \cdots + \varphi_n \dfrac{\partial \varphi_n}{\partial p_1} \cdots \\ k^2 \varphi_0 \dfrac{\partial \varphi_0}{\partial p_1} + \cdots + \varphi_n \dfrac{\partial \varphi_n}{\partial p_1}, & k^2 \dfrac{\partial \varphi_0}{\partial p_1}\dfrac{\partial \varphi_0}{\partial p_1} + \cdots + \dfrac{\partial \varphi_n}{\partial p_1}\dfrac{\partial \varphi_n}{\partial p_1} \cdots \\ \cdot \quad \cdot \quad \cdot \quad \cdot \quad \cdot \quad \cdot & \cdot \quad \cdot \quad \cdot \quad \cdot \quad \cdot \quad \cdot \end{vmatrix},$$

oder infolge der Gleichungen 33) und der ersten Gleichungen 31)

38) $$S^2 = |\, a_{\alpha\beta} \,| = A.$$

Liegt ein Punkt y auf der Normale des Punktes x, so ist:

$$y_0 = u\,\varphi_0 + \frac{P_0}{k^2 S}\,v,$$

$$y_1 = u\,\varphi_1 + \frac{P_1}{S}\,v,$$

$$\cdot \quad \cdot \quad \cdot \quad \cdot \quad \cdot \quad \cdot$$

$$y_n = u\,\varphi_n + \frac{P_n}{S}\,v,$$

wo $k^2 u^2 + v^2 = k^2$ ist. Soll eine unendlich nahe Normale schneiden, so muss wie oben sein:

$$u\,d\varphi_0 + \varphi_0\,du + v\,d\left(\frac{P_0}{k^2 S}\right) + \frac{P_0}{k^2 S}\,dv = 0$$

$$\cdot \quad \cdot \quad \cdot \quad \cdot \quad \cdot \quad \cdot \quad \cdot \quad \cdot \quad \cdot \quad \cdot$$

Multipliziert man der Reihe nach mit $k^2\varphi_0$, $\varphi_1 \ldots \varphi_n$ und addiert, so folgt: $du = 0$, und entsprechend, wenn man mit $P_0, P_1 \ldots P_n$ multipliziert: $dv = 0$, wodurch sich der Schnittpunkt wieder als Mittelpunkt des Krümmungskreises ergiebt.

Die letzten Gleichungen nehmen jetzt die Gestalt an:

$$\sum\left(u\,\frac{\partial\varphi_0}{\partial p_\alpha} + \frac{v}{k^2 S}\,\frac{\partial P_0}{\partial p_\alpha}\right)dp_\alpha + \frac{v}{k^2}\,P_0\,d\left(\frac{1}{S}\right) = 0,$$

$$\sum\left(u\,\frac{\partial\varphi_0}{\partial p_\alpha} + \frac{v}{S}\,\frac{\partial P_1}{\partial p_\alpha}\right)dp_\alpha + v P_1\,d\left(\frac{1}{S}\right) = 0,$$

$$\cdot \quad \cdot \quad \cdot \quad \cdot \quad \cdot \quad \cdot \quad \cdot \quad \cdot \quad \cdot \quad \cdot \quad \cdot$$

$$\sum\left(u\,\frac{\partial\varphi_n}{\partial p_\alpha} + \frac{v}{S}\,\frac{\partial P_n}{\partial p_\alpha}\right)dp_\alpha + v P_n\,d\left(\frac{1}{S}\right) = 0.$$

Multipliziert man der Reihe nach mit $k^2\,\dfrac{\partial\varphi_0}{\partial p_\beta}$, $\dfrac{\partial\varphi_1}{\partial p_\beta} \ldots \dfrac{\partial\varphi_n}{\partial p_\beta}$ und addiert, so folgt nach 36):

$$u\sum_\alpha\left(k^2\,\frac{\partial\varphi_0}{\partial p_\alpha}\,\frac{\partial\varphi_0}{\partial p_\beta} + \cdots + \frac{\partial\varphi_n}{\partial p_\alpha}\,\frac{\partial\varphi_n}{\partial p_\beta}\right)dp_\alpha + \sum_\alpha\frac{v}{S}\left(\frac{\partial P_0}{\partial p_\alpha}\,\frac{\partial\varphi_0}{\partial p_\beta} + \cdots\right)dp_\alpha = 0.$$

Indem man also noch die Bezeichnung einführt:

$$39)\qquad B_{\alpha\beta} = \frac{\partial P_0}{\partial p_\alpha}\,\frac{\partial\varphi_0}{\partial p_\beta} + \cdots + \frac{\partial P_n}{\partial p_\alpha}\,\frac{\partial\varphi_n}{\partial p_\beta}$$

und 33) beachtet, erhält man die Gleichungen:

$$0) \begin{cases} \left(u a_{11} + \dfrac{v B_{11}'}{S}\right) dp_1 + \cdots + \left(u a_{n-1,1} + \dfrac{v B_{n-1,1}}{S}\right) dp_{n-1} = 0, \\[2mm] \;\cdot\quad\cdot\quad\cdot\quad\cdot\quad\quad\cdot\quad\quad\cdot\quad\quad\cdot\quad\cdot\quad\cdot\quad\cdot \\[2mm] \left(u a_{1,n-1} + \dfrac{v B_{1,n-1}}{S}\right) dp_1 + \cdots + \left(u a_{n-1,n-1} + \dfrac{v B_{n-1,n-1}}{S}\right) dp_{n-1} = 0. \end{cases}$$

Hier geben $dp_1 \ldots dp_{n-1}$ die Richtungen der Krümmungslinien an. Ferner ist $\dfrac{v}{u} = \pm k \, \text{tang} \dfrac{\varrho}{k}$, wo ϱ einen Hauptkrümmungsradius bezeichnet. Setzt man also wieder

$$\frac{1}{k} \cot \frac{\varrho}{k} = \omega,$$

so ergeben sich für ω $n-1$ Werte aus der Gleichung:

$$11) \quad \begin{vmatrix} a_{11}\,\omega + \dfrac{B_{11}}{S} & \cdots & a_{1,n-1}\,\omega + \dfrac{B_{1,n-1}}{S} \\[3mm] \cdot & \cdot\quad\cdot\quad\cdot & \cdot \\[3mm] a_{n-1,1}\,\omega + \dfrac{B_{n-1,1}}{S} & \cdots & a_{n-1,n-1}\,\omega + \dfrac{B_{n-1,n-1}}{S} \end{vmatrix} = \left| a_{\alpha\beta}\cdot\omega + \dfrac{B_{\alpha\beta}}{S} \right| = 0.$$

[Indem man ein quadratisches Gebilde durch die elliptischen Koordinaten ausdrückt und dann die Gleichung 9) Art. 93 berücksichtigt, folgt nach der Gleichung 8), dass $B_{\alpha\beta}$ für $\alpha \lessgtr \beta$ verschwindet, und da nach Gleichung 10) auch jedes $a_{\alpha\beta}$ für $\alpha \gtrless \beta$ verschwindet, so folgt aus den vorstehenden Gleichungen 40), dass für eine Krümmungslinie $n-2$ Grössen $dt_1 \ldots dt_{n-1}$ gleich Null sein müssen.]

§ 12. Abwickelbarkeit mehrfach ausgedehnter Gebilde.

120. Während jede Linie auf jede andere abwickelbar ist, können die (zweidimensionalen) Flächen nur unter gewissen Bedingungen aufeinander abgewickelt werden. Dazu ist zunächst, wie Gauss gezeigt hat, erforderlich, dass das Krümmungsmass in allen Punkten gleich sei; aber diese Bedingung ist nur in seltenen Fällen auch hinreichend, z. B. für Flächen konstanter Krümmung und (bis auf eine gewisse Ausnahme) für Regelflächen. Im allgemeinen müssen noch weitere Bedingungen erfüllt werden. Aber jede Fläche kann, wie sie auch beschaffen sein mag, ohne Dehnung gebogen werden, d. h. eine Änderung erleiden, bei welcher jede auf ihr gezogene Linie ihre Länge und jeder von zwei ihrer Linien gebildete Winkel seine Grösse beibehält.

Man darf jedoch keineswegs voraussetzen, dass jedes m-dimensionale Gebilde, welches in einem Raume von n-Dimensionen enthalten ist, ohne Änderung seiner Grössenbeziehungen deformiert werden könne. Zwar haben wir gesehen, dass jede Ebene auf äusserst verschiedene Weisen umgestaltet werden kann: man konstruiert eine beliebige Raumkurve, dann ist das von den $(n-2)$-dimensionalen Schmiegungsebenen beschriebene Gebilde immer auf eine Ebene abwickelbar. Auch folgt aus den Voraussetzungen, durch welche wir die Axiome der Ebene, der Geraden und des Kreises für n Dimensionen verallgemeinerten (Art. 34), dass jedes $(n-1)$-dimensionale Gebilde, welches eine Schar $(n-2)$-dimensionaler Ebenen enthält, mannigfaltig und stetig gebogen werden kann. Denn denken wir uns von zwei Teilen des Gebildes, welche durch eine solche Ebene voneinander getrennt werden, den einen in Ruhe, den andern um diese Ebene gedreht, so ist das neue Gebilde eine reine Deformation des ersten; diese Drehung kann aber in mancherlei Weise so der Reihe nach um die Ebenen ausgeführt werden, dass das erhaltene Gebilde mit dem gegebenen nicht kongruent ist. Auf dieselbe Weise erkennt man, dass jedes m-dimensionale Gebilde, welches durch Bewegung einer $(m-1)$-dimensionalen Ebene entsteht, durch blosse Biegung geändert werden kann; liegt ein solches Gebilde in einer $(m+1)$-fach ausgedehnten Ebene, so kann die Änderung vorgenommen werden, ohne dass das Gebilde aus dieser Ebene heraustritt. Weiter wird man aber in Bezug auf die Abwickelbarkeit von vornherein nicht gehen können.

In einem beliebigen Raume sei ein Gebilde dadurch gegeben, dass die Koordinaten $x_0, x_1 \ldots x_n$ bestimmte Funktionen von m unabhängigen Grössen $u_1 \ldots u_m$ sind. Alsdann stellt sich das Quadrat des Linienelementes

$$ds^2 \left(= k^2 dx_0^2 + dx_1^2 + \cdots + dx_n^2\right)$$

auf dem Gebilde in der Form dar:

1)
$$ds^2 = \Sigma\, a_{\iota\varkappa}\, du_\iota\, du_\varkappa,$$

wo die Koeffizienten $a_{\iota\varkappa}$ Funktionen der Grössen $u_1 \ldots u_m$ sind.
Ein zweites Gebilde sei dadurch gegeben, dass die Koordinaten
$x_0, x_1 \ldots x_n$ Funktionen von m unabhängigen Grössen $u'_1 \ldots u'_m$
sind; auf demselben sei das Quadrat des Linienelementes:

2)
$$ds'^2 = \Sigma\, a'_{\iota\varkappa}\, du'_\iota\, du'_\varkappa,$$

wo die $a'_{\iota\varkappa}$ Funktionen der u'_ι sind. Sollen die beiden Gebilde aufeinander abwickelbar sein, so muss das Linienelement
in entsprechenden Punkten jedesmal gleich sein, und umgekehrt ist durch die Gleichheit des Linienelementes die Möglichkeit der Abwickelung gegeben. Damit aber das Linienelement auf beiden Gebilden in entsprechenden Punkten gleich
ist, muss es möglich sein, durch eine Transformation:

3)
$$u_\varkappa = r_\varkappa(u'_1 \ldots u'_m) \qquad\qquad \varkappa = 1 \ldots m$$

die Form $\Sigma\, a_{\iota\varkappa}\, du_\iota\, du_\varkappa$ in die Form $\Sigma\, a'_{\iota\varkappa}\, du'_\iota\, du'_\varkappa$ zu ver-
wandeln. Demnach führt die Frage nach der Abwickelbarkeit
auf das in einer Reihe vorzüglicher Arbeiten behandelte Problem, die Bedingungen zu untersuchen, unter denen homogene
Differentialausdrücke zweiten Grades ineinander transformiert
werden können. Wir entwickeln diejenigen Bedingungen,
welche für zwei Variabele in die eine Bedingung der Gleichheit des Gaussschen Krümmungsmasses übergehen und re-
produzieren die Herleitung des Herrn Christoffel, von welcher die des Herrn Lipschitz nicht wesentlich verschieden ist.

121. Infolge der Gleichungen 1) und 2) und der geome-
trischen Bedeutung von ds sind die Determinanten $A = |\,a_{\iota\varkappa}\,|$
und $A' = |\,a'_{\iota\varkappa}\,|$ von Null verschieden. Wir bezeichnen noch
$\dfrac{\partial r_\varkappa}{\partial u'_\alpha}$ mit $r_{\varkappa\alpha}$, die Determinante derselben $|\,r_{\varkappa\alpha}\,|$ mit r, nennen
$A_{\iota\varkappa}$ den Koeffizienten von $a_{\iota\varkappa}$ in A und $A'_{\iota\varkappa}$ den von $a'_{\iota\varkappa}$
in A'. Die Variabelen u' sollen als die unabhängigen be-
trachtet und demnach ihre Differentiale als konstant angenommen werden.

In der Gleichung:

4)
$$\Sigma\, a_{\iota\varkappa}\, du_\iota\, du_\varkappa = \Sigma\, a'_{\alpha\beta}\, du'_\alpha\, du'_\beta$$

ersetzt man jedes du'_α durch $du'_\alpha + \delta u'_\alpha$; dadurch möge jedes
du in $du + \delta u$ übergehen. Dann folgt die neue Gleichung:

5) $$\Sigma a_{\iota\varkappa}\,du_\iota\,\delta u_\varkappa = \Sigma a'_{\alpha\beta}\,du'_\alpha\,\delta u'_\beta.$$

ersetzt man links du_ι durch $\underset{\alpha}{\Sigma}\,r_{\iota\alpha}\,du'_\alpha$, so folgt:

$$\underset{\iota\varkappa}{\Sigma} a_{\iota\varkappa}\,r_{\iota\alpha}\,\delta u_\varkappa = \underset{\beta}{\Sigma} a'_{\alpha\beta}\,\delta u'_\beta$$

und daraus:

6) $$\delta u'_\beta = \sum_{\iota\varkappa\alpha} a_{\iota\alpha}\,\frac{A'_{\alpha\beta}}{A'}\,r_{\iota\alpha}\,\delta u_\varkappa.$$

In der Gleichung 5) lasse man jedes u' um du' und in der Gleichung 4) jedes u' um $\delta u'$ wachsen. Da die Differentiale du' und $\delta u'$ konstant vorausgesetzt sind, so ändern sich auf der rechten Seite nur die Grössen $a'_{\alpha\beta}$ und wir erhalten:

$$\Sigma a_{\iota\varkappa}\,d^2u_\iota\,\delta u_\varkappa + \Sigma da_{\iota\varkappa}\,du_\iota\,\delta u_\varkappa + \Sigma a_{\iota\varkappa}\,du_\iota\,d\delta_\varkappa = \Sigma da'_{\alpha\beta}\,du'_\alpha\,\delta u'_\beta,$$

$$\Sigma\delta a_{\iota\varkappa}\,du_\iota\,\delta u_\varkappa + 2\,\Sigma a_{\iota\varkappa}\,du_\iota\,\delta du_\varkappa = \Sigma\delta a'_{\alpha\beta}\,du'_\alpha\,du'_\beta.$$

Dividiert man die zweite Gleichung durch 2 und subtrahiert sie von der vorangehenden, so folgt:

$$\Sigma a_{\iota\varkappa}\,d^2u_\iota\,\delta u_\varkappa + \Sigma da_{\iota\varkappa}\,du_\iota\,\delta u_\varkappa - \tfrac{1}{2}\,\Sigma\delta a_{\iota\varkappa}\,du_\iota\,\delta u_\varkappa$$
$$= \Sigma da'_{\alpha\beta}\,du'_\alpha\,du'_\beta - \tfrac{1}{2}\,\Sigma\delta a'_{\alpha\beta}\,du'_\alpha\,du'_\beta.$$

Wir führen die Bezeichnung ein:

7) $$\frac{1}{2}\left[\frac{\partial a_{\iota\lambda}}{\partial u_\varkappa} + \frac{\partial a_{\varkappa\lambda}}{\partial u_\iota} - \frac{\partial a_{\iota\varkappa}}{\partial u_\lambda}\right] = \begin{bmatrix}\iota\varkappa\\\lambda\end{bmatrix}$$

und entsprechend für die andere Form; dann ist:

8) $$\begin{bmatrix}\iota\varkappa\\\lambda\end{bmatrix} = \begin{bmatrix}\varkappa\iota\\\lambda\end{bmatrix}, \quad \frac{\partial a_{\varkappa\lambda}}{\partial u_\iota} = \begin{bmatrix}\iota\varkappa\\\lambda\end{bmatrix} + \begin{bmatrix}\iota\lambda\\\varkappa\end{bmatrix}.$$

Hiernach ergiebt sich:

9) $$\sum_{\iota\varkappa} a_{\iota\varkappa}\,d^2u_\iota\,\delta u_\varkappa + \sum_{\iota\varkappa\lambda}\begin{bmatrix}\iota\lambda\\\varkappa\end{bmatrix}du_\iota\,du_\lambda\,\delta u_\varkappa = \sum_{\beta\gamma\delta}\begin{bmatrix}\gamma\delta\\\beta\end{bmatrix}'du'_\gamma\,du'_\delta\,\delta u'_\beta.$$

Auf der rechten Seite setze man für $\delta u'_\beta$ den Wert aus 6) ein; indem man alsdann die Koeffizienten von $\delta u_\varkappa$ beiderseits vergleicht, folgt:

$$\sum_\iota a_{\iota\varkappa}\,d^2u_\iota + \sum_{\iota\lambda}\begin{bmatrix}\iota\lambda\\\varkappa\end{bmatrix}du_\iota\,du_\lambda = \sum_{\alpha\gamma\delta\iota} a_{\iota\varkappa}\,r_{\iota\alpha}\,du'_\gamma\,du'_\delta \sum_\beta \begin{bmatrix}\gamma\delta\\\beta\end{bmatrix}'\frac{A'_{\alpha\beta}}{A'}.$$

Nun setze man noch:

10)
$$\sum_{\varkappa} \begin{bmatrix} \iota\lambda \\ \varkappa \end{bmatrix} \frac{A_{\mu\varkappa}}{A} = \left\{ \begin{matrix} \iota\lambda \\ \mu \end{matrix} \right\},$$

wende bei der zweiten Form die entsprechende Bezeichnung an und berechne aus den vorstehenden Gleichungen für $\varkappa = 1 \dots m$ die Grösse $d^2 u_\iota$. Man multipliziere mit $\dfrac{A_{\nu\varkappa}}{A}$ und summiere über $\varkappa$; dann ergiebt sich:

$$d^2 u_\nu + \sum_{\iota\lambda} \left\{ \begin{matrix} \iota\lambda \\ \nu \end{matrix} \right\} du_\iota \, du_\lambda = \sum_{\alpha\gamma\delta} r_{\nu\alpha} \, du'_\gamma \, du'_\delta \left\{ \begin{matrix} \gamma\delta \\ \alpha \end{matrix} \right\}'$$

und hieraus:

$$\frac{\partial^2 u_\nu}{\partial u'_\gamma \, \partial u'_\delta} + \sum_{\iota\lambda} \left\{ \begin{matrix} \iota\lambda \\ \nu \end{matrix} \right\} r_{\iota\gamma} r_{\lambda\delta} = \sum_{\alpha} r_{\nu\alpha} \left\{ \begin{matrix} \gamma\delta \\ \alpha \end{matrix} \right\}'$$

oder mit kleiner Änderung der Marken:

11)
$$\frac{\partial^2 u_\nu}{\partial u'_\alpha \, \partial u'_\beta} + \sum_{\iota\varkappa} \left\{ \begin{matrix} \iota\varkappa \\ \nu \end{matrix} \right\} r_{\iota\alpha} r_{\varkappa\beta} = \sum_{\varepsilon} \left\{ \begin{matrix} \alpha\beta \\ \varepsilon \end{matrix} \right\}' r_{\nu\varepsilon}.$$

Die dritte Ableitung von u_ν nach u'_α, u'_β, u'_γ wird einmal dadurch erhalten, dass man die vorstehende Gleichung nach u'_γ, und dann dadurch, dass man

$$\frac{\partial^2 u_\nu}{\partial u'_\alpha \, \partial u'_\gamma} + \sum_{\iota\lambda} \left\{ \begin{matrix} \iota\lambda \\ \nu \end{matrix} \right\} r_{\iota\alpha} r_{\lambda\gamma} = \sum_{\varepsilon} \left\{ \begin{matrix} \alpha\gamma \\ \varepsilon \end{matrix} \right\}' r_{\nu\varepsilon}$$

nach u'_β differentiiert. Dabei ist wegen $\dfrac{\partial u_\iota}{\partial u'_\alpha} = r_{\iota\alpha}$:

$$\frac{\partial r_{\iota\alpha}}{\partial u'_\beta} = \frac{\partial^2 u_\iota}{\partial u'_\alpha \, \partial u'_\beta}, \quad \frac{\partial}{\partial u'_\gamma} \left\{ \begin{matrix} \iota\varkappa \\ \nu \end{matrix} \right\} = \sum_{\lambda} \frac{\partial \left\{ \begin{matrix} \iota\varkappa \\ \nu \end{matrix} \right\}}{\partial u_\lambda} r_{\lambda\gamma}.$$

Man bilde jetzt die dritten Ableitungen auf den angegebenen Wegen und subtrahiere die beiden Resultate; da dann auch die zweite Ableitung nach u'_β und u'_γ wegfällt, ergiebt sich die Gleichung:

$$\left[\frac{\partial \left\{ \begin{matrix} \iota\varkappa \\ \nu \end{matrix} \right\}}{\partial u_\lambda} - \frac{\partial \left\{ \begin{matrix} \iota\lambda \\ \nu \end{matrix} \right\}}{\partial u_\varkappa} \right] r_{\iota\alpha} r_{\varkappa\beta} r_{\lambda\gamma} + \sum_{\iota\varkappa} \left\{ \begin{matrix} \iota\varkappa \\ \nu \end{matrix} \right\} \frac{\partial^2 u_\iota}{\partial u'_\alpha \, \partial u'_\gamma} r_{\varkappa\beta} - \sum_{\iota\lambda} \left\{ \begin{matrix} \iota\lambda \\ \nu \end{matrix} \right\} \frac{\partial^2 u_\iota}{\partial u'_\alpha \, \partial u'_\beta} r_{\lambda\gamma}$$

$$= \sum_{\varepsilon} \left[\frac{\partial \left\{ \begin{matrix} \alpha\beta \\ \varepsilon \end{matrix} \right\}'}{\partial u'_\gamma} - \frac{\partial \left\{ \begin{matrix} \alpha\gamma \\ \varepsilon \end{matrix} \right\}'}{\partial u'_\beta} \right] r_{\nu\varepsilon} + \sum_{\varepsilon} \left\{ \begin{matrix} \alpha\beta \\ \varepsilon \end{matrix} \right\}' \frac{\partial^2 u_\nu}{\partial u'_\varepsilon \, \partial u'_\gamma} - \sum_{\varepsilon} \left\{ \begin{matrix} \alpha\gamma \\ \varepsilon \end{matrix} \right\}' \frac{\partial^2 u_\nu}{\partial u'_\varepsilon \, \partial u'_\beta}.$$

In dieser Gleichung setzen wir aus 11) die Werte für die zweite Ableitung ein. Der zweite Summand der linken Seite liefert ein Glied: $\sum_{\iota\varkappa}\left\{\begin{matrix}\iota\varkappa\\\nu\end{matrix}\right\}r_{\varkappa\beta}\sum_{\varepsilon}\left\{\begin{matrix}\alpha\gamma\\\varepsilon\end{matrix}\right\}'r_{\iota\varepsilon}$ und der letzte Ausdruck der rechten Seite: $\sum_{\varepsilon}\left\{\begin{matrix}\alpha\gamma\\\varepsilon\end{matrix}\right\}'\sum_{\iota\varkappa}\left\{\begin{matrix}\iota\varkappa\\\nu\end{matrix}\right\}r_{\iota\varepsilon}r_{\varkappa\beta}$; diese heben sich weg. Ebenso führt der letzte Ausdruck der linken und der vorletzte der rechten Seite je ein Glied herbei:

$$-\sum_{\iota\lambda}\left\{\begin{matrix}\iota\lambda\\\nu\end{matrix}\right\}r_{\lambda\gamma}\sum_{\varepsilon}\left\{\begin{matrix}\alpha\beta\\\varepsilon\end{matrix}\right\}'r_{\iota\varepsilon}\quad\text{resp.}\quad-\sum_{\varepsilon}\left\{\begin{matrix}\alpha\beta\\\varepsilon\end{matrix}\right\}'\sum_{\iota\varkappa}\left\{\begin{matrix}\iota\lambda\\\nu\end{matrix}\right\}r_{\iota\varepsilon}r_{\varkappa\gamma},$$

welche sich ebenfalls wegheben. Die übrigen Glieder lassen sich bei passender Vertauschung der Summationsbuchstaben in die Form bringen:

$$\sum_{\iota\varkappa\lambda}\left(\frac{\partial\left\{\begin{matrix}\iota\varkappa\\\nu\end{matrix}\right\}}{\partial u_\lambda}-\frac{\partial\left\{\begin{matrix}\iota\lambda\\\nu\end{matrix}\right\}}{\partial u_\varkappa}+\sum_{\varrho}\left[\left\{\begin{matrix}\iota\varkappa\\\varrho\end{matrix}\right\}\left\{\begin{matrix}\varrho\lambda\\\nu\end{matrix}\right\}-\left\{\begin{matrix}\iota\lambda\\\varrho\end{matrix}\right\}\left\{\begin{matrix}\varrho\varkappa\\\nu\end{matrix}\right\}\right]\right)r_{\iota a}r_{\varkappa\beta}r_{\lambda\gamma}$$

$$=\sum_{\varepsilon}\left(\frac{\partial\left\{\begin{matrix}\alpha\beta\\\varepsilon\end{matrix}\right\}'}{\partial u'_\gamma}-\frac{\partial\left\{\begin{matrix}\alpha\gamma\\\varepsilon\end{matrix}\right\}'}{\partial u'_\beta}+\sum_{\zeta}\left[\left\{\begin{matrix}\alpha\beta\\\zeta\end{matrix}\right\}'\left\{\begin{matrix}\zeta\gamma\\\varepsilon\end{matrix}\right\}'-\left\{\begin{matrix}\alpha\gamma\\\zeta\end{matrix}\right\}'\left\{\begin{matrix}\zeta\beta\\\varepsilon\end{matrix}\right\}'\right]\right)r_{\gamma\varepsilon}.$$

Man multipliziere hier beiderseits mit $a_{\nu\mu}r_{\mu\delta}$ und summiere über alle Werte von ν und μ; dann erhält man wegen

$$\sum_{\nu\mu}a_{\nu\mu}r_{\nu\varepsilon}r_{\mu\delta}=a'_{\varepsilon\delta}$$

die neue Gleichung:

$$12)\quad\begin{cases}\sum_{\iota\varkappa\,\mu}r_{\iota a}r_{\varkappa\beta}r_{\lambda\gamma}r_{\mu\delta}\\[4pt]\times\sum_{\nu}a_{\nu\mu}\left(\frac{\partial\left\{\begin{matrix}\iota\varkappa\\\nu\end{matrix}\right\}}{\partial u_\lambda}-\frac{\partial\left\{\begin{matrix}\iota\lambda\\\nu\end{matrix}\right\}}{\partial u_\varkappa}+\sum_{\varrho}\left[\left\{\begin{matrix}\iota\varkappa\\\varrho\end{matrix}\right\}\left\{\begin{matrix}\varrho\lambda\\\nu\end{matrix}\right\}-\left\{\begin{matrix}\iota\lambda\\\varrho\end{matrix}\right\}\left\{\begin{matrix}\varrho\varkappa\\\nu\end{matrix}\right\}\right]\right)\\[4pt]=\sum_{\varepsilon}a_{\varepsilon\delta}\left(\frac{\partial\left\{\begin{matrix}\alpha\beta\\\varepsilon\end{matrix}\right\}'}{\partial u'_\gamma}-\frac{\partial\left\{\begin{matrix}\alpha\gamma\\\varepsilon\end{matrix}\right\}'}{\partial u'_\beta}+\sum_{\zeta}\left[\left\{\begin{matrix}\alpha\beta\\\zeta\end{matrix}\right\}'\left\{\begin{matrix}\zeta\gamma\\\varepsilon\end{matrix}\right\}'-\left\{\begin{matrix}\alpha\gamma\\\zeta\end{matrix}\right\}'\left\{\begin{matrix}\zeta\beta\\\varepsilon\end{matrix}\right\}'\right]\right)\end{cases}$$

Infolge der Gleichung 10) ist:

$$\sum_{\nu}a_{\nu\mu}\left\{\begin{matrix}\iota\varkappa\\\nu\end{matrix}\right\}=\left[\begin{matrix}\iota\varkappa\\\mu\end{matrix}\right]$$

und somit:

$$\sum_{\nu} a_{\nu\mu} \frac{\partial \left\{ {\iota\varkappa \atop \nu} \right\}}{\partial u_\lambda} = \frac{\partial \left\{ {\iota\varkappa \atop \nu} \right\}}{\partial u_\lambda} - \sum_{\nu} \left\{ {\iota\varkappa \atop \nu} \right\} \frac{\partial a_{\nu\mu}}{\partial u_\lambda};$$

demnach geht die nach ν genommene Summe auf der linken Seite von 12) über in:

$$\frac{\partial \left[{\iota\varkappa \atop \mu} \right]}{\partial u_\varkappa} - \frac{\partial \left[{\iota\lambda \atop \mu} \right]}{\partial u_\lambda}$$

$$-\sum_{\nu} \left\{ {\iota\varkappa \atop \nu} \right\} \frac{\partial a_{\nu\mu}}{\partial u_\lambda} + \sum_{\nu} \left\{ {\iota\lambda \atop \nu} \right\} \frac{\partial a_{\nu\mu}}{\partial u_\varkappa} + \sum_{\varrho} \left(\left\{ {\iota\varkappa \atop \varrho} \right\} \left[{\varrho\lambda \atop \mu} \right] - \left\{ {\iota\lambda \atop \varrho} \right\} \left[{\varrho\varkappa \atop \mu} \right] \right).$$

Ersetze ich das Summationszeichen ν durch ϱ, so wird in der nach ϱ genommenen Summe die Grösse $\left\{ {\iota\varkappa \atop \varrho} \right\}$ mit $\left[{\varrho\lambda \atop \mu} \right] - \dfrac{\partial a_{\varrho\mu}}{\partial u_\lambda}$ multipliziert oder, weil nach 8):

$$\frac{\partial a_{\varrho\mu}}{\partial u_\lambda} = \left[{\lambda\varrho \atop \mu} \right] + \left[{\lambda\mu \atop \varrho} \right]$$

ist, mit $- \left[{\lambda\mu \atop \varrho} \right]$; und entsprechend wird $\left\{ {\iota\lambda \atop \varrho} \right\}$ mit $\left[{\varkappa\mu \atop \varrho} \right]$ multipliziert. Der vorstehende Ausdruck geht also über in:

$$\frac{\partial \left[{\iota\varkappa \atop \mu} \right]}{\partial u_\lambda} - \frac{\partial \left[{\iota\lambda \atop \mu} \right]}{\partial u_\varkappa} + \sum_{\varrho} \left(\left\{ {\iota\lambda \atop \varrho} \right\} \left[{\varkappa\mu \atop \varrho} \right] - \left\{ {\iota\varkappa \atop \varrho} \right\} \left[{\lambda\mu \atop \varrho} \right] \right).$$

Derselbe soll mit $(\iota\mu\varkappa\lambda)$ bezeichnet werden, so dass wir unter Berücksichtigung der Gleichung 10) diesen Ausdruck durch die Gleichung definieren können:

$$13) \quad (\iota\mu\varkappa\lambda) = \frac{\partial \left[{\iota\varkappa \atop \mu} \right]}{\partial u_\lambda} - \frac{\partial \left[{\iota\lambda \atop \mu} \right]}{\partial u_\varkappa} + \sum_{\varrho\sigma} \frac{A_{\varrho\sigma}}{A} \left(\left[{\iota\lambda \atop \sigma} \right] \left[{\varkappa\mu \atop \varrho} \right] - \left[{\iota\varkappa \atop \sigma} \right] \left[{\lambda\mu \atop \varrho} \right] \right).$$

Dieselbe Umformung konnte auf der rechten Seite von 12) ausgeführt werden. Indem wir also $(\alpha\delta\beta\gamma)'$ entsprechend definieren, geht die Gleichung 12) über in:

$$14) \qquad (\alpha\delta\beta\gamma)' = \sum_{\iota\varkappa\lambda\mu} (\iota\mu\varkappa\lambda)\, r_{\iota\alpha}\, r_{\varkappa\beta}\, r_{\lambda\gamma}\, r_{\mu\delta}.$$

122. Die Gleichung 13) kann durch folgende ersetzt werden:

15)
$$\left\{ \begin{aligned} (\iota\mu\varkappa\lambda) &= \frac{1}{2}\left(\frac{\partial^2 a_{\iota\lambda}}{\partial u_\varkappa\,\partial u_\mu} + \frac{\partial^2 a_{\varkappa\mu}}{\partial u_\iota\,\partial u_\lambda} - \frac{\partial^2 a_{\iota\varkappa}}{\partial u_\lambda\,\partial u_\mu} - \frac{\partial^2 a_{\lambda\mu}}{\partial u_\iota\,\partial u_\varkappa} \right) \\ &+ \sum_{\varrho\sigma} \frac{A_{\varrho\sigma}}{A} \left(\begin{bmatrix} \iota\,\lambda \\ \sigma \end{bmatrix} \begin{bmatrix} \varkappa\,\mu \\ \varrho \end{bmatrix} - \begin{bmatrix} \iota\varkappa \\ \sigma \end{bmatrix} \begin{bmatrix} \lambda\,\mu \\ \varrho \end{bmatrix} \right); \end{aligned} \right.$$

demnach bestehen zwischen den Grössen $(\iota\mu\varkappa\lambda)$ mehrere Relationen, nämlich:

$a)$ $\qquad\qquad (\iota\mu\varkappa\lambda) = -(\mu\iota\varkappa\lambda),$

$b)$ $\qquad\qquad (\iota\mu\varkappa\lambda) = -(\iota\mu\lambda\varkappa),$

$c)$ $\qquad\qquad (\iota\mu\varkappa\lambda) = +(\varkappa\lambda\iota\mu),$

$d)$ $\qquad\qquad (\iota\mu\varkappa\lambda) + (\iota\lambda\mu\varkappa) + (\iota\varkappa\lambda\mu) = 0.$

Um die erste Relation zu beweisen, vertauscht man in 15) ι und μ, für die zweite in 13) $\varkappa$ und λ, für die dritte wieder in 15) das Paar $\iota\mu$ mit dem Paare $\varkappa\lambda$ und berücksichtigt, dass $A_{\varrho\sigma} = A_{\sigma\varrho}$ ist. Die Relation (d) wird am einfachsten aus 15) erhalten. Wenn man daher nur die von einander unabhängigen und nicht identisch verschwindenden Grössen $(\iota\mu\varkappa\lambda)$ erhalten will, so hat man wegen (a) für ι und μ nur die $m_2 = \dfrac{m(m-1)}{2}$ Kombinationen der Zahlen $1\ldots m$ zu zweien zu bilden; ebenso wegen (b) für $\varkappa$ und λ. Es giebt demnach m_2 Ausdrücke $(\iota\mu\iota\mu)$ und $m_2(m_2-1)$ Ausdrücke, in denen $\iota\mu$ von $\varkappa\lambda$ verschieden ist. Von den letzteren ist wegen (c) nur je einer zu nehmen. Die Relationen (a), (b), (c) reduzieren die voneinander unabhängigen Ausdrücke $(\iota\mu\varkappa\lambda)$ auf die Zahl:

$$m_2 + \frac{m_2(m_2-1)}{2} = \frac{m_2(m_2+1)}{2}.$$

Die Bedingung (d) führt auf eine der frühern zurück, wenn sich unter den Zahlen $\iota\mu\varkappa\lambda$ irgend zwei gleiche befinden. Wenn dagegen die Zahlen $\iota\mu\varkappa\lambda$ alle voneinander verschieden sind, so liefert (d) eine von (a), (b), (c) verschiedene Bedingung und zwar, nachdem die Kombination $\iota\mu\varkappa\lambda$ gewählt ist, eine einzige Bedingung. Somit muss die vorhin gefundene Zahl noch vermindert werden um die Zahl der Kombinationen ohne Wiederholung, welche aus m Elementen zu vier gebildet werden können. Solcher Kombinationen giebt es:

$$\frac{1}{24}\, m\,(m-1)\,(m-2)\,(m-3),$$

und diese Zahl muss von der vorhin gefundenen Zahl:

$$\frac{m_2\,(m_2+1)}{2} - \frac{1}{8}\, m\,(m-1)\,[m\,(m-1)+2]$$

subtrahiert werden. Somit bleiben:

$$\frac{m_2\,(m_2+1)}{2} - m_4 = \frac{m^2\,(m^2-1)}{12}$$

voneinander wesentlich verschiedene Ausdrücke $(\iota\mu\varkappa\lambda)$ übrig. Diese Zahl ist für $n = 2,\ 3,\ 4$ resp. 1, 6, 20.

Nun schreiben wir die Gleichung 14) in der Form:

$$(\alpha\,\delta\,\beta\,\gamma)' = \sum_{\iota\varkappa\lambda\mu}' (\iota\mu\varkappa\lambda)\, \frac{\partial u_\iota}{\partial u'_\alpha}\, \frac{\partial u_\varkappa}{\partial u'_\beta}\, \frac{\partial u_\lambda}{\partial u'_\gamma}\, \frac{\partial u_\mu}{\partial u'_\gamma},$$

verstehen unter du'_α, $\delta u'_\alpha$, Du'_α, $\Delta u'_\alpha$ voneinander unabhängige Differentiale der u' und bezeichnen mit entsprechenden Zeichen die zugehörigen Differentiale der u. Wenn dann gesetzt wird:

$$\Sigma\,(\iota\mu\varkappa\lambda)\,du_\iota\,\delta u_\mu\,Du_\varkappa\,\Delta u_\lambda = G_4,$$

und wenn G'_4 entsprechend definiert wird, so wird das vorstehende Gleichungssystem durch die eine Gleichung:

$$G_4 = G'_4$$

vertreten. Da nach (a) der Ausdruck $(\iota\mu\varkappa\lambda)$ sein Zeichen ändert, wenn ι mit μ vertauscht wird, so wird G_4 sein Zeichen ändern, wenn d mit δ vertauscht wird, oder es ist:

$$G_4 = \Sigma\,(\iota\mu\varkappa\lambda)\,(du_\iota\,\delta u_\mu - du_\mu\,\delta u_\iota)\,Du_\varkappa\,\Delta u_\lambda,$$

wenn die Summe sich für ι und μ nur auf Kombinationen ohne Wiederholung erstreckt. Ebenso ändert G_4 wegen (b) sein Zeichen, wenn D und Δ vertauscht werden; also kann G_4 in folgender Form dargestellt werden:

16) $\quad G_4 = {}'\Sigma\,(\iota\mu\varkappa\lambda)\,(du_\iota\,\delta u_\mu - du_\mu\,\delta u_\iota)\,(Du_\varkappa\,\Delta u_\lambda -- Du_\lambda\,\Delta u_\varkappa),$

wobei sowohl für ι und μ, als für $\varkappa$ und λ nur die Kombinationen ohne Wiederholung gewählt werden dürfen.

Diese Form G_4 wird von Herrn Lipschitz mit Ψ (resp. mit Ω) bezeichnet. Dieselbe ist eine Kovariante des gegebenen Differentialausdruckes $\Sigma a_{\iota\varkappa}\,du_\iota\,du_\varkappa$, und zwei Formen

$\Sigma a_{\iota \varkappa} du_\iota du_\varkappa$ und $\Sigma a'_{\iota \varkappa} du'_\iota du'_\varkappa$ sind nur dann ineinander transformierbar, wenn zugleich die zugehörigen Formen Ψ (resp. G_4) ineinander transformiert werden können. Aber man kann, wie Herr Christoffel bewiesen hat, im allgemeinen nicht umgekehrt schliessen, dass die Gleichheit der Formen G_4 und G'_4 auch die der ersten Formen nach sich ziehe. In manchen Fällen ist diese Bedingung jedoch hinreichend und diese sollen zunächst angegeben werden.

123. Das Linienelement $ds'^2 = \Sigma a'_{\iota \varkappa} du'_\iota du'_\varkappa$ habe die Form $du'^2_1 + \cdots + du'^2_m$; für wesentlich positive Formen genügt es zu dem Ende bereits, anzunehmen, dass die sämtlichen Koeffizienten konstante Grössen sind. Dieser Fall tritt ein bei den in einem Euklidischen Raume gelegenen Ebenen und bei denjenigen Kugeln einer Lobatschewskyschen Raumform, deren Radius unendlich gross ist. Dann verschwinden alle Grössen $\left[\begin{smallmatrix} \alpha \beta \\ \gamma \end{smallmatrix} \right]'$ und demnach auch alle Grössen $(\alpha \beta \gamma \delta)'$; es müssen also auch alle Grössen:

17) $(\iota \mu \varkappa \lambda) = 0$

sein.

Die notwendige Bedingung dafür, dass eine Form $\Sigma a_{\iota \varkappa} dx_\iota dx_\varkappa$ in eine Form mit konstanten Koeffizienten verwandelt werden kann, besteht darin, dass alle aus den Koeffizienten $a_{\iota \varkappa}$ gebildeten Ausdrücke $(\iota \mu \varkappa \lambda)$ für alle Werte der Variabelen gleich Null sind.

Diese Bedingung ist aber auch, wie Herr Lipschitz bewiesen hat, hinreichend. Somit folgt der Satz:

Damit in einem Euklidischen Raume ein Gebilde auf eine Ebene und in einem Lobatschewskyschen Raume auf eine Kugel mit unendlich grossem Radius abgewickelt werden könne, muss der in m unabhängigen Variabelen $u_1 \ldots u_m$ dargestellte Ausdruck $\Sigma a_{\iota \varkappa} du_\iota du_\varkappa$ für das Quadrat des Linienelementes die Eigenschaft haben, dass die sämtlichen aus den Koeffizienten $a_{\iota \varkappa}$ gebildeten Ausdrücke $(\iota \mu \varkappa \lambda)$ identisch verschwinden; und umgekehrt genügt diese Bedingung.

Um die entsprechende Eigenschaft für beliebige Kugeln zu finden, ersetzen wir das bisher benutzte Koordinatensystem durch ein anderes, für welches Riemann eine charakteristische Eigenschaft angegeben hat. Wir lassen von einem

Punkte $0\ m$ aufeinander senkrecht stehende Hauptkreise der Kugel als Achsen ausgehen. Um einen Punkt P zu bestimmen, halbieren wir den Hauptkreis OP in R, fällen von R auf die Achsen die Senkrechten $A_1 \ldots A_m$ und bezeichnen die Strecken OA_i mit ϱ_i. Nun kann nach Art. 43 das Kugelgebilde als Raumform betrachtet werden; ist in dem dort festgesetzten Sinne $\dfrac{1}{k_1^{\,2}}$ das Riemannsche Krümmungsmass derselben, so setze man $k_1 \operatorname{tg} \dfrac{\varrho_i}{k_1} = u_i$. Diese Grössen $u_1 \ldots u_m$ sind die Riemannschen Koordinaten. Bezeichnet man die entsprechenden Weierstrassschen Koordinaten mit $x_0,\ x_1 \ldots x_m$, so ist:

$$u_i = \frac{2\,x_i}{1 + x_0}, \quad d u_i = \frac{2\,d x_i}{1 + x_0} - \frac{2\,x_i\,d x_0}{(1 + x_0)^2},$$

daraus

$$\sum' d u_i^{\,2} = \frac{4\,d s^2}{(1 + x_0)^2} \quad \text{oder} \quad d s^2 = \frac{\Sigma\,d u_i^{\,2}}{\left\{1 + \dfrac{1}{4\,k_1^{\,2}} \sum u_i^{\,2}\right\}^2} = \omega \sum d u_i^{\,2},$$

wo

$$\omega = \frac{1}{\left\{1 + \dfrac{1}{4\,k_1^{\,2}} \sum u_i^{\,2}\right\}^2}$$

gesetzt ist.

Bei jedem Ausdruck des Linienelementes

$$d s^2 = f(d u)$$

ist natürlich auch die bilineare Form $f(d u, \delta u) = \dfrac{1}{2} \sum' \dfrac{\partial f(d u)}{\partial d u_i} \delta u_i$ mit $f(d u)$ kovariant, und ebenso, wenn $d u,\ \delta u,\ D u,\ \Delta u$ vier unabhängige, unendlich kleine Zuwüchse der u sind, die Form:

$$F(d u, \delta u, D u, \Delta u) = f(d u, D u)\,f(\delta u, \Delta u) - f(d u, \Delta u)\,f(\delta u, D u);$$

es ist also auch $\dfrac{\Psi}{F} = \dfrac{G_4}{F}$ eine Kovariante von $f(d u)$. Wählen wir jetzt zum Ausdruck des Linienelementes auf einer Kugel das Riemannsche System, so wird:

$$F = \omega^2 \,' \Sigma (d u_i\,\delta u_\varkappa - d u_\varkappa\,\delta u_i)(D u_i\,\Delta u_\varkappa - D u_\varkappa\,\Delta u_i),$$

wo die Summation sich nur auf die verschiedenen Kombinationen erstreckt.

Wir bilden jetzt die Grössen $(\iota\,\mu\,\varkappa\,\lambda)$ bei der angegebenen Form des Linienelementes. Dann ist für ungleiche Werte von $\iota, \varkappa, \lambda$:

$$\begin{bmatrix}\iota\varkappa\\\lambda\end{bmatrix} = 0,\quad \begin{bmatrix}\iota\varkappa\\\iota\end{bmatrix} = \frac{1}{2}\frac{\partial\omega}{\partial u_\varkappa},\quad \begin{bmatrix}\iota\iota\\\lambda\end{bmatrix} = -\frac{1}{2}\frac{\partial\omega}{\partial u_\lambda},\quad \begin{bmatrix}\iota\iota\\\iota\end{bmatrix} = \frac{1}{2}\frac{\partial\omega}{\partial u_\iota}.$$

Demnach verschwindet auch jedes $(\iota\,\mu\,\varkappa\,\lambda)$ für ungleiche Werte von $\iota, \varkappa, \lambda, \mu$. Wegen der besonderen Form von ω muss auch jedes $(\iota\,\varkappa\,\iota\,\lambda)$ für $\varkappa \gtrless \lambda$ gleich Null sein; dagegen wird

$$(\iota\,\varkappa\,\iota\,\varkappa) = \frac{\omega^2}{k_1^{\;2}}.$$

Somit nimmt $\dfrac{\psi}{F}$ für dies Koordinatensystem den Wert an $\dfrac{1}{k_1^{\;2}}$. Da der Bruch aber eine Kovariante der Form $f(du)$ ist, so muss der Ausdruck $\dfrac{\psi}{F}$ für jeden beliebigen Ausdruck des Linienelementes einen konstanten Wert haben, oder es muss sein:

$$18)\qquad (\iota\,\mu\,\varkappa\,\lambda) = \frac{1}{k_1^{\;2}}\,(a_{\iota\varkappa}a_{\mu\lambda} - a_{\iota\lambda}a_{\mu\varkappa}).$$

Da diese Bedingung für jedes Gebilde erfüllt sein muss, welches auf eine Kugel abwickelbar ist, so gilt der Satz:

Soll ein Gebilde auf eine Kugel abwickelbar sein, so muss jeder nach der Vorschrift 17) aus den Koeffizienten $a_{\iota\varkappa}$ im Ausdruck des Linienelementes gebildete Koeffizient $(\iota\,\mu\,\varkappa\,\lambda)$ zu der entsprechenden Grösse $a_{\iota\varkappa}a_{\mu\lambda} - a_{\iota\lambda}a_{\mu\varkappa}$ in einem konstanten Verhältnis stehen.

Diese Bedingung ist nach den Untersuchungen des Herrn Lipschitz auch hinreichend (Journal Bd. 72).

124. Für eine zweidimensionale Fläche giebt es nur eine einzige Grösse $(\iota\,\mu\,\varkappa\,\lambda)$, nämlich (1212). Liegt diese Fläche im dreidimensionalen Euklidischen Raume, so stellt der Ausdruck $\dfrac{(1212)}{a_{11}a_{22} - a_{12}^{\;2}}$ das Gausssche Krümmungsmass der Fläche dar, oder derselbe ist gleich dem reziproken Produkt der Hauptkrümmungsradien derselben. Im vorigen Paragraphen haben wir für ein $(n-1)$-dimensionales Gebilde, welches in einem n-dimensionalen Raume liegt, die Hauptkrümmungsradien berechnet. Es erscheint angemessen, den Zusammenhang zwischen den Koeffizienten der Gleichung 41, Art. 119 und den Grössen $(\iota \mu \varkappa \lambda)$ zu entwickeln.

Zu dem Ende gehen wir zu der Gleichung 39) des Art. 119 zurück, durch welche die Grössen $B_{\alpha\beta}$ bestimmt sind. Indem wir darin die Grössen P_ι durch ihre Werte als Koeffizienten von z_1 in der Gleichung 34) Art. 118 ersetzen, folgt:

$$k\, B_{\alpha\beta} = - \begin{vmatrix} k\,\dfrac{\partial^2 \varphi_0}{\partial p_\alpha \partial p_\beta} & \dfrac{\partial^2 \varphi_1}{\partial p_\alpha \partial p_\beta} & \dots & \dfrac{\partial^2 \varphi_n}{\partial p_\alpha \partial p_\beta} \\[2mm] k\,\varphi_0 & \varphi_1 & \dots & \varphi_n \\[2mm] k\,\dfrac{\partial \varphi_0}{\partial p_1} & \dfrac{\partial \varphi^1}{\partial p_1} & \dots & \dfrac{\partial \varphi_n}{\partial p^1} \\[2mm] \cdot\ \cdot\ \cdot & \cdot\ \cdot\ \cdot & & \cdot\ \cdot\ \cdot \\[2mm] k\,\dfrac{\partial \varphi_0}{\partial p_{n-1}} & \dfrac{\partial \varphi_1}{\partial p_{n-1}} & \dots & \dfrac{\partial \varphi_n}{\partial p_{n-1}} \end{vmatrix} .$$

Somit ergiebt sich:

$$k^2 B_{\alpha\beta} B_{\gamma\delta} = \begin{vmatrix} k^2\,\dfrac{\partial^2 \varphi_0}{\partial p_\alpha \partial p_\beta}\dfrac{\partial^2 \varphi_0}{\partial p_\gamma \partial p_\delta} + \dots + \dfrac{\partial^2 \varphi_n}{\partial p_\alpha \partial p_\beta}\dfrac{\partial^2 \varphi_n}{\partial p_\gamma \partial p_\delta} & k^2 \varphi_0 \dfrac{\partial^2 \varphi_0}{\partial p_\alpha \partial p_\beta} + \dots \\ \qquad\qquad\qquad + \varphi_n \dfrac{\partial^2 \varphi_n}{\partial p_\alpha \partial p_\beta} & \dots\ k^2 \dfrac{\partial \varphi_0}{\partial p_{n-1}}\dfrac{\partial^2 \varphi_0}{\partial p_\alpha \partial p_\beta} + \dots \\[2mm] k^2 \varphi_0 \dfrac{\partial^2 \varphi_0}{\partial p_\gamma \partial p_\delta} + \dots + \varphi_n \dfrac{\partial^2 \varphi_n}{\partial p_\gamma \partial p_\delta} & k^2\quad 0 \qquad\dots 0 \\[2mm] k^2 \dfrac{\partial \varphi_0}{\partial p_1}\dfrac{\partial^2 \varphi_0}{\partial p_\gamma \partial p_\delta} + \dots & 0_0\quad a_{11}\quad \dots a_{1,\,n-1} \\[2mm] \cdot\ \cdot\ \cdot\ \cdot\ \cdot\ \cdot\ \cdot & \cdot\ \cdot\ \cdot\ \cdot \\[2mm] k^2 \dfrac{\partial \varphi_0}{\partial p_{n-1}}\dfrac{\partial^2 \varphi_0}{\partial p_\gamma \partial p_\delta} + \dots & 0\quad a_{n-1,\,1}\dots a_{n-1,\,n-1} \end{vmatrix} .$$

Nun folgt aus der Definition 33) Art. 118 von $a_{\alpha\beta}$ und 7) Art. 121:

$$19)\quad \begin{bmatrix} \alpha\beta \\ \gamma \end{bmatrix} = k^2 \frac{\partial^2 \varphi_0}{\partial p_\alpha \partial p_\beta}\frac{\partial \varphi_0}{\partial p_\gamma} + \frac{\partial^2 \varphi_1}{\partial p_\alpha \partial p_\beta}\frac{\partial \varphi_1}{\partial p_\gamma} + \dots + \frac{\partial^2 \varphi_n}{\partial p_\alpha \partial p_\beta}\frac{\partial \varphi_n}{\partial p_\gamma} .$$

Demnach nimmt die vorstehende Gleichung die Form an:

$$_{\iota\beta} B_{\gamma\delta} = A\left(k^2 \frac{\partial^2 \varphi_0}{\partial p_\alpha \partial p_\beta}\frac{\partial^2 \varphi_0}{\partial p_\gamma \partial p_\delta} + \frac{\partial^2 \varphi_1}{\partial p_\alpha \partial p_\beta}\frac{\partial^2 \varphi_1}{\partial p_\gamma \partial p_\delta} + \dots + \frac{\partial^2 \varphi_n}{\partial p_\alpha \partial p_\beta}\frac{\partial^2 \varphi_n}{\partial p_\gamma \partial p_\delta} - \frac{a_{\alpha\beta} a_{\gamma\delta}}{k^2} \right)$$
$$+ \sum_{\varrho\sigma} A_{\varrho\sigma} \begin{bmatrix} \alpha\beta \\ \varrho \end{bmatrix} \begin{bmatrix} \gamma\delta \\ \sigma \end{bmatrix}.$$

Daraus ergiebt sich:

$$B_{\alpha\beta}B_{\delta\gamma} - B_{\alpha\gamma}B_{\delta\beta} = A\left\{\left(k^2\frac{\partial^2\varphi_0}{\partial p_\alpha\partial p_\beta}\frac{\partial^2\varphi_0}{\partial p_\gamma\partial p_\delta} + \cdots + \frac{\partial^2\varphi_n}{\partial p_\alpha\partial p_\beta}\frac{\partial^2\varphi_n}{\partial p_\gamma\partial p_\delta}\right)\right.$$

$$\left.- \left(k^2\frac{\partial^2\varphi_0}{\partial p_\alpha\partial p_\gamma}\frac{\partial^2\varphi_0}{\partial p_\delta\partial p_\beta} + \cdots + \frac{\partial^2\varphi_n}{\partial p_\alpha\partial p_\gamma}\frac{\partial^2\varphi_n}{\partial p_\delta\partial p_\beta}\right)\right\} - \frac{A}{k^2}(a_{\alpha\beta}a_{\gamma\delta} - a_{\alpha\gamma}a_{\delta\beta})$$

$$+ \sum A_{\varrho\sigma}\left(\begin{bmatrix}\alpha\beta\\\varrho\end{bmatrix}\begin{bmatrix}\gamma\delta\\\sigma\end{bmatrix}[-]\begin{bmatrix}\alpha\gamma\\\varrho\end{bmatrix}\begin{bmatrix}\delta\beta\\\sigma\end{bmatrix}\right).$$

Indem beide Seiten von 19) nach p_δ differentiiert werden, folgt:

$$\frac{\partial\begin{bmatrix}\alpha\beta\\\gamma\end{bmatrix}}{\partial p_\delta} = k^2\frac{\partial^3\varphi_0}{\partial p_\alpha\partial p_\beta\partial p_\delta}\frac{\partial\varphi_0}{\partial p_\gamma} + \cdots + \frac{\partial^3\varphi_n}{\partial p_\alpha\partial p_\beta\partial p_\delta}\frac{\partial\varphi_n}{\partial p_\gamma}$$

$$+ k^2\frac{\partial^2\varphi_0}{\partial p_\alpha\partial p_\beta}\frac{\partial^2\varphi_0}{\partial p_\gamma\partial p_\delta} + \cdots + \frac{\partial^2\varphi_n}{\partial p_\alpha\partial p_\beta}\frac{\partial^2\varphi_n}{\partial p_\gamma\partial p_\delta}.$$

Bildet man entsprechend die Differenz:

$$\frac{\partial\begin{bmatrix}\alpha\beta\\\delta\end{bmatrix}}{\partial p_\gamma} - \frac{\partial\begin{bmatrix}\alpha\gamma\\\delta\end{bmatrix}}{\partial p_\beta},$$

so fallen die dritten Ableitungen weg und man erhält:

$$20)\quad\left\{\begin{array}{l} B_{\alpha\beta}B_{\delta\gamma} - B_{\alpha\gamma}B_{\delta\beta} = A\left(\dfrac{\partial\begin{bmatrix}\alpha\beta\\\delta\end{bmatrix}}{\partial p_\gamma} - \dfrac{\partial\begin{bmatrix}\alpha\delta\\\gamma\end{bmatrix}}{\partial p_\beta}\right) \\[3ex] - \dfrac{A}{k^2}(a_{\alpha\beta}a_{\gamma\delta} - a_{\alpha\gamma}a_{\delta\beta}) + \sum A_{\varrho\sigma}\left(\begin{bmatrix}\alpha\beta\\\varrho\end{bmatrix}\begin{bmatrix}\delta\beta\\\sigma\end{bmatrix} - \begin{bmatrix}\alpha\gamma\\\varrho\end{bmatrix}\begin{bmatrix}\delta\beta\\\sigma\end{bmatrix}\right) \end{array}\right.$$

oder

$$21)\quad \frac{B_{\alpha\beta}B_{\delta\gamma} - B_{\alpha\gamma}B_{\delta\beta}}{A} = (\alpha\delta\beta\gamma) - \frac{1}{k^2}(a_{\alpha\beta}a_{\delta\gamma} - a_{\alpha\gamma}a_{\delta\beta}).$$

Daraus folgt der Satz:

Die Grössen $B_{\alpha\beta}$, aus denen sich nach der Determinante 41) Art. 119 die Hauptkrümmungsradien eines jeden (n — 1)-dimensionalen Gebildes berechnen lassen, haben die charakteristische Eigenschaft, dass jede aus ihnen gebildete Determinante zweiten Grades sich durch die Koeffizienten im Ausdruck für das Linienelement und ihre beiden ersten Ableitungen darstellen lässt.

Nach dem Laplaceschen Determinantensatze lässt sich jede Determinante von einer geraden Ordnung als Summe von

Produkten aus lauter Determinanten zweiter Ordnung darstellen; folglich ist jede Unterdeterminante gerader Ordnung
von $B_{\alpha\beta}$ | und für ein ungerades n diese Determinante selbst
eine rationale Funktion der $a_{\alpha\beta}$ und ihrer Ableitungen. Für
die Unterdeterminanten von einer ungeraden Ordnung weist
Herr Lipschitz nach (Journal Bd. 81), dass dieselben von der
dritten Ordnung an die Quadratwurzeln von Grössen sind,
welche aus den $a_{\alpha\beta}$ und ihren Ableitungen rational gebildet
sind. Wenn sich also die $n - 1$ Grössen $\omega_1 \ldots \omega_{n-1}$ aus der
Gleichung ergeben:

$$D_0\,\omega^{n-1} + D_1\,\omega^{n-2} + D_2\,\omega^{n-3} + D_3\,\omega^{n-4} + \cdots + D_{n-1} = 0,$$

so sind die Grössen D_2, $D_3 \ldots D_{n-1}$ Funktionen der Koeffizienten $a_{\alpha\beta}$ und ihrer Ableitungen. Wir teilen den Beweis
hier nicht mit, da wir von dem Satze keine Anwendung
machen. (S. unten Art. 132.)

125. Wenn wieder $\omega_\iota = \dfrac{1}{k}\,\mathrm{cotg}\,\dfrac{\varrho_\iota}{k}$ gesetzt wird und unter
ϱ_ι die Hauptkrümmungsradien verstanden werden, so sollen
die Grössen $\omega_1 \ldots \omega_{n-1}$ die Hauptkrümmungen des Gebildes
heissen. Dann gilt der Satz:

Jedes (n − 1)-*dimensionale Gebilde, für welches in jedem
Punkte* n − 2 *Hauptkrümmungen verschwinden, ist in eine Ebene
abwickelbar.*

Der Beweis kann aus den Eigenschaften der Indikatrix
hergeleitet werden; dabei ergiebt sich, dass jedes in eine
$(n - 1)$-dimensionale Ebene abwickelbare Gebilde nur eine einfach unendliche Schar von Tangentialebenen hat, und dass
diese die $(n - 1)$-dimensionalen Schmiegungsebenen einer Raumkurve sind. Dasselbe lässt sich auch zeigen durch Verall-
gemeinerung eines von Herrn Bonnet geführten und in den
Annali di matematica S. II. T. 7 mitgeteilten Beweises. Hier
will ich den oben (S. 232) angegebenen Satz des Herrn Lipschitz benutzen.

Die Determinante $D(\omega) = |\,a_{\alpha\beta}\,\omega + B_{\alpha\beta}\,|$ ist bei un-
beschränkt veränderlichem Werte von ω die Determinante der
quadratischen Form $\Sigma(a_{\alpha\beta}\,\omega + B_{\alpha\beta})\,X_\alpha\,X_\beta$. Da die Form
$\Sigma a_{\alpha\beta}\,X_\alpha\,X_\beta$ nur verschwindet, wenn alle Variabelen den Wert

Null erhalten, so müssen nach einem Satze des Herrn Weier-strass (vergl. Art. 79) alle Elementarteiler den Exponenten Eins haben. Da nach unserer Annahme die Determinante $D(\omega)$ den Faktor ω^{n-2} enthält, so muss ω in allen Unter-determinanten $(n-2)^{\text{ten}}$ Grades mit dem Exponenten $n-3$ vorkommen u. s. w. und alle Unterdeterminanten zweiten Grades müssen den Faktor ω enthalten. Somit verschwinden alle Grössen $B_{\alpha\beta}B_{\delta\gamma} - B_{\alpha\gamma}B_{\delta\beta}$, oder nach der Gleichung 21) ist:

$$\frac{(\alpha\,\delta\,\beta\,\gamma)}{a_{\alpha\beta}\,a_{\delta\gamma} - a_{\alpha\gamma}\,a_{\delta\beta}} = \frac{1}{k^2}$$

für jede Kombination $\alpha\beta\gamma\delta$. Das Gebilde lässt sich also in ein Gebilde mit dem Riemannschen Krümmungsmass $\dfrac{1}{k^2}$, d. h. in eine Ebene abwickeln.

Während demnach die Ebene beliebig deformiert werden kann, besteht diese Möglichkeit für beliebige Raumgebilde nicht; wir beweisen den Satz:

Wenn nicht besondere Bedingungen erfüllt sind, kann ein in einem n-dimensionalen Raume gelegenes Gebilde von n − 1 Di-mensionen ohne Änderung seiner Grössenbeziehungen nicht defor-miert werden, oder: Wenn zwei (n − 1)-dimensionale Gebilde für sich betrachtet in ihren Grössenbeziehungen übereinstimmen, so sind im allgemeinen für n > 3 auch ihre Grössenbeziehungen in Bezug auf den Raum identisch (die Gebilde können zur Deckung desselben Ortes oder zur Symmetrie in Bezug auf eine Ebene gebracht werden).

Zum Beweise denke ich mir beide Gebilde auf die im Art. 119 angegebene Weise ausgedrückt, so dass die Koordi-naten Funktionen von $n-1$ Grössen $p_1 \ldots p_{n-1}$ sind. Diese Grössen denke ich mir so gewählt, dass demselben Systeme $p_1 \ldots p_{n-1}$ in beiden Gebilden solche Punkte entsprechen, in denen das Linienelement denselben Wert hat. Dann müssen alle Grössen $a_{\iota\varkappa}$ für beide Gebilde denselben Wert haben; es muss auch, wenn $B_{\alpha\beta}$ für das eine und $B'_{\alpha\beta}$ für das andere Gebilde die oben angegebene Bedeutung hat, für vier Zahlen $\alpha, \beta, \gamma, \delta$ sein:

$$B_{\alpha\beta}B_{\gamma\delta} - B_{\alpha\delta}B_{\beta\gamma} = B'_{\alpha\beta}B'_{\gamma\delta} - B'_{\alpha\delta}B'_{\beta\gamma}.$$

Betrachten wir jetzt die Determinante dritten Grades:

$$\begin{vmatrix} B_{\alpha\varkappa} & B_{\alpha\lambda} & B_{\alpha\mu} \\ B_{\beta\varkappa} & B_{\beta\lambda} & B_{\beta\mu} \\ B_{\gamma\varkappa} & B_{\gamma\lambda} & B_{\gamma\mu} \end{vmatrix} = (\alpha\beta\gamma; \varkappa\lambda\mu)$$

und die entsprechende Determinante $(\alpha\beta\gamma; \varkappa\lambda\mu)'$. Die Unterdeterminanten der ersten sollen mit $\overline{B}_{\alpha\varkappa}$ etc., die der zweiten
mit $\overline{B}'_{\alpha\varkappa}\ldots$ bezeichnet werden. Da diese Unterdeterminanten
einander gleich sind, so gilt dasselbe von der aus ihnen ge-
bildeten neuen Determinante, und da diese letztere das Quadrat
der obigen aus $B_{\alpha\varkappa}\ldots$ gebildeten Determinante ist, so folgt:

$$(\alpha\beta\gamma; \varkappa\lambda\mu) = \pm(\alpha\beta\gamma; \varkappa\lambda\mu)'.$$

Ferner ist

$$\overline{B}_{\alpha\gamma}\overline{B}_{\beta\lambda} - \overline{B}_{\alpha\lambda}\overline{B}_{\beta\varkappa} = (\alpha\beta\gamma; \varkappa\lambda\mu)\,\overline{B}_{\gamma\mu},$$

somit

$$B_{\gamma\mu} = \pm B'_{\gamma\mu}$$

für alle Werte von γ und μ. Demnach sind nach Gleichung 41)
Art. 119 alle Hauptkrümmungen auf beiden Gebilden einander
gleich; infolge dessen ist auch, wie der Euler sche Satz Gleichung 7) Art. 113 lehrt, die Krümmung in jedem Normalschnitt des einen Gebildes gleich der Krümmung in dem entsprechenden Normalschnitte des andern; dasselbe gilt daher
nach dem Meusnier schen Satze von beliebigen Schnitten.
Also kann das eine Gebilde durch starre Bewegung entweder
zur Deckung mit dem andern gebracht werden, oder man
kann es so bewegen, dass es das Spiegelbild des andern in
Bezug auf eine Ebene wird.

Es ist für den Beweis keineswegs erforderlich, dass alle
Unterdeterminanten dritten Grades von Null verschieden sind.
Denn sobald eine einzige solche Unterdeterminante (es sei die
oben hingeschriebene) nicht identisch verschwindet, folgt, dass
alle in ihr vorkommenden Grössen $B_{\alpha\varkappa}$ bis auf das Vorzeichen
denselben Wert haben. Indem man dann berücksichtigt, dass
für ein beliebiges ν die Grösse $B_{\alpha\varkappa}B_{\beta\nu} - B_{\alpha\nu}B_{\beta\varkappa}$ für beide
Gebilde denselben Wert hat und ebenso $B_{\alpha\lambda}B_{\beta\nu} - B_{\alpha\nu}B_{\beta\lambda}$,
folgt auch für $B_{\alpha\nu}$ und $B_{\beta\nu}$ je derselbe Wert, da die Unterdeterminanten zweiten Grades nicht sämtlich verschwinden
können. Indem man in derselben Weise weiter schliesst,

folgt für irgend zwei Grössen $B_{\iota\varkappa}$ und $B'_{\iota\varkappa}$ (höchstens bis auf das Vorzeichen) derselbe Wert.

Dass der Satz für zweidimensionale Flächen nicht gilt, ist bekannt; auch ist der angegebene Beweis darauf nicht anwendbar.

Auch für ein beliebiges n verliert der Beweis seine Gültigkeit, wenn alle Unterdeterminanten dritten Grades identisch verschwinden. Dieser Ausnahmefall tritt zunächst bei den in eine Ebene abwickelbaren Gebilden ein, wo alle Unterdeterminanten zweiten Grades verschwinden. Wenn erst alle Unterdeterminanten dritten Grades verschwinden, so sind $n - 3$ Hauptkrümmungen in jedem Punkte Null; das Gebilde ist alsdann, wie nicht näher bewiesen werden soll, ein Regelgebilde, d. h. es enthält eine Schar $(n - 2)$-dimensionaler Ebenen. Die Möglichkeit, solche Gebilde zu deformieren, war bereits oben rein geometrisch bewiesen; hier erkennen wir, dass die analytischen Entwicklungen dem nicht widersprechen. Die Bedingungen, unter denen zwei solche Gebilde aufeinander abgewickelt werden können, sind noch nicht vollständig entwickelt; es ist sogar zweifelhaft, ob die Betrachtung von G_4 für sich zum Ziele führt und ob man nicht die weiteren Grössen in Betracht ziehen muss, welche Herr Christoffel in seiner Arbeit eingeführt und mit $G_5, G_6 \ldots$ bezeichnet hat.

Demnach sind wir zu folgendem Resultate gelangt:

Ein in einem n-dimensionalen Raume gelegenes $(n - 1)$-*dimensionales Gebilde kann im allgemeinen seine Gestalt nicht ändern, ohne dass die in ihm gelegenen Linien ihre Grösse mitverändern; nur diejenigen Gebilde, welche eine Schar* $(n - 2)$-*dimensionaler Ebenen in sich enthalten, haben die Fähigkeit, ohne Änderung der auf ihnen vorkommenden Längen und Winkel eine andere Gestalt anzunehmen.*

Zugleich hat sich aus dem Beweise ergeben:

Sind zwei eigentliche Regelgebilde aufeinander abwickelbar, so müssen ihre $(n - 2)$-*dimensionalen Ebenen einander entsprechen; dies gilt jedoch nicht für die in eine Ebene abwickelbaren Gebilde.*

126. Wir haben im vorigen Artikel gesehen, dass die in einem n-dimensionalen Raume gelegenen Gebilde von $n - 1$

Dimensionen im allgemeinen nicht deformierbar sind. Man könnte nun die Frage aufwerfen, ob die Starrheit mehr den Gebilden an sich oder ihrer Lage im starren Raume zuzuschreiben sei. Um auf diese Frage zu antworten, ersetzen wir den Satz des vorigen Artikels zunächst durch folgenden:

Wenn ein m-*dimensionales Raumgebilde, welches in einer* (m + 1)-*dimensionalen Ebene liegt, keine Schar* (m − 1)-*dimensionaler Ebenen enthält, so lässt es sich nicht deformieren, ohne aus der* (m + 1)-*dimensionalen Ebene herauszutreten.*

Genau in der hier angegebenen Ausdehnung ist der Satz bewiesen, wenn wir n durch $m + 1$ ersetzen. Es fragt sich also noch, ob das Gebilde überhaupt für $n > m + 1$ deformierbar sei. Nun haben wir gezeigt, dass jede Ebene ohne Dehnung gebogen werden kann; mit der Deformation der Ebene ist die Deformation der in ihr enthaltenen Gebilde (bis auf besondere Ausnahmen) verbunden. Somit dürfen wir den angegebenen Satz nicht weiter ausdehnen. Betrachten wir ein in einem n-dimensionalen Raume gelegenes Gebilde als einem Raume von mehr Dimensionen angehörig, so lässt es sich in letzterem noch deformieren.

Die Möglichkeit einer solchen Umformung zeigt man durch eine einfache Rechnung. In einem Euklidischen Raume gehöre der Ebene $x_n = 0$ ein beliebiges Gebilde an; die Koordinaten desselben seien durch $y = x_{n-1}$ und l andere Grössen $u_1 \ldots u_l$ dargestellt, wo l höchstens $= n - 3$ ist. Es sei also:

$$x_1 = \varphi_1(y, u_1 \ldots u_l) \ldots x_{n-2} = \varphi_{n-2}(y, u_1 \ldots u_l), \quad x_{n-1} = y, \quad x_n = 0.$$

Dann wird:

$$ds^2 = dy^2 \left[1 + \left(\frac{\partial \varphi_1}{\partial y} \right)^2 + \cdots + \left(\frac{\partial \varphi_{n-2}}{\partial y} \right)^2 \right] + 2\, dy \cdot g\,(du_1 \ldots du_l) + h\,(du_1 \ldots du_l),$$

wo g in $du_1 \ldots du_l$ linear homogen, h in ihnen homogen vom zweiten Grade ist.

Ein zweites Gebilde von $l + 1$ Dimensionen werde durch dieselben Grössen $y, u_1 \ldots u_l$ dargestellt und speziell sollen für $x_1 \ldots x_{n-2}$ die obigen Ausdrücke gelten, so dass wir haben:

$$x_1 = \varphi_1 \ldots x_{n-2} = \varphi_{n-2}, \quad x_{n-1} = \psi_1(y), \quad x_n = \psi_2(y).$$

Dann ändert sich im Ausdruck für das Linienelement
nur der Koeffizient von dy^2, und zwar tritt an Stelle von 1
die Grösse $\psi'_1{}^2 + \psi'_2{}^2$. Sucht man also zwei Funktionen ψ_1
und ψ_2 durch die Bedingung $\psi'_1{}^2 + \psi'_2{}^2 = 1$, oder bestimmt
man nach beliebiger Wahl von ψ_1 die Funktion ψ_2 durch die
Gleichung $d\psi_2 = dy\sqrt{1 - \psi'_1{}^2}$, so ist das zweite Gebilde auf
das erste abwickelbar.

Ganz ähnlich wird der Beweis für eine Nicht-Euklidische
Raumform; nur ergiebt sich ψ_2 nach beliebiger Wahl von ψ_1
aus einer Differentialgleichung zweiten Grades.

Somit folgt der Satz:

Jedes in einer (m + 1)-*dimensionalen Ebene enthaltene Ge-*
bilde kann ohne Dehnung gebogen werden; wenn das Gebilde
dann m Dimensionen hat und keine Schar von (m − 1)-*dimen-*
sionalen Ebenen enthält, so muss es bei jeder Biegung aus der
ersten Ebene heraustreten.

Man kann allgemein die Bedingungen untersuchen, unter
denen ein m-dimensionales Gebilde, welches in einem Raume
von n Dimensionen liegt, im angegebenen Sinne deformiert
werden kann. Nun lehrt ein Satz des Herrn Schläfli (Annali
di matematica S. II, Vol. V), dass das für m unabhängige
Variabele gebildete Linienelement

$$ds^2 = \Sigma\, a_{\alpha\beta}\, du_\alpha\, du_\beta \qquad (\alpha, \beta = 1 \ldots m)$$

sich immer herleiten lasse aus

$$ds^2 = dx_1{}^2 + dx_2{}^2 + \cdots + dx_{m+h}{}^2,$$

wo $h \leqq \dfrac{m(m-1)}{2}$ ist. Sobald daher $n > \dfrac{m(m+1)}{2}$ ist, ist

die Deformation eines jeden m-dimensionalen Gebildes im n-
dimensionalen Raume möglich. Dagegen müssen die Gebilde,

wenn $n \leqq \dfrac{m(m+1)}{2}$ ist, besonderen Bedingungen genügen.

Diese Bedingungen sind oben für $m = n - 1$ $(n > 3)$ angegeben; für $m < n - 1$ sind sie bis jetzt nicht entwickelt.

127. Folgende einfache Bemerkung sei hier noch ge-
stattet. Wenn ein $(n-1)$-dimensionales Gebilde auf eine
Ebene abwickelbar ist, so muss es $(n-2)$-dimensionale
Ebenen enthalten; das ist keineswegs notwendig für Gebilde

von weniger Dimensionen. So sei im vierdimensionalen Euklidischen Raume ein Gebilde gegeben durch die Gleichungen:

$$x_1 = a \sin \frac{u}{a}, \quad x_2 = a \cos \frac{u}{a}, \quad x_3 = b \sin \frac{v}{b}, \quad x_4 = b \cos \frac{v}{b},$$

wo a und b konstante, u und v variabele Grössen sind. Wie auch immer a und b angenommen sind (auch rein imaginäre Werte sind gestattet), immer ist das Quadrat des Linienelementes $ds^2 = du^2 + dv^2$, also ist das Gebilde auf die Ebene abwickelbar; aber die Fläche kann keine gerade Linie in sich enthalten, wenn a und b endliche Werte erhalten.

§ 13. Krümmung beliebiger Gebilde.

128. Ein m-dimensionales Gebilde sei durch die Gleichungen gegeben:

1) $\quad x_0 = \varphi_0(u_1 \ldots u_m), \quad x_1 = \varphi_1(u_1 \ldots u_m) \ldots x_n = \varphi_n(u_1 \ldots u_m).$

Das Quadrat des Linienelementes ist:

2) $$ds^2 = \Sigma a_{\varrho\sigma} \, du_\varrho \, du_\sigma,$$

wo ist:

3) $\quad a_{\varrho\sigma} = k^2 \dfrac{\partial \varphi_0}{\partial u_\varrho} \dfrac{\partial \varphi_0}{\partial u_\sigma} + \dfrac{\partial \varphi_1}{\partial u_\varrho} \dfrac{\partial \varphi_1}{\partial u_\sigma} + \cdots + \dfrac{\partial \varphi_n}{\partial u_\varrho} \dfrac{\partial \varphi_n}{\partial u_\sigma}.$

Ein Punkt X liegt auf der Tangentialebene des Punktes x, wenn ist:

4) $$X_\alpha = p_0 \varphi_\alpha + p_1 \frac{\partial \varphi_\alpha}{\partial u_1} + \cdots + p_m \frac{\partial \varphi_\alpha}{\partial u_m},$$

wo die Veränderlichkeit der Grössen p nur durch die Gleichung beschränkt wird:

5) $$k^2 = k^2 p_0^2 + \Sigma a_{\varrho\sigma} \, p_\varrho \, p_\sigma.$$

Hier wie überhaupt im folgenden erstreckt sich die Summation nach ϱ, σ, $\tau \ldots$ auf die Zahlen $1 \ldots m$.

Durch die Tangentialebene lege ich eine $(m+1)$-dimensionale Ebene:

6) $$z_\alpha = q_0 \varphi_\alpha + q_1 \frac{\partial \varphi_\alpha}{\partial u_1} + \cdots + q_m \frac{\partial \varphi_\alpha}{\partial u_m} + c_\alpha \, q_{m+1}.$$

Hier können die Grössen c_α so gewählt werden, dass die Gleichungen erfüllt werden:

$$7) \quad \begin{cases} k^2 c_0{}^2 + c_1{}^2 + \cdots + c_n{}^2 = 1, \\ k^2 c_0\, \varphi_0 + c_1\, \varphi_1 + \cdots + c_n\, \varphi_n = 0, \\ k^2 c_0\, \dfrac{\partial \varphi_0}{\partial u_1} + c_1\, \dfrac{\partial \varphi_1}{\partial u_1} + \cdots + c_n\, \dfrac{\partial \varphi_n}{\partial u_1} = 0, \\ \cdots \cdots \cdots \cdots \cdots \cdots \\ k^2 c_0\, \dfrac{\partial \varphi_0}{\partial u_m} + c_1\, \dfrac{\partial \varphi_1}{\partial u_m} + \cdots + c_n\, \dfrac{\partial \varphi_n}{\partial u_m} = 0. \end{cases}$$

Zwischen den Grössen q muss jetzt die Bedingung bestehen:

$$8) \qquad k^2 q_0{}^2 + \Sigma\, a_{\varrho\sigma}\, q_\varrho\, q_\sigma + q_{m+1}{}^2 = k^2.$$

Wir berechnen den Abstand r eines Punktes $\overset{\bullet}{X}$ auf 4) von einem Punkte z auf 6) nach der bekannten Gleichung 7) in Art. 37 und bestimmen den Punkt X so, dass r ein Minimum wird. Dann ergiebt sich:

$$9) \qquad p_\varrho = \frac{q_\varrho}{\cos \dfrac{r}{k}}, \qquad q_{m+1} = k \sin \frac{r}{k}.$$

Soll jetzt der Punkt z der Fusspunkt der Senkrechten sein, welche von einem beliebigen Punkte y des Raumes auf die Ebene 6) gefällt wird, so muss sein:

$$10) \qquad \cos \frac{s}{k} \cdot q_{m+1} = \Sigma\, c_\alpha\, y_\alpha.$$

Hier wie im folgenden erstreckt sich die Summation nach α, β, $\gamma \ldots$ über $0, 1, \ldots n$ und es ist stets statt $c_0\, \varphi_0$, $c_0\, \dfrac{\partial \varphi_0}{\partial u_\varrho}$ u. dergl. zu setzen: $k^2 c_0\, \varphi_0$, $k^2 c_0\, \dfrac{\partial \varphi_0}{\partial u_\varrho}$ u. s. w.

Die Projektion des gegebenen Gebildes auf eine $(m+1)$-dimensionale Ebene giebt wieder ein m-dimensionales Gebilde; dieses kann aber nach § 11 in Bezug auf seine Hauptkrümmungen untersucht werden. Wir projizieren das gegebene Gebilde speziell auf die Ebene 6). Da für die Umgebung des Punktes x ist:

$$d^2 x_\alpha = \sum_{\varrho\sigma} \frac{\partial^2 \varphi_\alpha}{\partial u_\varrho\, \partial u_\sigma}\, d u_\varrho\, d u_\sigma,$$

so gilt für den Fusspunkt der von einem solchen Punkte auf 6) gefällten Senkrechten nach 10):

$$d^2 q_{m+1} = \sum_{\alpha, \varrho, \sigma} c_\alpha \left(\frac{\partial^2 \varphi_\alpha}{\partial u_\varrho \partial u_\sigma} + \frac{a_{\varrho \sigma}}{k^2} \varphi_\alpha \right) du_\varrho du_\sigma;$$

führen wir also wieder wie in Art. 117, Gleichung 24) die Grösse ω ein, so ergeben sich die Maxima und Minima dieser Grösse aus der Gleichung:

11) $$\left| \sum_\alpha c_\alpha \left(\frac{\partial^2 \varphi_\alpha}{\partial u_\varrho \partial u_\sigma} + \frac{a_{\varrho \sigma}}{k^2} \varphi_\alpha \right) - \omega a_{\varrho \sigma} \right| = 0.$$

129. Wir bezeichnen den Koeffizienten von $a_{\varrho \sigma}$ in $|a_{\varrho \sigma}|$, nachdem derselbe durch die Determinante selbst dividiert ist, mit $(\varrho \sigma)$, so dass die Gleichung besteht:

$$\sum_\varrho a_{\varrho \sigma}(\varrho \tau) = \delta_{\sigma \tau}.$$

Dann ist die Summe $D_1(c)$ der Hauptkrümmungen, welche die Projektion des Gebildes im Punkte x hat, gleich:

12) $$D_1(c) = \Sigma(\varrho \sigma) c_\alpha \frac{\partial^2 \varphi_\alpha}{\partial u_\varrho \partial u_\sigma}.$$

Wir suchen dasjenige Wertsystem der c, für welches $D_1(c)$ seinen grössten absoluten Wert erhält, und bezeichnen dieses Maximum mit (D_1). Dasselbe ergiebt sich aus den Gleichungen:

$$\sum_{\varrho \sigma} (\varrho \sigma) \frac{\partial^2 \varphi_\alpha}{\partial u_\varrho \partial u_\sigma} - (D_1) \cdot c_\alpha - M_0 \cdot \varphi_\alpha - M_1 \frac{\partial \varphi_\alpha}{\partial u_1} - \cdots - M_m \frac{\partial \varphi_\alpha}{\partial u_m} = 0,$$

wo $c_0 \ldots c_n$ zu der Ebene des Maximums gehören. Multipliziert man diese $n + 1$ Gleichungen der Reihe nach mit $\frac{\partial \varphi_0}{\partial u_\tau}$, $\frac{\partial \varphi_1}{\partial u_\tau} \ldots \frac{\partial \varphi_n}{\partial u_\tau}$ und addiert, so erhält man unter Benutzung der in Art. 121 eingeführten Bezeichnung:

$$\Sigma(\varrho \sigma) \begin{bmatrix} \varrho \sigma \\ \tau \end{bmatrix} = M_1 a_{1\tau} + \cdots + M_m a_{m\tau},$$

woraus sich die $M_1 \ldots M_m$ berechnen lassen, so dass sich ergiebt:

13) $$c_\alpha(D_1) = \sum_{\varrho \sigma} (\varrho \sigma) \left(\frac{\partial^2 \varphi_\alpha}{\partial u_\varrho \partial u_\sigma} - \sum_\nu \begin{Bmatrix} \varrho \sigma \\ \nu \end{Bmatrix} \frac{\partial \varphi_\alpha}{\partial u_\nu} \right) + \frac{m}{k^2} \varphi_\varkappa.$$

Diejenige Ebene 6), für welche die c_α den in 13) angegebenen Werten genügen, kann als das Analogon der

16*

zweidimensionalen Schmiegungsebene einer Raumkurve betrachtet werden. In der That geht sie für $m = 1$ in dieselbe über. Diese Übereinstimmung tritt auch noch in anderer Beziehung zu Tage.

So sei eine Ebene 6), welche auf der genannten durch 13) bestimmten Ebene senkrecht steht, durch die Grössen $c_0^1 \ldots c_n^1$ gegeben. Dann muss sein:

$$k^2 c_0 \, c'_0 + c_1 \, c'_1 + \cdots + c_n \, c'_n = 0.$$

Setzt man aber hierin die Werte 13) ein und berücksichtigt die Gleichung 12), so folgt:

$$D_1(c') = 0,$$

was auch für $m = 1$, also auch für Raumkurven gilt. Dies liefert den Satz:

Man projiziere das um einen Punkt eines m*-dimensionalen Gebildes gelegene unendlich kleine Stück desselben auf alle* (m + 1)*-dimensionalen Ebenen, welche durch die Tangentialebene des Punktes gehen, und untersuche die Hauptkrümmungen, welche die Projektion in diesem Punkte hat. Unter diesen Ebenen giebt es eine, für welche die Summe der Hauptkrümmungen ein Maximum wird; für jede auf dieser Ebene senkrecht stehende, durch die Tangentialebene gelegte* (m + 1)*-dimensionale Ebene wird diese Summe gleich Null.*

Die Grösse (D_1) wird erhalten, indem man die Gleichungen 13) der Reihe nach quadriert und addiert. Das giebt:

14) $$(D_1)^2 = \Sigma(\varrho\,\sigma)(\varrho'\sigma') \frac{\partial^2 \varphi_\alpha}{\partial u_\varrho \partial u_\sigma} \frac{\partial^2 \varphi_\alpha}{\partial u_{\varrho'} \partial u_{\sigma'}} - \Sigma(\varrho\,\sigma)(\varrho'\sigma')(\tau\tau') \begin{bmatrix} \varrho\,\sigma \\ \tau \end{bmatrix} \begin{bmatrix} \varrho'\sigma' \\ \tau' \end{bmatrix} - \frac{m}{k^2}$$

oder:

$$|a_{\varrho\,\sigma}|\,(D_1)^2 = \begin{vmatrix} a_{11} & \ldots a_{m1} & \ldots \Sigma\begin{bmatrix} \varrho\,\sigma \\ 1 \end{bmatrix}(\varrho\,\sigma) \\ \cdot & \cdot & \cdot \cdot \cdot \\ a_{m1} & \ldots a_{mm} & \ldots \Sigma\begin{bmatrix} \varrho\,\sigma \\ m \end{bmatrix}(\varrho\,\sigma) \\ \Sigma\begin{bmatrix} \varrho\,\sigma \\ 1 \end{bmatrix}(\varrho\,\sigma) \ldots \Sigma\begin{bmatrix} \varrho\,\sigma \\ m \end{bmatrix}(\varrho\,\sigma) \ldots \Sigma(\varrho\,\sigma)(\varrho'\sigma') \frac{\partial^2 \varphi_\alpha}{\partial u_\varrho \partial u_\sigma} \frac{\partial^2 \varphi_\alpha}{\partial u_{\varrho'} \partial u_{\sigma'}} - \frac{m^2}{k^2} \end{vmatrix},$$

oder auch in einer symbolischen Bezeichnung:

$$k^2 \, |a_{\varrho\,\sigma}| \, (D_1)^2 = \begin{vmatrix} k\varphi_0 & \cdots \varphi_1 & \cdots \varphi_n \\[2mm] k\dfrac{\partial \varphi_0}{\partial u_1} & \cdots \dfrac{\partial \varphi_1}{\partial u_1} & \cdots \dfrac{\partial \varphi_n}{\partial u_1} \\[2mm] \cdot \quad \cdot \quad \cdot & \cdot \quad \cdot \quad \cdot & \cdot \quad \cdot \\[2mm] k\dfrac{\partial \varphi_0}{\partial u_m} & \cdots \dfrac{\partial \varphi_1}{\partial u_m} & \cdots \dfrac{\partial \varphi_n}{\partial u_m} \\[2mm] k\,\Sigma(\varrho\,\sigma)\dfrac{\partial^2 \varphi_0}{\partial u_\varrho\,\partial u_\sigma} & \cdots \Sigma(\varrho\,\sigma)\dfrac{\partial^2 \varphi_1}{\partial u_\varrho\,\partial u_\sigma} & \cdots \Sigma(\varrho\,\sigma)\dfrac{\partial^2 \varphi_n}{\partial u_\varrho\,\partial u_\sigma} \end{vmatrix}^2 .$$

Eine zweite Bedeutung von (D_1) ergiebt sich aus dem Satze:

Die Summe der Quadrate von $D_1(c)$ *für irgend* n − m *aufeinander senkrecht stehende* (m + 1)-*dimensionale Ebenen, welche durch die Tangentialebene gelegt werden können, ist konstant und gleich dem Quadrate von* (D_1).

Dieser Satz wird am einfachsten bewiesen, wenn man den Anfangspunkt des Koordinatensystems in den untersuchten Punkt legt und die Ebenen $x_{m+1} = 0 \ldots x_n = 0$ durch die Tangentialebene hindurchgehen lässt. Dann ist:

$$2x_{m+s} = \Sigma b_{\varrho\,\sigma}{}^{(s)} x_\varrho \, x_\sigma + \Omega_s,$$

wo Ω_s mindestens vom dritten Grade in $x_1 \ldots x_m$ ist. Ferner ist:

$$c_1 = \cdot \cdot = c_m = 0, \quad D_1{}^2(c) = \Sigma c_{m+s} \, c_{m+\xi} \, b_{\varrho\,\varrho}{}^{(s)} b_{\sigma\,\sigma}{}^{(\xi)}.$$

Zwischen den Grössen c_{m+s} bestehen die Relationen einer orthogonalen Transformation. Nimmt man also die Grösse $D_1{}^2(c)$ für irgend $n - m$ aufeinander senkrecht stehende Ebenen und bildet die Summe derselben, so ergiebt sich für dieselbe der konstante Wert:

$$\Sigma b_{\varrho\,\varrho}{}^{(s)} b_{\sigma\,\sigma}{}^{(s)} = \Sigma_s (b_{11}{}^{(s)} + \cdots + b_{mm}{}^{(s)})^2 = (D_1)^2.$$

Um den Satz jetzt unter Benutzung eines beliebigen Koordinatensystems zu beweisen, bilde man die Summe:

$$S = D_1{}^2(c^1) + D_1{}^2(c^2) + \cdots + D_1{}^2(c^{n-m})$$

für $n - m$ Systeme c, welche $n -- m$ aufeinander senkrecht stehenden Ebenen 6) entsprechen. Für solche Systeme ist, wie sich unschwer ergiebt:

$$15) \quad c_\alpha{}^1 c_\beta{}^1 + \cdots + c_\alpha{}^{n-m} c_\beta{}^{n-m} = \delta_{\alpha\beta} - \sum_{\tau\tau'} \frac{\partial \varphi_\alpha}{\partial u_\tau} \frac{\partial \varphi_\beta}{\partial u_{\tau'}} (\tau\tau').$$

Demnach folgt aus der Gleichung 12):

$$S = \Sigma(\varrho\sigma)(\varrho'\sigma')\frac{\partial^2\varphi_\alpha}{\partial u_\varrho\,\partial u_\sigma}\frac{\partial^2\varphi_\alpha}{\partial u_{\varrho'}\,\partial u_{\sigma'}} - \Sigma(\varrho\sigma)(\varrho'\sigma')(\tau\tau')\frac{\partial^2\varphi_\alpha}{\partial u_\varrho\,\partial u_\sigma}\frac{\partial\varphi_\alpha}{\partial u_\tau}\frac{\partial^2\varphi_\beta}{\partial u_{\varrho'}\,\partial u_{\sigma'}}\frac{\partial\varphi}{\partial u_\tau}$$

woraus unter Berücksichtigung der Gleichung 19), Art. 124 unmittelbar folgt:

$$S = (D_1)^2.$$

Wir erwähnen endlich noch folgenden Satz, welcher die nahe Beziehung von (D_1) zur ersten Krümmung einer Raumkurve besonders deutlich hervortreten lässt:

Wenn die Grösse (D_1) *für alle Punkte eines Gebildes verschwindet, so hat dasselbe die Eigenschaften einer Minimalfläche.*

Diesen Satz hat Herr Lipschitz im 78. Bd. des Journals für die Mathematik aufgestellt und bewiesen.

130. Wir untersuchen jetzt das Aggregat der Produkte aus je zwei Wurzeln $\omega_\tau\,\omega_{\tau'}$ der Gleichung 11). Es ist dies der Quotient aus dem Koeffizienten von ω^{m-2} durch den von ω^m. Wir bezeichnen denselben mit $D_2(c)$. Derselbe ist in den c vom zweiten Grade und möge gesetzt werden gleich:

16) $$D_2(c) = \Sigma P_{\alpha\beta}\,c_\alpha c_\beta,$$

wo die Koeffizienten $P_{\alpha\beta}$ sich zusammensetzen aus zweiten Unterdeterminanten von $|a_{\varrho\sigma}|$ und aus Determinanten folgender Form:

17) $$\left(\frac{\partial^2\varphi_\alpha}{\partial u_\varrho\,\partial u_\sigma} + \frac{a_{\varrho\sigma}}{k^2}\,\varphi_\alpha\right)\left(\frac{\partial^2\varphi_\beta}{\partial u_\varrho\,\partial u_{\sigma'}} + \frac{a_{\varrho'\sigma'}}{k^2}\,\varphi_\beta\right) - \left(\frac{\partial^2\varphi_\alpha}{\partial u_\varrho\,\partial u_{\sigma'}} + \frac{a_{\varrho\sigma'}}{k^2}\,\varphi_\alpha\right)$$
$$\left(\frac{\partial^2\varphi_\beta}{\partial u_\varrho\,\partial u_\sigma} + \frac{a_{\varrho'\sigma}}{k^2}\,\varphi_\beta\right).$$

Wir bilden die Summe von $n - m$ Grössen $D_2(c)$ für irgend $n - m$ aufeinander senkrecht stehende Ebenen 6). Indem wir wieder die Gleichung 15) benutzen, ergiebt sich, dass diese Summe einen konstanten Wert hat, welcher mit (D_2) bezeichnet werden soll, nämlich:

18) $$(D_2) = \Sigma P_{\alpha\alpha} - \Sigma P_{\alpha\beta}\frac{\partial\varphi_\alpha}{\partial u_\tau}\frac{\partial\varphi_\beta}{\partial u_{\tau'}}(\tau\tau').$$

Wir bezeichnen den Koeffizienten von $a_{\varrho\alpha}\,a_{\varrho'\sigma'}$ in $|a_{\varrho\sigma}|$ mit $a_{\varrho\varrho'\sigma\sigma}$ und nehmen zunächst aus allen Grössen $P_{\alpha\beta}$ in 18) den nach 17) gebildeten und mit $a_{\varrho\varrho'\sigma\sigma'}$ multiplizierten Ausdruck heraus. Dann liefert $P_{a\alpha}$ den Ausdruck:

$$\left(\frac{\partial^2\varphi_\alpha}{\partial u_\varrho\,\partial u_\sigma}\frac{\partial^2\varphi_\alpha}{\partial u_{\varrho'}\partial u_{\sigma'}}-\frac{\partial^2\varphi_\alpha}{\partial u_\varrho\,\partial u_\sigma}\frac{\partial^2\varphi_\alpha}{\partial u_{\varrho'}\partial u_{\sigma'}}\right)+\frac{a_{\varrho\sigma}}{k^2}\,\varphi_\varrho\,\frac{\partial^2\varphi_\alpha}{\partial u_\varrho\,\partial u_{\sigma'}}+\cdots+\frac{a_{\varrho\sigma}\,a_{\varrho'\sigma'}-a_{\varrho\sigma'}\,a_{\varrho'\sigma}}{k^4}\,\varphi_\alpha{}^2.$$

Ebenso ergiebt sich aus:

$$\underset{\tau\tau'}{\Sigma}P_{\alpha\beta}\,\frac{\partial\varphi_\alpha}{\partial u_\tau}\,\frac{\partial\varphi_\beta}{\partial u_{\tau'}}\,(\tau\tau')$$

der Ausdruck:

$$\left(\frac{\partial^2\varphi_\alpha}{\partial u_\varrho\,\partial u_\sigma}\frac{\partial\varphi_\alpha}{\partial u_\tau}\frac{\partial^2\varphi_\beta}{\partial u_{\varrho'}\partial u_{\sigma'}}\frac{\partial\varphi_\beta}{\partial u_{\tau'}}-\frac{\partial^2\varphi_\alpha}{\partial u_\varrho\,\partial u_\sigma}\frac{\partial\varphi_\alpha}{\partial u_\tau}\frac{\partial^2\varphi_\beta}{\partial u_{\varrho'}\partial u_{\sigma'}}\frac{\partial\varphi_\beta}{\partial u_{\tau'}}\right)(\tau\tau')$$

$$+\frac{a_{\varrho\sigma}}{k^2}\,\varphi_\alpha\,\frac{\partial\varphi_\alpha}{\partial u_\tau}\cdot\frac{\partial^2\varphi_\beta}{\partial u_{\varrho'}\partial u_{\sigma'}}\frac{\partial\varphi_\beta}{\partial u_{\tau'}}(\tau\tau')+\cdots+\frac{a_{\varrho\sigma}\,a_{\varrho'\sigma'}-a_{\varrho\sigma'}\,a_{\varrho'\sigma}}{k^4}\,\varphi_\alpha\frac{\partial\varphi_\alpha}{\partial u_\tau}\,\varphi_\beta\frac{\partial\varphi_\beta}{\partial u_{\tau'}}\,(\tau\tau').$$

Indem wir nun zunächst über α und β summieren und die Entwicklungen des Art. 124 benutzen, welche auch für $m<n-1$ gelten, lässt sich alles durch die Koeffizienten von $a_{\varrho\sigma}$ ausdrücken, und wir erhalten:

$$19)\quad (D_2)=\sum\frac{a_{\varrho\varrho'\sigma\sigma'}}{A}\left[(\varrho\varrho'\sigma\sigma')-\frac{a_{\varrho\sigma}\,a_{\varrho'\sigma'}-a_{\varrho\sigma'}\,a_{\varrho'\sigma}}{k^2}\right].$$

Daraus folgt der Satz:

Projiziert man ein m-*dimensionales Gebilde auf* n -- m *zu einander senkrechte* (m + 1)-*dimensionale Ebenen, welche durch die Tangentialebene eines Punktes gehen, und sucht in jeder Projektionsebene das Aggregat aus den Produkten je zweier Hauptkrümmungen, welche die Projektionen in dem Punkte haben, so ändert sich die Summe dieser Aggregate nicht, wenn die* n -- m *Ebenen durch irgend* n — m *andere aufeinander senkrecht stehende und durch die Tangentialebene gelegte Ebenen ersetzt werden. Drückt man das Quadrat des Linienelementes auf dem Gebilde durch* m *unabhängige Grössen aus, so kann die angegebene Summe dargestellt werden durch die Koeffizienten dieses Ausdrucks und deren erste und zweite Ableitungen. Die Summe ändert sich also nicht bei jeder Deformation des Gebildes, welche ohne Dehnung erfolgt.*

Für zweidimensionale Flächen wird

$$(D_2)=\frac{(1122)}{a_{11}\,a_{22}-a_{12}{}^2}-\frac{1}{k^2}.$$

(D_2) stellt also hier das Analogon des Gaussschen Krümmungsmasses dar.

Wir suchen jetzt die Maxima und Minima D_2 von $D_2(c)$. Für dieselben müssen die Gleichungen bestehen:

20) $\sum\limits_{\beta} P_{\alpha\beta} c_\beta - D_2 \cdot c_\alpha - N_0 \varphi_\alpha - N_1 \dfrac{\partial \varphi_\alpha}{\partial u_1} - \cdots - N_m \dfrac{\partial \varphi_\alpha}{\partial u_m} = 0.$

Aus diesem Gleichungssysteme in Verbindung mit 7) können die Grössen c und N entfernt werden und es ergiebt sich zur Bestimmung von D_2 eine Gleichung $n - m^{\text{ten}}$ Grades. Statt diese Gleichung, deren Wurzeln nach einem bekannten Satze reell sind, explicite darzustellen und daraus Eigenschaften der Wurzeln herzuleiten, schlagen wir einen indirekten Weg ein. Es sei D'_2 eine zweite Wurzel des Systems 20) und zu derselben gehörten die Werte c'. Dann bestehen die Gleichungen:

$$\sum P_{\alpha\beta} c_\alpha c'_\beta = \sum P_{\alpha\beta} c_\beta c'_\alpha = D_2 \cdot \sum c_\alpha c'_\alpha = D'_2 \cdot \sum c_\alpha c'_\alpha.$$

Wenn also D_2 und D'_2 ungleich sind, so muss sein:

$$\sum c_\alpha c'_\alpha = 0, \quad \sum P_{\alpha\beta} c_\alpha c'_\beta = 0.$$

Die nach 16) bestimmten Grössen $D_2(c)$ treten also in enge Beziehung zu einem quadratischen Gebilde, einem Kegel, welcher die Tangentialebene zum singulären Gebilde hat. Die $(m + 1)$-dimensionalen Symmetrie-Ebenen dieses Kegels sind diejenigen Ebenen, für welche $D_2(c)$ seine stationären Werte annimmt. Speziell stehen diese $n - m$ Ebenen aufeinander senkrecht und die Summe wird gleich der vorhin gefundenen Grösse (D_2). Also:

Es giebt n − m *Ebenen, für welche* D_2(c) *einen stationären Wert annimmt; diese Ebenen stehen aufeinander senkrecht und die Summe der stationären Werte ist gleich* (D₂).

Wenn zwei (drei ...) Wurzeln D_2 des Systems 20) einander gleich werden, so kommt dieser Wert allen Ebenen eines Büschels (Bündels...) zu; die Summe der stationären Werte ist auch jetzt gleich (D_2).

131. Wir wollen jetzt ein Verfahren angeben, welches gestattet, aus den Koeffizienten der verschiedenen Potenzen von ω in 11) Ausdrücke zu bilden, welche nicht nur von dem benutzten Koordinatensystem unabhängig sind, sondern sich auch bei Einführung anderer Grössen u nicht ändern. Die geometrische Bedeutung der auf diesem Wege gebildeten Ausdrücke werden wir später bestimmen.

Der Koeffizient von ω^{m-r} in 11) ist eine homogene Form r^{ten} Grades in den Grössen c. Wenn zunächst r eine gerade Zahl ist, so enthält jedes Glied dieser Form ein Produkt aus $\dfrac{r}{2}$ Grössen $c_\alpha c_\beta$.

Jetzt bilden wir hieraus eine neue Grösse nach folgender Regel:

Ist $A . D_r(c)$ *der Koeffizient von* ω^{m-r} *in der Gleichung* 11*), durch welche die Hauptkrümmungen der Projektionen des Gebildes bestimmt werden, und ist* r *eine gerade Zahl, so ersetze man in* $D_r(c)$ *jedes Produkt* $c_\alpha c_\beta$ *durch* $\delta_{\alpha\beta} - \sum\limits_{\tau\tau'} \dfrac{\partial\varphi_\alpha}{\partial u_\tau} \dfrac{\partial\varphi_\beta}{\partial u_{\tau'}} (\tau\tau')$ *und bezeichne den so erhaltenen Ausdruck mit* (D_r).

Die Form dieser Grösse (D_r) lässt sich sehr leicht übersehen. Der Koeffizient von ω^{m-r} besteht aus r^{ten} Unterdeterminanten (Determinanten $m - r^{ten}$ Grades) von A, von denen jede mit einer Determinante r^{ten} Grades multipliziert ist; jedes Element dieser letzteren Determinante ist ein Ausdruck $\sum\limits_\alpha c_\alpha \left(\dfrac{\partial^2\varphi_\alpha}{\partial u_\varrho \partial u_\sigma} + \dfrac{a_{\varrho\sigma}}{k^2} \varphi_\alpha \right)$. Da r gerade ist, so setzt sich die letztere Determinante nach dem Laplaceschen Determinantensatze aus lauter Unterdeterminanten zweiten Grades zusammen. Jede solche Determinante zweiten Grades hat die Form 17). Hierin soll die angegebene Umgestaltung vorgenommen werden. Das Resultat derselben ergiebt sich durch dieselbe Erwägung, welche in Art. 130 im Anschluss an Gleichung 18) angegeben wurde und dort zur Gleichung 19) führte. Somit verwandelt sich die Unterdeterminante zweiten Grades in

$$ (\varrho\varrho'\,\sigma\sigma') - \frac{a_{\varrho\sigma}\,a_{\varrho'\sigma'} - a_{\varrho\sigma'}\,a_{\varrho'\sigma}}{k^2}. $$

Die Grösse (D_r) lässt sich also durch die Grössen $a_{\varrho\sigma}$ und deren beide ersten Ableitungen ausdrücken, und zwar genau in derselben Weise, wie sich für $m = n - 1$ die Grösse

D_r (d. h. der durch A dividierte Koeffizient von ω^{n-1-r} in Gleichung 41), Art. 119, durch die Grössen $a_{\varrho\sigma}$ darstellen lässt.

Die nach der obigen Regel für ein gerades r *gebildete Grösse* (D_r) *hat immer dieselbe Form, welche ganz unabhängig ist von der Zahl* n − m, *um welche die Zahl der Dimensionen der Raumform die des Gebildes übertrifft.*

Die Grösse (D_r) *für ein gerades* r *ist eine rationale Funktion der Koeffizienten* $a_{\varrho\sigma}$ *und deren beiden ersten Ableitungen, wo im Ausdruck für das Quadrat des auf dem Gebilde liegenden Linienelementes jede Grösse* $du_\varrho du_\sigma$ *mit* $a_{\varrho\sigma}$ *multipliziert ist.*

Wird ein Gebilde beliebig ohne Dehnung deformiert, so bleiben die Grössen (D_r) *für ein gerades* r *ungeändert.*

132. Ehe wir den entsprechenden Ausdruck für ein ungerades r bilden, beweisen wir folgenden Satz:

Sind $P(c)$ *und* $Q(c)$ *zwei Unterdeterminanten ungerader Ordnung von* $\left| \sum\limits_{\alpha} c_\alpha \left(\dfrac{\partial^2 \varphi_\alpha}{\partial u_\varrho \partial u_\sigma} + \dfrac{a_{\varrho\sigma}}{k^2} \varphi_\alpha \right) \right|$, *und ist die Summe der Ordnungen grösser als* m + 1, *so ist das Produkt* $P(c) . Q(c)$ *darstellbar durch Unterdeterminanten zweiter Ordnung aus den Elementen* $\sum\limits_{\alpha} c_\alpha \left(\dfrac{\partial^2 \varphi_\alpha}{\partial u_\varrho \partial u_\sigma} + \dfrac{a_{\varrho\sigma}}{k^2} \varphi_\alpha \right).$

Die Zeiger ϱ, σ, welche in der Determinante $P(c)$ vorkommen, seien $\varrho\sigma$; $\varrho'\sigma'$; $\varrho''\sigma''$ ... Bezeichnen wir also der Kürze wegen $\sum c_\alpha \left(\dfrac{\partial^2 \varphi_\alpha}{\partial u_\varrho \partial u_\sigma} + \dfrac{a_{\varrho\sigma}}{k^2} \varphi_\alpha \right)$ mit $C_{\varrho\sigma}$, so möge das erste Produkt in der Determinante $P(c)$ sein: $C_{\varrho\sigma} C_{\varrho'\sigma'} C_{\varrho''\sigma''}$ ... Alle übrigen Produkte werden erhalten, wenn man die Zeiger ϱ, ϱ', ϱ'' ... an ihren Stellen lässt und mit den Zeigern σ, σ', σ'' ... alle möglichen Permutationen vornimmt. Ebenso besteht die Determinante $Q(c)$ aus Produkten $C_{\varrho_1\sigma_1} C_{\varrho'_1\sigma'_1} C_{\varrho''_1\sigma''_1}$ ... Ist der Grad der ersten Determinante gleich r, der der zweiten gleich s, so müssen die $r + s$ Zahlen ϱ, ϱ', ϱ'' ... ϱ_1, ϱ'_1, ϱ''_1 ... sämtlich unter den Zahlen $1 \ldots m$ enthalten sein. Da aber $r + s > m + 1$ ist, so müssen unter ihnen mindestens zwei Paare gleicher Indices vorkommen. Da aber die ϱ für sich und ebenso die ϱ_1 für sich sämtlich verschieden sind, so muss die Reihe $\varrho,\ \varrho'$ ... mindestens zwei Zahlen enthalten, welche auch der Reihe $\varrho_1,\ \varrho'_1$ ... angehören.

Um die Vorstellung zu fixieren, nehmen wir an, diese Zahlen seien 1 und 2. Dann ist $P(c)$ eine lineare Funktion von $A_{1\sigma},\ A_{1\sigma'},\ A_{1\sigma''}$ ..., wo σ bestimmte r Zahlen durchläuft. Wir dürfen also setzen:

$$P(c) = \sum_\sigma C_{1\sigma} P_{1\sigma},$$

wo die Summation sich auf die angedeuteten Zahlen erstreckt und jedes $P_{1\sigma}$ eine Unterdeterminante $r-1^{\text{ter}}$ (also gerader) Ordnung ist. Da in jeder von diesen Unterdeterminanten ein Element $C_{2\sigma}$ vorkommt, so ist:

$$0 = \sum_\sigma C_{2\sigma} P_{1\sigma}.$$

Ebenso können wir setzen:

$$Q(c) = \sum C_{2\sigma_1} \cdot Q_{2\sigma_1}(c), \quad 0 = \sum C_{1\sigma_1} Q_{2\sigma_1}(c),$$

und hieraus folgt:

$$P(c) \cdot Q(c) = \sum_{\sigma\,\sigma_1} (C_{1\sigma} C_{2\sigma_1} - C_{1\sigma_1} C_{2\sigma}) P_1(c) P_{2\sigma_1}(c).$$

Nun sind $P_{1\sigma}(c)$ und $P_{2\sigma_1}(c)$ Unterdeterminanten gerader Ordnung von $|C_{\varrho\sigma}|$, ebenso $C_{1\sigma} C_{2\sigma_1} - C_{1\sigma_1} C_{2\sigma}$ eine solche zweiter Ordnung; also ist das Produkt $P(c) \cdot Q(c)$ durch lauter Unterdeterminanten zweiter Ordnung darstellbar.

Ist m ungerade, so kann hiernach $[D_m(c)]^2$ in der angegebenen Weise dargestellt werden, ebenso $D_m(c) \cdot D_3(c)$, $D_m(c) \cdot D_5(c)$ ... und demnach die Quadrate von $D_3(c)$, $D_5(c)$ ... also aller Grössen $D_r(c)$ bei ungeradem $r > 1$. Ebenso, wenn m gerade ist, so gilt dasselbe von den Grössen:

$$D_{m-1}(c) \cdot D_3(c); \quad D_{m-1}(c) D_5(c); \quad \ldots [D_{m-1}(c)]^2,$$

und demnach wieder von den Quadraten aller Grössen $D_r(c)$ bei ungeradem r. [Der Fall, dass $D_m(c)$ oder $D_{m-1}(c)$ verschwindet, wo der Beweis hinfällig sein würde, kann durch Umgestaltung der Funktionen φ leicht beseitigt werden.]

Um daher zu der Grösse (D_r) für ein ungerades r zu gelangen, stellen wir folgende Regel auf:

Wenn für ein ungerades r *der Koeffizient von* ω^{m-r}, *dividiert durch den von* ω^m *in* 11) *gleich* $D_r(c)$ *ist, so bilde man*

das Quadrat dieses Ausdrucks und ersetze, wie oben, jede Grösse
$c_\alpha c_\beta$ *durch* $\delta_{\alpha\beta} - \sum_{\tau\tau'}' \dfrac{\partial\varphi_\alpha}{\partial u_\tau} \dfrac{\partial\varphi_\beta}{\partial u_{\tau'}} (\tau\tau')$, *und bezeichne die Quadrat-*
wurzel aus diesem Ausdruck mit (D_r).

Dann gelten offenbar die Sätze:

Für ein ungerades r > 2 *ist die Grösse* (D_r) *die Quadrat-*
wurzel aus einem Ausdruck, welcher aus den Koeffizienten $a_{\varrho\sigma}$
und ihren beiden ersten Ableitungen rational gebildet ist.

Wenn ein Gebilde ohne Dehnung deformiert wird, so bleiben
alle Grössen (D_r) *mit Ausnahme von* (D_1) *ungeändert.*

Ich füge hier zwei Sätze bei, deren Beweis sich aus den
angeführten Prinzipien ergiebt:

Wenn alle Grössen $(D_1), (D_2) \ldots (D_m)$ *für alle Punkte eines*
m-*dimensionalen Gebildes verschwinden, so ist das Gebilde eine*
Ebene.

Wenn die Grössen (D_r) *mit Ausnahme von* (D_1) *für alle*
Punkte eines Gebildes verschwinden, so ist dasselbe in die Ebene
abwickelbar.

133. Die Grössen (D_r) sind in den beiden vorangehenden
Artikeln durch ein rein formales Verfahren erhalten worden; es
kommt darauf an, die geometrische Bedeutung dieser Grössen
zu ermitteln. Zu dem Ende nehmen wir die Grösse $D_r(c)$
für alle verschiedenen Projektions-Ebenen und suchen aus
allen diesen das arithmetische Mittel.

Zwischen den Grössen c_α bestehen die Gleichungen 7);
demnach lassen sie sich durch $l = n - m$ Grössen $b_1 \ldots b_l$ homogen linear in der Form:

21) $$c_\alpha = \sum_\varepsilon p_{\alpha\varepsilon} b_\varepsilon$$

ausdrücken, wo zwischen den Grössen $b_1 \ldots b_l$ die Gleichung
besteht:

$$b_1{}^2 + b_2{}^2 + \cdots + b_l{}^2 = 1.$$

Dadurch verwandelt sich $D_r(c)$ in eine homogene Funk-
tion $\overline{D}_r(b)$ r^{ten} Grades von $b_1 \ldots b_l$. Führe ich darin noch
$l - 1$ Winkel $\varphi_1 \ldots \varphi_{l-1}$ ein durch die Gleichungen:

22) $\begin{cases} b_1 \quad \cos\varphi_1, \quad b_2 = \sin\varphi_1 \cos\varphi_2 \ldots b_{l-1} = \sin\varphi_1 \ldots \sin\varphi_{l-2} \cos\varphi_{l-1}, \\ \quad\quad b_b = \sin\varphi_1 \ldots \sin\varphi_{b-1}, \end{cases}$

so geht $D_r(c)$ in eine Funktion $\Phi_r(\varphi_1 \ldots \varphi_{l-1})$ über. Um das arithmetische Mittel zu finden, hat man jetzt den Ausdruck zu berechnen:

23) $$\frac{\int \Phi_r(\varphi_1 \ldots \varphi_{l-1})\, d\sigma}{\int d\sigma},$$

wo ist:

$$d\sigma = \sin^{l-2}\varphi_1 \sin^{l-3}\varphi_2 \ldots \sin\varphi_{l-2} \cdot d\varphi_1\, d\varphi_2 \ldots d\varphi_{l-1}$$

und wo die Integration nach $\varphi_1 \ldots \varphi_{l-2}$ von Null bis π, nach φ_{l-1} von 0 bis 2π zu erstrecken ist.

Kommt in einem Gliede von $\overline{D}_r(b)$ ein Faktor b_λ^α vor und ist $\lambda < l$, so wird infolge dessen in einem Gliede des Zählers von 23) ein Faktor vorkommen:

$$\int \cos^\alpha\varphi_\lambda \sin^\beta\varphi_\lambda\, d\varphi_\lambda,$$

wo $\cos\varphi_\lambda$ denselben Exponenten hat wie b_λ und β eine nicht näher zu bestimmende ganze Zahl ist. Da dieses Integral zwischen den Grenzen 0 und π genommen werden muss, so wird es für ein ungerades α verschwinden. Wenn aber in einem Gliede von $\overline{D}_r(b)$ ein Faktor b_l^α vorkommt, so wird daraus im Zähler von 23) als Faktor eines Gliedes hervorgehen:

$$\int_0^{2\pi} \cos^\beta\varphi_{l-1} \sin^\alpha\varphi_{l-1}\, d\varphi_{l-1},$$

welcher für ein ungerades α ebenfalls verschwindet. Demnach sind bei der Berechnung von 23) nur diejenigen Aggregate von $\overline{D}_r(b)$ zu berücksichtigen, in denen die Grössen $b_1 \ldots b_l$ sämtlich in einer geraden Potenz vorkommen. Beiläufig ergiebt sich:

Das arithmetische Mittel von $D_r(c)$ *ist bei ungeradem* r *immer gleich Null.*

Wir nehmen jetzt an, r sei eine gerade Zahl und wir greifen aus $\overline{D}_r(b)$ ein Glied heraus, in welchem eine Funktion der Grössen $p_{a\,s}$ multipliziert ist mit

$$b_{\lambda_1}^{r_1} b_{\lambda_2}^{r_2} \ldots b_{\lambda_i}^{r_i},$$

wo $r_1 + r_2 + \cdots + r_i = r$ und wo alle Grössen $r_1, r_2 \ldots r_i$ gerade Zahlen sind. Dann ist an sich klar und durch die Rechnung unschwer zu beweisen, dass der Wert von

$$\int b_{\lambda_1}{}^{r_1} b_{\lambda_2}{}^{r_2} \ldots b_{\lambda_i}{}^{r_i} \, d\sigma$$

unabhängig davon ist, welche Zahlen die λ_1, $\lambda_2 \ldots \lambda_i$ sind, wofern es nur i verschiedene Zahlen aus der Reihe $1 \ldots l$ sind. Wir nehmen also die i ersten $1, 2 \ldots i$ und bestimmen die Grösse:

$$\frac{\int b_1{}^{r_1} b_2{}^{r_2} \ldots b_i{}^{r_i} \, d\sigma}{\int d\sigma},$$

welche sich in das Produkt zerlegt:

$$\frac{\int \cos^{r_1}\varphi \, (\sin\varphi)^{r-r_1+l-2} \, d\varphi}{\int \sin^{l-2}\varphi \, d\varphi} \cdot \frac{\int \cos^{r_2}\varphi \, (\sin\varphi)^{r-r_1-r_2+l-3} \, d\varphi}{\int \sin^{l-3}\varphi \, d\varphi} \ldots$$

$$\ldots \frac{\int \cos^{r_i}\varphi \, (\sin\varphi)^{l-i-1} \, d\varphi}{\int (\sin\varphi)^{l-i-1} \, d\varphi}.$$

Hier zerfällt jeder Bruch mit Ausnahme des letzten in zwei Produkte, so dass wir erhalten:

$$\frac{(r_1-1)\,(r_1-3)\ldots 1}{(r+l-2)\,(r+l-4)\ldots(r-r_1+l)} \cdot \frac{(r-r_1+l-3)\ldots(l-1)}{(r-r_1+l-2)\ldots l}$$

$$\times \frac{(r_2-1)\,(r_2-3)\ldots 1}{(r-r_1+l-3)\,(r-r_1+l-5)\ldots(r-r_1-r_2+l-1)} \cdot \frac{(r-r_1-r_2+l-4)\ldots(l-}{(r-r_1-r_2+l-3)\ldots(l-}$$

$$\cdots \cdots \cdots$$

$$\frac{(r_i-1)\,(r_i-3)\ldots 1}{(r_i+l-i-1)\,(r_i+l-i-3)\ldots(l-i+1)}.$$

Da sich das Produkt der Nenner der zweiten, dritten ... vorletzten Reihe und der Nenner der letzten Reihe jedesmal gegen den Zähler des zweiten Bruches der vorangehenden Reihe weghebt, so folgt:

$$\frac{\int b_1{}^{r_1} b_2{}^{r_2} \ldots b_i{}^r \, d\sigma}{\int d\sigma}$$

$$= \frac{(r_1-1)\,(r_1-3)\ldots 3.1.(r_2-1)\,(r_2-3)\ldots 3.1 \ldots (r_i-1)\,(r_i-3)\ldots 3.1}{(r+l-2)\,(r+l-4)\ldots 1}.$$

Nun ist:

$$24)\begin{cases} \dfrac{(r_1-1)\,(r_1-3)\ldots 3.1.(r_2-1)\,(r_2-3)\ldots 3.1 \ldots (r_i-1)\,(r_i-3)\ldots 3.1}{(r-1)\,(r-3)\ldots 3.1} \\[2em] \qquad = \dfrac{r_1! \, r_2! \ldots r_i!}{r!} \, \dfrac{\left(\frac{r}{2}\right)!}{\left(\frac{r_1}{2}\right)! \left(\frac{r_2}{2}\right)! \ldots \left(\frac{r_i}{2}\right)!}. \end{cases}$$

Trennen wir jetzt von dem Ausdrucke für:

$$\frac{\int D_r(c)\, d\sigma}{\int d\sigma} \quad \text{den Faktor} \quad \frac{(r-1)(r-3)\ldots 3 \cdot 1}{(r+l-2)(r+l-4)\ldots (l+2)\, l}$$

ab, so hat man noch in $\bar{D}_r(b)$ jedes $b_{\lambda_1}{}^{r_1} b_{\lambda_2}{}^{r_2} \ldots b_{\lambda_l}{}^{r_l}$ durch den Ausdruck 24) zu ersetzen.

Wir haben demnach das Resultat erhalten:

Um das arithmetische Mittel von $\mathrm{D}_r(c)$ *für ein gerades* r *zu erhalten, drücke man* $\mathrm{D}_r(c)$ *vermittelst der Substitution 21) durch die Grössen* $b_1 \ldots b_l$ *aus; jede ungerade Potenz einer der Grössen* $b_1 \ldots b_l$ *ersetze man durch Null, dagegen jedes Produkt* $b_1{}^{r_1} b_2{}^{r_2} \ldots b_l{}^{r_l}$ *für lauter gerade Exponenten* $r_1 \ldots r_l$ *(einschliesslich der Null) durch:*

$$\frac{r_1!\, r_2! \ldots r_l!}{r!} \cdot \frac{\left(\dfrac{r}{2}\right)!}{\left(\dfrac{r_1}{2}\right)!\left(\dfrac{r_2}{2}\right)! \ldots \left(\dfrac{r_l}{2}\right)!};$$

der so umgestaltete Ausdruck stellt bis auf den Faktor:

$$\frac{(r-1)(r-3)\ldots 3 \cdot 1}{(r+l-2)(r+l-4)\ldots (l+2)\,l}$$

das arithmetische Mittel von $\mathrm{D}_r(c)$ *dar.*

Demnach muss man im Ausdruck von $D_r(c)$ mit jedem $c_{\alpha_1} c_{\alpha_2} \ldots c_{\alpha_r}$ die Substitution 21) vornehmen, welche liefert:

$$25)\qquad c_{\alpha_1} c_{\alpha_2} \ldots c_{\alpha_r} = \sum_{\varepsilon_1 \ldots \varepsilon_r} p_{\alpha_1 \varepsilon_1} p_{\alpha_2 \varepsilon_2} \ldots p_{\alpha_r \varepsilon_r} \, b_{\varepsilon_1} b_{\varepsilon_2} \ldots b_{\varepsilon_r},$$

wo die Zeiger $\varepsilon_1 \ldots \varepsilon_r$ der Reihe nach alle Zahlen $1 \ldots l$ zu durchlaufen haben. In diesem Ausdrucke ersetze man jeden einzelnen Summanden, worin irgend ein b_λ zu einer ungeraden Potenz erhoben vorkommt, durch Null, dagegen jeden Ausdruck mit lauter geraden Potenzen durch die Grösse 24). Nun giebt die Zahl:

$$24)\qquad \frac{r!}{r_1!\, r_2! \ldots r_l!}$$

an, wie oft das Glied mit dem Faktor $b_1{}^{r_1} \ldots b_l{}^{r_l}$ auf der rechten Seite von 25) vorkommt. Wenn dieses Glied in dem Ausdruck:

$$\sum_{\iota} p_{a_1\varepsilon}\, p_{a_2\varepsilon}\, \sum_{\iota} p_{a_3\varepsilon}\, p_{a_4\varepsilon} \cdots \sum_{\iota} p_{a_{r-1}\varepsilon}\, p_{a_r\varepsilon}$$

überhaupt vorkommt (und in einem entsprechenden Ausdruck muss es vorkommen, da $r_1 \ldots r_l$ sämtlich gerade Zahlen sind), so giebt:

27)
$$\frac{\left(\dfrac{r}{2}\right)!}{\left(\dfrac{r_1}{2}\right)!\left(\dfrac{r_2}{2}\right)! \cdots \left(\dfrac{r_l}{2}\right)!}$$

die Zahl dieses Vorkommens an. Nun bleiben auf der rechten Seite von 25) nur solche Ausdrücke, deren Indices $\varepsilon_1 \ldots \varepsilon_r$ paarweise gleich sind; auch verwandelt sich der Koeffizient 26) jedes einzelnen Gliedes in den Ausdruck 27), und somit geht die rechte Seite von 25) über in:

$$\frac{\left(\dfrac{r}{2}\right)!\left(\dfrac{r}{2}\right)!}{r!}$$

$$\left(\sum_{\iota} p_{a_1\varepsilon}\, p_{a_2\varepsilon}\, \sum_{\iota} p_{a_3\varepsilon}\, p_{a_4\varepsilon} \cdots \sum_{\iota} p_{a_{r-1}\varepsilon}\, p_{a_r\varepsilon} + \sum p_{a_1\varepsilon}\, p_{a_3\varepsilon}\, \sum p_{a_2\varepsilon}\, p_{a_4\varepsilon} \cdots \sum p_{a_{r-1}\varepsilon}\, p_{a_r\varepsilon} + \cdots\right.$$

wo alle möglichen Kombinationen gebildet werden müssen. Statt dessen kann man aber $D_r(c)$ durch die Unterdeterminanten zweiten Grades aus den Grössen $\displaystyle\sum_{a} c_a\left(\dfrac{\partial^2\varphi_a}{\partial u_\varrho\, \partial u_\sigma} + \dfrac{a_{\varrho\,\sigma}}{k^2}\varphi_a\right)$ darstellen, in jeder Unterdeterminante die Substitution 21) vornehmen und dann nur diejenigen Produkte $p_{\beta\varepsilon}\, p_{\gamma\varepsilon'}$ beibehalten, in denen ε und ε' einander gleich sind Dies kommt darauf hinaus, in jeder Unterdeterminante das Produkt $c_a c_\beta$ zu ersetzen durch $\sum_{\iota} p_{a\varepsilon}\, p_{\beta\varepsilon}$.

Es ist aber, entsprechend der Gleichung 15):

$$\sum_{\iota} p_{a\varepsilon}\, p_{\beta\varepsilon} = \delta_{a\beta} + \sum_{\tau\tau'}(\tau\tau')\frac{\partial\varphi_a}{\partial u_\tau}\frac{\partial\varphi_\beta}{\partial u_{\tau'}}.$$

Demnach sind wir zu folgender Regel gekommen:

Um das arithmetische Mittel aus allen Grössen $D_r(c)$ für ein gegebenes gerades r zu bilden, stelle man die Grösse $D_r(c)$ durch Unterdeterminanten zweiten Grades aus den Grössen

$$\sum_{a} c_a\left(\frac{\partial^2\varphi_a}{\partial u_\varrho\, \partial u_\sigma} + \frac{a_{\varrho\,\sigma}}{k^2}\varphi_a\right) \text{ dar und ersetze in jeder solchen}$$

Unterdeterminante das Produkt $c_{a\beta}$ durch die Grösse:

$$\delta_{a\beta} - \sum_{\tau\tau'}{}'(\tau\tau')\,\frac{\partial\varphi_\alpha}{\partial u_\tau}\,\frac{\partial\varphi_\beta}{\partial u_{\tau'}}$$

und multipliziere den so erhaltenen Ausdruck mit:

28)
$$\frac{(r-1)\,(r-3)\ldots 3\,.\,1}{(r+1-2)\,(r+1-4)\ldots(1+2)\,1}.$$

Daraus folgt:

Die Grösse (D_r) *stellt für ein gerades* r *bis auf den Faktor 28) das arithmetische Mittel aus allen Werten von* $D_r(c)$ *dar.*

Für ein ungerades r sucht man das arithmetische Mittel aus den Quadraten von $D_r(c)$. Dann ändert sich die Entwicklung nicht und man gelangt zu dem Resultate:

Die Grösse (D_r) *stellt für ein ungerades* r *bis auf den Faktor:*

$$\sqrt{\frac{(2r-1)\,(2r-3)\ldots 3\,.\,1}{(2r+1-2)\,(2r+1-4)\ldots(1+2)\,1}}$$

die Quadratwurzel aus dem arithmetischen Mittel von allen Werten dar, welche das Quadrat von $D_r(c)$ *für die verschiedenen Projektionsebenen annimmt.*

Litteraturnachweis.

1. Art. 3. Dieser Beweis ist von Herrn Flye S^{te}. Marie in seinen „Etudes sur la théorie des Parallèles" (Paris 1871) Art. 1 gegeben.

2. Die in den Art. 4—8 durchgeführten Betrachtungen sind ihrem Wesen nach bereits von Gauss in den „Disqu. gen. circa superficies curvas" angegeben. Für den vorliegenden Zweck sind dieselben durchgeführt von Herrn Flye S^{te}. Marie (l. c.) und von Herrn Newcomb in der Abteilung „Elementary theorems relating to the geometry of a space of three dimensions and of uniform positive curvature" (Borchardts Journal Bd. 83). Ersterer leitet die Funktion $f(r)$ aus dem Kreise mit unendlich grossem Radius, der „Grenzlinie", her; letzterer setzt sie axiomatisch gleich $k \sin \dfrac{r}{k}$ voraus. Die hier mitgeteilte Herleitung ist von mir in Borchardts Journal Bd. 89 S. 268—271 veröffentlicht.

3. Art. 10. Das Krümmungsmass für Raumformen wurde zuerst von Riemann in der nach seinem Tode gedruckten Abhandlung: „Über die Hypothesen, welche der Geometrie zu Grunde liegen" (Abh. der Göttinger Gesellschaft Bd. XIII; s. auch Riemanns Werke S. 254) angegeben und rein analytisch definiert. Der Name Krümmungsmass hat mehrfach zu Missverständnissen Veranlassung gegeben, welche vermieden werden, wenn man bedenkt, dass derselbe ursprünglich eine rein analytische und speziell bei Euklids Voraussetzungen die in Art. 10 angegebene Bedeutung hat.

4. Art. 11. Die ältesten Arbeiten über die Lobatschewskysche Raumform sind: von Lobatschewsky ein 1826 gehaltener Vortrag und Arbeiten im Kasaner Boten 1829 und 1830, von Gauss ein Brief an Schumacher vom Jahre 1831, von Joh. Bolyai der Anhang zum „Tentamen" seines Vaters 1833. Eine kurze Charakteristik seiner Raumform gab Riemann in der genannten Abhandlung. Herr Klein (Math. Annalen Bd. IV), sowie Herr Newcomb (l. c.) gelangten auf die Polarform des Riemannschen Raumes, ohne die Berechtigung beider (nebeneinander) zu erkennen. Der Unterschied wurde vom Verfasser in Borchardts Journal Bd. 86 klar gelegt und gezeigt, dass es nur diese beiden Räume konstanter positiver Krümmung giebt.

5. Art. 12. Dies Koordinatensystem wurde von Herrn Weierstrass im mathematischen Seminar der Berliner Universität im Sommer 1872 mitgeteilt. Vorher hatte Herr Beltrami in der Abhandlung „Teoria fondamentale degli spazii di curvatura costante" (Annali di mat. S.II, T.II), worauf mich Herr Frischauf ausdrücklich aufmerksam macht, Grössen $y, y_1 \ldots y_n$ benutzt, welche zu den Grössen $x_0, x_1 \ldots x_n$ des Art. 37 in der Beziehung stehen: $x_0 = y, \; x_1 = k y_1 \ldots x_n = k y_n$. Diese Grössen $y_1 \ldots y_n$ haben den Mangel, dass sie in einer Lobatschewskyschen Raumform imaginär sind, während die Grössen $x_1 \ldots x_n$ immer reell sind und für $k = \infty$ in die rechtwinkligen Cartesischen Koordinaten übergehen. Auch lieferte Herr Weierstrass zahlreiche Anwendungen der Grössen $x_0, x_1 \ldots x_n$, während Herr Beltrami die Grössen $y, y_1 \ldots y_n$ nur für einen einzigen Beweis benutzt.

Im **Lobatschewsky**schen Raume haben die Grössen $x_1 \ldots x_n$ eine einfache geometrische Bedeutung: es sind die Längen der Grenzlinien (Bogen mit unendlich grossem Radius), welche von dem zu bestimmenden Punkte senkrecht auf die Koordinatenebenen gezogen sind.

Da ich im vorliegenden Buche die **Weierstrass**schen Koordinaten fast ausschliesslich benutze, muss ich die wichtigsten anderen Systeme wenigstens kurz erwähnen.

a) Im dreidimensionalen Raume nimmt **Bolyai** eine Ebene E zur Grundebene, in dieser eine Gerade g als Achse und hierin einen Punkt π als Anfangspunkt. Dann fällt er von dem zu bestimmenden Punkt P eine Senkrechte $PA = z$ auf E, von deren Fusspunkt A eine Senkrechte $AB = y$ auf g und setzt $\pi B = x$, so dass x, y, z die Lage von P bestimmen.

b) Herr **Flye S$\underline{te}$ Marie** benutzt eine Grenzfläche F, in dieser den Schnitt f mit einer auf ihr senkrecht stehenden Ebene und in letzterem einen Punkt π. Von P fällt er auf F die senkrechte Gerade $PA = z$, von A eine Grenzlinie $AB = y$ senkrecht auf f und setzt $\pi B = x$.

c) **Riemann** führt n Grössen ein, zu denen Herr **Schering** in in seiner Abhandlung: „Linien, Flächen und höhere Gebilde in mehrfach ausgedehnten Gaussschen und Riemannschen Räumen" (Göttinger Nachrichten 1873, S. 16, 17) auf folgende Weise gelangt: Er nimmt n kürzeste Linien an, welche von einem Punkte O ausgehen und aufeinander senkrecht stehen, zieht von O nach dem zu bestimmenden Punkte P eine gerade Linie, halbiert dieselbe in Q und fällt von Q auf die Achsen die Senkrechten; wenn $A_1 \ldots A_n$ deren Fusspunkte sind und $OA_1 \ldots OA_n$ mit $\xi_1 \ldots \xi_n$ und die **Riemann**schen Grössen mit $y_1 \ldots y_n$ bezeichnet werden, so ist $y_i = 2k \tan \frac{\xi_i}{k}$. Die Beziehung dieser Grössen y_i zu den obigen Grössen $x_0 \ldots x_n$ wird durch die Gleichungen bestimmt:

$$x_0 = \frac{4k^2 - y_1{}^2 - \cdots - y_n{}^2}{4k^2 + y_1{}^2 + \cdots + y_n{}^2}, \quad x_i = \frac{4k^2 y_i}{4k^2 + y_1{}^2 + \cdots + y_n{}^2}, \quad y_i = \frac{2x_i}{1 + x_0}.$$

d) Herr **Beltrami** und nach ihm Herr **Schering** lassen von einem Punkte O wieder n zu einander senkrechte Gerade ausgehen und fällen darauf von P die Senkrechten $PB_1 \ldots PB_n$. Setzt man $OB_1 = b_1 \ldots OB_n = b_n$, so bestimmen die Grössen $z_i = k \tan \frac{b_i}{k}$ die Lage von P. Dann gelten die Gleichungen:

$$z_i = \frac{x_i}{x_0}, \quad y_i = \frac{2kz_i}{z + k},$$

wo gesetzt ist:

$$z^2 = k^2 + z_1{}^2 + \cdots + z_n{}^2.$$

e) Herr **Lipschitz** lässt sich in einer ganz beliebigen Mannigfaltigkeit die von einem festen Punkte ausgehenden Anfangsrichtungen $x'_1(0) \ldots x'_n(0)$ beliebig bestimmt sein, multipliziert dieselben mit der Länge der kürzesten Linien OP und bestimmt durch die n Produkte $g \cdot x'_1(0) \ldots g \cdot x'_n(0)$ die Lage von P.

6. Art. 12—22. Die hier für die **Lobatschewsky**sche Ebene bewiesenen Sätze sind bereits von **Lobatschewsky** und **Bolyai** gefunden und finden sich in Herrn **Frischauf**s Elementen. Für die **Riemann**sche Ebene und deren Polarform werden die Sätze durch die Sphärik geliefert.

7. Art. 23—26. Von Arbeiten über die Kegelschnitte ist mir nur bekannt geworden: v. **Escherich**, „Geometrie auf den Flächen konstanter negativer Krümmung" (Wiener Berichte Bd. 69, II, S 497 fig.), wo die Polareigenschaften gefunden und gezeigt ist, dass die Kurve drei Mittelpunkte hat.

8. Art. 27—29. Dass die Grössensätze Euklids Folgerungen aus seinen andern Voraussetzungen sind, dürfte zuerst Grassmann in der Ausdehnungslehre von 1844 ausgesprochen haben. Der mitgeteilte Beweis, der an zwei Stellen einer genaueren Auseinandersetzung bedarf, wurde von mir ausgearbeitet, ehe die hierauf bezüglichen Arbeiten von Herrn Lipschitz, P. DuBois-Reymond u. a. erschienen.

9. Art. 12—31. Während die Geometrie auf der Kugel die Gesetze der Riemannschen Ebene unmittelbar zur Anschauung bringt und die Polarform durch den Ebenenbündel dargestellt wird, hat man sich zur Darstellung der Lobatschewskyschen Ebene entweder der Flächen konstanter negativer Krümmung oder besonderer Abbildungen zu bedienen. Die älteste Abbildung rührt von Herrn Cayley her (Phil. Transact. 1859 und Math. Annalen Bd. V, S. 630), wobei die Lobatschewskysche Ebene auf das Innere eines Kreises abgebildet wird.

Man betrachte $\frac{x}{p}$ und $\frac{y}{p}$ als die rechtwinkligen Cartesischen Koordinaten. Damit für $k^2 = -1$ die Bedingung $p^2 - x^2 - y^2 = 1$ erfüllt werden kann, muss der Punkt im Innern eines Kreises liegen. Eine Gerade wird durch eine Gerade abgebildet. Zwei Gerade der Lobatschewskyschen Ebene schneiden einander, oder haben einen endlichen kürzesten Abstand, oder sind parallel, je nachdem ihre Bilder sich innerhalb oder ausserhalb des Kreises oder auf demselben schneiden. Jeder Kegelschnitt der Bildebene, welcher mit dem Kreise eine doppelte Berührung hat, stellt einen Kreis dar, und zwar einen eigentlichen Kreis, wenn die Berührungspunkte imaginär, eine Linie gleichen Abstandes, wenn sie reell sind und eine Grenzlinie, wenn sie zusammenfallen.

Eine zweite Abbildung ist in Borchardts Journal Bd. 89, S. 286 angegeben. Betrachtet man $\frac{1}{p}$, $\frac{x}{p}$, $\frac{y}{p}$ als rechtwinklige Koordinaten im Euklidischen Raume, so stellt die Gleichung $-p^2 + x^2 + y^2 = -1$ eine Kugel dar. Die Lobatschewskysche Ebene wird durch eine Halbkugel dargestellt, welche durch den Hauptkreis $p = \infty$ begrenzt wird. Jeder Kreis, welcher auf diesem Hauptkreis senkrecht steht, stellt eine Gerade dar; ein Kreis stellt einen eigentlichen Kreis, eine Linie gleichen Abstandes oder eine Grenzlinie dar, je nachdem er den Hauptkreis in zwei imaginären oder zwei reellen oder zusammenfallenden Punkten trifft.

Eine dritte Abbildung ergiebt sich, wenn man p, x, y als die rechtwinkligen Raumkoordinaten betrachtet. Dadurch wird die Lobatschewskysche Ebene auf den einen Mantel des zweischaligen Hyperboloids $p^2 - x^2 - y^2 = 1$ abgebildet. Der Schnitt des Mantels mit einer Ebene stellt eine Ebene oder einen Kreis dar, und zwar ersteres, wenn die Ebene durch den Mittelpunkt geht. Auch die Bilder der verschiedenen Kreisarten werden leicht unterschieden. Der Abstand zweier Punkte wird gemessen durch die ebene Fläche, welche durch die von den Bildpunkten zum Mittelpunkt gezogenen Strahlen und den zwischenliegenden Bogen begrenzt wird.

10. Art. 33. Die Theorie der Geraden des endlichen Raumes ist genau entwickelt von Clifford, „Sketch of Biquaternions" (Proc. of the L. Math. Soc. Vol. IV, p. 381 fig.). Herr Newcomb ist später auf diese Theorie eingegangen (l. c.). Im wesentlichen aber ist die Theorie der Raumgeraden bereits enthalten in: Lindemann, Über unendlich kleine Bewegungen bei allgemeiner projektivischer Massbestimmung (Math. Ann. Bd. VII, S. 56—143).

11. Art. 34. Meistens wird der Zugang zu den n-dimensionalen Raumformen durch die Analysis hindurch genommen, indem man die benutzten geometrischen Begriffe: Abstand, Winkel, Radius etc. nur als Ausdruck für eine Formel, Linie, Fläche etc., als Ausdruck für eine Mannigfaltigkeit betrachtet. So berechtigt dieser Standpunkt an sich ist, bietet er einige Schwierigkeit wegen der Notwendigkeit, die Übereinstimmung der Ausdrücke zu beweisen. Wenn z. B. eine Formel als Krümmungsradius definiert wird, und zugleich eine gewisse Mannigfaltigkeit als Krümmungskreis sich darstellt, für welche ein gewisser Punkt (ein bestimmtes Wertsystem) die Eigenschaft des Mittelpunktes hat, so wird man nur diejenige Definition des Krümmungsradius für naturgemäss halten dürfen, bei welcher derselbe mit dem Abstande des Mittelpunktes von einem Punkte des Kreises übereinstimmt, was keineswegs immer beachtet wird. Auch muss ich es als Mangel bezeichnen, dass die Definitionen willkürlich sind und durch die Analogie mit Formeln der dreidimensionalen Euklidischen Geometrie oder der Mechanik gewonnen werden. Man kann aber auch, was ebenfalls geschehen ist, nur die allerersten Begriffe analytisch definieren und daraus die andern entwickeln, wodurch man sich der geometrischen Betrachtung nähert. Von anderer Seite ist man rein geometrisch vorangegangen und hat dabei teilweise bereits, wie mir scheint, das erlaubte Mass überschritten. Mein Standpunkt, der nur die formale Seite der Frage betont, ist in etwa dargelegt in den beiden Abhandlungen: „Grundbegriffe und Grundsätze der Geometrie", Briloner Gymnasialprogramm 1880, und „Erweiterung des Raumbegriffes" im Index lectionum des Lyceum Hosianum für den Winter 1884/85.

12. Art. 35. Bei dem analytischen Charakter meiner Arbeit musste ich die geometrischen Betrachtungen auf das Notwendigste beschränken. Daher muss die Ausdehnung der Lehre von den Polyedern auf den n-dimensionalen Raum ganz übergangen werden. Es darf das um so eher geschehen, da dieser Gegenstand ganz erschöpfend behandelt ist in der Arbeit: V. Schlegel, Theorie der homogen zusammengesetzten Raumgebilde (Leipzig 1883 bei Engelmann), Abdruck aus den „Nova acta" der Leop.-Carol. Akademie der Naturforscher, Bd. 44, Nr. 4. Herr Schlegel teilt darin nicht nur die früher gefundenen Resultate mit (von Stringham, Hoppe, Rudel u. a.), sondern fügt auch zahlreiche neue hinzu.

13. Art. 41. Diesen schönen Satz, sowie Übertragungen weiterer Sätze über das Viereck auf den n-dimensionalen Raum verdankt man Herrn Schlegel (Quelques théorèmes de l'espace à n dimensions, Bulletin de la Soc. math. de France. Vol. X).

14. Art. 43. Herr Beltrami (Annali di Mat. S. II T. II) beschränkt den Satz darauf, dass das Kugelgebilde reellen Radius und Mittelpunkt hat. Der vollständige Ausspruch findet sich in meinem Schriftchen: „Über die Nicht-Euklidischen Raumformen von n Dimensionen". Braunsberg 1883. Darin sind auch bereits zahlreiche Resultate der §§ 3, 6, 7, 8 und 10 mitgeteilt.

15. Art. 46. Die Ausdrücke für das Volumen sind bereits früher gegeben, jedoch wohl nur nach Analogie der für $n = 3$ geltenden Formen gebildet und auf die Euklidischen Raumformen beschränkt.

16. Art. 56. Herr Veronese hat bereits die höchste Zahl der Dimensionen für eine auf einem eigentlichen quadratischen Gebilde liegende Ebene und die Zahl bestimmt, in welcher diese Ebene auf einem solchen Gebilde vorkommt (Math. Ann. Bd. XIX. „Behandlung der projektivischen Eigenschaften der Räume durch das Prinzip des Projizierens und Schneidens). Er ist aber der Meinung, dass diese höchste

Zahl $\frac{n-1}{2}$ oder $\frac{n-2}{2}$ stets erreicht wird, sobald das Gebilde eine Gerade enthält, was offenbar unrichtig ist.

17. Art. 48—59. Die projektivische Geometrie für eine beliebige Zahl von Dimensionen ist bereits Gegenstand zahlreicher Abhandlungen geworden. Ausser der genannten Arbeit des Herrn Veronese verweise ich auf folgende: Clifford, Classification of loci (Phil. Transactions. 169). Rosanes, Journal für Math. Bd. 90, S. 303 flg. Math. Ann. XXIII, S. 412 flg. Bianchi, Math. Ann. Bd. XVIII S. 234 flg. Franz Meyer, Math. Ann. Bd. XXI S. 434 flg. und S. 529 flg., Bd. XXVI S. 154 flg., sowie dessen Werk: „Apolarität und rationale Kurven". Tübingen 1883. Segre, Math. Ann. Bd. XXIV, S. 313 flg. Schubert, Math. Ann. Bd. XXVI S. 26 flg. und S. 52 flg.

Es war unmöglich, den Inhalt dieser Arbeiten dem Werke einzuverleiben. Ob aber doch vielleicht einiges in Art. 56 und 59 neu ist, wage ich nicht zu entscheiden. Die in Art. 49—51 gegebene Herleitung findet sich in Borchardts Journal Bd. 89, S. 271.

18. Art. 60—63. Der wichtige und schöne Satz, dass die Nicht-Euklidischen Raumformen aus der projektivischen Geometrie dadurch gewonnen werden können, dass man den Abstand zweier Punkte durch den Logarithmus eines gewissen Doppelverhältnisses ersetzt, ist von Herrn Klein aufgestellt und bewiesen (Math. Ann. Bd. IV. „Über die sogenannte Nicht-Euklidische Geometrie"). In dieser Arbeit sind die Sätze von Art. 62 und 63 sämtlich angegeben. Die hier durchgeführte Herleitung ist angegeben in Borchardts Journal Bd. 89, S. 272.

19. Art. 65. Die Unmöglichkeit, die Euklidische Metrik aus der Projektivität naturgemäss herzuleiten, tritt auch in der Kleinschen Arbeit hervor, indem dort geradezu der Kreis benutzt wird.

20. Art. 66—72. Auch das Verdienst, die projektivische Geometrie selbständig aufgebaut zu haben, gebührt Herrn Klein. Zwar waren von v. Staudt in seiner „Geometrie der Lage" und seinen „Beiträgen zur Geometrie der Lage" wichtige Vorarbeiten geliefert worden; wie vieles aber noch zu thun blieb, zeigen die Arbeiten von Klein (Math. Ann. Bd. IV, S. 573—634; Bd. VI, S. 112—145; Bd. VII, S. 531—537 und Bd. XVII, S. 52—55), Darboux (Math. Ann. Bd. XVII, S. 55—62), Schur (Ann. Bd. XVIII, S. 252—254). Die Kleinschen Betrachtungen haben eine ins Detail gehende Ausarbeitung gefunden in dem Werke: Pasch, Neuere Geometrie (Leipzig 1882); als Hauptverdienst desselben betrachte ich es, die in der Lobatschewskyschen Geometrie vorkommenden idealen Gebilde in ihrer geometrischen Berechtigung dargethan zu haben. Ich habe geglaubt, davon an dieser Stelle absehen zu sollen. Man wird daher bei den Entwicklungen dieses Paragraphen den Fall mit berücksichtigen müssen, dass die Konstruktion über das abgegrenzte Gebiet führt.

Die in Art. 69 und 70 durchgeführte Zuordnung der Punkte einer Geraden zu der reellen stetigen Zahlenreihe findet sich in den genannten Arbeiten nicht, schien mir aber notwendig.

Erwähnt sind noch die Arbeiten in Art. 66: Beltrami, Annali di mat. S. I, T. VI; in Art. 71: Reye, Vorlesungen über die Geometrie der Lage (Hannover); Thomae, Ebene Gebilde vom Standpunkt der Geometrie der Lage (Halle).

21. Art. 79. Weierstrass, Zur Theorie der bilinearen und quadratischen Formen. Monatsbericht der Berliner Akademie 1868, S. 310 flg.

22. Art. 90. Auf die Invarianten zweier Ebenen für den Euklidischen Raum hat Herr Jordan in den „Comptes rendus" V. 75, p. 1614 aufmerksam gemacht und ihre Form für einen speziellen Fall in den C. r. 79, p. 795 angegeben; die Herleitung ist rein analytisch.

23. Art. 97. Die Herleitung der Gleichungen für die kürzesten Linien auf einem beliebigen Krümmungsgebilde, welches zu einer quadratischen Schar gehört, ist nachgebildet der Herleitung der entsprechenden Gleichungen für das Ellipsoid im dreidimensionalen Euklidischen Raume, wie sie von Herrn Weierstrass im Monatsbericht der Berliner Akademie 1861, S. 988 angegeben ist.

24. Art. 104. In meiner Abhandlung im Journal für Mathematik Bd. 98, S. 26 ist die geometrische Bedeutung des ersten Faktors der Gleichung 33) ungenau angeben, allerdings nur in einem Nebensatze und ohne jeden Einfluss auf das Resultat. Die hier nicht behandelte Ausdehnung der Theorie der Krümmungsmittelpunktsfläche auf den n-dimensionalen Euklidischen Raum ist gegeben in der Dissertation von Herrn Richard Müller: „Über eine gewisse Gleichung $2n^{ten}$ Grades" (Berlin 1884).

25. Art. 105, 106. Die verschiedenen Krümmungen einer Raumkurve sind für den Euklidischen Raum zuerst von Herrn Jordan (Comptes rendus t. 79, p. 795) durch die Koordinaten und ihre Ableitungen dargestellt. Wohl ohne diese Arbeit zu kennen, hat Herr Fromm (Dissertation, Bonn 1878) dieselben Ausdrücke nach der von Herrn Jordan angewandten Methode hergeleitet, aber auch den Fall hinzugefügt, dass die Kurve durch $n-1$ Gleichungen zwischen den Koordinaten bestimmt ist.

26. Art. 108—110. Der Zusammenhang zwischen den charakteristischen Zahlen mit Einschluss des Falles, dass eigentliche Doppelpunkte, Doppeltangenten etc. vorkommen, ist dargelegt in der unter 16) citierten Abhandlung.

27. Art. 111. Man vergleiche die Mehrzahl der unter 17) angegebenen Arbeiten.

28. Art. 112—119. Die Hauptkrümmungsradien für ein $(n-1)$-dimensionales Gebilde des n-fach ausgedehnten Euklidischen Raumes wurden zuerst berechnet von Herrn Kronecker (Berliner Berichte 1869, August), wobei die Gleichung des Gebildes in rechtwinkligen Koordinaten gegeben war. Bei Voraussetzung eines beliebigen Ausdruckes für das Linienelement leitete Herr Lipschitz entsprechende Ausdrücke vermittelst mechanischer Anschauungen her (Journal Bd. 71, S. 274—295). Wiederum von anderer Seite wurde dieselbe Aufgabe in Angriff genommen von Herrn Beez (Math. Ann. Bd. VII, S. 387 flg. und Zeitschrift für Math. und Phys. Bd. XX, S. 423—444, XXI, 373—401, XXIV, 1—17, 65—82) und von Herrn Voss (Math. Ann. Bd. XVI, S. 139—179), von letzterem wieder unter Annahme eines beliebigen Ausdrucks für das Linienelement. Die in diesem Paragraphen für Nicht-Euklidische Raumformen hergeleiteten Resultate sind für den Euklidischen Raum schon früher bewiesen, namentlich von Herrn Kronecker und Herrn Beez. Auf anderem Wege hat Herr Jordan versucht, die Krümmungsbeziehungen auf einen n-dimensionalen Raum zu übertragen (C. r. t. 79, p. 909).

29. Art. 120—127. Die Möglichkeit, zwei Differentialausdrücke zweiten Grades ineinander zu transformieren, wurde gleichzeitig und unabhängig voneinander behandelt von den Herren Christoffel und Lipschitz (Borchardts Journal Bd. 70, S. 46—70 und S. 71—102), wobei letzterer solche Ausdrücke bevorzugt, für welche die Christoffelschen Kriterien nicht angewandt werden können, nämlich den Ausdruck mit konstanten Koeffizienten (l. c.) und eine zweite spezielle Form (konstantes Riemannsches Krümmungsmass) (Bd. 72, S. 1—56). Schon vorher hatte sich Riemann mit der Frage beschäftigt und in einer erst 1876 gedruckten Abhandlung die Kriterien angegeben (Riemanns

Werke, herausgegeben von Weber S. 370 — 383. Man beachte die bei-
gefügten Erläuterungen des Herrn Dedekind). Der Zusammenhang
zwischen Krümmung und Abbildung wurde in den unter 28) erwähnten
Arbeiten der Herren Lipschitz, Beez und Voss und zwei weiteren
Arbeiten von Lipschitz (Journal Bd. 81, S. 230 — 242 und S. 295 — 300)
erörtert. Aus den Christoffelschen Untersuchungen hat Herr Suworof
(in einer 1871 in Kasan erschienenen Arbeit, von welcher mir nur der
vom Verfasser besorgte Auszug in Darboux' Bulletin t. IV bekannt geworden ist) den nur im allgemeinen richtigen Satz hergeleitet, dass
ein im vierdimensionalen Euklidischen Raume gelegenes dreidimensionales Gebilde ohne Dehnung nicht deformiert werden könne. Die Ver-
allgemeinerung dieses Satzes glaubt Herr Beez aus seinen Entwicklungen
über die Hauptkrümmungen folgern zu müssen. Von einem ganz andern
Gesichtspunkte aus ist Herr Ricci (Annali di mat. S. II, T. XII, p. 135
bis 167) zu dem Resultate gelangt, dass, wenn (nach unserer Bezeich-
nung) die Determinante $|B_{\alpha\beta}|$ nicht überall auf einem Gebilde ver-
schwindet, dann dasselbe nicht ohne Dehnung deformiert werden könne.
Dabei stellt er den unrichtigen Satz auf, dass diese Determinante nur
dann auf einem $(n-1)$-dimensionalen Gebilde überall verschwinden
könne, wenn die sämtlichen Grössen $(\alpha\beta\gamma\delta)$ gleich Null sind. Auch ver-
weist er zum Schluss zustimmend auf unrichtige Folgerungen des Herrn
Beez. Der Nachweis, dass die Sätze der Herren Suworof und Beez
eine überaus wichtige Ausnahme zulassen, dürfte trotz seiner Einfach-
heit bisher nicht publiziert sein; hiermit fallen auch alle Bedenken weg,
welche Herr Beez gegen die Mehrzahl der Dimensionen entwickelt.
Auch abgesehen hiervon enthält der Paragraph einige, wie es scheint,
neue Resultate.

   30. Art. 128 — 133. Auf mechanische Analogien gestützt, hat Herr
Lipschitz (Journal Bd. 71) ein formelles Verfahren angegeben, um ge-
wisse Grössen $\left(\dfrac{D_1}{D_0}\right)$, $\left(\dfrac{D_2}{D_0}\right)\cdots\left(\dfrac{D_m}{D_0}\right)$ oder nach meiner Bezeichnung
(D_1), $(D_2)\ldots(D_m)$ zu bilden, welche er als Verallgemeinerungen der
Krümmungsausdrücke auffasst. Die Bedeutung von $\left(\dfrac{D_2}{D_0}\right)$ hat dann Herr
Hovestadt im Programm des Münsterschen Realgymnasiums 1880 für
zweidimensionale Flächen begründet, die in Art. 130 mitgeteilten Sätze
für $m=2$ bewiesen und damit die Analogie des Gaussschen Krümmungsmasses für mehrfach gewundene Flächen durchgeführt. Ohne diese Arbeit
zu kennen, war ich nachträglich zu denselben Resultaten gekommen,
und es gelang mir, dieselben in der hier mitgeteilten Weise zu erweitern.
Die Übereinstimmung meiner Grössen (D_r) mit den Lipschitzschen
Grössen $\left(\dfrac{D_r}{D_0}\right)$ tritt nicht zu Tage, weil letzterer von einer andern Darstellung der Gebilde ausgeht; auch beweist derselbe nur für ganz spe-
zielle Fälle den Invariantencharakter von $\left(\dfrac{D_r}{D_0}\right)$. Mein Beweis wendet
aber nur diejenigen Prinzipien an, welche bereits Herr Lipschitz entwickelt hat; namentlich vergleiche man für den ersten Lehrsatz von
Art. 132 die Abhandlung im 81. Bande des Journals (S. 230 flg). Die bereits
angedeutete Möglichkeit, auch die zweite, dritte … Krümmung einer
Raumkurve auf m-dimensionale Gebilde zu übertragen, habe ich noch
nicht durchführen können.

www.ingramcontent.com/pod-product-compliance
Lightning Source LLC
Chambersburg PA
CBHW030631030726
47497CB00006B/1735